再青春

白金
纪念版

辛夷坞——作品

百花洲文艺出版社
BAIHUAZHOU LITERATURE AND ART PRESS

再版总序

　　大家都知道，在创作这件事上，我其实很少重复我自己。

　　如果非要对我的作品做个归类和总结，我觉得《致我们终将逝去的青春》（以下简称《致青春》）和《原来》是一类的，它们保留着青春的至真和梦幻；《许我向你看》、《山月不知心底事》、《蚀心者》可以分为一类，有读者称其为"宿命三部曲"或者"暗黑三部曲"也无不可，因为风格比起前面来说确实虐了一些，但我意在挑战和突破的是故事和人性的深度。《我在回忆里等你》和《晨昏》算介于二者之间，有一定的传奇性，也有一定的现实感。再然后，就是《浮世浮城》和《应许之日》，女主不再青春，有的是在职场打拼的大龄剩女，有的可能已经步入围城，我开始关注她们的情感状态和生活起伏，没有大悲大喜、大起大落，但是故事一样真诚温暖，并偶尔闪烁着一些思想的小火花。这种完全回归现实的写作风格对我来说不是刻意为之，而是自然而然的过渡，毕竟读者也好，我自己也好，大家都在成长，不可能成天还像郑微一样在校园里做着公主与王子的美梦。

　　这么多风格，对有些读者来说可能是惊喜；对只喜欢某类型的读者来说，就可能有点意见了。所以基本上每本新书出版，我几乎都能听到一些争议的声音。但于我，不管是支持的还是反对的，我都想说我尽力了，至少我完成了一个作家应有的使命。

　　何况，我的每部小说里人物都有关联。你可以看到郑微年轻无畏的一面，也可以看到她身为人妻后恬淡静好的一面；那些还未能将幸福拥入怀中的女人——朱小北、司徒玦，你是否也像我一样急着给她们找一个最终的归宿？还有那些冤家，比如苏韵锦和程铮、赵旬旬和池澄，童话般幸福结局的背后，是否又会在婚后个性迥异的日常生活中再起摩擦？而桔年又是否真的包容和接纳了韩述？纪廷最后能否找到他心爱的顾止安？方灯又能否在傅七的忏悔中醒来？还有很多配角们终极一生的暗恋，最终收获的是甜蜜还是梦魇？也许下一部，该让他们当主角了。

　　对于他们，我和你们有着一样的牵挂和不舍。有时候，我常常在想，到底他们是我笔下虚构的人物，还是他们本来就存在，而我就像他们之中的任何一个人隐形的闺蜜，微笑着聆听他们一切的悲喜。就像《老友记》，一起亲密地窝在沙发里，一坐下去就陷进去大半个人生，再也舍不得起来。所以我想，青春远未散场，为了你们，为了他们，也为了我还想重温这种美好的一点私心，我还是继续写下去吧。

特别要提一下《浮世浮城》，此次再版，为了配合电影方，所以改名叫《再青春》。我其实很反感我《致青春》之外的任何一部小说跟"青春"两字再搭上关系，电影《致青春》大火以后，很多影视方找我做续集，甚至做续集的导演，都被我坚决地拒绝了。对我来说，青春已经逝去，我不可能也没有心境再去做狗尾续貂的蠢事。虽然我理解影视方商业上的考虑，但我也固执地认为，《致青春》真的不适合做续集，你可以五年后十年后翻拍，但郑微和陈孝正的故事还是就此为止的好。总之，我希望以后跟我合作的影视方更自信一点，因为我真的不是只有《致青春》。当然最终电影改编成什么样子，也请读者以平常心对待，毕竟电影和小说不同。小说是泥土，电影植根于它，但最终有它自己的呈现方式。

但这次影视方提出的"再青春"的概念我还是认同的，它不是《致青春》的续集，而是青春精神的延续。赵旬旬困在婚姻的围城里，遇到池澄，天雷勾动地火，从一开始对婚姻生活的谨小慎微，到遇见真命天子后的犹疑、挣扎，到最后为爱出"城"的不管不顾，不正是重新走了一遍青春吗？而我相信，女人只要拥有真爱，就永远青春着。所以即便窝在天天柴米油盐看似索然无味的婚姻里，我也想提醒天下女人，要永葆青春的心态。就像郑微，一样的月光下，可能再没有青春时那样的心跳，但拥有着一份踏实的温暖也是好的，但关键是，你要爱着或深深地被爱着。这种恋爱的状态，时不时重温一把，纪念一回，权当作一次灵魂的美容，这不是疯狂，而是对自己的善待。

最后也顺便声明一下，2014年起，我所有作品在中国大陆的唯一授权出版方是"白马时光文化发展有限公司"，仅此一家，别无分号。然后，为了纪念这次作品全集（真的是迄今为止最全的全集哦）的再版，《再青春》（原名《浮世浮城》）我会增加新的番外。还有我最新的作品《应许之日》，我好像又要忍不住说这是我迄今为止写得最好的作品了，但我真的写得很投入，也很入迷，希望大家多多支持！

是为序。

2014年4月1日

序：青春再见

　　第一次和辛大吃饭，是在一家日本料理店。她，短发，浅色连衣裙，精巧的小包——典型的文艺女青年模样。一上来，我问有无忌口，想吃什么，她便直接说出几样喜爱的食物，没有通常陌生人首餐时的那句"随意"。

　　当时，我刚看完电影《致我们终将逝去的青春》，满是崇拜，如沐春风。我也开始相信，有些人，是可以永远活在自己的青春里。

　　席间，我也很直接地问辛大，她的书中哪本最适合再次改编电影。她淡淡地但毫不犹豫地回答——《浮世浮城》。

　　那是些不同于《致我们终将逝去的青春》却把青春刻进骨血的文字。我看完书，立即写下一段文字："每个女人都有两次青春，一次在婚姻之前，一次在婚姻之后。"发给出版人李国靖，他回答一字：懂。但也就这一字开始了电影版《再青春》的旅程。

　　其实，我们想拍一部电影：它既有青春的冲动，也有命运的无奈；它既是一曲挽歌，又是一首新诗。它有每一部大热商业片都有的卖点，但也必须关乎每一个真实活过的你我他的生命体验。

　　谢谢辛大，谢谢国靖。愿我们的电影以青春之名，又不辱青春之名。

黄斌（著名电影制片人、黄晓明经纪人）

2014年4月

目录
CONTENTS

第一章
小姨和小姨夫

假如有两个女人，一个身家清白，品行素来端正，但离过一次婚；另一个情史丰富，历经若干任亲密男友，至今还在情海翻滚，试问她们中的哪一个更容易被人接受？

用不着曾毓开口，赵旬旬也知道她会毫不犹豫地说：当然是后者。因为前者是离婚妇女，后者是未婚女青年，就这么简单。就好像"姑"、"嫂"两个字，同是女字旁，同是一辈人，哪怕还是同龄，也会给人完全不一样的感觉。"姑"字是轻灵的、娇俏的，"嫂"字是浑浊的、暧昧的，理由同上。正所谓好女不问出身，只问有没有领过结婚证。

当然，赵旬旬和曾毓并不是姑嫂关系，她们是姐妹，确切地说，是没有血缘关系的姐妹。赵旬旬十四岁那年，母亲带着她嫁给了曾毓的父亲，曾毓比赵旬旬大五个月，就成了姐姐。如今又一个十四年过去，赵旬旬已为人妇，婚姻状况良好，而曾毓是"小姑独处很多郎"。

赵旬旬是满意她的生活现状的，曾毓的"离婚未婚女理论"只会让她更热爱她的婚姻，或者说她热爱一切安定的、稳固的事物。钱大师说婚姻是围城，外面的人想进去，里面的人想出来，可赵旬旬不这样，她进去了就压根没打算出来。和谢凭宁的婚姻就像一堵坚实的高墙，她住在里面，岁月安好，恨不得地久天长。

可是这天半夜两点，与男友好梦正甜的曾毓突然接到了赵旬旬打来的电话。电话那端信号微弱，语调低沉，偶有回声，多半来自于某个类似于厕所的角落。为了不吵醒身边的人，曾毓克制住破口大骂的冲动，咬牙对赵旬旬说："你最好是家里失火，或是被入户劫财又劫色的强盗逼到了走投无路才打的这个电话！"

赵旬旬首先压低声音纠正了她的常识性错误，"火警打119，匪警是110，这两种情况我都不会给你打电话。"她迟疑了一小会儿，在曾毓爆发之前赶紧补充，"我想我可能会离婚，想找你帮点忙行不行？"

值得说明的是，赵旬旬和曾毓虽然名为家人，在同个屋檐下生活多年，可事实上她们并非情同姐妹，甚至连朋友都不算。从彼此了解的那天起，她们就不认同对方的世界观、人生观、价值观、择偶观……从来就话不投机，只不过赵旬旬朋友不多，靠谱的就更少，所以一有什么事发生，曾毓还是成为倾听者的最佳选择。

曾毓也不是没有拒绝的余地，可她贱骨头，每次都一边对赵旬旬的"荒谬"言论大加批判，一边好奇地打破砂锅问到底，于是就成了如今的格局。同等的，赵旬旬也无怨无悔地甘做曾毓的垃圾桶，当曾毓倾吐她瀚如烟海的情史和稀奇古怪的偏好时，赵旬旬不但默默接受，还能保证绝不走漏半点风声。但使用这个绝佳垃圾桶的前提是不能让她发表言论和感受——赵旬旬这样的人，你告诉她身上有点儿痒，她就有本事让你怀疑自己长了恶性肿瘤。

赵旬旬说完那句话后，曾毓的睡意全消，她忘了现在是凌晨两点，忘了身边熟睡的男人，蹲在床上亢奋地追问对方原由。她想知道是什么竟让如此热爱婚姻、坚守围城的女人升起了离婚的念头。

事实证明赵旬旬果然是在她家的厕所里，趁丈夫谢凭宁入睡后悄悄打的电话。她告诉曾毓，谢凭宁这两天不太对劲，他早上出门系了一条与衬衣完全不搭的领带，上班中途才匆匆回来换，晚上洗澡用了比往常多两倍的时间，出来的时候连毛巾都放错了地方，睡觉前他还在查看飞机时刻表……这一系列的反常都证明他心里有事，而且不是寻常的事，或许有某个人要出现了，一个让他如此在乎的人，很有可能影响到她婚姻的稳固。

　　曾毓听完差点想问候赵旬旬全家，考虑到杀伤范围太大这才作罢。她恨自己又一次掉进了对方阴暗又荒谬的陷阱，在此良辰美景时刻，更让人不能原谅。

　　"因为这些，你就怀疑他会跟你离婚？难道不许他挑错领带是因为眼花，洗澡时间过长是因为便秘？"

　　赵旬旬说："不会，他是个规律的人，而且做事从不像这样慌乱而无章法，我有预感会发生一些事。"

　　"你有预感？如果你的预感准确，这个世界已经毁灭了很多回。"曾毓想也不想就回答道。

　　这一次，赵旬旬又沉默了许久。

　　曾毓有些后悔自己态度太过生硬，再怎么说，就算对她吐槽的是个陌生人，这种时候安抚几句也是应该的。

　　她还在组织语言，赵旬旬又说话了，听口气，看来是在一番深思熟虑后做出了艰难的决定。

　　"我手里还有一笔私房钱，凭宁他是不知道的，我打算转到你的户头，让你帮我保管，万一……"

　　万一她老公真的变心了，还什么都不给她这个下堂妻。

　　万一离婚后她一无所有，连自己的私房钱都被过错方剥夺。

　　她前一秒还在为她的婚姻担忧，后一秒已经在安排退路。

　　……

　　曾毓已经丧失了与她理论的意志力，只问道："为什么替你保管钱的那个人是我？"

　　赵旬旬反问："你说我还能找谁？难道找我妈？"

　　曾毓想了想，这个理由确实成立。

　　赵旬旬的亲妈、曾毓的继母是一个对金钱有执著追求并热衷理财的中老年妇女。她会炒股，但是把钱交给千挑万选的经纪后，却连股票是拿来干什么的都不懂；她把每一笔手头的钱都攒起来存银行，但经常找不到她的存折在哪里；她跟买菜的小贩为了一毛钱理论十余分钟，却在理论的过程中被小偷摸走钱包。有时候曾毓也认为万事万物的存在必有其道理，也许正是因为赵旬旬从小生活在她妈身边，才物极必反地走了另一个极端，充满了忧患意识。

这些年来，曾毓替赵旬旬保管过备用钥匙、开启另外一份备用钥匙所在的保险柜的备用钥匙、证件副本、保单号码、过往病史复印资料、各种形式的资金若干笔。赵旬旬就是要保证哪怕自己的生活彻底被摧毁，哪怕有她生存痕迹的地方被付之一炬或黄沙覆盖之后，她还能继续生活下去。曾毓还相信即使自己这个备用基地也被彻底毁灭，她在别的地方必定会有另一手的准备。

曾毓说："钱替你保管没有问题，但是过一阵你就会知道只是神经过敏。"

赵旬旬在那头好像笑了一声，"我比谁都但愿如此。"

第二天，赵旬旬所"预感"的那个人果然浮出了水面。

下午时分，她刚换洗过家里的床单，熨平了最后一道褶皱，就收到了谢凭宁发来的短信，上面是一个航班号和到达时间，还有一行简短的说明：小姨从上海回来探亲，你和我一起去接她。

赵旬旬当时就想，完了，这回不知道会被曾毓损成什么样。她怎么也没想到他要接的人是个亲戚。虽然与谢凭宁结婚三年，她从来不知道他还有个在上海的小姨。不过这也说得过去，他从来没有提，她也没问。

谢凭宁痛恨迟到的人，看到时间并不宽裕，赵旬旬也没敢耽误，换了套衣裳就赶紧打车奔赴机场，与下班就过去的丈夫会合。

到了约定的地点，谢凭宁已经到了。赵旬旬问："今天周末，怕吃饭的地方不太好找，要不我们提前预订个位子？"

谢凭宁说："不用了，外婆和爸妈他们一早就订了酒店，就等我们接了人过去。"

赵旬旬"哦"了一声，很显然小姨回来探亲的事并不是个临时的爆炸性新闻，全家上下不知道的人恐怕也只有她而已。她倒也不生气，还是那个原因，谢凭宁没说，她也没有问，再加上并不和公婆住在一起，没收到消息也是正常。这世界上的事情太多，少知道一件事，就少操心一件事。

按说飞机已经着陆，出口处接机的广播提示也重复了一遍，可赵旬旬翘首张望也没能从熙熙攘攘的到达人群中分辨出小姨在哪里，不由得有些奇怪。反观谢凭宁倒没有那么着急，他站在三号出口一侧，聚精会神地看着上方悬挂着的液晶电视。赵旬旬也顺着他的视线瞅了两眼，那是重复播放的一段房地产广告，以往谢凭宁对这些并不感兴趣。

"会不会小姨她老人家在里面迷路了，要不打个电话看看？"赵旬旬试探地问。

谢凭宁转而看着她，脸上仿佛有种微妙的古怪表情闪过。细看谢凭宁，赵旬旬得承认她的围城不但有着坚实的基础，还有齐整的外墙。谢凭宁是很适合正装打扮的那种人，有些人白衣黑裤西装革履，看上去就像房屋中介，可这样刻板的一身在谢凭宁身上，就说得上赏心悦目。他不是那种让人眼前一亮的好看，只不过五官特别端正，端正得就像按照"三庭五眼"的基准而生，加上举止得宜，话不多但简洁有力，声音低沉柔和，让人感觉很舒服。他在调往卫生局之前曾做过几年的耳鼻喉大夫，抛开医术不谈，在接诊的过程中他更容易取得患者的信任，因为他给人的感觉就是靠谱的、让人信赖的。三年前第一眼看到他的时候，赵旬旬也不相信这样的男人会落到她的手里。

"不用，再等一会儿吧，她总是磨磨蹭蹭的。"谢凭宁回答道。

果然，话音还没落，他看着前方，把下巴抬了抬，对赵旬旬说："看吧，出来了。"

赵旬旬看到了一个体型偏胖的白发老太太，心里想，这小姨保养得真不如她婆婆。正打算上去笑脸相迎，没料刚走了一步，才发现谢凭宁的身体语言指向的是另一个方向。

他错开了老太太，顺手接过了身边一个妙龄女孩的行李。

难道这是小姨家的表妹？

老太太在赵旬旬热情的眼光中渐行渐远，她听到丈夫低声对那个女孩说："怎么耽误了那么长时间？我都以为你报错了航班。"

赵旬旬的世界观又一次遭到了强烈的冲击。她可以想象自己此刻的表情一定比刚才的谢凭宁还要古怪。

"这位是……小姨？"她扯出一个微笑问道。

谢凭宁点头，"这是我外公弟弟的女儿邵佳荃。"

小姨这才笑着打量赵旬旬，"你就是旬旬吧，凭宁的眼光果然还是那么好。"

这个回答很有长辈的架势，要是对方直接说"你就是外甥媳妇吧"，赵旬旬估计会一头撞死在机场大厅里。因为这个被称作"小姨"的女子看上去不过二十五六，比赵旬旬还要小上几岁，神采飞扬，漂亮得咄咄逼人。

赵旬旬只能笑着回应，"对，我就是赵旬旬。真没想到小姨原来这么年轻。"

小姨说："其实我比凭宁小六岁，不过没办法，他虽不情愿，但辈分在那里，凭宁，你说是不是？"

谢凭宁避而不答，领着邵佳荃往外走，"外婆他们已经到了酒店，就等你吃晚饭，估计该等急了。"

邵佳荃站着不动，说："哎呀我还走不了，我们取行李的时候发现少了一件。"

"行李？"谢凭宁看了一眼手里拎着的大号行李箱，这才注意到她刚才还说了一个词——"我们"。

邵佳荃才想起似乎忘了介绍，她回头挽起身后不远处那人的手，一脸灿烂地对谢凭宁和赵旬旬说道："这是我先生……"

赵旬旬明白了，原来大驾光临的谢家长辈不仅有小姨，还有小姨夫！

那年轻的男子之前一直在低头查阅他的手机，赵旬旬并没有留意到他，只当是个路人。现在他站在邵佳荃身边，对"外甥夫妇"露齿一笑。赵旬旬看了他一眼，低下头去，想了想忽然又抬起头看了一眼。不想对方的视线正好也停留在她身上，她顿时有些难堪。虽说爱美之心人皆有之，但朋友夫不可渎，何况还是小姨夫。

身旁的谢凭宁好像也愣了好一会儿才想起他应有的礼节，这才朝对方点头示意。

原来他也不知道多了这样一个亲戚。不过赵旬旬还是佩服他沉得住气，他并没有问关于小姨什么时候找了小姨夫的问题，而是看着邵佳荃说道："行李能马上找到吗？"

邵佳荃说："估计不行，八成是登机的时候航空公司的工人把行李分错了，我们还得留下来办个手续。"

谢凭宁看了看表，"我和你们一块去问问。最好能尽快赶回去，知道你回来了，大表哥他们一家从县城赶上来，他儿子明天要上学，吃过晚饭就得坐车走，还有姨婆也大老远地过来了，都是因为好久没看到你，想一家人聚一聚。"

"我知道。"邵佳荃也一脸的着急，"但是我们刚才问过了，负责办理遗失行李登机的人换班吃晚饭去了，估计得等一阵才能回来，总不能扔下行李就走吧？"

一直没有开口的小姨夫说话了，他拍了拍邵佳荃的肩膀，"要不你们先回去，我在这等着就好，让一家老小等着也不是那么回事。反正那件行李也是我的。"

"不行，我怎么能把你一个人扔这里？"邵佳荃把头靠在他肩膀上，想也没想就拒绝。

那男子也反手抱着她，笑道："傻瓜，要在一起有大把时间，哪里差这一会儿。"

一旁的赵旬旬和谢凭宁在这样的浓情蜜意面前都不由得感到一丝不自在。谢凭宁清咳两声，想了个折中的办法。

"要不这样，旬旬，我先把佳荃送回去，你能不能先留下来陪着……他把行李的事处理好？我尽量赶回来接你们。如果这边提前办理好，你也可以打个车，你知道酒店在哪儿吧？"

"啊？哦！"赵旬旬只能应允。

年轻的小姨夫笑道："我一个大男人难道还要人陪着？况且我在G市待过几年……"

谢凭宁打断他，"你是客人，再怎么着也不能把你单独撂在这儿。实在对不起，如果不是家里的人一半今晚赶着要走，也用不着这么着急。"

邵佳荃看上去还有些不情愿，但毕竟是思亲心切，一时间也没有更好的办法，只得不舍地交代了几句，随着谢凭宁匆匆先走了。

他们两个的背影消失在门外，只剩下赵旬旬和初次见面的小姨夫。她没想好第一句该说什么，索性先笑一笑，对方也笑着耸肩。赵旬旬心里想，这究竟算什么事？难道除了她没人觉得哪里有些奇怪？就算出于礼节，为什么不是身为"外甥媳妇"的她先陪着小姨去赴宴，谢凭宁则留下来陪小姨夫办理行李挂失手续？至少这样避免了两个陌生男女面面相觑，尤其其中一个还是不伦不类的长辈。这实在不像谢凭宁这样靠谱的人做出来的事。只可惜赵旬旬习惯了对谢凭宁听之任之，唯命是从，第一时间驳回他的决定并非她擅长的事。

莫非谢凭宁考虑的是只有他和邵佳荃先赶回去才算是一家人团聚？这倒也说得过去，但并不能改变现在气氛诡异的事实。

"那个……小姨夫，一路辛苦了。要不我们先到附近的茶座坐着等一会儿？"赵旬旬强忍别扭问道。

对方顿时失笑，"你叫我小姨夫，我全身汗毛都竖了起来。佳荃她装什么长辈，她爸也就是你老公外公的远房堂弟，早出了五服，只不过他们家亲戚少，所以走得勤。以后你别叫她小姨，看把她美成什么样了。"

"哦……"赵旬旬怔怔地答了一声。

"旬旬，让你留下来陪我真不好意思。"

他不让她叫小姨夫，可这声"旬旬"叫得还真是和蔼和亲。赵旬旬想说，其实我也不好意思，没敢说出口，干笑，"哪里哪里，一家人，客气什么？"

"其实我和佳荃还没结婚，只不过有这个打算罢了！"

赵旬旬一噎，又不知道该怎么接下去了。小姨夫啊小……不，年轻人啊年轻人，你告诉我这个干什么？

"……"赵旬旬不知道该叫他什么了，她苦着脸指着值班室，"我去看看办事的人回来没有。"

他欣然跟在她后面，仿佛看穿了她的想法。

"你为什么不叫我的名字？"

赵旬旬心想，我哪知道您老哪位？忽然记起初见的时候似乎邵佳荃是介绍过他名字的，只不过当时她和谢凭宁都沉浸在天下掉下个小姨夫的震惊中，所以后面的话基本上没听进去。

好在给她制造了一个困境的人又主动给她解围。

他似笑非笑地绕到她面前，言简意赅地说："池澄。"

"好名字。"赵旬旬为了表现诚意，还刻意做思索状片刻才回答。

让她扩大崩溃面积的回答出现了。

"怎么好？"他看似一脸认真地问。

"嗯……"赵旬旬快要咬破了嘴唇，"驰骋江山，很有气势。"

"可惜不是那两个字。"

"池城，有城有池，也挺好。"

"也不是那个城。"

她记起了多年前化学课上一时走神答不出老师提问的窘境。难道要她说，我根本不在乎你是哪个池哪个城，除非我"吃撑"了。

可是她是赵旬旬，从小被教育要礼貌有加，循规蹈矩、对人礼让三分的好孩子赵旬旬。

"那请问是哪个'cheng'？"她好学而谦虚。

他不由分说地抓起她的手，摊开她的掌心，用手指在上面比画着。

"就是这个'cheng'！"

悲剧的是赵旬旬被他的惊人之举震撼得太深，只记得掌心痒痒的，至于他指尖的笔画，根本没有看清。

"三点水再加上一个登山的登。"他笑道。

早说这句话不就没前面一系列的口舌和比画了吗？

她恹恹地说："哦，阳澄湖大闸蟹的澄。"

"你说清澄的澄我会更感激你。"

他把手插在裤兜里，歪着脑袋朝她笑，的确笑容清澄。年轻就是好，长得好也占便宜，赵旬旬看在那张脸的分上原谅了他。什么小姨夫，他看上去和邵佳荃年纪相仿，就是个小屁孩。当然，这原谅是在他继续开口说话之前。

"赵旬旬，你为什么叫赵旬旬？"

"因为顺口。"

"顺口吗？旬旬旬旬，到底什么意思？是寻找的寻，还是鲟龙鱼的鲟？"

"八旬老母的旬！"赵旬旬气若游丝。

"这个字用在名字里很少见，是不是……"

"其实是因为在医院我刚出生的时候，我爸妈差点把我弄丢了，费了好大的劲才寻回来，但是'寻'字用在名字里更奇怪；就随便取了个同音字，所以我就叫赵旬旬。"

她飞快地用事实结束了这个话题，虽然这件事她鲜少对人提起过。

幸运的是，这个时候酒足饭饱的值班人员终于回到了工作岗位，赵旬旬欣喜地扑向了他，以高涨的热情和喜悦的心情办好了行李挂失手续。

回去的路上赵旬旬坐在计程车的前排位置一路装睡，到达目的地的饭店，前往谢家所订的包间途中，一直也没有再开口的池澄对她说抱歉。

"不好意思，其实我只是觉得两个陌生人留在那里有些尴尬，所以就多说了几句，本来是想调节气氛，结果弄巧成拙，让你不耐烦了，是我的错。"

他低头看她，样子内疚且无辜。他说得很有道理，一瞬间，赵旬旬恍然觉得自己才是小肚鸡肠，不由觉得先前的言行实在有些过分，连忙补救。

"我没有不耐烦，只是累了。"她解释道。

池澄点头，"如果是我被另一半留下来应付莫名其妙的亲戚，还是个陌生异性，可能我也会觉得很累。"

说破一件尴尬的事实本来就比这个事实本身还要尴尬。赵旬旬脸顿时红了。

"没有的事，不是因为你。"

"哦，那是因为你老公？"他挑眉问道。

这一次赵旬旬看了他一眼，没有说话。很快服务员当着他们的面推开包厢的门，里面是满桌子的亲戚。

第二章
肉色火车

　　邵佳荃迎了上来，将池澄作为未来的丈夫郑重介绍给亲戚们，一大家子继续相谈甚欢。看得出来，在座的人大多数都对即将成为邵佳荃丈夫的年轻人感到相当满意。池澄也一扫在机场时的轻佻刁钻，相反地，他显得有礼有节、聪明谦逊、谈吐不凡，虽然年纪轻，看上去却是个极其靠谱的人，赢得了所有女性亲戚的青睐。尤其是谢凭宁的外婆，恨不得马上把他收到自家亲戚收藏栏中。赵旬旬也是这个时候才知道，邵佳荃虽然在血缘上与谢凭宁一家出了五服，但是却一直很亲近，还曾经跟在谢凭宁外婆身边生活了几年。

　　这时的邵佳荃脸上也尽显甜蜜之色，池澄给她剔鱼刺，她就细心给他剥虾，小两口怎么看都是一对璧人。赵旬旬看到公婆脸上露出了欣慰的神情。也许是受这现场示范的感化，一向认为给人夹菜有违卫生原则的谢凭宁也给赵旬旬碗里添了块肉，虽然是她不怎么喜欢的鸡翅膀。

　　本来宴席就接近尾声，又有部分亲戚急着赶路，赵旬旬和池澄随意填饱肚子，很快大家就散了。做东的谢凭宁夫妇和父母一道送走了长辈和亲戚，谢凭宁提出让父母回去休息，他待会儿把邵佳荃和池澄送到安排的酒店。

没想到习惯早睡的谢母却提出，许久不见邵佳荃这个名为小妹妹、实为小侄女一样看着长大的孩子，让她上了谢凭宁父亲开的车，他们老两口顺路把她送到酒店，一路上正好聊聊家常。为了避免坐得太拥挤，就把小两口暂时分开了一会儿，让池澄跟着谢凭宁夫妇的车。

赵旬旬看到丈夫皱了皱眉，但是什么也没说，一行人浩浩荡荡走向停车场，各就各位。

酒店就离吃饭的地方不远，没几分钟就到了。谢母和邵佳荃聊得兴起，一路陪她拿了房卡，索性上去陪她看看房间，说进去坐坐就走。

谢凭宁夫妇和池澄落到了后面。池澄进电梯之前忽然记起了什么，客套地询问谢凭宁周围有没有什么稍有规模的超市或商店。因为他的行李还没找到，所以这也意味着他所有的随身物品包括换洗衣物统统都没有了，必须找个地方重新添置。

这一带虽然离他们居住的区域不远，但家里有赵旬旬这个称职的主妇，谢凭宁素来不关心这些，所以一时间竟想不起如何向池澄推荐，只得把目光转向沉默着置身事外的妻子。

"啊？哦！"赵旬旬一副如梦初醒的样子，她指着远方，"出了酒店大门往右过一个红灯就有个商场。我不知道你要买什么，不过日常的东西应该足够应付了。很近，走几步就到了。"

"往右过一个红灯，是面朝酒店的右边还是背朝酒店？"池澄继续问。

谢凭宁看了眼手里还替邵佳荃提着的行李，回头对妻子说道："旬旬，我送行李上去，看爸妈还有什么事，不如你陪池澄去一趟，女人心细，你对路也熟……"

赵旬旬迟疑着建议道："不如等佳荃和爸妈聊完了再和他一块去吧。"

"爸妈不知道聊到什么时候，我怕到时太晚就耽误了。好了，听话，你们快去快回。"

还没等赵旬旬再度抗辩，谢凭宁已经走进了电梯间。

"抱歉又给你添麻烦。"池澄还是一脸内疚。

赵旬旬还想客套来着，结果发现那句"没关系"就是挤不出来。他是挺麻烦的，而让她不安的是，她预感到除了他之外，还有更大的麻烦在等着她。

"你不是在这个城市待过吗？"赵旬旬瞥了池澄一眼。她有些意识到，礼貌和客套用在这个人身上没什么用。

一辆出租车看见赵旬旬招手，停靠在一旁。

"你刚才不是说很近吗？走几步就到了，何必打车？"池澄示意司机离开，这才回答赵旬旬，"在这里生活过五年，三年前离开的。"

赵旬旬心情复杂地眺望远方遥不可及的红灯，信口问："你今年贵庚？"

"二十五。"

果然是个小屁孩，赵旬旬第一次觉得年龄也能给她带来优越感，她成了生活阅历上的巨人，俯视着池澄，"三年前你应该还在上学吧，那时我已经工作了三年。"

"大四，正准备毕业。"

"因为毕业去了上海吗？"

"也不是，因为那时家里出了点事，自己也遇到了些问题。"一直看着左侧车流的池澄转过来面朝赵旬旬。

"自己的问题是失恋吧。"赵旬旬勾起嘴角。

"你又知道？"池澄笑着问。

"二十二岁的年轻人遇到的最大问题，既然不包含家庭因素，那除了感情挫折，就只能是肉体创伤，出现了大的伤病。看你的样子四肢健全，也不像病后余生，那就多半是失恋。"

"你像个神婆。"

赵旬旬说："我亲生父亲是个神棍，职业的。"

"真的假的？"池澄失笑，"你的料事如神就是遗传自他？"

赵旬旬也笑，"什么料事如神，我记得他预测坏的事情通常都会灵验，好的就很少。唯独有一次，他说神仙告诉他会有富贵的晚年，结果几年前他从某个有钱的傻瓜那里骗到了一笔横财，刚到手还没捂热，就因为喝多了死在车轮下。死时是挺富贵的，相对于他这辈子来说，只不过他没料到的是晚年来得那么快。"

池澄观察赵旬旬的脸色，发现她确实没有太多悲戚之色，才接着这个话题往下说："那笔钱最后留给了你？"

"嗯。但是横财不是好东西，来得快也去得快，很快我就稀里糊涂地花了。"赵旬旬说。

池澄说："这不像你。"

赵旬旬一怔，嗤笑道："你知道什么像我？"

说话间两人竟不约而同地往前大大跨越了一步，原来前方有个下水道井盖。赵旬旬对这样的潜在危险从来都是避而远之，她绝对不会允许自己站在一个也许一脚下去就会面临灭顶之灾的陷阱上，只是没有想到这么年轻，看上去少年得志、意气飞扬的池澄也会有这个下意识的避险动作。

"三年前你离开后就去了上海？"

池澄摇头，"在国外混了两年多，然后才去的上海。"

"富二代嘛，我明白。"赵旬旬说。方才席间她似乎听到谁提起过，池澄家境颇丰，在自家公司任要职，也称得上年少有为，和邵佳荃再般配不过。

"我看你就未必明白。"池澄把一片人行道上的落叶踢飞，"我父亲是再婚的，之前我是跟着妈妈，她死后我才回到父亲身边。他有钱，但是发家靠的都是我继母的家底。他们另外有一子一女。我之所以在国外两年多，不是一心求学，而是那时我爸爸怕继母不能接受我，所以打发了出去。"

赵旬旬点头，其实她还是明白的。她不是没有在重组家庭生活的经历，在她十四岁时，母亲嫁入与之前环境有天壤之别的曾家，虽然衣食无忧，但是她心里从来没有觉得安定过，只不过她不打算与一个未来的远房亲戚深度讨论这个问题。

"你呢？三年前你在干什么？"池澄的视线停留在赵旬旬身上。

"辞了工作，嫁人。"

"为什么？"

"不为什么。"

赵旬旬不知道这世界上有多少人如她一般，自小勤奋学习，成绩不错，但未必有多热爱知识；就业后工作尚可，生活足够，可也从没有想过要打拼为人上人；到了适婚年龄，嫁一个大家眼里都还算优秀的男人，婚姻美满，却不曾经历过轰轰烈烈的爱。人活着就是一步步走向死亡，选最正常的路会让自己感觉比较安心，没有为什么，结局也不会有所不同。当年她在一个知名企业做财务，这样靠谱的工作让谢家对她多了一份满意，婚后谢凭宁却希望她回归家庭，为他打造一个坚实的后方。她起初是不情愿的，不是因为事业心，而是因为不想断了自己的后路，直到她发觉如果她拒绝，有可能危及婚姻的稳固，再加上谢凭宁主动提出每月将不低于她工作收入的钱汇入她账户，她才顺水推舟同意了。就这么庸俗。其实赵旬旬不爱钱，但她爱安定。从容的经济是安定的必要非充分条件，这个她一直是懂的。

想到这里，她觉得自己又矮了回去，就这三年而言，单从阅历上，她也未必能俯视小她三岁的池澄。

因为航空公司承诺池澄的行李最晚将于明天夜里送到他下榻的酒店，所以他在商场不过是挑选贴身的换洗衣物。赵旬旬站在某知名内衣品牌的男士专柜旁看着左挑右拣的池澄，难堪与错位感油然而生。

在几个小时前，打死她也不信她的人生经验里会包括在商场陪未来的小姨夫买内裤。这让她感觉自己像领着贾宝玉午后春睡的秦可卿，再加上并不刻意避嫌的池澄时不时将其中的某一条拎到她面前，问："你觉得这个怎么样？"

她只能选择沉默。

难道要她回答"我觉得很适合你"或者"这个颜色跟你不搭"？

赵旬旬盼望着池澄的挑选尽快结束，但池澄却显得兴致勃勃。为了实现如谢凭宁所说的"早去早回"，她横下心随便指了一条给他建议。

"我看这个不错。"赵旬旬说。

"是吗？"池澄拖长了声音，"你喜欢这个？"

赵旬旬简直要晕过去，他自己的内裤，跟她喜不喜欢有一毛钱的关系？她把手一挥，"还行吧，马马虎虎。"

"你自己的也是那么马马虎虎挑来的？"他看起来自然而随意，仿佛没有感到一丝的突兀。这令赵旬旬也生出了几分错觉，难道一直神经过敏的那个人是她？这个社会已经在她洗床单的时候不知不觉演变到了外甥媳妇和小姨夫，或者是刚认识三个小时不到的陌生男女并肩挑选并探讨内衣裤也习以为常的地步？就好像半个世纪前女人穿上裤子的惊世骇俗到如今早已是小事一桩。

善于迎合金主的柜台小姐也出来搅和，掩嘴对赵旬旬笑道："不要说还行，好好挑挑，多挑几条，反正也是穿给你看的嘛！"

赵旬旬的脸再度红到了肚脐，心道：他是穿给你看，穿给你们全家看！她懒得再争辩，直接举高那条内裤，斩钉截铁地问池澄："买，还是不买？"

"买！就买。"池澄屈服于她的淫威，迅速让服务员开好小票。赵旬旬松了口气，坐到店面为客人准备的小沙发上，气定神闲地翻着图册等待他埋单。谢凭宁的日常起居都是她在打理，可是她过去从来没有留意过男士的内衣裤会有那么多缤纷的选择。

赵旬旬看了好几页，池澄的脚还停留在她椅子旁一米开外。她抬头，这时才发现他流露出类似于窘态的表情，这在两人短暂的相识过程中倒是头一遭。

池澄强行把赵旬旬叫到一侧，小声对她说："完了，我忽然想起登机前我把随身的包一块塞行李箱了。"

"然后呢？"赵旬旬也觉得自己不怒而威。

"钱包也在里面！"

"有没有搞错！"温文尔雅的那个赵旬旬被逼死了，剩下的那个她七孔生烟，"怎么可能会有人把钱包和证件放进托运的行李里？难道你不知道机场失窃的概率？还有就是万一行李遗失就意味着你什么都没了，就像你现在这样！正常人怎么会这么做？"

池澄理亏地摊了摊手，"正常人只是想把两只手解放出来？"

"你空出两只手来干什么？钻木取火？"

池澄默默从上衣口袋里掏出了一个PSP，赵旬旬无语凝咽。

这个PSP直接导致的后果就是赵旬旬必须为池澄的内裤埋单，虽然她是随时携带身份证及其复印件、登机前会买双份保险的赵旬旬。

他们沉默地走向收银台。赵旬旬打开钱包，绝望地对池澄说："我今天没打算用钱，没有银行卡，只带了两百块，从机场打车回来已经用了一半……"

"不会吧？"后面还有人排着队等待付款，池澄情急下不客气地接过赵旬旬的钱包翻了翻，果然从身份证后面又翻出五十。

"那是我备着以防不时之需的交通费。"

"你肯定还有！"

"没有了！"

"怎么可能没有，要是你钱包被偷了怎么办？算我求你，明天加倍还你，三倍，十倍！"

赵旬旬艰难地从手袋里拿出一个钥匙包，"这是我最后应急救命的。"

池澄大笑，"现在就是救命的时候。"

池澄拎着购物袋，心满意足地走在脸色不甚好看的赵旬旬身旁。

"行了，犯不着生气。一回去我就让佳荃先把钱还给你，十倍！"

赵旬旬缓缓看向他，"你敢让我老公和你未婚妻知道这回事，我就跟你拼命。我今天只是陪你到了商场门口，然后各逛各的，事后会合。"

池澄满不在乎地笑，"看你说的，不知道的听了还以为我俩有不可告人的奸情。"

到达酒店之前赵旬旬都没有理他。

她坐在大堂给谢凭宁打电话，池澄坐到她对面。

"你还不走？"赵旬旬瞪着他。

"我要等谢凭宁下来，当着你的面告诉他刚才你只是陪我到了商店门口。"池澄好整以暇地说。

赵旬旬翻了个白眼，越想越荒唐，最后竟然笑了起来。

"行了，走吧。"

"你陪我了好一阵，我陪你坐一会儿。你老公下来我就走。"他不再不正经，柔声正色道。

赵旬旬摇摇头，就是个孩子，跟他计较什么。

她眼中的孩子静坐了一会儿，又打开购物袋看了看方才的战利品，冷不丁又冒出一句，"这真是你挑中的吗？"

赵旬旬实话实说："我自己不会选择这样的。"

"为什么？"

"因为我不想某天睡梦中家里发生火灾，好不容易逃出现场后，穿着条火车图案的内裤出现在邻居面前。"

池澄用探讨的语气，"肉色的会有所改善吗？"

"聊什么？"谢凭宁和赵旬旬的公婆终于出现了。其实认真想想，她离开也不过是四十分钟不到，可又觉得像是四十年。

"聊火车。"赵旬旬飞快地回答，虽然离奇，总好过说在聊内裤。

谢凭宁困惑地笑笑，"火车，肉色的？"

"子弹头火车。"池澄补充。

"不知道你们在说什么。"谢凭宁莫名其妙，不过也没有多大兴趣继续问下去。

赵旬旬暗道：你当然不知道我们在说什么，因为全是满嘴跑火车。

第三章
我们都曾陌生

　　与丈夫一道回家的路上，旬旬打了个盹。她真的有点儿困倦，和池澄打交道是一件挺磨人的事，连着回到住处张罗着洗漱，也懒得开口，实际上，她平时一周也未必说得了今天那么多话。谢凭宁性子偏冷，不喜聒噪，工作又忙，下班后夫妻俩的交流也仅限于家庭琐事，两人连吵架都从未有过，因为争吵也是需要一些共同话题的。

　　也许因为这段婚姻打从一开始赵旬旬就处在相对弱势的地位，再加上她从小受到的"温、良、恭、俭、让"的教育，让她显得对丈夫多了几分敬畏，所以家中的话语权多在丈夫一方。以旬旬的性格，小事特没原则，你跟她说什么，只要不触到底线，她通常不会激烈反对。至于大事，婚后至今未发生，她也不知道自己的底线有多低。

　　谢凭宁也不会主动去触碰她的雷区，在他看来，妻子是个基本上靠谱的女人，只是刚结婚的时候，他对赵旬旬极度浓厚的忧患意识有些难以忍受，比如说她要求家里防盗网的每根304不锈钢管里藏着实心铁条，钢管与钢管之间的距离必须确保人体在借助轻型工具的情况下无法顺利穿越，还在最适合逃生的地方预留了只有家人（实际上只有她）知道钥匙在哪里的逃生门；家里所有的玻璃都改成钢化的，还额外增加红外线报警系统；床底下存着紧急备用物资，保险柜里有整理好的重要票据证件，以便最短时间里能够取出带走。但是习惯之后这都无损生活质量，完全可以当做一个女人特有的小神经质随着她去，除此之外她孝敬公婆、尊重丈夫、行为检点、仪表整洁、家务娴熟……虽然与她在一起不适合进行深度交谈，共同兴趣爱好也欠奉，然而她在其他方面的省心妥当完全可以弥补这一点。他娶一个女人是为了共同生活，而不是为了追求所谓的灵魂碰撞，火花是不宜日复一日出现的，否则就成了安全隐患。他从未期待过黑格尔的灵魂住在刘慧芳的躯壳里。

睡前，旬旬照例认真检查了一遍家里的门窗水电是否安妥，回到卧室，谢凭宁已经倚着床头翻看杂志。她躺下来，闭了一会儿眼，又忍不住对丈夫说："以前都不知道你还有个这么年轻的小姨。"

"她不常回来，我也没把她当小姨，不过是家里的老人讲究这些辈分规矩。"谢凭宁说道。

"我记得你说过以前也在外婆身边生活过一段时间……"

"那时上学，外婆家离学校比较近。"

"说起来你不就是和佳荃一块长大？这也挺好的。"旬旬说得很谨慎。

"有什么好不好的。"谢凭宁放下杂志，翻身抱住旬旬，关了一侧的台灯。这是他们夫妻俩约定俗成的暗号。旬旬默默迎合。其实她对这事说不上喜欢也不讨厌，恰巧谢凭宁也不是沉迷此道之人，只是他们年纪已不小，老人催得急，正打算要个孩子，于是功课也得抓紧。

谢凭宁嘴上没说什么，可旬旬能从他的动作中察觉出一种有异于往常的焦躁。他的手心很烫，湿湿的，全是汗。旬旬紧闭双眼……很快，脑子里那幅虚幻的画面再度悄然出现，蚕食她的神经。与现实隐藏在黑暗中的摸索截然不同，那是浮在云端的年轻躯体，真实的肉搏，剧烈的喘息，被一层难以名状的朦胧金色覆盖，看不真切，但嗅得出活色生香的欲望气息……

旬旬并不是个随便的女人，这方面的经验也平淡乏陈，可这画面就好像是长在她内心深处，不需要浇灌就暗暗滋生。或许每个女人心里都有这样的一个春梦，她默许这个梦的缠绕，但这一次，透过那层金色的屏障，她隐隐看到了一张脸。

旬旬心里警铃大作，正暗自惊心，身上的谢凭宁竟也无端停了下来。她回过神，发觉警铃声并未消失，尖锐的鸣笛仍不绝于耳。这不是她良家妇女的道德感复苏，而是安装在阳台的红外线报警器被触动，其间还伴随着几声猫叫。

"我都不知道那个红外线防盗系统有什么用！"

谢凭宁长叹一声，兴致全无，重重躺回自己的枕头。

旬旬整了整略凌乱的衣衫，起身查看。果然是家里的猫夜间疯玩，不小心跳得太高，进入了红外线扫描的范围。她关掉报警器，猫咪见主人起身，绕在她脚边讨食。

其实旬旬自小对饲养小动物很是抗拒，除却卫生习惯方面的问题，重要的是那些猫啊狗啊的寿命最长不过十余年，在正常的情况下，不管有多爱它们，迟早是要中途离主人而去的，到时又免不得伤心，还不如趁早保持距离，珍惜那点儿感情和眼泪。婚后，她没想到的是谢凭宁竟然养猫，还是一只神情倦怠、举止迟缓的老猫，据说是从外婆家抱回来的。他工作繁忙，三年来与这只猫朝夕相处的反而是赵旬旬，所以，渐渐地，那只猫也与旬旬比较亲。

伸手摸摸猫咪骨瘦如柴的背，关掉的警铃声仿佛还在旬旬耳边喧嚣，许多不好的、灰色的念头就像滚动的毛线球，在她脑海翻滚，又仿佛有无数只野猫在疯狂地乱窜，在乱抓那个毛线球。每当她感觉到一丁点头绪，却缠进更难解的结点。她不知道自己蹲在那里有多久，夜里的穿堂风经过，冷得她打了个寒战，猫咪不知道跑到哪里去了。她这才想起床上的丈夫，赶紧回卧室，占据大床一侧的谢凭宁却已酣然入睡。

旬旬轻手轻脚地回到自己的位置，半躺着，借窗外的微光端详身边的男人。她躺在他身畔三年，竟从来没有认真看过他熟睡的样子，那张端正的面孔看起来依然悦目，可是就像……像个陌生的人。

诚然，世间所有的伴侣都曾是陌生人。三年前的赵旬旬还从不知道世界上有谢凭宁这个人的存在。

旬旬继父的姐姐是谢凭宁家一个亲戚的老同学，当初谢凭宁是曾毓的姑姑作为金龟婿隆重介绍给亲侄女的。那时曾毓刚回国，家里开始为她的终身大事做打算，出身公务员家庭，才貌、事业出众的谢凭宁被视作她的理想对象。谁知横里杀出了程咬金，不是别人，正是旬旬的亲妈。

这要从头说起。

与旬旬的平淡人生相反，旬旬的妈妈是个极具传奇色彩的女人。她今年正好五十岁，依然杏脸桃腮，风姿不减，是她生活的那一带中老年人心中的女神。她酷爱跳交谊舞，常常一身绚丽长裙，脸上浓墨重彩，被曾毓暗地里称作"艳丽姐"。这原本有几分恶作剧的戏谑成分，但赵旬旬无意中听见，也觉得很是贴切，最后传到"艳丽姐"本人的耳里，居然也默默认可了这个称号。毕竟艳丽不是罪，"姐"更比"阿姨"来得给力。

艳丽姐当年是郊区农村的一朵野花，方圆几里谁都想摘。结果二十岁不到的她不顾家里人反对，跟着一个甜言蜜语的男人进了城，生出了女儿后才知道那男人不是什么成功人士，而是个职业神棍，以装神弄鬼骗人钱财为生。愤怒的艳丽姐在女儿五岁的时候终于忍无可忍地带着女儿踹了那个男人，自谋出路。她被招工了，下岗了，恋爱了，被抛弃了，再恋爱了，又把别人抛弃了……日子过得有今天没明天。但是贫乏的物质生活无法阻挡艳丽姐的精神追求，旬旬十岁那年，艳丽姐迷上当时最时髦的交谊舞，很快从频频踩脚的狼狈变为了舞厅里的皇后，并因舞结缘，结识了当时任G大建筑学院教授的曾毓之父。

曾教授当时身边还有妻子以及一子二女，曾毓排行老三，哥哥姐姐分别大她五和七岁。说不清是阴差阳错还是中了什么蛊毒，堂堂大学名教授遇上艳丽的下岗女工，竟然天雷勾动地火，从眉来眼去到一触即发，就此开始了两人长达两年的偷情生涯。

旬旬十二岁的时候，纸包不住火，这奸情终于被曾教授那同为知识分子的发妻察觉，自然又是一场兵荒马乱的家庭大战。正当曾教授决定为了传统道德和家庭的完整痛别艳丽姐、回归发妻身边时，意外降临——曾教授的发妻突患急病，没过半年就撒手人寰。曾教授为发妻守节了一年半之后，正式迎娶艳丽姐，将她们母女接进了自己家。曾毓那时也十四岁，羽翼未丰，但她那两个已经外出求学的兄姐从此断绝了与父亲的来往。

旬旬也讨厌第三者，但她又能够理解自己的母亲。初中未毕业的艳丽姐在舞池中旋转时，只想从那些追随的目光里挑选一个菜篮子，谁知道到手的是只LV，叫她如何能用更高的道德标准要求自己？成功嫁给曾教授后没两年，合该她命里有福，曾教授上任建筑学院副院长，LV成了爱马仕。院长夫人艳丽姐很久之后一觉醒来都还想捏自己的脸，看看是不是做了场梦。

那个时候风度翩翩的曾教授年岁日增，心也收得差不多了，一门心思地守着第二任妻子过日子。艳丽姐的俗辣和生动给他刻板的学究人生带来了不少乐趣。但是生活的改善拉大了艳丽姐心中的落差。她生怕自己与别的教授、院长夫人相比差距过大，除了追求漂亮的衣服，更追求教养。首先就是要把自己的亲生女儿赵旬旬打造得如天生淑女，决不能再带有一丝职业神棍和下岗女工结合出来的气味，她什么都要旬旬做得比别人好，至少不能输给名正言顺的院长千金曾毓。

旬旬年纪与曾毓相仿，两人时时都被拿出来作为比较的对象。在艳丽姐的不懈努力下，她无论外表、教养、学习什么都不逊于曾毓，只除了大学毕业那年她自己拒绝了出国深造的机会。艳丽姐认为旬旬这是孝顺的表现，而且女儿留在身边，也找到了体面的工作，艳丽姐很满意，剩下的最后一项工作就是给女儿找个好过曾毓的丈夫。

曾毓的姑姑在曾教授面前提起谢凭宁的时候，艳丽姐的天空就亮了。在对谢凭宁的家世背景和个人条件作了深入翔实的调查后，她坚信这是个再好不过的结婚对象：家庭虽不是大富大贵，但体面殷实、教养良好，谢凭宁本人也一表人才、前途无量，错过了这个村就没了这个店。战胜曾毓及其身后以姑姑为代表的一系列对艳丽姐不以为然的亲戚们的时机到来了！

胆大心大的艳丽姐该出手时就出手，首先打听到了曾毓姑姑出面和谢家约定的见面时间，然后当天早上用公共电话反复骚扰曾毓姑姑，直到对方不胜其烦主动把电话搁起，再以曾毓继母的名义知会谢家人，说因为某种客观因素希望将见面的时间往前挪两个小时。谢家人不明就里，尊重了对方的决定。艳丽姐就借着这个时间差，堂而皇之地将她并不情愿的女儿赵旬旬半逼半哄地带到了谢家人面前。她自信同为曾院长的女儿，旬旬绝对比曾毓更容易让谢家的儿子一见倾心。

两家人于是坐到了一起。原本姓曾的姑娘换成了姓赵，谢家人万分纳闷，尤其得知旬旬其实是曾教授后妻带来的继女时，虽没有当场给对方难堪，但也全当是受到了介绍人的糊弄。而且那一天的赵旬旬状态奇差，面色惨淡，双目无神。这也就罢了，更要紧的是她心不在焉，谈吐木讷，游离如梦游，纵使恨铁不成钢的艳丽姐在桌子底下掐青了她的大腿，旬旬也未见回魂。

两个小时还没过去，艳丽姐还来不及撤退，以早到为美德的曾毓姑姑带着正牌曾小姐从天而降，发现差点被人瞒天过海，当面就指着艳丽姐鼻子，骂她一辈子就只能是不入流的下作角色，恍然大悟的谢家人也脸色铁青。

艳丽姐丢人又丢面，才明白自己处心积虑想的是个昏招，恨恨地领着旬旬败北而去，一连数日憋屈得落落寡欢、水米难进。

谁都没想到，一周之后谢家态度大逆转，主动与艳丽姐取得联系。原来那一天鬼魂似的赵旬旬竟然歪打正着地入了谢凭宁的法眼，对方家长提出，如果旬旬愿意，两个年轻人可以自行交往。

胜利的曙光总是在最黑暗的时候降临在艳丽姐面前，她的病痛不治而愈，在一向听话的女儿面前大尽劝说之能事。旬旬原本并不热衷，但也不愿和母亲对着干，只得同意和谢凭宁见面。一来二往，好像自己也找不出半途而废的理由。就这样，他们和正常的情侣一样喝咖啡、吃西餐、看电影、牵小手、逛河堤、拍婚纱照、大摆喜宴，把所有情侣会走的步骤一丝不苟地走了一遍，然后的然后，旬旬就如这个三年后的夜晚一样躺在了谢凭宁的身旁。

刚过门时，谢家人，包括旬旬的公婆在内对这个媳妇都不算热忱，表面上客气，实则淡淡的。对此旬旬还是理解的，第一次见面那出闹剧在前，他们有什么想法都不算过分。后来他们看旬旬确实懂事，把小家打理得很好，儿子与她相处得不错，方才渐渐地满意了起来，虽然提到他们神奇的亲家母时脸上还是会有"不可思议"的表情。

第四章
要真情不要奸情

　　次日，旬旬一觉醒来天已泛白。正逢周六，邵佳荃和池澄去看望了外婆后，打电话邀请谢凭宁夫妇一块吃饭，顺便叙旧。因为这一天旬旬照例要回娘家，谢凭宁也没有勉强她同去。旬旬暗自庆幸有个合理的理由抽身——邵佳荃和池澄这一对总让她有一种莫名的压力。

　　曾院长也在家休息。他最近的身体不太好，老觉得头晕。作为一个继父，曾院长是称职的，他对旬旬虽不像对曾毓一样想教训就教训，爱怎么管就怎么管，但已尽力做得一视同仁。曾毓有的，通常也不会落下旬旬那一份，对旬旬的态度也是温厚有加。看到他身体欠佳，旬旬颇为担忧，陪他说了会儿家常，正赶上曾毓也回家吃晚饭。艳丽姐许久没做那么一大家子的晚饭，直说累得够呛，饭后搁了碗就拉着曾教授出去散步。

　　"她直接说懒得洗碗不就好了？还扯什么'饭后百步走'的科学依据！"曾毓一边收拾桌子一边不以为然地对旬旬说。

　　旬旬站在厨房水槽前卷起衣袖，笑了笑，没有说话。嫁给曾院长是艳丽姐这辈子做得最靠谱的一件事。她前半辈子吃的苦太多，现在想要把从前缺失的都弥补回来也没有什么不对。再说，一日夫妻百日恩，现在曾教授的身体每况愈下，艳丽姐对他照顾得也算周到，为了陪他，连最爱的广场交谊舞聚会都不去了。其实这些曾毓也知道，只不过口头上不奚落几句就不舒心。

　　曾毓倚在厨房门口看旬旬洗碗，嘴里啧啧有声，"我看你们家谢凭宁也是十指不沾阳春水的吧，娶到你也算是一举多得。"

　　当初的"夺夫事件"并没有导致曾毓和赵旬旬彻底翻脸，事后曾毓只是对艳丽姐的所作所为颇感不齿。因为在长期观点不同的争论中，曾毓太了解赵旬旬，她虽然脑子里有很多灰色而奇怪的念头，但绝不是个龌龊的人。更重要的是当年的曾毓风华正茂，年轻气盛，她本来就不喜欢谢凭宁这一款，对长辈的热心肠也不胜其烦。赵旬旬嫁就嫁吧，不但气不死她，她反倒为旬旬惋惜，连一次恋爱都没谈过就掉进婚姻的泥沼里。

　　"对了，昨天上午你打到我账户的钱用不用拿回去？"见旬旬不打算顺着她的话题讲下去，曾毓又想起了一桩事。

　　旬旬擦干最后一个碗，洗净了手，才回答道："不，先存你那儿。"

　　"危机还没解除？真有老情人出现？"

　　"是有人出现了，不过那个人是他小姨。"旬旬想了想又补充，"还有小姨夫。"

　　曾毓笑，"我没说错吧，你这人就是想得太多。既然如此，现在还有什么问题？"

　　"问题在于那是一对比你和我都还要年轻的小姨和小姨夫。"旬旬解开围裙，"恐怕这一次事情比我想象的还要糟。"

　　"难道所有的女人在已婚后都会将比自己年轻的同性当做假想敌？哪怕那个年轻的同性还是老公的亲戚。"曾毓嘲笑。

　　旬旬平静地说："是亲戚，一个名字缩写被他当做密码前缀的亲戚。"

　　"不会吧？"曾毓这下来了兴趣，"他要是真和什么小姨有一腿，还会让你知道他的密码？"

　　旬旬平时缴纳家里的水电、燃气和电话费用的都是谢凭宁的网银，密码的前四个字母就是：PNJQ。过去旬旬难以理解这几个字母的含义，偶尔无意中看到他登录邮箱，一开始敲的也是这几个按键。谢凭宁从不避讳赵旬旬，也没有向她解释过密码的来由，如此笃定，无非是认定她不会从中察觉什么。可事实上，当他第一次说出被他称作小姨那个人的名字时，作为妻子的旬旬心里已经什么都明白了。

　　谢凭宁不是个浪漫的人，他把另外一个女人的名字写进一串必须记住的符号里，婚后也没有想过更改，可见这个人在他心里的地位一定非常特殊，至少曾经是那样。

　　"那他知道你知道吗？"曾毓费劲地说。

　　旬旬摇头。她猜想或许这就是谢凭宁当初选择她的原因，否则她也解释不了相亲那天和艳丽姐一块糗到极点的她如何博得绩优股的青睐，总之不会是因为她那张脸。当然，旬旬绝不丑，可第一次见他那天，她照镜子都觉得自己像鬼。谢凭宁眼里的妻子一直是个柔顺而简单的女人，日久天长，旬旬也差不多习惯了这个角色，觉得自己本来就是这个样子。

　　"自大而无知的男人啊，我替他可怜。"曾毓说，"你不打算做点儿什么？"

　　旬旬说："没想好。"

　　她该做什么？他真打算出轨，她闹也是离婚，不闹也离；如果他不打算动摇婚姻，她何必在事态萌芽的阶段捕风捉影地推他一把？

　　"就这么任他堂而皇之地和小姨上演不伦之恋？"

　　"哪有那么夸张？我只是感觉他们之间有些不寻常。就算他真有什么想法，眼前还有小姨夫呢。"

　　"小姨夫长得怎么样？"曾毓终于露出了本色。她才不是一个关心妹妹的好姐姐，这些才是她感兴趣的重点。

　　旬旬想起了池澄笑起来的样子，含糊地说："嗯，还行。"

　　"你不会就叫他小姨夫吧？"

　　"怎么可能……他叫池澄。"

　　"哪个'cheng'？"

　　旬旬想抽自己，看你多嘴！看，这个问题又循环出现了吧！

　　她也不知道自己怎么就抓起了曾毓的手，有样学样地用指尖在曾毓掌心写那个"澄"字。

　　曾毓飞快地把手抽回来，莫名其妙地说："有嘴不好好说话，干吗动手动脚？肉麻死了。你又不是男人，调戏我做什么？"

"哦，啊？"旬旬差点被口水呛死，"你刚才说什么？"

"我说你要是个男人，我就以为你在调戏我。"曾毓没好气地说，接着瞥了旬旬一眼，更纳闷了，"你脸红什么？今天没吃错药吧？怪里怪气！"

旬旬更窘了，这下曾毓看出了一点儿端倪，凑上去问道："难道你和小姨夫有了奸情？"

"……"旬旬张了张嘴，又停下来，换上微笑答道，"哪里，我只不过是在昨晚给他买了一条火车图案的内裤。"

曾毓乐了，"行，你就意淫吧。不说就不说，别拿我当傻瓜。"

甜腻的情歌凭空响起，旬旬吓了一跳，回过神才知是曾毓的手机铃声。她眼见堂堂海龟女建筑工程师以满腔小女人的情态接听电话，寥寥几句说完，脸上还挂着少女般甜蜜梦幻的笑容，不由得打了个寒战。

"我准备走了，男朋友来接我。"曾毓眼里的光芒还没散去。

"还是那个超级男声？"旬旬小心翼翼地问。

曾毓说："别提老皇历，我早把他踹了。"

"那又是何方神圣？"旬旬知道曾毓在等着她问这句话。

曾毓笑着说："最可爱的人！"她满意地看着一脸茫然的旬旬，解惑道，"当兵的，一个陆军上尉，还是救灾英雄。"

她又从手机里翻出了自己和"最可爱的人"的合影，旬旬凑过去瞄了一眼，照片里的男人豹头环眼，甚是英武，虽然只能看到上半身，也可以一窥其雄健体格。

曾毓上一任男友是艺术学院声乐系的年轻讲师，一头秀发飘飘，身如杨柳，文质彬彬。如此跳跃性的选择，让旬旬既感叹于她眼光的多元化，更坚信了"随着年龄的增长，无论男女看异性的目光都会逐渐下移"这个亘古不变的真理。

"怎么样？"曾毓问。

旬旬只有诚实地回答："好像是挺有料的！"

"看你说的！"曾毓把手机从旬旬眼前拿开，"其实他是个心思挺细腻的男人。我们的口号是：要真情，不要奸情！"

"上次那个就不是真情？"

旬旬至今还记得曾毓和声乐男爱得如火如荼的时光——"时光"两个字似乎给人一种久远的感觉，其实那不过是半年以前的事。曾毓爱他爱得两眼一抹黑，认真考虑过自己将来的孩子是学声乐还是学建筑。后来，声乐男一时兴起，放下学院派的架子参加了本地一个大型的声乐类选秀活动，曾毓还强抢旬旬的手机给男友投票。现在不爱了，估计回想起来都想抽当时的自己。

说起来曾毓也不算是个滥情的人，她的感情历程对于众多大龄女青年来说很具代表意义，说出来就是一辈人的恋爱史。她小学时暗恋班上的学习委员，高中与学校的篮球明星偷偷牵手，大学四年执著于清高冷峻的才子，海外留学时尝试过异国情缘但始终感觉不靠谱，回国后谈过职场精英、专业人才……这些感情拆分开来每一段都轰轰烈烈，真心投入，但都没有开花结果。仔细总结原因，好像也不是谁的责任，大家都没错，然而就是火候未到，各种缺憾，她才"剩"到了如今。说不急也是假的，她嘴里嘲弄旬旬稀里糊涂地嫁人，失落的时候却也不止一次照着镜子对旬旬抱怨：这么好看的姑娘，怎么就没有人要？既然着急也没有办法，渐渐地她就有了神农尝百草的勇气。

曾毓对旬旬说："上次那个分都分了，总不能一直沉浸在失败里。我偏不信找不到合适的男人，没到死的那一天，就不能绝望！"

"可我怕你还没绝望的时候已经绝经。"旬旬用她特有的忧虑语气回答曾毓。

曾毓"哼"了一声，趁自己还没被对方洗脑洗得心如死灰，撇下旬旬飘然而去。

旬旬寻思着自己也差不多该回自己的小家，坐了一会儿，正打算给母亲打个电话告辞，大门被人用力推开，艳丽姐头发凌乱、大汗淋漓地冲了进来。

旬旬心里咯噔一下，难道有人胆敢在校园区域内对艳丽姐劫财又劫色？她赶紧过去扶住母亲，问发生了什么事。

艳丽姐惊慌失措地喘着气，抓住女儿的手哭道："你叔叔他……他在楼下……砰咚一声就摔了！我怎么叫，他也没反应……"

她口里的"叔叔"自然就是曾教授，旬旬领会了她话里的意思，意识到严重性，顿时紧张地问："那现在呢？叔叔在哪儿？"

"在楼下，他要是有个三长两短，我该怎么办？"艳丽姐又哭了起来。

旬旬顾不上安慰她，只拣要紧的问："你打电话叫救护车没有？"

不用说，答案肯定是"没有"。

"那你跑回来干什么？"旬旬一跺脚，推开软倒在她身上的母亲，一边飞快地打120，一边拔腿往楼下跑。

　　到了一楼的电梯间，果不其然，曾教授倒在地上一动不动。因为天色暗了下来，家属楼附近走动的人并不多，竟也没人察觉。

　　艳丽姐也跟了下来，犹如热锅上的蚂蚁，抹着泪大哭，"好端端的怎么就成这样了？难道老天就是要让我当寡妇？"

　　旬旬不敢让她再去摇晃继父的身体，当下喝道："人还没死呢！趁救护车没来，快去拿该准备的东西！"她见母亲还泪眼凄迷地愣在那里，只得挑对方这个时候能听明白的说："在你卧室左边床头柜的下层有两个文件袋，你把绿色那个拿下来……记得锁门！"

　　她目送慌慌张张从步行梯又跑到电梯的母亲，不知该说什么才好。从小她也想做个乐观朝气的好孩子，可生活这把杀猪刀偏要把她劈成万无一失的全能王。她深感在母亲和继父进入五十岁之后，将他们的过往病历、保险单据和应急款项分别备好是个正确的决定。

　　十分钟之后，救护车赶到。旬旬谢过赶来帮忙的邻居们，领着艳丽姐，将曾教授送往医院急救。

　　结束了最初的忙乱，旬旬一身冷汗坐在医院里陪着六神无主的母亲，这时曾毓和学校的有关负责人也闻讯赶到。医生汇报诊断结果，曾教授很有可能是因为脑部出现大面积的梗塞而中风昏迷，现在的情况不甚理想，有待进一步治疗和观察，能不能醒过来恢复如常还不好说。

　　艳丽姐一听，双腿软倒，几欲昏厥。旬旬只能大加安慰，这一顿口舌，直到外人离去、曾毓被准许进入特护病房看完父亲也没能停下来。事实上，旬旬自己心里知道继父的情形不妙，本已忧心忡忡，再加上耗时耗力的违心劝说仍无法将艳丽姐从悲痛的深渊中暂时抽离，饶是她耐心惊人，此时也不免有几分心浮气躁。

　　艳丽姐一会儿号啕大哭，一会儿絮絮叨叨，翻来覆去的无非是害怕曾教授有个万一。

　　"他要是走了，我这辈子也完了。"

　　"不会的……"

　　"究竟是造了什么孽，话都来不及说一句……"

　　"不会的……"

　　"我就是命太苦，他眼一闭，我也活不下去了，还不如趁早跟了他去，我干脆也死了算了。"

旬旬终于忍无可忍，抱着头打断了母亲。

"死有什么难？"她见母亲被这抬高了声音的一句话吓住了，光知道愣愣地抽咽，心一软，沮丧地说，"谁都得死，叔叔会，我会，你也会，是人就逃不过这一遭。活几十年，死无限久，迟早的事，何必着急？不如好好过看得见的日子。"

她说完这些，又觉得没什么意思。艳丽姐沉浸在悲痛中，也没力气骂她忤逆不孝，只顾自己抽泣。旬旬靠在椅子上，看着空荡荡的走廊以消长夜。

谢凭宁的出现让旬旬有几分意外。他得到了消息，赶来的时候还给旬旬带了件外套，到医生那里了解了病情后，从学医者的角度安慰了一会儿妻子和丈母娘。

午夜，哭得筋疲力尽的艳丽姐斜躺在椅子上沉沉入睡，旬旬望着身边丈夫的侧脸，仿佛比以往多了几分亲切。

"住院手续办了没，用不用……"

旬旬摇头。

"有什么需要的你只管说，看我能不能帮上忙。"谢凭宁对妻子说。

旬旬忽然笑了笑，"谢谢。"

谢凭宁没搞懂她谢什么，明明自己什么都没做。他却不知旬旬最感激的是他现在就在她身边，这也是她心甘情愿留在围城里的理由。世界太大，人太小，固守一方天地远比漫漫跋涉更让她心安。而城池里一个人孤单，两个人正好，疲惫时一松懈，身边就有个依靠的肩膀。她也只有这点简单的欲求，不明白为什么有人偏偏要去受那动荡之苦。

第五章

熊和兔子

接下来的一周，曾教授的病情并没有起色。旬旬、曾毓和艳丽姐三人轮流守在病床前看护。出乎曾毓意料之外的是，习惯了院长夫人养尊处优生活的艳丽姐在照顾昏迷的老伴时竟衣不解带，尽心尽力。只有旬旬知道，擦干了眼泪的艳丽姐想明白了一个道理：曾院长的身体就是她革命的本钱。

曾毓工作在身，旬旬看着她在公司、医院、约会地点来回奔走，累得够呛，自己再怎么说也是全职主妇，平日里医院有事，就主动多担待些，因此这些天来大部分时间都在医院里，对于邵佳荃和池澄小两口的事也无暇关注了，只偶尔在婆婆或丈夫的电话里听他们提起，才知道他们仍在本市。

这日，旬旬正与艳丽姐一块协助护工为曾院长擦身，收到谢凭宁发来一条短信：我在锦颐轩等你。

谢凭宁不是个磨叽的人，能够三言两语说清的事，通常不愿意去费那指间的工夫，但唯独对旬旬时，习惯于用短信代替电话传达信息，大概他觉得和她进行文字的交流没有交谈那么费劲。早些时候，他刚发过短信问曾教授的病情进展，还说好了晚上一起回他爸妈家吃饭。旬旬对这没头没脑冒出来的一句话很是纳闷。她压根就不知道锦颐轩是什么地方，更不清楚丈夫忽然把自己叫到那里去干什么。不过，他这么做自然有他的道理，旬旬习惯了唯他是从，还特意向艳丽姐打听，这才发觉自己对外界了解得太少。连艳丽姐都知道锦颐轩是市内一家知名酒店附属的餐厅，据说环境幽雅，菜点精致，收费也不菲。更巧的是，它所属的酒店恰恰是池澄和邵佳荃下榻之处。

旬旬本想打电话问问丈夫，刚拨了号码，忽然有个念头一闪而过，还来不及捕捉，手已下意识地掐了电话。她拿起包，对艳丽姐说自己出去一下，拦了辆车直奔谢凭宁所说的地点。

正如艳丽姐所说，锦颐轩就在那间酒店侧门一楼显著的地方。旬旬路上心急如焚，临到了目的地，反而不由自主地放缓了脚步。

正常工作日的下午三点，用餐高峰期没到，餐厅门口的露天停车场并未停满，旬旬轻易在那当中看到了谢凭宁的座驾，他已经到了。她走近几步，透过餐厅整幅透亮的玻璃外墙，便窥见了里面的人。

待会儿凭宁看到她在门外驻足不前，又要说她莫名其妙了。旬旬也暗笑自己多疑，明明是他约的自己，为什么要如此戒备警惕？正打算收回自己神经质的念头，谢凭宁的身影却就在这时落入了她的视线——还有坐在他对面的邵佳荃。更悲剧的是，旬旬发现自己一点儿都不意外。

或许早在她得知锦颐轩的确切地点时，心里已暗暗明白他等的人并非自己。

谢凭宁的手机功能齐备，却有一个特点，发信息时默认收件人为上个联系者，除非手动删除。想是他早上才给她发过信息，一不留神之下就将写给"某人"的信息误发到旬旬那里。

旬旬下意识地退后，将半边身子隐藏在缀有装饰帘子的玻璃后面。她听不见里面的人在说些什么，却能够从他们的表情看出，那并不是一场愉快的交谈。不仅是邵佳荃，就连一向稳重的谢凭宁也显得格外激动。眼见两人唇枪舌剑，一言不合，邵佳荃愤而起身要走，一脸怒色的谢凭宁却毫不犹豫地抓住了她的手，将她拽回来。邵佳荃咬牙切齿地与他争辩，谢凭宁露出难过的表情，然而两人交握的手却一直没有松开。

旬旬呆呆地看着，说不出那是种什么感觉，不是惊讶，也并非锐利的痛感，就好像你伸出手去轻轻触碰墙上的裂痕，却发现它顷刻在指尖崩塌粉碎，没有一点儿声息。

她低下头，隐隐觉得哪里不对，忽而发觉玻璃窗上倒映出的自己身后多了个重叠的影子，吓得倒抽一口凉气，情不自禁地往后一缩，正好撞上一具几乎紧贴着她的身体。

"你吓死我了！"旬旬看清了那人的脸，才拍着胸口没好气地说道。

池澄却依然学着她鬼祟张望的姿势，脸上写满浓厚的兴致，像只午睡后看见飞虫的猫。

"咦，你在看什么？"

旬旬还来不及解释，他的视线已定格在同样的一点。过了一会儿，他脸上的笑容变得意味深长。

"你的老公，抓着我未婚妻的手！"池澄一字一句地对旬旬说，语气有如求证。

"啊？哦。不……唉！"旬旬焦头烂额，词句匮乏。

池澄却丝毫没有感染到她的纠结，他轻轻推开她，冷笑一声，抬腿就要往餐厅里走。

旬旬想也没想地拖住了他，"等等，等等！你先别急……"

"干吗？"

"我先问你打算干吗？"旬旬心惊胆战地指了指里面。

池澄回答得仿佛天经地义，"进去揍你老公，顺便打断他那只不安分的手……"他的语气满不在乎，脸上全是年轻气盛的张狂。

旬旬的手微微一抖。他感觉到了，低头看着她，了然地补充道："放心，我顺便替你补两个耳光。女人都喜欢甩耳光，这个我知道。"

"不要冲动，不要冲动！"旬旬当下用力将他往反方向拉。池澄随她退后了几步。

"为什么拦着我？"他不情不愿地问。

"唉，年轻人都是多血质！我们从长计议好不好？"旬旬使尽浑身招式哄着他，"现在进去于事无补，还尴尬得很。我们找个地方慢慢商量。"她踮起脚尖四处张望，欣喜地发现不远处的KFC，于是继续硬拖着他，吃力地往那个方向走。

"去哪儿？啧，我真搞不懂你……"池澄被她拖着，虽然还在拧，却也没有固执地跟她过不去。

推开KFC的门，旬旬已是满头的汗。她把池澄强按在一张空椅子上，气喘吁吁地说："先别生气，我请你喝杯东西降降火。"

池澄从鼻子里发出一声冷哼，甚是不以为然。

见他不领情，旬旬也没了办法，颓然道："那你想怎么样嘛！"

"一杯蓝莓圣代！"他斩钉截铁地说。

"啊，哦！"旬旬认命地去排队，怕他在这个间隙又重燃怒火，再三叮嘱他留在原位等着不要动，点单的过程中也频频回头。好在他算是理智尚存，直到旬旬端着蓝莓圣代回来，他还是脸色阴沉地坐在那里。

"给你。"旬旬坐到了池澄对面。

池澄转过脸来，一脸讽刺，"你这个贤妻良母做得真伟大！要是在古代，你肯定主动给你老公纳一群小妾！"

旬旬好气又好笑，可想到笑话背后的可悲事实，心里又灰暗了下来，叹了口气，"这个时候生气是正常的，但动手于事无补。"

"就因为你忍耐，别人才随意拿你搓圆搓扁。我不会像你这样忍气吞声！"某人未婚夫的怒火好像又在他身上燃烧了起来，他把蓝莓圣代往桌上一放，腾地站起身。

"怎么又恼了？"旬旬再度抓住他的手将他拖住。他一脸不耐，碍于旁人侧目，才不便发作，但又抽身不得，只好顺着她的力道坐到她身边。

旬旬觉得不妥，松开他的手，往里挪了挪。但这个时候为了他不再返回去收拾餐厅里的人，她也不好再刺激他。

"你刚才在外面都看见了什么？"池澄搅着杯里的雪糕，闷声问。

旬旬说："其实也没什么，他们好像吵得厉害。"

"是你老公先抓着佳荃的手？"

旬旬没说什么。事实如此，他也看见了，总不能栽赃说是别人未婚妻主动把手塞到谢凭宁掌心里。

"就像这样？"

池澄模仿谢凭宁的姿态把手覆在旬旬手背上，握紧。

旬旬立马缩手。

"不是这样？"他困惑地皱眉，趁她来不及反应，扳过她的脸飞快在她嘴唇上啄了一口，"难道他还这样？"

旬旬忙不迭推开他，这下她是真的怒了，脸涨红得如熟透的番茄。再怎么年轻没个顾忌，这般行径也绝对太过了，简直就是变着法子占她便宜！

"你……"

池澄的反应却比她更大，用力一拍桌子，"谢凭宁他真的敢这么做，岂有此理！"

旬旬被他拍桌子的声音吓了一跳，他却仿佛没事人儿一般，浑然不觉自己方才有何出格，再度化身受害人和道德的审判者。

"停！你刚才在干什么！我警告你，有事说事，不要动手动脚！"迫于他的正气凛然，旬旬的警告相比之下气势顿时弱了半截。

池澄愣了愣，一脸无辜，"什么？"在旬旬翻脸之前，他才恍然大悟地"哦"了一声，"你是说不许'这样'！"

看他的样子竟像是打算把刚才的动作重复一遍。旬旬简直要气疯了，这个人根本不可理喻。她想甩手就走，可坐的位置靠墙，另一端则坐着池澄。

"叫你不要动手动脚，你没有嘴吗？"旬旬怒目而视。

"我动的不就是嘴？"

旬旬咬了咬自己的下唇，淡淡的甜味，蓝莓圣代！也许她该给KFC写封建议信，禁止向儿童售卖蓝莓圣代，这味道实在是少儿不宜。她不打算继续与他交谈下去，推了他一把强行离开座位。

"我道歉还不行？别生气！"池澄放低了姿态正色道，可旬旬却明明看到他眼里的笑意一闪而过。

她警惕了起来。

"你对谁都是这副模样？"旬旬冷冷地看着池澄。

池澄笑了，"当然不，我又不是花痴。"

那你为什么这么对我？旬旬犹疑着，还来不及问，他已给了答案。

"我喜欢你。从第一眼看到你开始。"池澄说得坦坦荡荡。

这算什么跟什么？

旬旬深吸口气，"我是结了婚的人，你也有未婚妻，你的未婚妻还是我丈夫的小姨，你就是我们未来的小姨夫。虽然你的未婚妻和我的丈夫之间有些暧昧，但她还是你的未婚妻，我丈夫还是我丈夫，小姨还是小姨，小姨夫也还是小姨夫！"她说完，觉得好像更乱了。

池澄笑得益发灿烂。

"你看，你到现在还是多血质。我都没把话说完。我喜欢你，是因为你身上有种气质和我妈很像。"

旬旬又臊又恼，差点没步曾教授后尘。她留着最后一口气使劲把池澄一推，池澄没防备，歪向一边，趔趄了几步才站稳。旬旬趁势从座位的死角里跨了出来，逃也似的推门而出。

她在被阳光照得白亮的马路上走着走着，忽然问自己，这是怎么了？当前困扰她的问题明明是谢凭宁和邵佳荃的关系，为什么不知不觉间变成她和池澄暧昧地不欢而散，真正的麻烦反而丝毫没有解决？她是朝着餐厅的方向去，可去了之后又该怎么做？难道真如池澄说的冲进去揍他们一顿？那样除了出一口恶气，又能给她带来什么后果？

旬旬冷静了下来，停在距离锦颐轩百来米的地方，慢慢摸出手机，给谢凭宁打了个电话。

"喂，凭宁吗？你不是发短信叫我到锦颐轩？我到了这附近，但找不到锦颐轩在哪里。"

旬旬步入附近的工艺品店逛了一小会儿，谢凭宁通知她车已经开了过来。她走出去，找到熟悉的车，副驾驶上已经坐着一个人，那是眼睛微红的邵佳荃。

旬旬坐到后排，邵佳荃熟络地和她打招呼。谢凭宁主动解释道："今天妈叫我们回去吃饭，让佳荃也一块儿。我到附近办事，顺道接她，就让你也来锦颐轩会合。"他见旬旬没有吭声，又多问了一句，"你刚到？"

"嗯，差点儿找不到地方。"旬旬看着车窗外说道。

"你呀……"谢凭宁的声音变得轻快了不少，"都不知道脑子里整天在想什么。"

旬旬笑笑，低头玩手指，不再说话。

邵佳荃见车里忽然静了下来，就和谢凭宁聊起了刚上映不久的一部电影。谢凭宁嘲笑她的视角太偏激，邵佳荃就暗讽谢凭宁没有看懂，两人针锋相对，各不相让，吵得不亦乐乎。

那部电影旬旬其实也是看过的，自己一个人去的影院，事后还在豆瓣发了篇自说自话的影评，只是婚后谢凭宁从来就没有对这些流露出半点儿兴趣，她便也没好意思说那些来烦他，这时不由得有些怅然。

到了公婆家，旬旬的婆婆看到邵佳荃只身与儿子媳妇前来，问："怎么不见池澄？"

听到这个名字，摆碗筷的旬旬手下也慢了。

邵佳荃说："他今天自己一个人去看话剧。"

"话剧？"旬旬婆婆有些惊讶，"年轻人爱看这个？"

邵佳荃笑，"我也不知道，来之前还给他打了个电话，他说正看到精彩的地方，就不过来了，让我代问您二老好。"

如果这番理由真是池澄给邵佳荃的，那他也真会掰的。旬旬想，自己方才不也看了一出？只不过散场后各人的心思各人自知。

吃罢晚饭，旬旬和婆婆一道在厨房里收拾。邵佳荃也想要帮忙，谢母看到她的样子就知她不擅家务，只打发她出去看电视。她和谢凭宁坐在沙发的两个远端，中间隔着谢父，两人都聚精会神看着《新闻联播》，也不知道心里在想什么。

"妈，你也出去坐吧。"旬旬对婆婆说。

谢母道："我都做惯了。倒是你，同是年轻人，难得你勤快又懂事。"

婆婆的语气柔和，颇有嘉许之意，旬旬赧然一笑。

"哪儿的话。"

"我知道就算在家里，其实也有很多忙不完的事，里里外外都要操心，听说佳荃这次回来也是你陪着他们，今天又陪她逛了半天？"

旬旬一愣，随即明白这必然是谢凭宁在其母面前提供的一个版本。他倒是善于利用资源，娶个糊涂大度的妻子，不但可以随性而为，还多了一个掩护的屏障。

她看向客厅，不知是巧合或是别的缘由，谢凭宁的视线也转向了厨房的方向。

见旬旬没有说话，谢母全当她谦逊，轻声喟叹道："你是好孩子，有你是凭宁的福气。"

婆婆的话让旬旬心里有种说不出的滋味。她不忍说出口。是福是祸，只有当事人明白，哪怕亲如生母，只怕也是隔岸观火。

又坐了一会儿，吃了水果，谢凭宁提出该回去了。谢母一意留下邵佳荃陪自己看会儿电视，让儿子、媳妇先走，谢凭宁、旬旬便告辞了。临行前，两老送到门口叮嘱他们小心开车。门关上的瞬间，旬旬回望，邵佳荃独自坐在沙发上，神色漠然。

路上，广播里应景地播着首百无聊赖的歌，旬旬低声跟着哼。

"……谁能够将天上月亮电源关掉，它将你我沉默照得太明了，关于爱情，我们了解得太少……嗯？怎么没了？"

谢凭宁关掉广播，说："听着头疼。"

"不听还疼吗？"

他没有接旬旬的话，过了一会儿，又把广播开了。

"你觉得池澄这个人怎么样？"谢凭宁凭空冒出这句话。

"啊？嗯……"旬旬的第一反应竟有几分心虚，她还没问他，难道他就先发制人地摆她一道？可问题是他又从哪里嗅出了不对劲？

"应该还行吧。"她含糊地说。

谢凭宁继续问："你真觉得他这个人不错？"

旬旬的心提到了嗓子眼。她恼自己，明明什么都没做，更恼池澄，都怪他没事找事添乱。

在辨别出谢凭宁的意图之前，她只能谨慎地回答："不好说，毕竟没见过几次，不太了解。"

"在你们女人眼里，他是不是挺有吸引力的？"谢凭宁不以为然。

旬旬说："也不见得，长得也就马马虎虎。"

她说完这句话又后悔了，太明显的谎言很容易被人识破并认为她心里有鬼。池澄是长得挺好，但有没有吸引力是个见仁见智的问题，理想的回答应该是这样。

然而事实上谢凭宁并没有心思纠结于这些细枝末节，他自嘲地笑笑，"算了，我随口问问，人和人的看法不一样。"

原来他在意的问题和旬旬担忧的没有半点儿关系，她不知该松口气还是更加的悲哀。谢凭宁问这些话的唯一理由，如果不是他有断背倾向，那就是他试图从妻子身上以同性的角度揣度邵佳荃的心意。

世界上还有比她更悲哀的妻子吗？

答案是：有！

因为下一分钟的赵旬旬比这时的她还要悲哀。

"明天正好是佳荃的生日。她自己一个人在这边，我们是不是应该有所表示？

有老人在到底拘束，你说，该怎么样为她庆生比较好？"

　　谢凭宁专注地开车，专注地想着他所专注的事，这时的他当然无暇去看自己一向温存缄默的妻子。对于一个身犹在、心已远的男人来说，太多细枝末节的小事都远比身边的女人在想什么更重要，所以他不会察觉。有一瞬间，赵旬旬看他的眼神在跌入冰点之后，多了匪夷所思的嘲弄。

　　一首歌唱完，谢凭宁还没有等到旬旬的合理性建议。他起初以为她在思考，后来才发现她在发呆。

　　"你怎么了？"他问。

　　"没什么。"旬旬说，"我只是忽然想到一个很久以前听来的笑话。"

　　"哦？"谢凭宁并不是太感兴趣。

　　"不如我说给你听？"

　　他对旬旬莫名的热忱不置可否。

　　旬旬自顾说道："有一天，熊和兔子一块在森林里大便，中途熊问兔子：介意皮毛上沾到大便吗？兔子想了想说不介意。于是熊就用兔子来擦屁股。"

　　谢凭宁静等片刻，确定笑话已讲完之后才耸耸肩道："没觉得好笑，就是有点儿恶心。"

　　旬旬在一旁缓缓点头，"是很恶心，我也这么觉得。"

第六章
女二号的残局

　　邵佳荃的二十五岁生日，谢凭宁没有惊动长辈，只邀请了过去相熟的几个同辈亲朋和她在本地的旧友。庆生地点还是选在锦颐轩。谢凭宁订下了一个偏厅，为邵佳荃办了个简单却热闹的生日派对。

　　除了谢家同辈的几个表亲，其余的人旬旬都不认识，别人好像也不认识她。她拿了杯饮料坐在角落里，看他们寒暄叙旧、谈笑风生。即使多不愿意承认，从某种角度上来说，她更像个旁观者，哪怕那个男人昨夜还躺在她的身边。

　　池澄则明显比她要适应眼前的环境，熟络地与来人交谈，以寿星未婚夫的身份对女主角大行绅士之道。看来昨天旬旬的一番开导起到了一定的作用，很明显的一点就是，他在目睹了餐厅那一幕之后，回去并没有对邵佳荃摊牌，甚至在面对他前日还扬言痛揍的谢凭宁时也未发作，至少到目前为止还没有。

　　旬旬有那么一丁点儿的后悔。如果当时她没有拦住池澄又会怎样？让他肆意而为地大打出手闹一场，会不会更畅快一些？随即她又鄙视自己的阴暗，她自己做不出来，却把希望寄托在别人身上，实在是没有意思，只图一时之快也并非她的处事原则。

灯光熄灭，烛光亮起，烛光熄灭，又换了灯光。唱生日歌，许愿，吹蜡烛，切蛋糕，大家齐声祝贺，王子亲吻公主，气氛达到了高潮，群众演员赵旬旬也随着轻轻鼓掌。池澄当着邵佳荃的面给她戴上了一条璀璨的项链，口哨声四起，不用问也知道这份礼价值不菲，幸福的女主人公配合地扬起醉死人的笑容。

过了一会儿，邵佳荃转向身畔的谢凭宁，巧笑倩兮，似乎在问他今天打算送自己什么礼物。谢凭宁淡淡地将她叫到一旁，从隐蔽处捧出了一个鼓鼓囊囊的包，吊人胃口的是那包里仿佛还有活物轻轻在动。

就连旬旬都不由自主地伸长了脖子，好奇地等待。她的丈夫在邵佳荃出现后总能带给她耳目一新的感觉。然而就在谢凭宁拉开拉链的瞬间，她忽然如醍醐灌顶。出门前她还纳闷呢，怎么一早上都没有见到自家的老猫咪，还以为它又钻到角落里睡懒觉了，原来早被有心人带到了这里。

这一刻她是纯粹地为那只猫感到难受，被装在包里好几个小时该有多憋屈。

拉链尚未彻底打开，旬旬再熟悉不过的那个黄色的猫头就迫不及待地钻了出来。邵佳荃起初一愣，回过神来的瞬间竟然红了双眼。她起初还想掩饰，睁大眼睛露出夸张的惊喜，或许是自己都意识到那笑容太难看，侧过脸深深吸了口气，语调里已带着哽咽。

她朝那只猫伸出了双手，旬旬只听见她沙哑着声音唤道："菲比，我的菲比。几年不见，你都老成这样了。"

旬旬张嘴想要劝止，可惜没来得及。长期养在家里的猫本来就害怕外界，何况被关在黑洞洞的猫包里老半天，乍一挣脱，突然面对那么多陌生的人和刺眼的灯光，会做出什么样的本能反应已不言而喻，哪怕它面前的人曾经与它有过多深的渊源。

"啊！"在场的人都只听见邵佳荃一声痛呼，定下神来便已见她捂住自己的一只手，再松开时掌心沾满了血迹。惊慌失措的猫咪在她白皙的手背挠出了三道极深的血痕，爪子所经之处皮开肉绽，煞是惊人。

谢凭宁大怒，抬脚就要踹向那只猫，被邵佳荃使尽拉住。

"不关它的事！"

猫咪趁机蹿了出去，在它完全陌生的空间里恐惧地疯跑，撞倒了桌上的酒杯和蛋糕，眼看就要跳上墙角的矮几——那上面点着数根香薰蜡烛，而窗帘近在咫尺。

旬旬唯恐引发火灾酿出大祸，想也没想地扑过去按住了那只猫。老猫龇牙弓背做攻击状，旬旬躲过，将它抱在怀里安抚地摸着它的皮毛。不枉这三年来的朝夕相处，它感受到了熟悉的气息，一会儿之后终于不再狂躁，缩在旬旬怀里瑟瑟发抖。

"难怪都说猫是没心肝的动物，养不熟的畜生！"谢凭宁朝那只猫怒目而视。旬旬抱着猫，觉得自己仿佛无端地与闯祸的家伙并入了一个阵营。

"我怎么会想这个蠢念头。"谢凭宁抓过邵佳荃的手检查她的伤口，邵佳荃忍着痛想收回手，抵不过他的手劲。

她看着旬旬怀里的猫，低声自嘲道："我把它捡回来的时候它才那么一点儿大，赖在我怀里赶都赶不走。它早不记得我了，人离得久，很多东西都会忘记，何况是只猫？"

谢凭宁仔细看过她的伤口，果断地说："你现在赶紧跟我去医院，不及时处理是要出问题的！"

"不用，包扎一下就好。难得大家都在，何必为了小事扫兴？"邵佳荃拒绝。

"我看你是搞不清状况，狂犬病的死亡率是百分之百。我送你去，现在就走！"谢凭宁说着就去拿他的外套。在场的亲友都劝邵佳荃听他的，小心为上。邵佳荃看了一眼池澄，他双手插在裤兜里，面无表情。

"去医院吧！用不用我陪你？"池澄问道。

"不用了，我带她去就好。"谢凭宁说这话时已抓着邵佳荃的伤手走到了偏厅门口。

既然中途出了状况，主角都已提前离开，过不了多久，留下来的客人们也陆续散去，被一只猫搅得遍地狼藉的空间里就剩下了非主非客的两人。

池澄挑起一块完好的蛋糕，随便找了张椅子坐下，轻描淡写地对忙着把猫哄进猫包的旬旬说："你老公倒是个性情中人。"

旬旬恨恨地瞥了他一眼，准备走人。这时餐厅的工作人员推门而入，目睹现场的状况，淡定地问："请问哪位埋单？"

旬旬瞠目结舌，又看向自己身边的"同伴"，见他低头去挑蛋糕上的水果，好像什么都没听见，之前在众人面前的慷慨与绅士风度不知跑到哪里去了。

她闭上眼，又张开，确信自己横竖是逃不过去了，这才接过账单，上面的数字跳入眼里，更是一阵无名悲愤。

池澄这个时候却好奇地探头来看，嘴里啧啧有声，"你老公还挺慷慨的，就是记性不太好。"

旬旬哆嗦着去翻自己的包，池澄看她分别从四个不同的位置摸出现金若干，数了数，又绝望地从记账本的侧封抽出了一张银行卡，这才免于被滞留餐厅抵债的命运。

等待服务员开发票的间隙，旬旬抱着猫包，瘫坐在另一张椅子上，也顾不上姿态不够端庄优雅，愣愣地出神。

她忽然想唱歌，王菲的那首《不留》，只不过歌词需要换几个字眼。

怎么唱来着，对了……

"你把十二点留给我，水晶鞋给了她，

把无言留给我，距离给了她，

把身体留给我，心给了她，

把老猫留给我，狂犬疫苗给了她，

把家务留给我，浪漫给了她，

把账单留给我，聚会给了她，

把小姨夫留给我，外甥给了她……

如果我还有快乐，见鬼吧！"

古人所谓的"长歌当哭"也差不多是这么回事吧。

池澄见她脸色阴晴不定，好心问道："看你的样子跟难产差不多，其实不就是钱嘛！"

旬旬说："不关你的事。"

"来吧，我来当一回圆桌武士。我送你回家。"他放下蛋糕，拍了拍手站起来。

"不用！"

"别逞强。公车都没了，我不信这回你还备着打车的钱。"

"说了不用你管。"

"底气挺足，哦……想着你的银行卡呢？现在几点？临近年末，以你的警觉性，不会不知道一个单身女人半夜站在提款机前会怎么样吧？"

池澄做了个干脆利落的抹脖子姿势，欣慰地发现自己戳中了某人的要害。赵旬旬抱猫的手一抖，刘胡兰般的表情松动了下来，成了李香兰。

"走吧。"他趁热打铁地说服她。

旬旬犹豫地说："发票还没开好呢。"

"你就这点儿出息，还指望谢凭宁给你报销？"池澄在她背后不轻不重地推了一把，见旬旬只是顺着他的力道往前挪了两步，讽刺道，"要不要我像你英雄救美的老公那样牵着你走？"

形势比人强，法制栏目里播出的午夜劫案考验着赵旬旬的意志，她随池澄出了餐厅，发现自己被他领到了一辆没上牌的大众CC跟前。

"试试我的新车。"池澄把她塞进副驾驶座，眉飞色舞地说。看他没心没肺的样子，像是完全把女朋友刚被人强行带走的阴霾抛到了脑后。

旬旬有种上了贼船的感觉，狐疑地问："陪邵佳荃回来探亲，你买车干什么？"她的潜台词不言而喻，莫非他和邵佳荃这对孽障不打算在亲戚中巡展一圈后双双离开？

池澄皱了皱眉，"探亲？谁跟你说的？我不想留在上海看我老头的眼色，更不想再看他看后妈的脸色，就主动提出回到这边拓展华南市场的业务。他们求之不得，二话没说就奉上盘缠，恨不得我永远不要回去。"

"那邵佳荃呢？"旬旬不安地继续问道。

池澄顺理成章地说："她要是打算和我在一起，当然会留下来陪我。"他把车开了出去，补充道："当然，要是她跟别人走了，是走是留都和我没关系。"

我的天！旬旬心里摇摇欲坠的那点儿侥幸感也即将不保，恹恹地将头别向一边。

池澄看出来了，"你讨厌我，也想让我趁早走人？"他讥诮的表情让旬旬觉得自己和他凉薄的亲爹后母成了一丘之貉。

"这座城市又不是我的，你爱走爱留是你的事。"

"如果是你的呢？"

她不想与他纠缠于如此幼稚的问题，换个话题说道："……我丈夫和你未婚妻的关系你也看到了，他们过去一定不是单纯的小姨和外甥，你怎么想？"

"我怕什么？"池澄不以为然地冷笑，"昨天我生气是因为他们偷偷摸摸地鬼混，把我当傻子看待。后来你非不让我教训他，我也想通了。好男儿何患无妻，她爱谁谁，何必勉强？"他说着又朝旬旬笑笑，神情偏如孩子般天真，"你说从长计议也是对的，分手没问题，但我不能白让他们给耍了。现在不如放任他们去，要是他们动了真格的，我就当着谢家老小的面把这事给抖出来，再一脚把她踹了，让他们奸夫淫妇双双化蝶。你说这样岂不是更大快人心？"

旬旬听了直想哭。不怪她如此谨慎，这世道，一个个都是什么人呐！

"说得容易，但人是有感情的，你和邵佳荃毕竟是已谈婚论嫁的恋人，你要是真心喜欢她，就不会这么洒脱。"

池澄说："结婚又不是我提出来的。我是挺喜欢她，可她背地里留着一手，那句老话怎么说：你既无情我便休。难不成还不许我喜欢别人？你看，我就挺喜欢你的。"

"……"

"你比佳荃更像个真正的女人。她还跟孩子似的，平时恨不得有个人来照顾她，眼光也没你好。你送我的那条'火车'我穿上之后挺喜欢。"

"……"

旬旬恨不得毒聋了自己，省得听他那些大逆不道的废话，然而他接下来要说的却又让她不得不竖起耳朵。

"不过，她倒也没有什么都瞒着我。早在刚认识不久的时候，她就提过，她曾经很爱一个男人，对方也一样，后来因为家里坚决反对才没了下文。我当时还想，什么年代了，还有这种老套的剧情，没想到那个人是谢凭宁。他们还有那层关系，也就不奇怪了……是了，她也说过，他们一块收养过一只流浪猫，后来她走的时候，男的没让她带走，看来就是你包里那只丑八怪了。"

这个说法倒是与旬旬猜测的非常相近。如此一来，邵佳荃归来前谢凭宁的异样、公婆面上亲昵实则想方设法阻挠他们单独相处的态度、还有不爱宠物的谢凭宁为什么固执地养了这只猫……一切都可以得到合理的解释——当然，这也完全可以解释三年前万念俱灰的谢凭宁迅速相亲结婚娶了她的原因。她就是传说中的炮灰，全世界观众都知晓剧情、就她还在自说自话的傻X女二号，通常要在大团圆结局时含泪目送男女主人公双宿双飞绝尘而去。

池澄不给她自艾自怜的余地，贱兮兮地又来撩拨。

"我又想起一件事，上次说要把钱十倍还你，说到做到。"

他说着就去翻自己的钱包。

"你看着路……"旬旬在车身陡然偏移了少许的瞬间惊呼出声，怒道，"搞什么！我不想陪你一起死！"

"你那么惜命，全世界都死了，剩你一个，有什么意义？"

"那也得活着才能去考虑！"

池澄掏出钱，单手递给她。

旬旬哪有心思陪他过家家，重重把他的手打回去，"不用！"

池澄甩了甩被她打疼了的手，挑眉道："不用？也就是说你真决定把那条内裤送我了？我还是第一次收到女人送给我的……"

"拿来。"

她粗鲁地抢过他手里的钱，打算让他马上停车，她自己回家，就算冒着深夜遇到变态的危险，也不比眼前的情形差到哪儿去。

就在旬旬寻找适合下车的地点时，才惊慌地察觉池澄开车走的方向已偏离送她回家的任何一种路径，这让她再度感到安全感的极度缺失。

"停车！你这是去哪儿？"她睁大眼睛看着身边的人，"现在就放我下来。"

池澄用电视剧里奸角的常用表情阴森森地道："急什么？我带你去个好地方。"

不管他是认真还是戏弄，旬旬是真急了，拍着他的胳膊，"别闹了，再闹我要叫了。"

池澄喷笑，"你得捂着胸口，夹紧双腿，要不就贞洁不保……你再拍我的手，小心方向盘一歪，砰！精尽人亡，不，车毁人亡！"

旬旬不闹了。她停了下来，低头把脸埋进双手里，什么也不想听，不想说，不去想。反正她已经衰到极点，没人比她更失败了。窝囊地围观自己丈夫和另一个女人旧情绵绵，末了还要被个小屁孩当猴一样耍。

"不吓你了，我跟你开玩笑的。"这时池澄把车停了下来。他的呼吸撩动旬旬鬓边的碎发，像是凑过来仔细看她怎么了，"你没事吧？说句话。好吧，我让你骂几句……哭了？这回换你吓我了！"

"别动！"旬旬放下双手，抬起头，以免他再一个劲地拨拉她的手指，求证她到底哭没哭。

看到她眼里除了倦意并无泪痕，池澄松了口气。

旬旬茫然地看着窗外，他并没有把她劫持到荒山野岭为所欲为。车停靠的地方是个宽阔的地下停车场，没有熟悉的痕迹，并不似她去过的任何一栋大厦。

　　可她现在甚至不想问他究竟把自己带到了哪里。她一度以为与谢凭宁共筑的小家是最安稳的藏身之处，哪想到全是幻觉。谢凭宁的心是座虚掩的空城，如今四面洞开，只有邵佳荃可以呼啸而过，来去自由。旬旬住在里面，翘首以望，困坐愁城。

第七章
没有什么属于我

　　"不生气了就笑一笑。"池澄试探着说。

　　旬旬如他所愿牵了牵唇角。

　　"算了，你还是不要笑。哭也可以的。不然我让你打两下？我知道你很想揍我。"

　　"没你什么事。"旬旬木然道。

　　"那还是谢凭宁的事！"池澄双手环抱胸前，"你就这么在意他，没他不能活？"

　　"他是我丈夫。"

　　"心里只有别人的丈夫！"池澄强调。

　　旬旬自言自语一般，"其实我很多事情都可以不计较，但他侮辱我的尊严也就罢了，现在还要来侮辱我的智商。"

　　"我怎么感觉他一直都在侮辱你的智商？"

　　旬旬以杀死人的目光回应池澄的插话。

　　池澄挪了挪身体，坐正了才对她说："旬旬，能不能实话告诉我，你为什么要嫁给谢凭宁？"

匀匀想了很久，"因为我不知道自己为什么不嫁给他。我妈妈极力主张我和他在一起，他也希望娶我。谢凭宁这个人没什么大的缺点，我一直相信他是踏踏实实过一辈子最好的人选。"她自我解嘲，"那时他还是个大夫，我想，如果有一天急病发作，身边有个学医的人，生存几率要大很多。"

池澄讽刺她，"我是药科出身，家里也卖药。你如果嫁给我，吃错药的几率也会小许多。"

匀匀没有计较。

"我是挺蠢的，但我要的只是再简单不过的生活。他不需要如痴如醉地爱我，也不需要为我赴汤蹈火，只要给我一个家，难道连这样的要求都算过分？"

"倒不过分。"池澄说，"但很多时候，往往就是因为你要的太少，别人才索性什么都不给你，结果你一无所有。"

匀匀低下头，"我不懂你的意思。"

他嗤笑，"你当然懂，你是我见过最厉害的装糊涂高手。"

"如果我是装糊涂的高手，又怎么会让你看穿？"

"因为我有一双火眼金睛，是专门看透装糊涂高手的高手。这样说来，其实我们很合拍。"

"当然合拍，我要是铅笔，你肯定就是笔刨，天生就是为了消耗我来的。"

"我喜欢这个比喻。"池澄的笑意在眼里，匀匀依然面无表情。

"有没有人说你有一双看起来天真的眼睛？"

"谢谢。"虽然没什么心情，但她还是决定收下这个赞美。

池澄客气道："不用谢，因为我只是说'看起来'，而且没有赞美的意思。你不说话的时候，眼睛空荡荡的。男人大多喜欢女人眼里的茫然，我也一样，总觉得楚楚可怜，让人充满了保护的欲望。可我现在很怀疑，你茫然不是因为什么都不知道，而是因为你什么都知道。"

"是么？我不知道。"

"看，你又装糊涂。知道得太多的人做事往往思前想后，畏缩不前，因为他们太清楚事件的后果。"池澄天马行空地说，"知道为什么当兵的大多是血气方刚的少年人吗？他们年轻，不懂活着的宝贵、死的可怕。当他懂得了，就成了兵油子，没多大用处了。人越明白就越胆怯，所以老人最怕死。勇敢不是美德，而是一瞬间的无知和空白。如果他始终是清醒的，那只能是某种东西在遮住他的眼睛，让人短暂遗忘后果。"

"你不也想得很多？"旬旬说。

池澄诡秘一笑，"哪儿的话，这是我的一个老朋友对我说的。况且我比你年轻，人比你傻，胆子也比较大，所以我敢离开另有所爱的邵佳荃，你不敢！"

旬旬黯然地说："我的确是个包子，活该被人骑到头上。"

"别骗我，其实谢凭宁和佳荃那点儿事你都知道。我看你未必有多爱你丈夫，忍气吞声和贤惠大度也没多大关系。你心里的小算盘打得噼啪响，说到底是害怕到头来鱼死网破你什么都得不到。"

"那我现在又得到了什么？"旬旬又一次被他激怒，她不愿从别人口中听到如此不堪的自己。

"你得到了衣食无忧和你幻想中的安定！"池澄再度毫不留情地揭穿，"单纯为了你想要的生活，去嫁一个不爱的人敷衍度日，就等于是合法卖身。所以你不敢对金主指手画脚，明知他骑到你头上，你还要自欺欺人地装聋卖哑，这和收了钱就任人摆布的妓女在本质上有什么区别？"

旬旬当即下车，用力甩上车门。她裸露在外的部分已任他检阅，他还不满足，偏要把裙子底裤都掀起来肆意点评，是可忍孰不可忍。

"哈哈！恼羞成怒？看来被我说中了。"池澄靠在椅背上得意扬扬。

"就算我要衣食无忧和安定又有什么错？任何一个女人都可以要求这些。你这样的公子哥儿没资格站在道德的制高点评价我。"旬旬愤愤地对车里的人说道，"不要以为懂了点儿皮毛就看破世情，有些事轮不到你妄加评判。我就是受够了不知道明天会怎样的生活！反复搬家，从一个出租房到另一个出租房，有钱就花，上一顿全是肉，下一顿就喝西北风！每到过年过节，最怕债主上门讨债；每得到一件好东西，都担心是我爸爸从别人手里骗来的。他们离婚，我跟着我妈，她身边一个男人一个男人地换，为了我初中进重点班她都能和教务主任睡觉！献殷勤的时候男人都说要娶她，只有她才信，其实都是狗屁！"

池澄跟着走下车，站在离她不远处，看着赵旬旬满脸通红如困兽般在原地绕着圈子。

"我妈和继父刚在一起那几年，叔叔一来，她就让我到外面的隔间去睡。怕原配找来，每次见面他们都小心得很，我妈一个月换三次住的地方，恨不得背后长双眼睛，可偷情的时候连大门都忘记上闩。我记得有天晚上，下很大的雨，对，是下雨！他们在帘子后面滚，我睡了，外面有人摸进来，后来我才知道是小偷。我们家最值钱的东西就是我妈跳舞的裙子，连张像样的沙发都没有，居然还有小偷惦记着！他到处乱翻，我连眼睛都不敢睁开，怕一叫他就杀了我和帘子后面的人。我就这么一直闭着眼，一直闭着，等到睁开眼，天都快亮了，我的枕边有一把小偷留下的缺口柴刀，只要我一动就没命。可他们什么都不知道，没人知道！"

池澄目睹她的愤怒，也觉得自己做得过火了，走过来抚着她的肩膀，"都是以前的事了，再说，也不是没人知道，不是有我吗？我知道！"

"狗屁！"

池澄没敢笑出声来。

旬旬完全不理会他，也不理会自己的用词是否有失体面，自顾说着。她不是对池澄倾诉，而是对自己说，对住在她身体里依然畏惧得瑟瑟发抖的赵旬旬说，如同她长年来日复一日那样。

"我妈走了狗屎运，曾叔叔还是娶了她。她高兴得很，但曾家上下恨死了她。曾叔叔有一儿两女，大的都已经离家，我妈以为她胜利了，她不知道曾叔叔没有一天不在想他的大儿子和女儿，只要他心软地听他们一句威胁，我和我妈第二天就要重新回到那间出租屋。曾毓以前处处和我作对，我呢，谁都不能得罪。我是好孩子、乖孩子，见谁都笑，对谁都礼貌，才能让我妈满意，才能从曾家一大群的亲戚那里要到一块糖。十四岁以后我吃穿不愁，住在那间大房子里，可我很清楚，里面就连一个杯子也不是我的。从小到大没有什么是真正属于我的！"

旬旬说得累了，靠在车门上，语调平静了不少。

"你说我卖给谢凭宁也好，打自己的小算盘也好，我最大的愿望只是每天醒过来，发现今天的一切还和昨天一样，什么都还在，什么都没有改变。"

池澄也学她那样靠着。过了一会儿，他似乎想到了什么，匆匆从后排翻出一件东西，拉着旬旬就往楼道跑。深夜的地下停车场通往上层的电梯关闭了，他就拖着她去爬安全通道。旬旬不肯，池澄威胁道："你留在这里，一个人都没有，就不怕小偷拿着柴刀再次出现？"

他作势要走，旬旬慌忙叫住他，回车上去背那个猫包。人都知道趋利避害，她不能把一个活物留在危险的地方。

上到地面一层，池澄还不满足，一路沿着蜿蜒的楼梯往上跑。在十七楼的通道处，他们都停下来大口大口地喘气。

池澄边喘边笑，"你体力不错，居然跟得上我。"

旬旬还背负着一只猫的重量，腰都直不起来，"没有好的体力，怎么生存得下去？你倒了我都没倒！"

池澄把猫包背在自己身上，说："下去的时候别让我背着你！"

气绝身亡之前，两人推开三十一楼天台的门，趔趄地冲到栏杆边缘，同时跌坐在地上。

旬旬恢复语言能力的第一句话是——"麻烦你给我个合适的理由，上这里来想要干什么？"

池澄笑着不说话，旬旬勉力站起来，环顾四周。参照周围的标志性建筑物，她似乎又有了那么一点儿方向感。这不是什么荒山野岭，更不是狐仙午夜变出的幻境，而是某个新兴城区的中心地带，旬旬还曾不止一次地途经这里。他们所在的这栋大厦主要是商场和酒店，几年前尚算这城市最高的建筑物之一，因为占据坡地，从高处看更是有"会当凌绝顶"的错觉。

池澄示意她过去，和他一样倚在栏杆上往下看。不新不旧的铁制栏杆，旬旬担心它的坚固程度，不肯上前，被池澄用力拉过来。她恐高，紧紧抓住栏杆的扶手，从眼睛眯着的缝隙里往下看了一眼，只觉头昏目眩，摇摇欲坠。

"我虽然发了一阵牢骚，但绝对绝对是不会往下跳的！"她缩回去，对池澄郑重说明。

"行了，走近一些是不会死的。"池澄朝她伸手，"给我，钱！"

"干什么？"

他不废话，伸手到她包里去找不久前才还给她的一沓钞票。

旬旬骇然道："你要劫财，何苦上到三十一楼？"

池澄把手里的一个盒子递给旬旬，"你把钱给我，这个就是你的了。"

旬旬一头雾水地接过，揭开包装精细的盒盖，里面是整套上好的骨瓷茶具，这些茶具在夜色中呈现出柔润的莹白色，一看就是好东西，但她不需要。

"茶具是我今早给自己挑的，现在一手交钱一手交货，我把它卖给你了，任你处置。"

"我要这个做什么？"旬旬愣愣地捧着茶具的盒子，不知道他葫芦里卖的是什么药。

"想做什么就做什么。"池澄从盒子里挑出一只线条优美的美人壶，拿在眼前欣赏片刻，"要不我给你做个示范？"

他说完，当着旬旬的面用力将它掼在天台的水泥地上，顷刻间白瓷粉碎四溅。

旬旬心疼死了，推了一把暴殄天物的人，"你这样糟蹋东西，不怕被雷劈？"

池澄说："我的东西，爱怎么样就怎么样，雷公也管不着……当然，现在它是你的了。"

他又拿起一只耳杯，强塞到旬旬手里。旬旬不要，想方设法要还给他，"我不陪你疯，太晚了，我要回去了。"

池澄背着手退了几步，戏谑道："回去晚了又怎么样？谁在家等着你？就连猫都被你带到这里来了。现在的谢凭宁根本不在乎你去哪里，在他心里，你就和这茶杯没什么分别，只是个摆设。"

那瓷杯在她手里，触感冰凉、细腻美好，但她不喜欢。

"再说一遍，我的生活和你没关系。"

他无赖地用身体挡住她的去路。

"再让我猜猜，到了这地步还要循规蹈矩，不能让人抓了把柄，更不好让婆家落了口实。这样就算离婚也可以多分得一些财产，总不至于太吃亏！我说得没错吧……"

旬旬脑子一热，来不及思考就狠狠地将手里的杯子掷向那张讨厌的脸。

池澄头一偏，轻松避开。

旬旬听到那清脆无比的碎裂声，不由得怔怔的。刚才还是那么完美无缺的东西，现在只是地上的一堆残屑。

他在一旁鼓起掌来，"看来你还是有那么一点儿血性的，这就对了！"趁旬旬还没有进一步的反应，池澄手把手地引着她再拿起另一只杯子。

"你不是说从来没有属于你的东西？这个不就是？只要不犯法，没有人可以约束你，你喜欢就留，不喜欢就摔个粉碎，没人可以约束你，你有权决定你自己的事！"

旬旬闭上眼睛。寂静的夜里，每一次重重摔地的声音都伴随着回响，让人闻之惊心。

这时候，她竟也没想过两人的疯狂行径会不会招来大厦的保安。

这是她的东西，就算她通通摧毁，就算她出格一次，明天的日子还会继续。

剩下最后一个杯的时候，旬旬举起手，又放了下来。

"不砸了？"池澄兴致正高。

"不砸了，只剩最后一个，舍不得，否则就什么都没有了。"

她用拇指摩挲着光润的杯缘，站在天台的缘边。脚底下的灯火在距离和眩晕感中给人一种流动的错觉，整个城市像没有根基一样漂浮着。

"你来过这里吗？"池澄问。

旬旬摇头，"我去过的地方不多。"

包里的老猫不耐烦地在窄小的空间里扭动着身体，一边喵呜地叫着。

她轻声安慰它，"好了好了，这就回去了。"

"再叫就让你去流浪，反正你闯祸了。"池澄恶声恶气地威胁。

旬旬说："猫是一种极度重视归宿感的动物，它不需要太大的属地，安于生活在小天地里，但必须确认那领土是完全属于它的。从这点上来说，我连猫都不如。你是对的，我嫁给谢凭宁，但从没有一天相信他属于我。"

她回头看向池澄，"其实我并不是很恨谢凭宁，他心里没有我，我也未必一往情深，即使每天给他洗衣做饭，可我不在乎他在想什么。就这样的日子我竟然幻想天长地久，是有点儿可笑。现在他先置我们的婚姻于不顾，我没有那么做，但区别只在于我没有一个如邵佳荃那样让他惦记着的人。"

"那你就离开他！"

"离开他又能怎么样？一个离过婚的女人，难道遇见的下一个男人就一定比他好上许多？"

"你不试过怎么知道？"

旬旬笑笑，没有回答。

他还不懂，人在一条路上走得太久，就会忘了当初为什么出发。婚姻也是如此，惯性推着人往前，可回头却需要付出更高的代价。

风猎猎地将她的一缕散发拂过脸颊。旬旬右颊有个深深的梨涡，她不是那种艳光逼人的大美人，但眉目清浅，梨涡婉转，自有动人之处。她笑起来的时候，池澄心中不由一荡。

　　他悄然走过去，双手从身后环抱住她，弯下腰，将下巴搁在她的颈窝处。

　　"你不会一无所有，我会帮你。谢凭宁有把柄在你手中，只要你抓到证据，他会为他的行为付出代价。"

　　旬旬沉默片刻，说道："谢谢你，但麻烦把你的手从我身上拿开。"

第八章
幸福和什么都没有关系

　　病房区的楼梯走道上，旬旬吃力地一路小跑。今天一早应该由她来接替曾毓陪护曾教授，可她竟然睡过了头。这样的小概率事件令她不得不心急火燎，生怕耽误了曾毓上班，又是一番口舌。

　　她以往不是这么毛毛躁躁的人，因为一心赶时间，在楼梯拐角处竟险些撞上了迎面而来的人。那是一个年轻男子，肤色略深，五官深刻，眉目间似有郁结。旬旬忙不迭道歉，好在对方并未计较，略一点头便与她擦身而过。旬旬慢慢上了几级台阶，又忍不住回头，只看到那人的背影。

　　旬旬更加快了脚下的步伐，到了继父病房前，急匆匆推门而入。伏在父亲病床边缘的曾毓闻声抬起头来，旬旬一眼就看出她神色疲倦，两眼通红，似有哭过的痕迹。

　　"出了什么事？"旬旬顿时感到一阵不妙，莫非叔叔的病情出现了变故？她赶紧上前察看，曾教授虽然双眼依旧紧闭，但呼吸平缓，并未见异状。

　　旬旬把从家里带来的鸡蛋和牛奶递给曾毓，"我来晚了，你还好吧。"

"谢了。"曾毓将早餐放到了病床前的矮柜上，"现在什么都不想吃。"

"你今天不用上班？医生没说什么吧？"旬旬纳闷地坐到她身边。

"神经内科的医生帮不了我，我现在需要的是精神科大夫。"曾毓再度伏在了病床边上。

"你也看到……"

旬旬话没说完，就被曾毓悲愤的声音打断，"谁能告诉我，为什么我身边总是被贱人围绕，而且是各种类型的！"

她这句话让坐得很近的旬旬感到了一定的压力，虽然心知她指的不会是自己。

"和最可爱的人吵架了？"

曾毓柳眉倒竖，"呸，最可爱的人？我看是最无耻的人还差不多！不对，更下贱的是我，是我！就在昨天之前，我居然还想过嫁给他也算不错！"

旬旬摸摸鼻子，问道："他不是挺好的吗？至少看上去不像是坏人……我只是说看上去，事实上很多变态长得也很正常。"

曾毓说："他的确不是坏人，立过三等功，受过很多次表彰，还救过不少人，平时还爱见义勇为。也许他算得上是个英雄，但这都不能改变他在感情方面是个贱人的事实！"

旬旬起身按铃召唤护士给曾教授换点滴药水，然后打算坐下来听一个关于"英雄贱人混合体"的故事。

"你脚怎么了？"曾毓狐疑地看着旬旬别扭的走路姿势，"昨晚上运动过度？

旬旬尴尬地笑笑。她怎么好意思说自己的确是运动过度，但昨晚上作为她丈夫的谢凭宁一夜未归，她的两腿酸麻完全是被人莫名其妙拽上三十一楼导致的后遗症。凌晨池澄将她送回家，居然还厚着脸皮说"今晚过得很高兴"，事实上，旬旬相信自己得要好一阵才能从这"高兴"中回过神来。

还好这会儿曾毓也没心思追究，她叹了口气，"我昨晚还跟他聊了两个小时的电话，说好了只要探亲假一批下来，他就过来陪我，等我爸爸好一些了，我们就商量结婚的事。后来他们参谋长来找他谈心，他跟我说明天再聊，挂的时候还依依不舍。谁知我忽然想起有件小事忘了跟他说，转头电话就打不通了，然后整晚都是这样。今早我接到他打来的一个电话，对方居然是个女孩子的声音，一开口就叫我政委，弄得我莫名其妙。她也不知道怎么回事。结果相互问了几句，你猜怎么着？"

说到这里，曾毓的眼睛里都似要蹿出火苗。

"对方居然告诉我，在那个贱人的手机里，我的电话号码被标注为'政委'。不用说，打来电话的这个就是他口里的'参谋长'！那女孩是他在四川时认识的，一心崇拜他，把他当作英雄和偶像，他也说年底会娶她。如果不是他出操时把手机忘在宿舍，可能我现在还蒙在鼓里。"

旬旬迟疑地问道："我想知道的是，政委和参谋长哪个官大一些，后面还有没有更厉害的部队领导。"

曾毓欲哭无泪，"还真被你说中了。我当时气得发疯，让那个女孩赶紧查看他的手机通讯录，里面除了'政委'、'参谋长'，还有'连长'和'副连长'，我们一个个打过去，全是女的，全都年底等着和他结婚……如果你以为就这么完了，就太低估他了。最后，'参谋长'一气之下把电话打给'团领导'，你猜怎么着？原来那是他在老家务农的老婆！明媒正娶领了结婚证的，生了个女儿都上小学了，还一心一意以她的军官老公为荣！"

这一下，旬旬是真的不知道该怎么安慰好了。

"这一次我真是一失足成千古恨。再过三十年，等到我老年痴呆的时候我都还要因为这件事鄙视我自己。人真的不能和贱人相处得太久，否则也会被同化得一样的贱，然后再被对方用经验打得落花流水！和他在一起之后，我就对自己说，我不嫌他家在农村，也不嫌他只是个小军官，更不嫌他文化低，只要他对我好，真心爱我，这就够了，结果成了个大笑话。旬旬，你说，我是不是特别傻？我每一次都掏心掏肺，结果换来了什么？是我爱得不够？还是我爱的人不对？或者是时机出了问题？一次是偶然，但一次又一次，我想不通，到底哪里出了问题！"

旬旬挠了挠头，"这个嘛……我觉得幸福和努力没有关系，和性格、智商、学历、人品、背景也都没多大关系……"

"那你倒是说重点呀，和什么有关系？"曾毓快要抓狂了。

旬旬讷讷地说道："好像和什么都没关系。"

她是这么认为的。幸福和什么都没有关系，它是个无厘头的玩意儿。你等半生，你流彻夜的泪，你呕心沥血，你聚少离多，你分分合合，到头来也许都不如庸庸碌碌的人得到的更多。

"胡说，我不信。勤劳还能致富呢，凭什么全心全意付出的人不能得到更多的幸福？"

旬旬说："你记得有这么一句话吗？光以为它跑得足够快，但黑暗永远在前方等着它。"

"啊！"曾毓一声哀鸣，头痛欲裂。她对旬旬说道："我不该问你的。问你之前，我想哭，但是现在，我想死！"

旬旬给她剥鸡蛋，"活着还能碰运气，死了就彻底没机会了。"她把熟鸡蛋递给一块长大，吵了十四年也相互嘲笑了十四年的姐妹，"先吃点儿东西吧。"

曾毓咬了一口鸡蛋，心如死水，"我受够了，不能再反复踏进同一条臭水沟，往后谁再掏心掏肺谁就是傻X。"

旬旬笑，"你每次点的酒都比别人烈，自然醉得快。如果感情淡如水，那肯定可以多喝几杯，可又不是你喜欢的味道了。"

曾毓咬牙，仿佛赌咒，"我就要千杯不醉！"

"对了，我刚就想说，来的时候我在楼梯遇到了你过去的梦中情人。"旬旬赶紧换了个话题。

"谁？"曾毓果然感兴趣。

"让你当初非要追到国外去的那个人。"旬旬莞尔。

"他？"曾毓一愣。

旬旬点头。因为曾教授的缘故，当年她和曾毓都没有报考外校。两人是同届，只不过旬旬学的是会计，曾毓进了父亲所在的建筑学院。关于曾毓大学时的感情经历，旬旬从头到尾是看在眼里的，所以对曾毓过去心心念念的人也印象颇深，只不过对方却完全对她没有印象了。

"他倒没怎么变，不过看起来气色不太好。"旬旬说。

曾毓想了想，说道："是了，前段时间同学聚会听人说他混得还行，但离婚了，家里老人身体又不大好。很可能他妈妈也在这儿住院。"

"离了？"旬旬笑道，"正好有人最近也分了，说不定……"

曾毓苦笑，"你真当我傻呀。一个男人，在我如花似玉的时候没爱上我，在跟他远赴重洋的时候也没有爱上我，难道等他千帆过尽，我也几度秋凉，他会忽然对我来了兴趣？如果是，那一定是肥皂剧，而且还是悲剧。"

"但我记得那个时候你很爱他。"

"是，我过去很爱他，但是他这杯酒已经醉倒过我，而且一醉就是几年，后来我就戒了，到现在闻都不能闻，否则就胃痉挛。"

她怅然地坐了一会儿，起身对旬旬说："我走了，回去换套衣服，还要去工地。差点忘了跟你说，待会儿你去医生那儿一趟，我估计这会儿你妈也在，有些事医生会跟你说的，是关于我爸的病。"

"跟我说？"旬旬不太理解。虽然她名义上也是曾教授的女儿，但关系到病情的大事，前有曾毓这个亲骨肉，后有艳丽姐这个名正言顺的妻子，远有曾毓的兄·姐，近有姑姑那一帮亲戚，论亲疏，再怎么也轮不到她做主。

曾毓也猜到了她的疑惑，含糊地解释道："你还是过去一趟吧，就怕你妈又在医生那儿把病房都哭倒了，反正我不想看见那一幕。你是她的亲女儿，也比她明白，这个时候你应该在场……我迟到了，回头再说。"

曾毓说完就跟她挥挥手道别，只留下旬旬一脸的迷惑。

等到护士为曾教授换好了点滴药水，旬旬就去了趟主治医生的办公室。曾毓猜得一点儿也没错，人还在门外，就可以听到艳丽姐特有的抑扬顿挫的悲泣。旬旬叹了口气，敲了敲虚掩的门，门顺势打开的瞬间，她首先看到的是医生尴尬地从艳丽姐肩膀上抽回的手。

艳丽姐一见女儿，泪掉得更凶，"你算是来了，也只有你能给妈拿个主意。"

旬旬没指望能从她那里听明白来龙去脉，只把请教的眼神留给了医生。

中年的男医生此刻已全然恢复其权威身份应有的专业和冷静，他让旬旬坐下，简明扼要地说明了曾教授的病情状况和面临的选择。

原来，经过CT检查和专家会诊，得出的结论不容乐观。曾教授因颅内大面积出血导致脑中风，现已深度昏迷。对于这类情况，医院通常采取常规的保守治疗，恢复的可能性相当渺茫，极有可能出现的后果是脑死亡，当然，也不排除恢复意识的可能，但即使清醒过来，由于脑部萎缩，智力严重受损，后半生也将无法生活自理。

旬旬总算明白了艳丽姐哭得如此悲伤的缘由，她心里也非常难受。她并非曾教授亲生，但十四年养育的恩情绝不比献出一枚精子的分量要轻。早在医院下达病危通知书的时候，她已有不祥预感，然而却一直心存侥幸，盼着依靠医学的昌明和家属无微不至的照顾，说不定哪一天，曾教授就又能坐起来谈笑风生。直到这时，真相摆在眼前，才知现实的残酷。

她低头黯然思忖了片刻，忽又意识到，如果仅仅是这样，木已成舟，无法挽回，曾毓也不会刻意让她走这一趟，艳丽姐更不会说让她拿个主意。

"那……请问就没有别的法子了吗？"旬旬面带恳求地问道。

奇怪的是，医生并没有立刻回答她，艳丽姐哭得却益发惨烈。

"您刚才说的是'常规的保守治疗'，言下之意，也就是说还有别的选择？"旬旬谨慎地追问。

医生沉吟片刻，回答说："是这样的，类似曾教授的情况在整个国际医疗界都是个棘手的难题，但目前国外已经研制出一种新型的特效药，能够有效刺激脑部神经，加快病人复苏，减轻后遗症，但是……"

旬旬心里一凉，她活到现在，最害怕的一个词就是"但是"。先给你一番希望，再用更严峻的事实推翻它，这就是"但是"存在的意义。

"……这个药虽然临床试验效果显著，但也在一定的病例中发现其副作用，有少数的患者在服用之后难以耐受，身体出现应激反应，导致病情急速恶化……"

"急速恶化？"旬旬质疑。

医生点头，"对，也就是死亡。这也是该药物目前未能广泛应用于临床的主要原因，并且它的费用高昂，并不为大多数家庭所接受，所以我们通常不建议患者家属采用这一疗法，但如果对方愿意接受，则必须由家属出具保证书，一旦出现……"

"不行，这太冒险，绝对不行！"旬旬心慌意乱地说道。

"我理解，所以我在事前把两种治疗方案的优劣和可能出现的后果都客观地告诉你们，你们家属也可以进一步商量。"

艳丽姐闻之剧烈地抽泣，旬旬都担心她下一口气缓不上来。她想了想又问道："医生，您能不能告诉我那种药出现副作用的概率是多大？"

"这个很难说，视个体差异而定。"

"女儿，我该怎么办，你要替妈拿个主意啊！"艳丽姐号啕大哭，行如丧考。

旬旬跺脚，对医生说了句"抱歉"，半哄半扶地将泪人儿似的母亲带离了医生值班室，一路走到无人的僻处。

"妈，你疯了吗？你想让叔叔用那种药？"她压低声音说。

艳丽姐断断续续回答："我有什么办……办法？我是被逼得走投……无路了。"

知母莫若女，旬旬不难得知艳丽姐为何做出这个选择。曾教授发妻死后，守身时效一过，头件事就是要明媒正娶热恋中的情人。这事毫无意外地遭到了儿女及其亲戚们的一致反对。但那时他毕竟正逢壮年，大家也逐渐意识到他对那个漂亮鄙俗的女人并非一时兴起。逝者已逝，生者还要继续生活，他是个有独立行为能力的成年人，只要他坚持，哪怕是亲生儿女不同意，也是胳膊拧不过大腿。于是，在这种情况下，曾教授发妻娘家和曾家的亲戚同时出面，表示他要另娶也可以，但之前在他和发妻名下的两套房产必须转到其儿女名下，夫妇俩的共同积蓄也一概留给未成年的小女儿曾毓，以确保婚后曾毓的成长和教育不受任何情况的干扰，这笔钱由曾毓的长兄和姐姐代为保管。这就意味着，曾教授娶艳丽姐的时候无异于净身出户。

曾教授是个厚道人，他这一生除了爱上艳丽姐之外，没干过什么出格的事，况且他那时一心想要实现对艳丽姐的承诺，给她名分，所以别的也一概不论了。他同意了那些要求，把名下财产悉数转移，然后心安地牵着艳丽姐步入婚姻殿堂。艳丽姐虽觉得有些委屈，但能嫁给这个男人已是出乎她意料之外的事，她也无暇顾及别的。更何况，她清楚曾教授正值事业的黄金阶段，即使散尽千金，只要人还在，何愁没有将来。

就这样，艳丽姐嫁给曾教授，日子过得风生水起。曾教授的大儿子和大女儿从此就当没了双亲，只与小妹曾毓保持联络。天长日久，曾教授在婚姻幸福之余越来越思念自己的骨肉。他只能通过曾毓得到另外两个儿女的消息，年岁愈长，愈觉得有遗憾。看着艳丽姐以副院长夫人的身份过得无比滋润，夜深人静的时候，他开始觉得愧对发妻和儿女。

艳丽姐喜欢手上抓着钱，这让她充满安全感，但她有理财的欲望，却缺乏理财的天分。十四年来，掌握在她手里的那部分钱不是炒股亏空，就是投入到无谓的投机行当中打了水漂，剩余的也仅能维持生活。曾教授未上缴的那部分收入，一部分通过曾毓的名义给了在外地成家立业的两个儿女，剩余的则以小女儿的名字投资不动产。艳丽姐虽有耳闻，闹过几场，但在学校里的正常授课收入、补贴等丈夫已一文不留地交给了她，她也不好太过分，伤了彼此的颜面。毕竟，这个男人，她是打算守着到老的。而且近几年来，曾教授身体状况不佳，她送汤递药，照顾得无所不至，这表现曾教授看在眼里，也不是不感动，私下也确实动了将部分房产过户到妻子名下的念头。可谁都没有想到，变故来得这么突然，没有丝毫预警，也来不及做任何安排，他就倒在病床上人事不醒。

艳丽姐没有一技之长，也没有任何收入来源，她在这个世上摸爬滚打靠的是一张美丽的脸和动人的躯体，但是她已是半老徐娘，即使有男人觊觎她的风情，也不会再有第二个如曾教授一般的好男人给她遮风避雨的人生。曾教授若是撒手西去，除了部分应到她手上的抚恤金和少量现金股票，她将落得一无所有。而曾教授要是长睡不醒，她能做的也只有将剩余的年华守着这副逐渐衰竭的躯壳，等待遥不可及的奇迹。这个事实怎能不让她哀恸欲绝。

"他要是成了活死人，我后半生也没了指望。要是他哪天一句话不留就没了，我更不用再活下去。医生说了，像他这种情况，醒过来基本上不可能，就算醒了，也是个傻子，你忍心看你妈伺候个傻子过下半辈子？"艳丽姐满面泪痕，但脑子还是清楚的。

旬旬提醒她，"妈，你没听见吗？那药是有副作用的！你不能拿叔叔的命来冒险！"

"你以为我不知道？那是我男人，我会想他死？"艳丽姐再度哭出声来，"可我有什么办法？只有他醒过来，才能给我个说法。是谁没日没夜地照顾他？是我，还是他另外两个没心肝的儿女？再怎么说我也要试一试。你叔叔还不是朽了半截的糟老头子，真要有副作用，也轮不到他身上。再说，那副作用都是被医院夸大的，他们恨不得家属什么都担保，他们什么责任都不用付。"

"问题是你签得了那个保证书吗？你既然知道他还有儿女，他们能让你铤而走险？妈，你听我一句，曾叔叔待我们不薄，我们好好照顾他，他会好过来的。"旬旬苦口婆心劝着，心中却别有一番悲戚。她自己都不信有奇迹，偏偏来骗她那自以为心思复杂的单细胞母亲。可她不能让母亲做傻事，那药真要出了什么事，光唾沫就能把艳丽姐淹死。

艳丽姐把脸一抬，"我是他的合法妻子，他们凭什么不让我签？就连学校领导来慰问，也是直接慰问我这个正主儿。我懂法，这是我的权利！他们也知道，所以都不敢说什么。"

"他们？"

"还不是曾毓的哥哥和姐姐。"

"他们回来了？"旬旬一惊。

艳丽姐说："这倒不是。昨晚曾毓她姑姑来了，曾家这边的事一直是她出面。医生说的治疗方案他们都知道。我和她讲道理，我是她哥哥明媒正娶的，又不是姘头。她也没话可说，最后松口了，她和曾毓他们几兄妹不会再指手画脚，我丈夫的病由我决定。"

旬旬几乎怀疑自己听错，疑虑了一阵，渐渐明白过来，如果艳丽姐说的是真的，那只有一个可能。

她慢吞吞地问母亲："他们是不是说，什么都由你说了算，但费用他们不管？"

"不管就不管！等你叔叔醒了，好让他知道他生的是什么白眼狼！"

艳丽姐说得义无反顾，旬旬听着却只觉手脚冰凉。她最初以为，曾毓的兄姐再恨父亲，毕竟血肉相承，如今看来，她还是太低估了他们的"理性"。现在的情况是，曾教授如果昏迷不醒，作为"合法妻子"的艳丽姐要领受最大的陪护责任。要是曾教授在自然条件下醒来，生活不能自理，那也是艳丽姐当初宁做小三也要嫁入曾家所应尝的苦果。如果艳丽姐冒险用特效药，是她自己力排众议做的决定，费用完全由她承担。曾教授若是好转，他毕竟是他们的父亲，这不失为一件幸事，即使父亲将所有剩余财产留给继母，他们也不在乎，因为曾教授的儿女都继承了父母的好头脑，学业优异，事业有成，失去一两套房子算不上什么，但倘若曾教授有个三长两短，艳丽姐就会人财两空，谁都知道她无视丈夫安危，蛇蝎心肠。

可笑艳丽姐自负精明，还为自己斗争的结果沾沾自喜，殊不知，她最大的智力优势感来自于与小贩讨价还价，又如何算计得过举家精英高知的曾家人。通观整件事，他们只胜不赔，艳丽姐全盘皆输。

"妈，你不能这么做！这是把你自己往绝路上逼！"旬旬抓住母亲的胳膊哀求道。

艳丽姐擦去最后一滴泪，说："旬旬，那你让妈怎么做？告诉妈，哪条不是绝路？"

旬旬悲哀地发现自己半句也答不上来，其实谁又比谁傻？艳丽姐赢了十四年的好光阴，除此之外，一开始她就丢了筹码。

"如果叔叔……"

"我赌他醒过来！"艳丽姐喃喃地说，"他说过要照顾我下半辈子，等退了休，就天天陪我到广场上跳舞，所以，他要醒过来。"

第九章

借钱如脱衣

把母亲劝回家之后，旬旬继续守在曾教授身边。看着继父逐渐消瘦凹陷的脸，旬旬很难不回想起那个脚步稳健、举止儒雅的他，不知那时的曾教授是否想过有朝一日人事不省，自己的身体会沦为身边至亲之间的一场博弈。

下午，有院里的学生前来探望曾教授，旬旬正忙着招呼他们，手机响起，是个陌生的号码。她接起，那端传来介于陌生与熟悉之间的嗓音，竟然是池澄。

"我就知道像你这样的人不敢错过任何一个电话。"他的话里带着笑意，连寒暄都省了，熟络得不可思议。

旬旬问："你哪来我的电话号码？"

"你不给我，难道我就不会打听？"

"向谁打听？"

"你婆婆呀。"池澄说得理所当然，"我说有事想请教请教你，她二话不说就把电话给了我。"

旬旬几乎要晕过去。只有他想不到，没有他做不出来的事。

"我能不能请教一下你究竟有什么事要请教我？"

"没什么，就想问问昨天你回家的时候比较晚，谢凭宁没有为难你吧。"

他说得貌似诚恳。旬旬走出病房，按捺着说："别装得好像你不知道他昨晚没回来。如果我没猜错，邵佳荃昨晚也未必在你身边吧。"

池澄又笑，"你还是装糊涂的时候比较可爱。不过我起初真的不知道佳荃昨晚回来没有……拜你细心周到的好老公之赐，他给我们每人订了一间房。这样也挺好，总不能辜负了他一番美意，我想他也知道佳荃晚上睡熟了就喜欢贴在人耳边打呼噜。"

旬旬沉默，一阵尴尬。

"你对我说这些干什么？"

"只是聊天。我觉得我们有共同的遭遇，更容易有共同话题。"他半是戏谑地说道，"佳荃早上回来了，她告诉我昨晚到医院把伤口处理完毕已经太晚，正好医院距离你公婆家不远，谢凭宁就让她在你公婆家安顿了一夜。这方面佳荃和你不一样。她是个直性子，心里想什么都写在脸上，说个谎都那么蹩脚，还刻意在回来的时候给我带了早餐，以往她可没有那么贴心。"

"那你怎么回应？"

池澄说："我当然是有点儿不高兴，毕竟我的未婚妻一夜未归。她感到愧疚，我岂不是更有福利？何乐而不为？"

"无聊。"旬旬闷声道。

"你也可以享受这一福利，当然，前提是谢凭宁得配合。"池澄那边的背景声似乎有车里的轻音乐，这使得他的语调感觉更加优哉。"我昨晚的建议你考虑得怎么样？他们做得越来越出格，未尝不是件好事。任他们去，收网的时候也更痛快些。以你装糊涂的本领，这个应该不会太困难。"

旬旬不会告诉他，这个问题困扰了她一整夜，她只说结论。

"我很怀疑。如果你真爱过一个人，即使再不堪，也不会把她摆在一个猎物的位置上，如此精心算计。"

池澄轻松地反驳她，"错！这恰恰证明你没有爱过。事实上，只有付出过感情的人才知道，往往因为你太在乎一个人，才更想把她加诸于你身上的不堪加倍返还给她。大家都那么忙，谁会把心思用在无关紧要的人身上？不闻不问才是淡漠无情的表现。"

旬旬懒得去驳斥他的谬论，"我现在没有心思想这些！"

"听你的语气心情好像很糟，你可以把我当作垃圾桶。"他慷慨地说道。

旬旬可不敢随意使用这个垃圾桶，她怕有一天这个垃圾桶不高兴了，会把她吐出来的东西全部重新塞回她嘴里。她本想结束通话，忽地想起池澄貌似提起过他是学药剂的，犹豫了一会儿，还是向他问起了针对曾教授病情的那款特效药。

果不其然，池澄在回答问题之前将事情的来龙去脉来了个刨根问底，旬旬只得把曾教授的病情和摆在面前的选择简要地向他叙述了一番。

池澄也思忖了片刻，才答道："我知道你说的那个药。从药理学上说，你继父的主治医师已经阐述得相当清楚。对药物的耐受性确实因人而异，谁也不敢妄下定论。但是从一个朋友的角度，我只问你，假如你反对，令堂就会放弃这个治疗方案？"

旬旬也无暇顾及自己多了一个"朋友"，她必须承认对方一语道破了问题的关键。

"我想不会。"她老老实实地说道。

"那其实剩下的就是行动上是否支持的问题。说得更直白一些，也就是钱的问题。据我所知，那个药可不便宜，而且不在公费医疗和保险之列。"他等了一会儿，旬旬还是不语，随之暗示道，"如果你有困难……"

旬旬当然拒绝，她怎么可能要他的钱。虽然艳丽姐在离开之前已经明确提出需要女儿在经济上施以援手。曾教授所需的特效药中所包含的针剂，每针将近万元，配合其他的治疗手段，保守估计前期费用在二十万左右。这笔数额虽不算惊人，可脱离了公费医疗的范畴，对于身无恒产又无亲友支持的艳丽姐来说无异于天价。旬旬当时明确告诉母亲，自己手上能动用的最多也就八万多一点儿，希望她再慎重考虑考虑。但艳丽姐一意孤行，誓不动摇。当旬旬问到她自己能拿出多少时，却才发现理了十几年财的她，积蓄比女儿更少。

借钱是旬旬心中的一个禁区，关系再密切的人牵涉到钱的关系都会变得微妙，更何况池澄这样身份特殊、看似年少轻狂实则心思难料的人。

傍晚时分，旬旬仔细交代了护工，便离开了医院。婆婆打电话来让她在回家之前到自己住处拿些吃的回去，因此旬旬特意绕到公婆家去了一趟。

旬旬的婆婆是个心灵手巧的女人，退休后闲来无事，便以钻研厨艺打发时间。

昨天她心血来潮做了些点心，便想让儿子、媳妇尝尝。老人家心很细，知道旬旬不爱吃甜的，在给儿子准备的之外专门为媳妇做了偏咸的口味。旬旬诚挚地夸赞了老人的手艺，婆婆高兴得合不拢嘴，出门前，还不忘提点一句，"这点心里我放了食用碱，吃碱性的食品容易生男孩。"

旬旬脚步一顿。不久之前，她还在一门心思地进行做母亲的准备，可现在，她已很难想象拥有一个她和谢凭宁共同血脉的孩子会是何种情形。

她站在门口，笑着对老人说道："这个也要男方多吃才行。对了，妈，昨晚凭宁不是和小姨在家住？怎么不让他顺道把点心拿回去？"

"昨天？"老人眼里立刻出现了掩饰不住的惊讶，脸上神情阴晴变换，"哦……凭宁……是啊，你要知道，人老了记性就差，难为你又跑一趟。"

旬旬浅笑点头，"哪儿的话，这阵儿因为我叔叔的事经常待在医院，难得来看您。"

婆婆抚着旬旬的手臂，"好孩子，你最近辛苦了。凭宁他工作忙，要不也能替你分担些。不过咱们做女人就是这样，男人在外面拼事业，我们就把家里打理好。你也要多体谅他，多陪陪他。"

旬旬无不应允。她走出婆家的楼洞，对着即将落山的夕阳深深吸口气。有句话说得很对：婆婆再好，那也是别人的妈妈。不管她往日多喜爱你，在夫妻间出现问题的时候，她永远会站在自己儿子的那边。

路上，母亲的电话再度如影随形。她说，医生告诉她，对曾教授的治疗宜早不宜迟，如果决定采取第二种方案，就要尽快到医院签署家属同意书，治疗费用也要陆续到位。

旬旬问："可是钱不够又能怎么办？"

艳丽姐停顿了数秒，抱怨道："我早说过，让你平日里把钱抓紧一些，可你呢？什么都让谢凭宁说了算。结婚三年了，手头上才那点儿钱，怎么能说得过去？"

旬旬没有吭声，争吵无益。

"你明天先把那八万带过来，我自己还有一些，剩下的今后再想办法。"艳丽姐道。

"你有什么办法可想？"自己的母亲有多少能耐，旬旬再清楚不过。

"你和凭宁商量商量，他那里肯定能拿出钱来。"

"他？"

"不是他是谁？躺在医院的是他岳父，事关生死，他这个女婿能不管？"

"我和他是夫妻，我能拿出的每一分钱都是夫妻共同财产，怎么能说他不管？"

"八万块？我当初千辛万苦让你嫁给他就是为了这八万块？娘家事大过天，他娶了你，你的事就是他的事。"

池澄那句"合法卖身"毫无理由地从旬旬脑子里蹦了出来。

"我和他之间出了点儿问题。"旬旬低声道。

"什么？"艳丽姐显然没听明白。

"我发现他心里有别的人。"

"他在外面和别的女人鬼混被你抓到了？"

"这倒没有，但我感觉得到。"

艳丽姐那边又是一阵悄然。旬旬把电话从耳边拿开几厘米，果然，片刻之后，艳丽姐的话如狂风暴雨一般袭来，"什么感觉？你莫非像你那个死鬼老爸一样开了天眼？他又没被你捉奸在床，就算被你逮住了，也是你占理，那更应该他给钱。你不要猪油糊了心！我怎么教你的？男人要哄、要管……"

"我随口说的，现在没事了。"旬旬说完挂了电话，可以想象到艳丽姐在另一头跳脚的模样。她后悔了，这件事一开始就不该对她母亲提。

回到自己家，谢凭宁已经在书房。旬旬去看过那只猫，确定它没有遭到更多的惩罚，这才走到丈夫身边，把婆婆给的点心放在他的书桌上。

"妈说昨晚你回家住，都忘了给你这个。"

谢凭宁看了她一眼，打开点心盒子，笑道："又不是小孩，谁还吃这些东西。"

"佳荃的手没事吧？"旬旬淡淡问道。

"哦，已经打过血清和疫苗，应该不会有什么事。"谢凭宁把手放在旬旬的手背上，"你眼圈怎么黑黑的，没睡好？你叔叔的病怎么样了？"

旬旬注视着两人交叠的手，心想，这难道又是池澄说的"内疚效应"？

她寻思了一阵，小声说道："凭宁，我有件事想跟你商量，你……你手头上现在有没有多余的钱？"

"你要多少？"谢凭宁诧异。这是婚后赵旬旬第一次向他要钱，以往他们在经济上划分得相当合理，他支付家用和婚前承诺每月给她的钱，她从未说过不够。

"你有多少？"旬旬低头问。

"出了什么事？"

"我叔叔的病需要二十万，我妈的钱加上我的也不够。"

"二十万！怎么可能？你叔叔明明是享受全额公费医疗的！"

话已至此，旬旬唯有又将特效药的事对丈夫详细说明一遍。

"这样绝对不行！"学医出身的谢凭宁理解这个并不困难。他压抑住自己先前的激动，心平气和地对妻子讲道理，"我们先不去讨论这个药的安全性，抛开这个不提，你妈做的也是个绝对不明智的决定。凭什么你们母女倾尽所有来支付医药费用，他自己的亲身儿女坐视不管？因为别人比你们更知道其中的利害关系。你妈妈没文化，你也糊涂！如果……"

他滔滔不绝地为她分析这件事的利弊和后果，这分析也是明智的、纯理性的，和曾教授那些高明的亲戚如出一辙。

旬旬怔怔听他说着，忽然打断，"凭宁，那套小房子不是刚收了一年的房租？能不能先把它给我……我是说挪给我，回头我把它补上。"

他们夫妇结婚一年后投资了一个小户型房子，因为地段升值，如今租了出去，收益可观。

"看来我说的你根本就没有听明白！"谢凭宁长叹口气。

"那我说的你明白吗？"

那套房子当初付的是全款，买的时候价格并不高，谢凭宁支付了一半，另一半则是旬旬婚前的积蓄和嫁妆。

谢凭宁迟疑了一会儿，说道："本来给你是没有问题的。但前几天佳荃说她们公司有个很适合我们的理财项目，所以我把暂时用不上的钱交给了她。"

旬旬明白了，她听婆婆说过，邵佳荃在上海一个金融投资公司做顾问……

——"我怎么觉得他一直都在侮辱你的智商。"

——"但很多时候，往往就是因为你要得太少，别人才索性什么都不给你，结果你一无所有。"

池澄是个浑蛋，可该死的他说的每一句话都一针见血。

旬旬慢慢抽回了自己手，冷冷问道："难道你觉得这连知会我一声的必要都没有？"

谢凭宁有些没反应过来，"我以为你不会在乎这些。"

"就像我不会在乎你昨晚去了哪里？"

这一次，他眼里是真真切切的惊讶。过了好一阵儿，他才自嘲地笑道："谈到钱，我觉得你好像突然变成了另外一个人。"

"说不定我从来就不是你想象中的那个人。"

谢凭宁从书桌的抽屉里翻出了一张银行卡，推到旬旬面前。

"好了，为这个吵最没意思。这里是两万块，我手里的现钱就剩这么多，你要的话就拿去吧。"

旬旬的手指抚摸着卡面上的凸起，脑子里忽然想到的都是不相干的东西。

那是一个荒谬的比喻。

跟别人伸手要钱，就好比当着别人的面脱衣服。如果说答应池澄的援助，如同在一个陌生人面前宽衣解带，那么，收下谢凭宁这两万块，就和女人在一个刚宣称不爱她的男人身旁脱得精光没有区别。即使他们曾无数次坦诚相对，但那只会让这一刻更加羞耻。

"她不会和你讨论这么没意思的话题吧？"旬旬笑着问。

"不知道你在说什么。"谢凭宁嘴里说着，却下意识地回避她的目光。

饭后不久，谢凭宁借故单位临时有事出了门，相对于去会邵佳荃这个答案，旬旬更倾向于他是在回避忽然变得有些陌生的妻子。

旬旬打电话给曾毓，"我在你那里一共寄存了多少钱？"

"你等等。"曾毓过了好一阵才继续接听电话，仿佛刚找到一个适合谈论这件事的地点，"你是说从高中时候起托我保管的钱？我看看记事本……一共五万三千七百二十六块三毛，如果不包含物品的话。"

"明天我去你那里取回来方便吗？"

"世界要毁灭了吗？"曾毓惊愕无比，然而很快她就反应了过来，一时无言以对。

"旬旬，你想清楚了没有？我让你去医生那里，是希望你能够劝劝你妈。"

"为什么？这不是你们希望看到的？"

"你别讽刺我！实话跟你说，我心里一点儿都不好过。现在病倒的那个人是我亲爸，没有人比我更希望他好起来，可你现在就好像逼着我承认我置身事外。"

"我没有逼过你。"

"我爸成了现在这个样子谁都不想。如果他醒不过来，我一直照顾他也不敢有半句怨言。可有些事你是知道的，我哥和我姐心里有多恨，别说是他们，有时候我都恨。我妈是怎么死的你记得吧？她那是活生生气得生了癌。她和我爸二十年模范夫妻，到头来她躺在医院，我爸送饭回去还是摸上了你妈的床。我哥我姐是亲眼看到她死不瞑目的。我妈尸骨未寒，他就急着续弦。他们那时就说，如果老头子娶了你妈，他们就当自己没了爹娘。我爸要是不在了，他们回来送他，可只要他还和你妈在一起，他们不会为他流一滴眼泪。"

旬旬说："我知道，所以我没想过怪他们。"

"那你就是怪我。"曾毓说道，"我和我哥他们不一样，他们可以一走了之，我走不了。我和我的家人生活了十四年，和你们也一样生活了十四年。你们刚搬进来的头几年，看着你妈那个得瑟样，我做梦都想掐死她。当然我也讨厌你，从小就知道看人脸色讨人欢心的小马屁精。可我毕竟吃了十四年你妈做的饭，她没有亏待我。小时候我抢你的东西，她明知道我不对，还反过来教训你。人就是这点儿出息，我还是不喜欢你妈，但我早就不恨她了。这些年，如果不看照片，我已经不太记得我妈的样子，但我想不记得你们都难。我哥我姐做出的决定我不好和他们对着干，他们是我的亲人，问题是你和我的亲人又有什么区别？你听我一句话，劝劝你妈，就算我爸再也不会醒过来，我答应她，等到我爸百年之后，我愿意把他以我名义买的那套房子过户到她名下，这样她安心了吧？"

曾毓说完，耐心地等待旬旬的答复。

旬旬想起艳丽姐说要等曾教授退休后一块到广场跳舞的神情。

她问曾毓："你以为我劝得了她？你也知道是十四年，这十四年里，就算她再不堪，难道这段婚姻对她而言除了一套房子，就没有别的了？"

次日，曾毓上班前把钱送到了和旬旬约好的地方，除了旬旬寄存在她那儿的五万多，还有她的一张卡。

"我就这么多。别让我哥我姐知道，他们会伤心的。"

靠着着七拼八凑的钱，曾教授的治疗费用总算有了着落。艳丽姐不明就里，满意地相信女儿在她的指导下掌握了家庭的经济大权。她想着昨天旬旬说的那番奇怪的话，又觉得不放心，一个劲地告诫旬旬不要疑神疑鬼，男人年轻的时候有些花花肠子是正常的，熬几年，等到他老了，有那个心思也没能力，自然守着身边的女人好好过日子。

旬旬安慰母亲说，自己昨天说的只是一时气话。

艳丽姐怀揣着二十万元和满腔的期望去缴费了。旬旬独自坐在走道的椅子上，看着母亲的背影。她一直以为自己是可以和谢凭宁相伴偕老的，哪怕没有惊涛骇浪的激情，涓涓细流相互慰藉也足以过此一生。可不知从什么时候开始，她开始明白，那根本是不可能的。

第十章
爱情是婚姻的坟墓

　　曾毓在得知旬旬动了主动离开谢凭宁的心思之后，也只是问了她一句：是否想清楚了？其实就连这句询问，也仅仅出于形式上的需要，事实上曾毓对于旬旬这一决定绝对是举双手双脚赞成的。说起来婚后的谢凭宁对妻子的娘家人虽然谈不上热络，但也一直客气有加，究其原因，恐怕只能说曾毓从内心深处不认同旬旬与谢凭宁的相处方式。旬旬在曾毓眼里一直是个神奇的存在，她乐意看到这样一个人的生活多一些神奇的改变，并且，正如她从未在旬旬面前讳言的，她不喜欢谢凭宁这一款的男人。

　　曾毓喜欢什么样的男人，这是个谜。成年后的她选择的伴侣环肥燕瘦兼而有之，很难用某种类型来概括。和最可爱的人分手，辞去"政委"一职之后，旬旬也只见到曾毓在吐槽时伤心绝望过那么一回，从此就再也没有提起过那个让她动过下嫁念头的人。之后曾毓终日忙碌，旬旬起初以为她是借工作麻醉自己，后来却发觉她不但没有为伊消得人憔悴，反倒日渐有满面春风之态，就连双眼之中都充满了一种莫可名状的神采。这种神采匋匋太熟悉了，出现在曾毓身上，只有一种解释，那就是：她再度邂逅了"冥冥之中排队等着她"的那个人。

匋匋曾特意就自己心里的疑问向曾毓求证，却得到否定的回答，这让她益发好奇。按说以她对曾毓的了解，这猜测不会偏离事实太远，曾毓更糗的事都与她分享过，实在找不出对方向她隐瞒的理由，而且，相对于曾毓的异状，摆在匋匋自己面前的困境才是更伤脑筋的，她也就无暇探个究竟。

曾毓力劝匋匋，就算要离开谢凭宁，也要尽可能地争取自身权益，于是，她主动给匋匋推荐了一个据说在业内小有名气的律师，并亲自作陪，将律师和匋匋一块约了出来。

名律师很年轻，名字也很特别，给匋匋留下了颇深的印象。他姓"连"，叫连泉。虽然此番只是以朋友的名义提供咨询，但连律师在了解了匋匋的情况后，给出了相当中肯的建议。他认为，如果匋匋希望法院因对方的过错在家庭财产分割上给予她一定程度倾斜的话，那仅凭她目前对丈夫婚外情的主观臆断是不够说服力的，也就是说，她必须掌握更多谢凭宁出轨的实际证据，才能获得更大的主动权。

匋匋听后，发了好长一段时间的呆。曾毓提出三人可以在晚餐的过程中边说边聊，匋匋却说自己临时有事，郑重表达了对连律师的感谢后，提前离开饭局。

曾毓追出餐厅门口，对匋匋说："你急什么，即使有心捉奸，也不差这一时片刻。"她心里纳闷，匋匋从来就不是一个冲动的人，难道生活的变故足以让一个恨不能固守围城、在小天地里厮守白头的女人一夕之间对婚姻厌烦到这种地步？

匋匋笑道："什么捉奸？你胡说什么？"

曾毓双手环抱胸前，斜着眼睛打量对方片刻，心里又有了新的答案。赵匋匋这个人对于太过年轻、仪表出众的人从来就持怀疑态度。她去医院一定会选择头发斑白的老专家，偏爱听貌不惊人的歌手唱歌，相信外表有疤的水果比较甜。这样看来，仿佛从精英期刊的图片里走出来的连律师给了她不够可靠的第一印象也不足为奇。

"你是不是觉得我给你介绍的律师太年轻了？"曾毓问道。匋匋来不及回答，又被她愤愤不平地抢白了一句，"你要知道，以貌取人是最狭隘的，没理由因为他长得有吸引力就妄加否定他的专业水准！"

匋匋面上表情古怪，"我说过他长得吸引人吗？"

曾毓脸一红，辩解道："我也只是客观评价……你别这么看着我，我和他只是普通朋友。"

句句"哦"了一声，"我也没说你们不是普通朋友。其实我想说的是，如果你和你的普通朋友不在桌子底下互相用脚勾来勾去的话，我会更认同他的专业水准。"

看着曾毓哑口无言的模样，句句终于忍不住笑了起来，"我提前要走，是因为我已经完成了今天的使命，否则就算你们不嫌灯泡太亮，我也不愿意灯丝提前烧掉。"她顿了顿，又补充道，"不过有一点你说得对，你的新男朋友是挺有吸引力的。"

"都说了他不是我男朋友！"曾毓还在抵死嘴硬。

句句说："我已经落伍太久，不知道普通朋友也有那么多的用途。"隔着大老远，她都能闻到这对"普通朋友"身上散发出来的奸情的气息。

曾毓有些尴尬，"实话对你说了吧，我和他没认识多久，也就是和贱男分手后没几天的事。酒吧里遇见，你懂的，男欢女爱，你情我愿，就那么回事。"

"那你挺幸运，我看这也不比你以前精挑细选的差，说不定歪打正着遇见了真命天子。"

"算了吧。"曾毓嗤笑，"你别哄我，现在我已经不再相信这一套。真的剩女，敢于直面无爱的人生，敢于正视贱男的欺骗。我想通了，嫁人有什么好？"她故意地看了句句一眼，"婚姻是最无聊的制度，谁规定一辈子非得和另一个人厮守到老？我和连泉就是在这一观点上一拍即合。人活着最要紧是今天，眼前开心就足够了，明天的事就算你再未雨绸缪，前面有什么在等着你，你永远不会知道。"

曾毓说着，一手揽着句句的肩膀，道："也多亏你那天点醒了我。虽然你的话多半不中听，但偶尔也有几句是有道理的。为什么我每次都要用那么烈的酒来灌倒自己？我改了还不行吗？从今往后我就挑那甜的、低度的喝。姑娘我就要开怀痛饮，千杯不醉！"

她的样子，就好像苦练武功的人在走火入魔之前忽然打通了任督二脉。从这个时候起，名门正派的优质剩女曾毓倒下了，看破红尘、游戏人生的曾毓站了起来。句句有些心虚，她觉得自己好像做了件坏事，无意之中路过，把一个宜室宜家、根正苗红的大好青年点拨成了玩弄广大男同胞肉体和心灵的女魔头。

"我先进去了。"曾毓走之前朝句句眨了眨眼睛，"以后有什么法律方面的问题尽管向他咨询，我们不应该浪费男人的剩余价值。相信我，在专业方面，他也一样的棒！"

旬旬目送她款款离去，嘴里喃喃着："呃，那好吧。"可事实上，无论她如何去寻找这件事的合理性，都必须承认，让曾毓的"炮友"来担任自己的律师，还是有那么一点儿奇怪。

旬旬在一阵轻微的手机铃声中悠悠转醒。她是那种睡眠极浅的人，只要暗合了她潜意识里的不安全感，任何一丝不易觉察的动静都足以令她警觉，就好像多年前小偷入室的那个夜晚。她太害怕睁开眼睛的那一刻再度看到一把缺口的刀，在枕畔散发出沉重腥甜的铁锈气息。

这个平凡如每个昨天的清晨，枕畔没有刀，另一个贡缎的枕面上平整得没有丝毫褶皱，用手抚过，也是冰凉的，像是提醒着女主人，刚过去的是个独眠的夜。

旬旬和谢凭宁虽然没有撕破脸地争吵，可自从那天的冷言冷语之后，一股低气压始终笼罩在两人之间。旬旬几句话点到即止，之后继续听之任之，谢凭宁看她的眼神却多了几分审视与存疑。他不知道这是不是自己习惯了的那个女人，也不知道她到底知道了什么。只是那一晚，他沉默上床，照例熄了灯，去拥抱身边的妻子。她还是静静地躺在那里，然而，却用一只手默默抵在他胸前，力度不大，恰恰将自己的身体与他隔开。

谢凭宁心中一阵莫可名状的烦躁。他半撑着自己的身子，艰难地说了句："你干什么？事情不是你想的那样！"

她没有做出任何的回应，手中的力度却没有半点儿减弱。一片黑暗中，他仿佛可以觉察到她的一双眼睛，冷冷地、了然地、嘲弄地注视着他。这注视让他在混沌中也无处可躲，偏又不能去开灯，唯恐灯亮后看到近在咫尺的是张陌生的脸孔。他慌张，找不到出口，他为这样的自己而感到气恼。

"你要闹是吧，好，随你！"谢凭宁在这阵胸闷气短的感觉中迅速起身，摸黑从衣柜里抽出条毯子，然后径直投奔客厅的沙发。

旬旬一阵失望。她的失望不是因为独守空床，而是因为他的回避。她宁可谢凭宁理直气壮地和她大闹一场，骂她无理取闹，骂她小心眼，然后在争吵中给她一个理由，哪怕拙劣的也好。

"事情不是你想的那样"，那究竟是"哪样"？他不肯说，也许是因为他不知道。世界上没有什么事是不能解释的，假如嘴里无法说清楚，那一定是心里也没弄清楚。

她微微睁开眼睛，隔着一扇虚掩的房门，隐约听到他接电话的声音，起初还有只字片语可以遥遥飘过来，很快，随着阳台的门一开一合，最后一点儿耳语也听不见了——他找了个隐蔽的地方打电话。

旬旬想起曾毓发给她的"丈夫出轨的二十种举动"，她看完了，除了"会一反常态地送妻子礼物"这点之外，其余的无不吻合。这么说起来，谢凭宁还算是个直率的人。旬旬坐了起来，脚落地的那一刹，她发现自己连那点儿失望都不剩了，心里反而有了种尘埃落定的豁然开朗。

她想过好好过日子，并且在能够谅解他的范围内尽力了。

谢凭宁讲完了电话，进浴室洗漱。旬旬并没有看到他的手机，他把它也带进了浴室里边，虽然她从来就不是个会随时查阅丈夫手机信息的妻子。家里的老猫看到女主人，激动地绕在她脚边讨食，旬旬找出猫粮喂它。在这个过程中，谢凭宁换了衣服，做好了出门的准备。

昨夜分床的两人在清晨光线充足的客厅里遇见，有种难言的尴尬。旬旬蹲着低头去抚弄那只猫，忽然问了句，"周末还要去上班？不吃了早餐再走？"

"嗯。"谢凭宁的声音听起来有些意外，"月底有上级领导来检查，很多事要提前准备……我走了。"

他轻轻带上门，砰的一声，屋子里只剩下旬旬和那只临近暮年的猫。家里空荡荡的。这不是她足以终老的城堡，而是一座坟墓。都说婚姻是爱情的坟墓，她和他没有多少爱，用不上埋葬什么，然而，如今她才知道，婚姻外的爱情却是婚姻的坟墓。

她又把家里的床单换下来重新洗了一遍，不是为某个爱干净的男人，而是为自己的习惯。一切准备就绪的时候，又是一阵电话铃响，惊醒了睡梦中的老猫。

"你有空吧，要不要今天陪我去看场话剧？"池澄的声音兴致勃勃。

"话剧？我不太懂这个。"旬旬道。

"这有什么懂不懂的，演的都是最世俗的东西。奸夫淫妇，偷鸡摸狗，这你总看得懂吧？这话剧就叫《金风玉露一相逢》。我特意给你安排了好位置，小剧场演出，近距离真人表演，特有震撼的感觉，错过你别后悔！"

旬旬捏紧了电话，临近中午，太阳益发炽烈，烤得她的手心濡湿，还好有风经过，将晾晒好的床单吹打在她脸上，半干半湿的味道，还伴有尘埃的气息。

"我只在乎主角是谁。"

"你看，你这样就很好，我们两人之间就不必装糊涂了。要赶上演出的话就得马上，我在酒店等你。你知道我住的地方，516房，别走错了。"

旬旬缓缓坐在阳台的小藤椅上，任垂下来的床单继续一下下地靠近，又撤离，像一只手，在反复地推搡着她。

真的！

假的？

去！

不去！

艳丽姐说：男人年轻时有花花肠子也是正常，你睁一只眼闭一只眼，一辈子就过去了，最重要是钱，抓住了钱，你就什么都不怕。

曾毓说：凭什么让他为所欲为，就算离婚，也要拿回你应得的东西。

连律师说：如果希望法院因对方的过错在家庭财产分割上给予你一定程度倾斜的话，那你必须掌握更多的证据。

池澄说：你不会一无所有，我会帮你。他会为他的行为付出代价。

老猫说：喵呜，喵呜，喵呜。

……

旬旬拨通谢凭宁手机，问："晚上回来吃饭吗？"

谢凭宁说："不了，你自己先吃吧，单位事情太多……同事催我去开会了，有什么事过后再说吧。"

"好。"

她挂了，下一通电话则是打往他单位科室的固定电话。许久才有人接起。

"喂，请问谢科长在吗？"

"今天是周末，谢科长不上班，有什么事请周一再打来。"

第十一章
捉奸记

　　旬旬一直都知道邵佳荃和池澄下榻的酒店，只不过从来没有想过会去到他们的房间……哦，应该说是他的。差点儿忘了，"细心周到"的谢凭宁给这对热恋中的小情侣安排了两间客房。516属于池澄，而一墙之隔的518则属于邵佳荃，或许，今天还属于谢凭宁。

　　池澄打开门看见旬旬的时候，眉梢眼角都是笑意，这哪里像一个打算将未婚妻捉奸在床的男人。旬旬想，唉，现在的年轻人真是懈怠，做戏也不肯做足全套。

　　他飞快地将她迎了进去，反手关上门。出乎意料的是，房间里远比旬旬想象中要整洁，私人物品归纳得很好，只有几件换下来的衣服随意搭在椅子上，封闭的空间里被淡淡的须后水气味填充，仔细吸口气，还有酒精的味道。

　　旬旬的目光落在吧台上，那里有开启过的大半瓶黑方，倒出来的部分则被他握在手里。

　　"你现在喝酒？"旬旬皱了皱眉。

池澄给他的杯里又添了冰块，转头朝她笑道："酒能壮胆。"

旬旬哪里会把他的胡说八道当真，他那一身的胆大包天，还需要酒来助威？"酒只会误事！"她正色道。

他没有反驳，只招呼她坐，他自己则椅背朝前地跨坐在那张单人椅上。

旬旬紧紧抓着自己的包，站在房间中央环顾四周。说是让她"随便坐"，可他也不想想她能往哪儿坐，唯一的一张单人椅已让他毫不客气地占据，莫非让她坐床？这是万万不可能的。旬旬犹豫了一会儿，选择了角落里的躺椅，拿开他搁在上面的几件衣服，小心翼翼坐在边缘的一角。

她很快就知道自己的不适和异样感从何而来。房间里厚重的深紫色窗帘低垂紧闭，灯光并未全开，整个空间显得隐秘而昏暗，更将正中那一张大床凸显得无比暧昧。这就是她下意识排斥酒店这个地点的原因。抛开所有的偏见，它本身仍能给人一种强烈的暗示，想到谢凭宁和邵佳荃或许就在一墙之隔，这种异样感更加浓烈。

旬旬一声不吭地站起来，抓住窗帘的一角就往两边用力拉开。阳光如剑般刚劈开一道明晃晃的缝隙，顷刻又被人驱逐。池澄站在她身后，用相反的力道合上了窗帘。

"不能打开。"他合拢窗帘后，撩起一角，示意旬旬往外看，原来那外面是个可步出的阳台，两个相邻房间的阳台之间只有一道玻璃栏杆相隔，有心人很轻易就能探过栏杆，窥见另一端的情景。

"你以为是我故意要把它遮得严严实实的？在你心里我就是这样的人？"池澄不以为然地说道。

他一句看似坦坦荡荡的话道破旬旬的心思，但旬旬尴尬之余，却未能从那种不可言说的不安中释放出来。因为就在这时，他的声音正好是从她头顶上方一些的位置传来。她面朝阳台而立，而他也同样如此，两人站得很近，他几乎贴着她的背，手臂也挨着她的手臂，搁在视线上方的窗帘上。只要旬旬一个转身或者后退，就好似投向他张开的怀抱。

旬旬屏住呼吸等了一会儿，未见他撤离，眼前的帘幕像深紫色的海水在她面前蔓延开来。她顾不上姿态，索性矮身从他抬起的胳膊下钻了出去，这才脱离了他呼吸可及的范围。她端坐回躺椅一角，指着另一张椅子对池澄说："要么我现在就走，要么你坐回去好好说话。"

池澄耸耸肩，继续跨坐回他的单人椅上，只不过将椅腿朝她的位置挪了挪，笑道："你这么拘谨，弄得我反倒有些不知怎么做才好。"

"他们就在隔壁？"旬旬直奔来意。

"不，还没回来呢。"池澄赶在她发问之前补充道，"谢凭宁半个小时前到的。我担心你在路上耽搁了，错过了'关键情节'，就给佳荃打了个电话，麻烦她到西城区的一家蛋糕店给我买个栗子蛋糕。栗子蛋糕是那家店的招牌，买的人很多，每天过了中午十二点就没有了。谢凭宁跟她一块去的。你知道的，她不是个坏人，最近为了谢凭宁的事，她反倒对我百依百顺，就算是对一个戴绿帽子男人的一点儿补偿吧——话又说回来，那蛋糕我是真的很喜欢，待会儿你可以尝尝，如果到时你还有胃口的话。"　.

旬旬完全没有心思去想那个见鬼的栗子蛋糕，好不容易说出句话，却发现自己口中异常干涩。

"他们经常……经常这样吗？"

"那也要看我是不是经常外出不归。"池澄牵起唇角干笑两声，"不是每个人都像你一样好打发。"

"那你今天是去了哪里？"

"去见我在本地的亲戚。"

"你在这儿还有亲戚？"

"有，不过都是王八蛋。我妈有个在这土生土长的表弟，也就是我的表舅舅。佳荃也知道这个人，我告诉她，我要把表舅过去欠我们家的债讨回来，估计会回得很晚，她对这个没兴趣。"

"表舅舅，说得像真的一样。"旬旬讥诮地重复道。她听说说谎要注重细节，从这点上来看，池澄是个中高手。"你又凭什么知道谢凭宁今天一定会来？"

"这容易，我看了佳荃的手机。"池澄伏在椅背上笑着说，"我还告诉酒店大堂的门童，今天我要给我的女朋友一点儿惊喜，顺便也给了他点儿好处，所以，今天佳荃在酒店里每一次进出，我事先都会收到提示，你可以放心。"

旬旬低声道："放心？"他说得如此天经地义云淡风轻，就好像他真的是在为心爱的人准备一个意外的派对，谁能想到却是设的一个瓮中捉鳖的局？若如他之前曾说的那样，记恨是因为曾经爱过，那他现在这番煞费苦心，想必当初也并非没有动过真感情。

"你和邵佳荃是怎么认识的？"磨人的等待中，旬旬问起。

"你真想知道？"池澄转着手里的酒杯，冰块滴溜溜地发出碰撞的声音，"我是在健身房里遇见她的，那时我在那里做兼职。她不认识我，我总在一旁偷偷看着她。我喜欢她笑起来的样子，让人就像酒里的冰块一样，越来越小，一点点地融化掉……"

旬旬不由得依照他的描述去想象当时的场景，那应该是一个很动人的画面，可惜她总觉得有哪里不对，也许是无法把眼前飞扬跋扈的人和角落里悄悄注视意中人的少年联系起来。还有，他为什么要到健身房里做兼职？

她本来想问来着，却在这时留意到，说话间，他杯里的琥珀色液体又见了底。不知是因为旖旎的回忆还是酒精的关系，他的眼角微微泛着红，带笑的时候，那笑意也是轻飘飘的。

"池澄，不许再喝了，把酒放下！"旬旬再度警告道。

池澄起身朝吧台走，边走边回头对她笑道："放心，我量好着呢。要不要给你也来点儿？"

"我是说真的，别喝了，至少现在别喝！"旬旬跟过去想要劝住他。

"错，现在才正是值得喝一杯的时刻。"池澄转身时，手上竟真的多了一杯，"你想，待会儿只要你用力推开房门，哗，精彩的好戏就呈现在你的面前，然后你就解脱了……来吧……这点儿是喝不醉人的……"

旬旬忍无可忍地避开他递到她胸前的酒杯。

"叫你把杯放下，你听见没有？"

"你喝一口我就放下。"

"你再胡闹我立刻就走！"

"走哪儿去？回家继续做贤惠大度的糟糠之妻？"

"拿开！"

"就一口。"

"放下……啊！"

"呀……"

两人就着酒杯推搡间，不知是谁的手力度过了头，杯口的方向一偏，里面的酒统统洒了出来，夹带着冰块，泼在旬旬胸口的衣襟上。

　　那阵凉意袭来，旬旬顿时垂下双手，颓然地暂时闭上眼睛。她后悔为什么不离他远一点儿，不，她是后悔不该到这里来。

　　池澄大概也知道捅了娄子，回头抽了几张纸巾就没头没脑地朝旬旬衣服濡湿的地方擦拭，直到他的手腕被人用力打开，然后只听到旬旬咬牙切齿的声音，"你想干什么？"

　　池澄脸一红，退了一步，摊开手，"抱歉！"

　　"你离我远一点儿！"旬旬背对他，低头察看自己胸前的灾情，绝望地发现这一下浇得还挺彻底。她穿着浅色丝质上衣，那一大圈茶色的酒渍触目惊心，让她走也不是，留也不是。她顿了顿足，只能抱了纸巾，坐回角落的躺椅上侧身继续有一下没一下地清理。

　　过了一会儿，她听到池澄的脚步声又走近了，正想让他再滚远一点儿，眼角却扫见他送上来的一个吹风筒。

　　"我知道你是绝对不肯换我的衣服的，对不起了。你试试这个能不能让衣服干得快一些？"

　　旬旬不看他，低头接过，四处去找电源。池澄在旁杵了片刻，见她实在没头绪，这才走近，蹲下去替她把吹风筒的插头插进躺椅后背藏着的插座内。

　　做完这些，他没有立刻起来，依旧蹲在原地，努力去看她别过一边的脸。

　　"别生气，都是我的错。"

　　"当然是你的错。我知道你是故意的。你到底想干什么？你直截了当地给个痛快吧。池澄，你想干什么？"旬旬冷冷道。

　　池澄问："你认定我不怀好意，那你替我想一个罪名，你说我要干什么？你说我就认了！"

　　旬旬没有搭腔。难道要她说，我认为你以对未婚妻捉奸为由，向一个已婚妇女图谋不轨？说出来自己都觉得荒唐！

　　"好像我每次都会惹你发火。"

　　"我搞不懂，你为什么偏偏要这个时候喝酒？你连这点儿克制自己的能力都没有？喝醉了对你有什么好处？"旬旬愤声道。

　　"我没喝多。我只是不想在这个时候太过清醒。"池澄低声对旬旬说道，"你愿意看到他们那副不堪入目的样子吗？哪怕你恨不得抓到他们的把柄！哪怕你转头就要让他们一无所有！"

匀匀沉默。池澄和邵佳荃之间是怎样她不清楚，但她和谢凭宁夫妻三年，一千多个日夜的厮守，虽没有深切的感情，但并非从无快乐，至少她曾经在他身上找到过天长地久的想象和安慰。就算他十恶不赦，手起刀落之前，未必没有犹疑。

她轻轻叹了口气。

池澄颤颤巍巍地伸手去捋她耳畔的一缕发丝，被她推开。他顺着她手势下落的方向，俯身，低着头，一直低到她垂放在腿侧的手背上。他用她的手贴着自己的脸，低声道："我忘不了她笑起来的样子，三年来，从来没有忘记过。"

池澄面颊的温热在匀匀的手背转为火一般的灼烧感，她动也不是，不动也不是。他的行径明明是离经叛道的，然而此时他眼里的失落和怅然如此真切，即使是匀匀这样一个对一切均持怀疑态度的人也不禁有几分动容。如果这是假的，那什么是真的？

她试着去安慰池澄，"如果你真那么在意邵佳荃，两人并不是没有继续的可能。毕竟你们的情况和我们不一样，我和谢凭宁是夫妻，要受婚姻的约束。邵佳荃还有选择的余地，况且，你们是有感情的……"她说着说着，又觉得自己讲的全是废话，真实的情况是，不久之后，她的丈夫和他的未婚妻将要被捉奸在床，真枪实弹，铁证如山，到时候，什么夫妻不夫妻，感情不感情，全都是浮云。

池澄好像看穿了她的心思，略抬起头，问："匀匀，你说这个世上有什么是可靠的？"

匀匀本想回答说"自己"，世上唯有自己最可靠。可未出口她已存了疑，自己可靠吗？有的时候……很多时候……就像现在，答案都是：不。

池澄握住匀匀的手，手指在她手背轻轻摩挲，同样，他这时略带沙哑的声音也像是在她心尖摩挲。

"凭什么他们为所欲为，匀匀，他们做初一，我们就做十五。"

匀匀警醒地想要收手抽身，却发觉眼前的情形对自己相当不利。

池澄看似微醺，手上却丝毫不含糊，她手往回撤，他覆在其上的手非但未有松动，反而整个人顺着她向后的力道前倾。而匀匀选择落座的位置也并不明智。由于避嫌，她先前只端坐在躺椅一角，这时急于拉开与他的距离，重心向后，背上无靠，他再凑近，她慌张下坐立不稳，整个人不由自主向后仰倒。他的手牢牢扣在她腕上，这一倒，就犹如她将他牵引着往下，池澄自然乐于顺势迎上去，瞬间两人的姿势变为上下交叠在单人躺椅上。

旬旬体内的血液全往头脸上涌，每一次挣扎着起身，都好像折腾得贴他越近，他眼里的神采和嘴角的笑意就愈显得意味深长。

"你起来！我们不会和他们一样！"她喘着气，试图义正词严地把这句话说完，末了却觉得这一幕怎么看怎么像限制级的《花样年华》，只不过她身上没有张曼玉那身妙曼的旗袍，但暧昧有增无减。池澄脸上的笑意扩大。

"嘘，别动……别动！再动后果自负。"池澄的声音连带着湿热的呼吸就在她的耳畔，她动不动都如芒在背。

"我有一个建议，一时半会儿他们还没回来，与其苦等，不如我们做点儿有趣的事。"他犹如咬着她的耳朵说道。

旬旬全身绷得极紧，斥道："你真下流！想都别想！"

池澄哑然，满脸冤屈，"我什么时候说过要做'下流'的事？莫非——你眼里的有趣和下流是同一回事，只有下流才会有趣？"

旬旬窘得头晕目眩。论狡猾和强词夺理，她和他根本不在一个段位上。她于是在自己身畔摸索，才刚触到，她的包便被池澄抢先一步拿起来远远地甩开。

"喷雾和电击这些重口味的我都不喜欢。"

"你先让我起来，我不跟你做口舌之争！"

池澄的脸稍稍偏移，几欲贴着她的嘴唇。旬旬吃力地向后仰起下巴避开他的气息。

"你想跳过'口舌'之争？"他故意着重重复那个字眼，眼看着旬旬羞愤欲死，恨不得咬掉自己的舌头，不由得闷笑了起来，"这也挺'有趣'，不过还不急，我还有更'有趣'的。你知道，我口味没有你重……其实我只是想问你，想不想看看火车？"

"什么？"旬旬觉得自己的脑袋一定短路了，眼前所有的情景都那么不真实，连带他的话也风马牛不相及，让她完全云里雾里。她只想结束眼前"有趣"的对话。

"你送给我的火车，你忘了？"池澄正色道，"你不想检阅一下你送出的礼物？我很喜欢，今天正好也穿在身上。"

旬旬终于回过神来，闭着眼尖叫一声，"滚！"伸腿就要踹开他。她不相信怎么会有人用那么凝重的语气去说一段如此"有趣",不,如此"下流"的话。

池澄把她屈起的腿又压了回去,安抚道:"别急,别急,待会儿就'滚'!你不看我就扔了它,现在就扔!"

旬旬快要哭出来了,如果她双手解放,现在做的第一件事就是狠扇自己。她来捉什么奸?宁可一辈子住在谢凭宁的空城里守活寡,也不要把自己无端送到池澄这无耻无赖的人手里任他戏弄。

"你这是什么表情?放心,我说说而已,你送我的第一件礼物,我不会扔的。"池澄忍俊不禁。

"我见鬼了才送礼物给你,那内裤的钱明明是我借给你的,后来你也还钱给我了,跟我半毛钱关系都没有!"

"哦?"池澄想了想,"可我记得那天在天台的时候,你又把钱还给我了,所以还是你送给我的。"

"那钱是我买你茶具的!"旬旬都忘了自己到底在争什么。

"茶具都砸了,还买什么?行行行,我们不要再计较细枝末节。一句话,你看还是不看?说不定和你以前看的有所不同。"池澄再度在她耳畔低语,气息撩得她起了鸡皮。

看是脱,不看是全脱。旬旬阻截着他蠢蠢欲动的手,气急败坏之下口不择言,"有什么不同?!男人都是一元钱的硬币,正面是个'1'字,反面是菊花。你要是不同,除非你是双花纪念币!"

池澄一愣,继而埋首在她颈窝大笑起来,"这样的话你和谢凭宁说过没有?一定没有!旬旬,你真有意思,不愧我喜欢你。"

旬旬咬牙,"你说过,就像你喜欢你妈一样。你对你妈妈就这样?"

池澄还是笑,"你这个人呀,有时挺聪明的,有时又很笨……"他的声音渐渐低下去,"其实人和人之间一定不一样,你没试过怎么知道?你试过吗?除了谢凭宁之外的男人?"

"起来!这不关你的事,你再这样我叫人了!"

"你不敢正面回答我?"

"我不像你们一样,在我的婚姻中,我问心无愧!"旬旬的声音有些颤抖,不知道是出于愤怒或是别的。

"问心无愧你又得到了什么？贞节牌坊？听我说，你值得更好的对待。"

"就像你现在一样？！"

"我至少会比谢凭宁强，不管哪方面都一样。"他转而去轻轻舐咬她的脖子和耳垂，一时轻，一时重，轻的时候只是痒，重的时候微微的疼，就好像用力掐住手腕，待血液滞留，再忽然松开。

"你就那么自信？"

"你说呢？"

旬旬很难不去想他如此笃定的原因，莫非是邵佳荃给他的印证？邵佳荃和谢凭宁赤身交缠的画面在她脑海里浮现，是过去还是现在？假如他的自信当真出自邵佳荃，那旬旬只能替谢凭宁感到悲哀。在他永志不忘的女人眼里，他不过如此。而旬旬自己呢，她没要求过他什么。还是池澄的那句话，她要的少，所以什么都得不到。

或许是觉察到她刹那间的恍惚，池澄忽然加重了齿间的力道。旬旬吃痛，低呼一声，他贴在她的唇上趁机而入，像最狡诈灵动的游蛇。

旬旬抵在他胸前的手逐渐软弱，她吃力地呼吸，可及之处全是他的味道，年轻的味道！

年轻真好，就连蒸腾的汗意和情欲的气息都带着干净而蓬勃的朝气。听说某国有一种说法叫做"加龄嗅"，意指随着人年龄的增长，体内散发的味道会愈发浓郁，所以年迈的人身上会有一种特有的"老人味"。旬旬想到和谢凭宁的家里那张躺了三年的大床，也许她会一点点老去，在上面散发腐坏的气息。

他是和谢凭宁太不一样。谢凭宁是个正统而略带拘谨的人，也许这拘谨只限于对她。池澄却是恣意、放肆而轻狂的。旬旬不经意触到他的身躯，她开始相信他说过曾在健身房兼职的说辞。他不是那种肌肉虬结的类型，但矫健而灵活，这是长期有意识与合理地锻炼的人才拥有的身体，就像她曾经的健身教练所说的，充满力量的匀称之美。旬旬一阵发昏，说不清是他嘴里淡淡的酒味还是自己胸前的残酒让她自控能力退避三舍，满脑子都是乱七八糟的念头。然而她对这样的情欲却并不陌生，那是在她的梦里，年轻的身体，浮在半空的交缠，即使让人脸红心跳，却也是一种充满生命力的淫靡。莫非正如不知廉耻的人所说，每个良家妇女身体里都潜伏着一个潘金莲？

旬旬换气的间隙，池澄细细在她唇边描绘，边含糊地说："其实我挺喜欢我们俩的'口舌之争',接下来你是要我'滚',还是让我去找枚硬币,抛抛看让你决定是要看正面还是反面?"

旬旬喘息着讽刺道:"你还挺善解人意。"

池澄的笑从她胸前传来,他说:"其实我还善解人'衣'。"

旬旬只觉得一阵热,一阵冷,连带着一阵清醒,一阵糊涂。她也搞不懂自己到底抵抗了没有,事后统统都不记得,只记得他的手,还有咬在身上的疼……眼看箭在弦上,这时忽然有人的手机短暂地响了几声,池澄暗骂一声,手下却明显加快了。旬旬脑子里最后一根自保的弦瞬间绷紧,牵动上面报警的铃。

她在干什么?就算她要找个男人鬼混,也不能是他!更何况这是在什么地方,她是为什么而来?

她这一转醒,理智回归,隐约已知道要糟。情急间也不知道哪里来的助力,倾尽全力一挣,竟将未有防备的池澄整个人掀在一侧。旬旬趁机坐了起来,翻身要落地,不料池澄从侧后方反扣住她的手,将她往下一带,两人重新摔倒在躺椅上。

"你要干什么?"旬旬眼里迷乱褪尽,只余警惕。

池澄却还是那副似笑非笑的模样,"你说我'干'什么?"

他俯身去吻她,旬旬闪躲。

池澄用半边身子压住她,"刚才你明明是喜欢的,何必骗你自己?"

两人进退扭缠之间,只听见门锁传来轻微的咔嚓一声。

旬旬身体一僵,瞬间脑子一片空白。

邵佳荃哼着不成调的歌用脚挤开门走了进来,手里拎得满满的全是购物袋。她显然完全没有意料到房间里有人,一直走到酒柜附近,才惊觉房间一角的躺椅上沉默的两座雕塑。她张嘴,松手,犹如电影里的慢镜头,却什么声音都没有发出来,手中的东西统统跌落在地,鲜花、香槟、听装啤酒、零食、蛋糕、包装精致的盒子……滚散在厚重的猩红色地毯上,同样没有声息。

旬旬机械地用衣服掩盖自己,池澄则要轻易得多,他顺手拎起件T恤往身上一套,坐了起来。

邵佳荃哆嗦着,看了看躺椅上的人,又看了看地上的东西。旬旬心想,完了,等她回过神,下一秒自己就该被揪着头发拖下地来,就像所有被逮个正着的下贱女人一样。她曾千万次构想过这一幕,在那些构想里,她是捉奸的那个人,那时她想，女人何苦为难女人，她不会对邵佳荃动粗，可笑的是，现在她都不敢奢求邵佳荃的仁慈。

可怖的寂静维持了将近十秒，房间中央发出一声号哭。邵佳荃蹲了下来，双手抱膝，像个孩子一样痛哭失声。旬旬不知所措，颤抖着，怎么都找不着衣服上的一颗扣子。

池澄赶在对面房间的人被引来之前迅速地闭上了房门，掩住一室的混乱和春光。走回来的时候，他经过邵佳荃的身边，清咳一声，悄悄把手放在她的肩膀上。

"别哭了。"

邵佳荃顷刻爆发，她站起来狠命捶打着眼前的人。

"你就是这样对我？你说过可以不计较我和谢凭宁过去的事，只要我心里有你，我们就可以重新来过！我都听你的，我什么都听你的。你说喜欢那家店的栗子蛋糕，我大老远地跨了三个城区去买，一心一意排队就等着刚出炉的，好等你从表舅那里回来给你个惊喜！只要你肯原谅我。你就是这样原谅我？跟谢凭宁的老婆搞在一起？"

邵佳荃指着旬旬，目光如剑，满脸是泪。旬旬这时宁愿她走过来扇自己几巴掌，也不愿意看到她站在那里，像个无助的孩子，这样更显出了自己的荒唐和混账。

"不关你事，是我的问题。"池澄用拇指去擦拭邵佳荃脸上的泪水，她还在呜呜地哭个不停，"不该看的你也看到了，我也就不解释了。我没你想象的那么好，你也不必为我委屈自己。"

"你们都是王八蛋！谢凭宁口口声声说心里只有我，可我让他离了婚再来找我，他屁都不敢放一个。我之前是不该和他藕断丝连，但我已经认过错，你明明知道我现在一心一意只想和你在一起，结果却这样变着法子来羞辱我！你们简直无耻、下贱……肮脏！"

旬旬屈膝坐在躺椅上，愣愣地听着邵佳荃的每一句话，她每吐出一个愤怒的词汇，旬旬都不由自主地为之一抖。她可以想象，邵佳荃这样的女孩已经用尽了所能想到最伤人的字眼，而她的眼神始终都不肯与旬旬正面交汇。或许此时在她心中，赵旬旬只是个放荡可悲的女人，是池澄报复她的一个物件，所以连注视都不屑。

邵佳荃骂不下去了，只是一个劲地掉眼泪。池澄双手插在裤兜里，面无表情地靠着书桌的边缘，静待她的下一步反应。

"我知道你是要气我，可你把凭宁的老婆牵扯进来干什么？你还嫌不够乱？"邵佳荃吸着鼻子，眼看找回了一丝理性。旬旬看得出来，她并不想就此离开池澄。

"好。"她扬起一张梨花带雨的小脸，神态决然，"现在我们扯平了。池澄，谁也别埋怨谁，我们一块回上海，明天就走！但现在，你先让她滚！"

邵佳荃目光停顿在池澄身上，手却指向旬旬。

旬旬深吸了一口气，单手抓住前襟的衣裳，站了起来。

池澄低下头，又抬起来，面对着曾经的未婚妻。他说："佳荃，不是扯不扯平的问题。我喜欢她，不管她是谁的老婆。"

"你再说一遍！"邵佳荃呆呆地说道。

"我说我喜欢赵旬旬，这跟你和谢凭宁过去的事没有关系……"池澄平静地重复。

笃笃笃的敲门声响起，起初大家以为是打算整理客房的服务员，都没有理会，然而过了一会儿，敲门声继续。

"谁？"邵佳荃扬声问道。

"佳荃，你在里面吗？"

这是个在场的人都感到熟悉的声音，尤其是旬旬。这也是她第一次如此深刻地感觉到无助。

邵佳荃在这时露出了一个古怪而复杂的笑容。她带着鱼死网破一般的凄绝低声道："好，你'喜欢'她，这太好了！正好人齐了，当着大家的面，把话说明白！"

她扭头去开门。旬旬动过阻挠的念头，但刚升起已知是徒然。

"我说了你丢三落四的，你把自己的房卡忘在我的车上了。"谢凭宁站在门口对邵佳荃说道。话刚说完，他也看到了邵佳荃的泪痕和异样，下意识地往房里张望了一眼，从他的角度，只看到仍斜靠在书桌旁的池澄。

"对不起，我是不是不该来？"谢凭宁迟疑地说。看来他和邵佳荃一样，深信池澄今天去会了他那不知道是否真实存在的"表舅"，而更让旬旬都感到可笑的是，谢凭宁欺骗自己的妻子，在周末的一天起了个大早，竟然只是开车陪他的前女友、远房小姨大老远地给对方的未婚夫准备一个惊喜。

都是什么跟什么!人生的确像茶几，你明知道上面摆满了杯具，但更悲的是，你不知道那杯具到底有几个，也不知道是哪种杯具，又具体会悲到何种程度。

邵佳荃将门开得更大，一把将谢凭宁拉了进来，她的声音在极度的愤怒和亢奋之下显得格外尖厉。

"来得真是时候，你正好来看看让你'不忍心'离婚的贤惠好老婆！"

当谢凭宁的视线在房间里绕了半圈，最终落在某个焦点时，旬旬已放弃了一切挣扎。她很清楚她的丈夫眼里此刻看到的是什么。衣服凌乱的躺椅，她散发披肩，上衣的下摆已全部从裙子里抽了出来，胸前还半敞着，或许脸上还有糊掉的唇膏印记，她随身的包被丢弃在房间的另一个角落里，而另一个男主角池澄则赤着双足，穿反了T恤，旬旬的脚边还散落着他的皮带。

"旬旬？"谢凭宁的声音像是求证，向她，向在场的每一个人，更向他自己，"你在这儿干什么？"

旬旬低下头，坐回了那张躺椅。

她在这儿干什么，难道要她说：我是来捉奸的，结果却被人捉了奸。

"你来晚了，错过了最精彩的部分。"邵佳荃的表情说不清是哭还是笑，"池澄，你有种再说一遍，你和赵旬旬上床是因为你喜欢她！"

池澄伸手去摸自己的眉毛，忽然笑了起来，"我怕什么？话说多了没意思，你既然已经代劳，意思到就行了。"

谢凭宁端正的一张脸从血红转为铁青，继而是苍白。他的眼睛始终没有离开沉默垂首的旬旬，仿佛在等待她的辩驳，但他失望了。

"你们……你和他？"他说完，好像自己也觉得不可思议。他眼里的神情与其说是愤怒，不如说是震惊，极度的震惊，就好像兔子将大便抹了熊一头一脸。他不敢相信这是他的妻子，三年来安分守己躺在他身边的赵旬旬。穷尽谢凭宁有生以来的想象力，他也不会想到有一天自己会把衣衫凌乱的妻子堵在酒店里，而且还是他给开的房。

池澄还是一脸的无所畏惧，羞耻感也欠奉。这房间里奸情败露，即将要被浸猪笼的仿佛只有旬旬一个人。她不敢抬头，听见谢凭宁粗重的呼吸声，还以为接下来会有惨烈的一幕上演。两个男人会不会打起来？谁输谁赢对她更有利一些？她和邵佳荃会不会也有一场恶战？她主动认输会不会减轻伤亡？

然而，许久之后，什么都没有发生。只有忍无可忍的邵佳荃哭着冲到池澄身边挥出一记耳光，被他半途拦截住。

"佳荃，好聚好散，没必要动手。"

邵佳荃恨声道："就当我瞎了狗眼，我们完了！"她一开口，又忍不住哭了起来，实在站不住，擦了眼泪掉头就走。

谢凭宁留在那里，静静停留了片刻，冷冷地点点头，往后倒退了一步、两步……最后也撤离了这房间。

到头来还是只剩下这"奸夫淫妇"的两人。旬旬还是垂着头，苦笑一声。

"今天是有场好戏，你没有骗我。"

她俯下身四处去找衣服上掉下来的那颗扣子，遍寻不见。最后还是池澄眼尖，将扣子从桌子底下拈起来递到她眼前。旬旬伸手去接，视线迎上他的，只怔怔地问："你告诉我，你这么处心积虑是为了什么？是谁雇的你？邵佳荃？不，谢凭宁？"

旬旬曾经痛恨自己立场不坚定，一时糊涂闯下了荒唐大祸，半生谨慎付之东流。然而在刚在等待结局的过程中，她明白了一个道理。不是她一步走错，而是这个局一开始就为她而设，无论她走往哪个方向，陷阱都在前方等着她。从一开始，这个人就是冲着她来的。他那些伎俩，换了个对象也许就什么用处都没有，一招一式，全为小心翼翼步步留心的赵旬旬量身打造，就好像反雷达导弹为对应雷达而设，他就是为了削弱她而存在的煞星。她想不通的只是，平凡如她，何德何能？

"雇我？你也太看得起他们。我说过的，我喜欢你。"池澄也维持半蹲的姿态与她平视。

"你喜欢一个人的方式就是毁了她的生活，让她一无所有？"旬旬用了很大的努力才使声音不再发抖。

"你原本的生活也没什么可留恋的。不就是一栋房子一个男人？谢凭宁给你的我也可以给。反正你也不爱他，你要的只是过日子，那换谁不是一样？"池澄笑了笑，"至少我们在一起会比你和谢凭宁'和谐'，我能感觉得到！"

"浑蛋！"旬旬无话可说，一巴掌的确是对他最好的回答。然而这一次同样被他挡在途中，他嘴里啧啧有声，"我知道你们女人都喜欢打耳光，可我最讨厌被别人打脸，哪怕你也不行，哪怕——我那么喜欢你也不行。"

他依旧笑着，那笑容灿烂而标致。旬旬莫名地想起小时候听过的关于鸡冠蛇的传说。鸡冠蛇有着鲜艳漂亮的顶子，早已修成了精，不能打，也不能靠近，碰见就会走霉运。眼前的池澄就好像这样一条蛇，炫耀着他斑斓的躯壳，骄傲地仰着头，嘶嘶地吐着鲜红的信子，若让他一口咬住，必是剧毒无比，见血封喉。

第十二章
崩塌殆尽的城池

匀匀走出酒店，每一步都觉得虚软无力，后脑勺一阵一阵的凉，背上却浮了薄薄的一层汗，风吹过一个激灵。

大街上面无表情走过的人都是幸运的，每一个没有被自己的丈夫和情敌捉奸在床的人都是幸运的，除了赵匀匀以外的任何一个人都是幸运的……然而即使在这个时候，她也没能忘记，今天下午她必须到医院把曾毓替换下来，继父的身边不能没有人。一如她离开池澄时，也没有忘记让酒店服务总台送来针线，一丝不苟地把扣子缝好。这悲催的人生！

现在回过头来，匀匀才发现自己号称谨慎，实则把许多显而易见的细节都忽略了。池澄是怎么认识邵佳荃的？他才从国外回来半年不到，以他的个性，怎么就能进展到谈婚论嫁的地步？还有他口口声声说三年来始终忘不了邵佳荃的笑，可从他俩从认识那天开始计算，也没有三年。

离开之前，她曾就这个问题问过池澄本人。池澄还是一副没脸没皮的样子，笑着说："你问我和她认识多久，还不如问我和她有'几次'。"

旬旬便也没指望能从他嘴里得出答案。很多时候，不怪别人欺骗，怪她太大意，她自己不弯下腰，别人也骑不到她头上去。

她去到医院，曾毓正在用一套仪器给曾教授做肌肉按摩，看到旬旬出现，高兴地告诉他，用药一周以来，曾教授今天早上眼球第一次有了转动的迹象，医生说这极有可能是复苏的先兆。旬旬也感到意外的欣慰，然而一码归一码，这喜悦并未能减轻她心中的不安和沉重，哪怕一丝一毫也好。

曾毓还在继续摆弄着那套仪器，"我以前怎么就不知道还有这样的器械？多亏了连泉，我只是在他面前不小心提到我爸的病，没想到他就记住了，还特意去买了这个。"

"难得他有心。"旬旬强笑道。

"是啊。"曾毓也感慨，"想想我也真可悲，那么些曾经打算要过一辈子的男人，到头来可能还比不过一场露水情缘的对象。"

旬旬说："是不是露水情缘，这个看你自己的界定。既然他不错，你也别错过了。"

"我把这套器械的钱还给了他。"曾毓叹了口气，"你也别笑我矫情，只是有些事，该分清的还是分清好。我常想，也许正因为我和他没有承诺和盟誓，所以相处得才更自在融洽。我们维持这样的关系，感觉很好，每次在一起都非常开心，我真怕走近一步，感觉就变味了。"

"该变味的总会变味，苹果里面长了蛆，你把它放在水晶棺材里，还是一样腐烂。"旬旬说。

曾毓白了她一眼，"我最不爱听你这样的论调。"

旬旬坐了一会儿，眼看曾毓收好了那套东西，忽然问了一句，"曾毓，你实话告诉我，我有没有失忆过……我是指我会不会过去出过什么事，把爱过或者有仇的人都忘了。"

曾毓说："你终于想起来了，实话告诉你吧，你有个儿子，现在都上小学了。"

"真的？"旬旬一哆嗦，她跟谁生的，莫非是池澄！那他们该有多早熟呀！

曾毓用一种"你真可怜"的眼神回应她，不敢置信地笑道："你还真信？我的天，谁能告诉我家庭妇女的心里究竟在想什么？你韩剧看多了，还是闲得慌，非得整出点儿什么？失忆？我还间歇性精神分裂呢。你要失忆的话，怎么还能把寄存在我这里的钱精确地计算到个位数？

句句讪讪地接受了她无情的嘲弄。这倒也是，她从小到大，别的不行，记忆力还是可以的，所以她文科成绩特别好，不会解的题就把挨边的全默写下来。她很想为眼前的困境找个借口，可必须承认的是，她，赵句句，二十八年的人生里，基本上每一桩闹心的事都历历在目。可那样的话，池澄对她莫名其妙的执著从何而来？难道真的要她相信世界上有无缘无故的爱和无缘无故的恨？

"那我更惨了！"句句颓然说道。

曾毓一惊，抖擞精神凑过来，"喂，怎么了？你该不会真有个上小学的儿子冒出来喊妈咪吧？"

"你说，我要是现在离婚了会怎么样？"

"简单。"曾毓失望地撇撇嘴，"就是一个普通的失婚妇女呗。"

"我还能重新找到幸福吗？"

"这个嘛，要看概率！灰姑娘那么矬，还能遇上王子……不过，话又说回来，灰姑娘好歹年轻，过了年纪又没有什么优势的女人叫什么？灰大娘？灰太狼？"

"呵呵。"句句配合地干笑两声，发现自己在曾毓的一番打趣调侃下依旧想哭。

曾毓终于开始发现是有哪里不对劲了，坐到句句身边，问她到底"撞了什么大运"。句句把头埋在双手里，断断续续把她一心捉奸结果被人捉奸在床的经历对曾毓描述了一遍，当然，省略了其中若干细节，但仍听得曾毓是荡气回肠，击节惊叹，末了，还震撼得一时半会儿出不了声。

句句在复述的过程中又冒了一轮冷汗。

"你觉得我倒霉吗？"她问曾毓。

曾毓诚实地点点头，"我要说什么才能安慰你？"

句句木然道："没有，除非有一个更惨的人坐在我的面前，但我猜一时半会儿之间这更不可能。"

曾毓告诫句句，事情到了这个地步别无他法，唯有一条保命箴言，那就是：打死不认！既然谢凭宁没有捉个现行，邵佳荃又没有拍照存证，口说无凭。虽说不承认不代表能将这事推卸得一干二净，但自古以来"奸情"这回事都是混沌模糊的，"做"与"没做"，"既成事实"和"犯罪未遂"，只有当事人才最清楚。一旦认了，就铁定翻不了身，不认还有一线生机。不管离不离婚，都不至于将自己推至绝境。

旬旬没有出声，送走了曾毓，就枯坐在病床边发呆。她竭力让自己在这时更理性一些，至少可以把思绪整理清楚，从中找出哪怕一丁点儿的头绪也好，因为悲观如她都无法想象前方有什么等着她去应付。然而，她绝望地发现自己根本没有办法思考，只要她闭上眼睛，那些晃动闪烁的画面不是池澄若有若无的笑脸，就是他喘息时喷在她脖子上湿漉漉的气息，或者是他掌心那颗珠光色泽的纽扣……夜长更漏，旬旬睡意全无，等到她试图强迫自己在折叠床上小寐片刻时，却惊觉天已半白，艳丽姐脚步轻盈地拎着热腾腾的鸡汤推门而入。

自从曾教授开始特效药的疗程之后，艳丽姐每天都会煲一盅鸡汤带到医院。当然，这个时候的曾教授依然神志不清，水米难进，但她坚信丈夫一定会醒过来，并发誓要让他在清醒后的第一时间喝到爱妻亲手做的鸡汤，以此迎接他的完美新生。

曾教授昨天的病情进展同样鼓舞着艳丽姐，她看到了黎明的曙光，之前付出的时间、金钱和精力都是值得的。曾教授醒来的那刻，就是她苦尽甘来的时候。如此浓烈的喜悦让她无暇关注旬旬眼里的失神，也许在她眼里，她唯一的女儿从来就是个心事重重的怪小孩。为大家的安全考虑，旬旬自然也不敢在她面前透露半句，拖拖拉拉地在病房里又挨了许久，不得不走出医院，面对她必须面对的现实。

一路的车程太快，推开她曾经的家门，天未全亮，幽暗静谧的空间中，只有从睡梦中惊醒的老猫跳起来迎接她。从客厅的方位望过去，房门打开，这不是谢凭宁休息时的风格。他昨晚没回来，或者已经出去了，总之是不在。哪怕是自欺欺人也好，旬旬暂时松了口气，就算是死囚，临刑前偷得些时刻也是好的。

她松懈下绷紧的肩背，疲惫地拖着脚步往房间走，经过沙发时，忽然听到熟悉的声音。

"你终于回来了。"

旬旬一惊之下几近石化，机械地扭转身体，这才发现了半陷在沙发里的谢凭宁。卧室里的床单平整如新，还是她昨天离去时的模样，一夜未睡的人不止她一个。

她不知道如何是好，只一下又一下地用手指缠着包包的肩带，不争气地发现自己浑身都在难以察觉地轻抖。

"旬旬，你先坐下行吗？"谢凭宁的声音里没有愤怒，只有倦怠。

旬旬听命坐到了沙发的另一端。两人面对面，她双手不由自主地端着放置在膝盖上，忽然觉得这一幕好像是聆讯听审。

"我等了你一个晚上，差点儿以为你不会再回来了。"谢凭宁苦笑道。

旬旬几乎立即吐出那三个字，"对不起。"

"不，我现在想听到的不是这个。"谢凭宁心烦意乱地揉了揉自己的头发，"旬旬，你实话告诉我，我们三年的婚姻是不是很失败？"

旬旬锯嘴葫芦一般沉默。

"我以为我们是很正常的一对夫妻，天底下的夫妻不都是这样吗？你是个好女人，我从没有想过你会在心里恨我。"

"我没有恨你。"旬旬声音微弱如蚊子哼哼。

"那你和池澄是什么？一时兴起？一见钟情？"谢凭宁自感荒唐地笑了。他双手交握在膝前，停顿了许久，继续说道，"是，我对你隐瞒了我和佳荃过去的事，每个人都有过去，我也没有追问过你婚前的过往。我和佳荃过去的确在一起过。我很爱她，从懂得爱以来心里就只有她，但是我没办法给她一个承诺，家里的人不可能同意。外甥娶小姨，这辈分全乱了套。她走的时候哭得很伤心，那时，我觉得……我觉得什么都无所谓了，相亲就相亲，结婚就结婚。你嫁给我三年，也就是这三年里我才发现，这世上没了谁，生活都会继续下去。我庆幸我找了个好妻子，哪怕你对我的感情也不过尔尔，但和你在一起，也许白头到老会更容易些。人生几十年不就是那么回事？后来佳荃回来了，我是很乱，控制不住地想去见见她，想尽办法多陪她几秒也好，但我很清楚我和她不可能回到从前，我不想拆散她和池澄，更没有想过离开你。"

旬旬小声道："那我要感谢你，你对我太好了。"

"你不必讽刺我，我是不地道，但我再卑鄙也没有想过背着我的妻子跟另外的女人胡搞在一起。哪怕我和佳荃后来有过单独相处，可我敢用人格担保，我从来没有半点儿越轨！你呢？旬旬，你做了什么？"

"你是想说，出轨的是我而不是你对吧？"

"我要你亲口告诉我，你和池澄到底有没有……有没有……"

他是个传统的男人，一句话尝试了几遍，都没有办法把关键的部分诉诸于口。旬旬心想，如果眼前的换了池澄，大概要轻易得许多，不就是进没进去，有没有搞到实处。

她莫名地笑了起来，引来了谢凭宁惊异的目光。

旬旬说："凭宁，对于你而言，我和他有没有发展到最后那一步真的有区别吗？还有，你不想离婚，但心里想着另外一个女人，这和身体的出轨到底又有什么不同？"

谢凭宁愣了愣，并没有立刻回答她。他反复搓着自己的手，仿佛在做一个极其艰难的决定。

"我没有把昨天的事告诉任何人，佳荃也会守口如瓶，她昨天晚上已经搭乘最后一班机回了上海，估计她不会再想回来了。我们别再相互推诿责怪，只要你……只要你肯道歉，并且答应我不再和池澄有任何瓜葛，我们前事不计，好好过日子。"

旬旬讶然抬头看着她的丈夫，似乎有些不能相信这番话是出自谢凭宁的嘴。她想过很多种结局，他和邵佳荃在一起，或不和她在一起，这都不会让她意外，但她竟从未想过以他的大男子主义，竟会如此轻易低头说出原谅。

她眼里有一层淡淡的水光流转，谢凭宁也放缓了脸上的神情，深深地看着她。

旬旬哆嗦着，用细碎但足以让彼此听得清清楚楚的声音说："不不，凭宁，我不为这件事道歉，你也用不着原谅，我们还是离婚吧。你想怎么样离都行，我可以什么都不要。"

谢凭宁双手骤然紧握，几乎怀疑自己的耳朵。他微微张着嘴，想要站起来，起身到半路又重重坐了回去。

"这当真是你的意思，你想清楚了？"

旬旬点头。

她知道自己或许做了个错误的决定。曾毓会骂她什么条件都不提就离婚是蠢蛋，艳丽姐会跟她拼命，池澄大概会轻佻地笑着说：我就知道试过之后你会离不开我……其实她谁都不为，什么都不为，说不定迟早有一天是要后悔的，但那是覆水难收以后的事了。至少现在，这是她唯一的决定。她的城已崩塌殆尽，连幻象都烟消云散，哪怕她是个惯于说服自己的人，也不能再住在那里了。

"我去收拾一下东西，你放心，今天我就会搬出去。"

谢凭宁冷静了下来，冷笑道："你是为了池澄那小子？夫妻一场，我劝你擦亮眼睛，不要被一副好皮囊勾得忘乎所以。像他那样的人会跟你来真的？别傻了，他只会玩弄你的感情。"

旬旬站了起来，恍恍惚惚地想，谢凭宁未免也太看得起她，其实她比谢凭宁更清楚池澄是什么样的人。也许他压根就没打算玩弄感情，他要玩弄的只是身体。

第十三章
太少和太多

　　旬旬离开的时候征得谢凭宁的同意，除去自己的私人物件，还带走了那只老猫。她不喜欢养宠物，但老猫跟了她三年，心里早已把她当成了主人。当初结束它流浪生涯的邵佳荃已远走高飞，谢凭宁出于旧情留下了它，但他工作那么忙，从来就无暇顾及这小东西，况且若是他断了和邵佳荃之间的那根线，还不知道老猫要过上怎样的日子。它已步入暮年，老眼昏花，牙都掉了几颗，旬旬不想让它再过有一顿没一顿的生活。人尚且求个安稳，何况是只猫。

　　她背着沉甸甸的行李回了娘家。艳丽姐还在医院，旬旬安顿好老猫，坐在沙发上，手里紧紧捏着她随身的小包包。那里面有她分别从家里若干个隐蔽位置搜出来的防身钱，还有所有属于她个人的股票、分红保险、基金，以及婚后购买那套小户型房产的其中一本房产证。

　　旬旬自懂事以来就从不乱花一分钱，许多别人不经意的零头她都小心积攒了起来，若不是自认为极稳妥的投资，绝不随意出手，十四岁以后的压岁钱她都还能说得出它们的去处和用途。按说积少成多，她原本也有笔可观的积蓄，但现金大部分都已用在曾教授的特效药上，剩余的多半一时半会儿折不了现，只除了一笔叫做"一无所有基金"的钱。顾名思义，这笔钱就是在她穷途末路一无所有的时候用来活命的东西，就好像宇航员在太空中的终极安全方案，此方案一启动，再无退路可言。只有曾毓听说过这个名目的存在，当时她几乎没笑个半死。但这笔钱有多少，又存放在什么地方，除了旬旬自己，再没有任何人知道。旬旬心里希望这笔钱永远都用不上，但又总觉得必然有用得到它的时候，想来想去都是矛盾。

现在，这些东西全都在她的小包包里，那是她的身家性命。即使离婚后谢凭宁什么都不给她，凭借着这些积累，她好歹可以撑过一阵，最坏也能维持到重新找到工作，开始新的正常生活。所以，她将它捏得那么紧，这是她现在唯一可以抓住的、牢靠的东西。

旬旬定下神来，就开始认真思索用什么方式才能让艳丽姐尽可能平静地接受她离婚的事实，这是眼前需要解决的头等大事。然而就在这时，她接到了婆婆家里打来的电话。

谢母一听见旬旬的声音，就心急火燎地让她赶紧来一趟。旬旬心一慌，原本还想问为什么，却在电话里隐约听到了艳丽姐哭闹的声音，顿时明白了大半，心也凉了半截。

满头热汗地赶到婆婆家，旬旬一推开门，看到的果然是一片混乱。艳丽姐坐在客厅中央的地板上，精心盘好的发髻乱成了一坨，浓妆被眼泪糊开，若不是旬旬太熟悉她的肢体语言，第一时间都不敢确认那是她亲妈。茶几上的报纸杂志散落一地，谢父珍爱的青花瓷瓶也碎了两个，谢家两老手足无措地分别站立在亲家母身旁一米开外，谢母唉声叹气，谢父反复推着鼻梁上的眼镜。谢凭宁也在她之前赶到，满脸无奈和茫然。

"你可算是来了。赶紧的，把你妈扶起来。她要真在我们家出了什么事，这日子也没法过了。"谢母一见旬旬，有如见到救星。

旬旬克制住昏过去算了的念头，几步上前就要去搀艳丽姐。她带着哭腔问道："妈，你这是干什么呀？"

"我的女儿，你就和你妈一样命苦！妈看错人了。早知道他们一家是那样没良心，就不该把你往火坑里推！"艳丽姐一见女儿出现，非但不肯起来，反倒哭得更加伤心。

"我们怎么没良心？哪里又对不起你女儿？亲家母，你可不要含血喷人。"谢母情急道。

艳丽姐虚蹬着双腿喊道："你们是文化人，我说不过你们，可是我要真有狗血，非泼你们一头一脸。我们旬旬一个大好的黄花闺女嫁进你们家，给你们儿子做牛做马，现在你儿子腻了她，说离婚就离婚，天底下没这个理！"

"妈，你别胡说，你先起来，我们回家再说。"旬旬忙不迭劝道。

"谁说要离婚，啊？凭宁？谁说你们要离婚？"谢母震惊之下扯着儿子的衣袖，谢凭宁烦不胜烦。

在艳丽姐的哭闹和谢凭宁的辩白中，旬旬总算大致搞清楚这桩是非的来龙去脉。原来，曾教授病情刚有起色，艳丽姐得知医院正巧引进了一台造价昂贵的医疗仪器，专门用于脑昏迷患者的辅助性治疗。由于僧多粥少，许久才能轮到患者使用一回，哪怕艳丽姐说破了嘴皮子，在医生那里使尽了手腕，也没能将那台机器长久地留在曾教授的病房。艳丽姐爱夫心切，盼着这仪器能让曾教授尽快苏醒，想到自己女婿在卫生局工作，又负责要害部门，所以一通电话打到谢凭宁那里，让他代为出面，迫使医院卖他这个人情。

接到电话时的谢凭宁应该刚刚目送妻子收拾东西离家，他按捺住情绪给了不知道会不会加上个"前"字的丈母娘答复，那就是他也没有办法强迫医院徇这个私。艳丽姐失望之余就来了气，又想到女儿旬旬前不久隐约提起他在外面有了人，怒从心起，当下就斥责谢凭宁没把他老婆和娘家看在眼里。

估计是艳丽姐骂得实在难听，谢凭宁心里也有气，实在忍无可忍就实话告诉了她，自己和旬旬就快离婚了。

艳丽姐一听"离婚"二字，这还了得，摔了手机二话不说就冲到谢家来论理。恰好谢家两老晨练回来，撞了个正着。艳丽姐连哭带骂，将一辈子没说过几句重话的谢家两老弄得焦头烂额，实在没有法子，才一通电话将儿子、媳妇叫了回来，于是有了这出三堂会审。

"还用问？你们养的好儿子，在外面勾三搭四，尽和那些不要脸的女人在一起，这也算了，现在混账到家里头的老婆都不要，居然好意思离婚，我呸！"艳丽姐做院长夫人多年，粗言鄙语虽收了起来，但骂战的基本功还是在的。

谢父血压高，一听亲家这话，当下气急地看着儿子，整个人都摇摇欲坠。谢母赶紧去扶老伴，自然也想到邵佳荃此番回来又忽然离去的蹊跷，心里已暗暗为不争气的儿子叫苦，被激得也是满脸通红。

"凭宁啊凭宁，放着好生生的日子不过，你……你让我们怎么说你！"

谢凭宁看着为自己无端受尽责难的老父老母，心里百般不是滋味，忙着上前帮忙扶着父亲。

"养儿不教是谁的错？你们说是正经人家，到头来做的都是偷鸡摸狗的事！"艳丽姐看穿了亲家的心虚，说得更来劲了。

谢凭宁眼看老父脸色灰败，再好的涵养也抛到脑后，看向呆呆蹲在艳丽姐身边的旬旬，长叹一声道："旬旬，你自己说，是谁提出的离婚？"

艳丽姐停顿片刻，扫了女儿一眼，继续骂道："别以为我不知道，我女儿是个老实孩子，就算是她提出离婚，那也是被你们逼得没路可走了！"

谢凭宁冷笑，"你太不了解你女儿，她的路比你想象中多得多！"

"你什么意思？"艳丽姐听不懂这话。

"什么意思，我不想说，你女儿心里最清楚！"

艳丽姐一把揪得旬旬身体一晃，"旬旬，你大胆说，他是怎么欺负你的？"

谢家两老也不再出声，看看儿子，又看看媳妇。

"你说啊，你怕什么？说啊，说啊，快说啊……"艳丽姐还在不依不饶。公婆的困惑，谢凭宁的冷淡……旬旬也不知道该怎么形容眼前这一切，好像她最害怕什么，什么就会变本加厉地袭来。她抱住头喊了一声，"别吵了！是我的错，是我提出的离婚，我在外面和别的男人鬼混……你们都满意了？"

艳丽姐像屏幕里的人物被按了暂停键似的，活活地定住了几秒。

"真的？这是真的？"

旬旬没有回答，谢凭宁也没有回答。

"你这个死孩子，我白养你了！你对得起我吗？对得起你的死鬼老爸吗？对得起吃过的苦吗？对得起躺在病床上的叔叔吗……"艳丽姐接受现实之后开始没头没脑地往女儿身上拍打。

谢凭宁看不下去，过来拉开旬旬，喝道："别闹了，这里不是撒泼的地方！"

"关你什么事？我教训我女儿，如果不是你……"

旬旬在她扯到天上的星星和月亮之前站了起来，理了理被她扯乱的衣服，漠然道："妈，我先走了，你要是还有脸，就继续闹下去吧。"

她旁若无人地走到谢家大门口，谢凭宁有些担忧，上前拦住她。

"旬旬……"

旬旬笑了笑，说道："你放心，我说先走了，就是先走了，不是去寻死的，我怕死。凭宁，当着大家的面，我只想说，被你们撞见是我活该，但你敢拍着你的胸口说在我俩的婚姻中你问心无愧？"

谢凭宁没有做声。

"罢了，这样也好，也用不着——通知大家了。"旬旬想想，回头又弯腰给谢家二老鞠了一躬，"爸、妈，最后一次这么叫你们。对不住了！"

她走出谢家的大楼，新的太阳蹿了出来，天蓝得造孽。她循规蹈矩二十八年，第一次如此放肆，并且惊讶地发现，其实并没有意料中罪孽深重的感觉。她走到街边去拦车，回头看到顶着一张京剧脸谱的艳丽姐亦步亦趋地跟了出来。

旬旬转头去扶她。大概是这变故超出了艳丽姐的人生常识，她还在一把鼻涕一把眼泪地抽着气，但已经想不出什么骂人的新词了。旬旬心想，很好，很安静。

说不清是赶上上班高峰期还是艳丽姐的脸着实太可怕，一连几辆出租车都从旬旬母女身边呼啸而过。等了将近十分钟，艳丽姐的泪都干了，终于一辆车停靠了下来。那是辆崭新的大众CC，这辆车最近以极高的频率出现在旬旬面前。

"旬旬，你怎么在这儿？"池澄很快下车绕到她身边，伸手去摸她从昨日就未曾好好打理的头发，"你像被丢在路边的流浪猫。"

旬旬看天，连吱一声都免了，缓缓扫开他不请自来的手。

池澄转而去关注艳丽姐。

"这位是阿姨吧，您和旬旬长得真像。"他看了看艳丽姐眼影眼线残粉口红浑然一体的脸，又特意朝旬旬笑笑。

旬旬面无表情，一点儿都不欣赏他的"幽默感"。

"小时候她比较像我，长大就不怎么像了。"艳丽姐声音沙哑地回道，顺便擤了擤鼻子。

池澄笑道："小时候像母女，长大像姐妹。旬旬，上车！"

"妈！"旬旬无语问苍天，在她没来得及反应之前，哭得两腿酸软的艳丽姐已经自发自觉地坐进池澄为她打开门的车里。看来在她眼里，池澄就是从天而降的车夫，天经地义为拯救打不到车的人而来。

"听我的，有什么上车再说。我送你们回去。"池澄边说边把旬旬往车里塞。

旬旬冷眼打量他，"别告诉我你出现在这儿是巧合。"

"我还真希望是巧合，这样才显示我们的默契。可惜我是为了替佳荃把她遗漏在我那儿的一些小物件送去谢家，她以后都不想见到我了，但总要和谢家打交道吧。你们也刚从谢家出来？"

旬旬不想和他讨论这个问题。眼看没办法让艳丽姐从车里出来，她也没心思矫情较劲，晃开池澄的手，说了句，"别推了行不行？谢谢了！"低头坐到艳丽姐身边，然后对他报了个地址。

"你不回谢家？"池澄随口问道。

艳丽姐冷哼，"都要离婚了，还回什么谢家？"

"妈你少说一句一样会长命百岁！"旬旬也知道没什么可瞒的，他想知道，迟早都会知道，可艳丽姐的嘴没个遮拦，能说的不能说的她通通不管。

池澄开着车，仍回头深深看了旬旬一眼，却没有继续追问下去。

谢天谢地他没有说："是因为我吗？"

这样的庆幸只维持了一小会儿，池澄又看了看她，说了句，"你放心！"

原来他连问一句都省略，从来没想过她不是为他而离。

这下连艳丽姐都看出了端倪，挺直了腰。

"哦……哦！你就是她在外面的那个男人！"

"阿姨，我是池澄。"

"就是你？你就是那个害我女儿离婚的奸夫？"

池澄又咳了一声，"天池的池，澄清的澄。"

"你就是为了他？你真糊涂呀！"艳丽姐对旬旬说道。

池澄赶在旬旬开口前说："这不怪她，都是我的错。"

"当然是你的错！"艳丽姐也不是好糊弄的，抢白了一句，又继续问，"这是你的车？"

如果不是车速太快，旬旬真想当场打开车门跳下去。

"嗯……算是吧。"

"是就是，不是就不是。我看你年纪轻轻，不会是专门骗女人的小白脸吧？"艳丽姐的人生阅历在这个时候终于发挥了作用。

池澄笑出声来，"其实车是用我家里的钱买的，虽然在是我名下。不过我现在开始接手家里在这边的一部分生意，您放心，我一定会给旬旬好的生活，也会好好孝敬您的……还有，其实我长得也不太白，倒是您肤色很白，旬旬皮肤好一定是遗传了您。"

"老了，再白有什么用？你是不是本地人？"

"是这样的，我妈妈是本地人……"

如火如荼的盘问开始了。

旬旬忽然呵呵地笑了。她很想知道，难道这车上只有她一个人是正常的，并且觉得这一切很好笑吗？

幸而曾教授家离得并不算太远，旬旬示意池澄停车，她推门而出，总算逃离那个非正常人的空间。

池澄给艳丽姐开车门，一边还在继续他们的话题。

"……以后阿姨有什么事尽管开口，都是自己人，不必客气。"

"你这样就想把我女儿哄到手？没那么容易。她继父现在还躺在医院里要死不活……"

旬旬径直朝楼道走去，没走几步，池澄追了上来，一把拉住她，低声道："你还在怪我？"

旬旬面色古怪，"我不怪你，就算你是大头苍蝇，也只怪我是只有缝的臭鸡蛋……你看什么？"

"我在看你鸡蛋上的缝隙有多大，我叮不叮得进去。"池澄低笑。

旬旬一言不发，再度掉头就走。

"别生气啊，我是怕你什么都放在心里憋出病来。"池澄扣住她的手腕，总算不再戏谑，"如果我说抱歉，也不是因为你和谢凭宁要离婚，而是因为你心里难过。我知道你现在不好受，像被人扒了层皮。"

"这不是你希望看到的？我除了这层皮还有什么值得你算计？你给我个痛快，我到底什么时候得罪过你？求你原谅我行不行？我陪不起你玩，你到底想要什么？"

"相信我图谋不轨比相信我喜欢你更容易？"池澄不顾旬旬的挣扎和不耐，双手抱住她，"赵旬旬，如果我给你时间，给你钱，给你花不完的心思，让你去算计一个无关紧要的人，看你愿不愿意！不怕明跟你说，就算你和另一个人有血海深仇，时间长了，你都未必愿意纠缠下去。你用不着问我从什么时候开始留意你，你太习惯把事情想得既复杂又可悲。一个男人和一个女人，很多事其实非常简单，也没有什么理由。怎么你就不能闭上眼睛，相信有些东西是注定属于你的？"

旬旬摆脱他，"你说你做这一切只是因为你喜欢我？那更可怕，你喜欢一个人的方式会让我做噩梦！"

"对非常之人行非常之事，旬旬，你有更好的方式？不如你指我一条明路，我可以按照你的方式来做。谢凭宁能给你的我都可以，而且比他更多。"

"这不是一回事。"

旬旬安于与谢凭宁的婚姻，很大程度上恰恰不是因为她要得"更多"，而是出于那份恰到好处的"少"，不偏不倚，不拖不欠，安稳长久，谁也不辜负谁。虽然到头来功亏一篑，但并不代表她要反其道而行之。池澄给她的不安则来自于他的"多"，太多的心思，太深的秘密，太强烈的情感，太大的不安定因素……就好像只想讨一碗水的人，你给她惊涛骇浪的江河，劈头盖脸地打来，摔碎了手里可怜兮兮的碗，这不是她要的生活。

第十四章
相伴终生的那个人

　　赵旬旬和谢凭宁的离婚手续办理得波澜不惊，一如他们结婚时那样。约好去办手续的前夜，他俩有过一次电话里的长谈。谢凭宁最后一次问和他朝夕相处了三年的女人是否真的已经想清楚了。至少在他看来，就算丑事已经在两家人中间闹开了，但日子毕竟是自己过的，这个婚并不是非离不可。他承认"大家都有错"，但只要她愿意，还是有回旋的余地。

　　在旬旬沉默的间隙，谢凭宁坦言自己假如离了婚，也许会豁出去似的去找邵佳荃，也许不会，但即使他和邵佳荃不了了之，未来再找到一个各方面合适的女人并非难事。反倒是旬旬，她过了年就二十九岁，离过婚，不善交际，即使可以再嫁，也未必找得到如意的，假如她不认命，那很有可能就在男人的花言巧语和欺骗中蹉跎至人老珠黄，还不一定有艳丽姐当年的运气。

　　谢凭宁这番话虽然不中听，但却是推心置腹的大实话，绝不是为了讽刺或刻意挽留旬旬而说。不爱有不爱的好，抛却了爱恨难辨的心思，才有肺腑之言。毕竟夫妻一场，就算是合作伙伴，半路同行，又非积怨已久，到底有几分相惜。

老实说，有那么一霎，旬旬几乎就要反悔了。谢凭宁不是佳偶，但下一个男人又能好到哪儿去？很多时候，生活就是一场接一场的错误。可是最后她硬是咬牙，只说了句"承你吉言"。她原本已经够谨小慎微，一想到日后有把柄拿捏在别人手里，终日提心吊胆地生活，她所祈盼的安稳平实的小日子再也不可能回来了。

因为旬旬落了话柄，谢凭宁在这场离婚官司中占尽了先机，但他到底没有把事情做绝。他将婚后两人合资购买的那套小房子给了旬旬，其余家庭财产从此一概与她无关，离婚后赡养费也欠奉。旬旬没有理会艳丽姐的叫嚣，她觉得这样很公平，甚至超出了她的预期。虽然她做好了什么都得不到的准备，但如果能够获得，她也没有拒绝的理由。生活的实质在她看来远大于那一点儿的矫情。两人在财产分割上达成共识，便也避免了法律上的纠纷，平静友好地在民政局办理了离婚手续。

走出民政局办证大厅，谢凭宁问是否要送她一程，旬旬谢绝了。两人的方向背道而驰。她站在铺砌着青灰色大理石的台阶上对他说再见，他不出声，却没有立刻转身离开。或许他们当中有人动过给对方一个拥抱来结束这一切的念头，但还没来得及付诸行动，心里已有个声音说：算了，不必了。早秋的下午，阳光有气无力，将他们各自的倒影拉长在光可鉴人的地板上，向着同一个方向，但没有交汇。风携着半黄半绿的叶子贴着地面扑腾而过，旬旬忽然觉得，这一幕活生生就概括了他们这三年。

离婚后，旬旬暂时住在娘家，那套属于她的小户型房子一直都是租出去的，合约要到明年开春方才到期，现在也不好临时收回。还不到一个礼拜，艳丽姐对"灰头土脸"被退货回来的旬旬已是怨声载道，一时怪她不洁身自好，一时又怪她就这么轻易离婚便宜了谢凭宁，更多的时候怪她让自己在亲朋好友尤其是曾家的亲戚面前丢尽了脸。被旬旬顺带领回来的那只老猫更成了她的眼中钉，怎么看怎么不顺眼。期间，医院那台昂贵的仪器神秘地频频出现在曾教授的病房，艳丽姐嘴角这才浮现了一丝心满意足的笑。可当着旬旬的面还是含沙射影，不是说女大男小难长久，就是说女儿自己看上的人不如她挑的实在，一切还有待考察。旬旬知道自己一顶嘴只会让对方更抱怨，索性当作没听见。

不过，这些都不值一提。因为就在旬旬搬回娘家不久，有更大的事轰然降临，就连旬旬离婚也被暂时按下不表。那就是，接受特效药治疗将满一个疗程后，曾教授忽然在某个早晨悠悠转醒。他在发病后第一次睁开眼睛，过了许久，才在床边围着的一圈人里找到了他的老妻。

曾教授病倒不到两个月，艳丽姐何止苍老了两年。曾教授几次张口，医生和曾毓以为他有什么要紧的事交代，等了许久，听了许久，好不容易分辨清楚，原来他说的竟然是——"你头发白了。"

曾教授和艳丽姐缘起于最原始的男女情欲，不管她爱他的人，或是爱他的钱和地位，眼前在某种程度上，这二者是合而为一的。少年夫妻老来伴，曾教授双眼紧闭的那些日子，只要残存一丝意识，想必也能感受到艳丽姐的殷殷之心。艳丽姐当时激动得泣不成声，在病房里无头苍蝇一样转了几圈，这才颤颤巍巍地捧了当天新煲的鸡汤，吹凉了就要往曾教授嘴边送，最后被护士死活拦了下来，说病人现在还消化不了这些东西。可饶是如此，她捧着鸡汤，就是不肯放下，只是一直流泪，仿佛要将这段时间以来的恐惧和担忧全部化作泪水宣泄出来。

旬旬眼里也有湿意，低声细语地安慰着母亲。曾教授动弹不得，眼神一直追随着艳丽姐，嘴角似有笑意。那一幕，即使是曾毓看来，也不由得有些动容。她独自走出病房，掩上门，将空间留给里面的人，自己给兄姐拨了通电话，分享父亲苏醒的喜悦。

只可惜这样的喜悦并未能持续太久，惊喜过后是噩耗。下午一点左右，转醒不到半天的曾教授心电图出现异常波动，很快又陷入昏迷，这一闭眼，就再也没有醒过来。艳丽姐还没从幸福中抽离，就听到了主治医师的那句艰难的"抱歉"。她不肯相信，反复地看看医生，又扯扯女儿旬旬的手，怔怔地重复道："他明明醒了，明明醒了，你们也看见了，大家都看见了……"

医生沉重地试图用医学原理来解释这一切：特效药的风险是一开始就告知家属的。旬旬一时半会儿也找不到语言，只能抱着魔怔一般的母亲。然而即便艳丽姐多么不愿意接受现实，却能感受得到，她手里抚摸摇晃着的那具躯体在逐渐变得冰凉僵硬，再无生机。他不会再搂着她的腰在夜幕中的广场上翩翩起舞，也不会为她在梳妆台前拔掉白发，赞美她每一条新生的皱纹。

"是我的错！"直至深夜，当曾毓与医院工作人员一道将曾教授的遗体送入太平间，艳丽姐才梦醒般发出第一声啼哭。她靠在女儿怀里，依旧是妆花了的一张脸。"我为什么要逼他醒过来，早知道这样我宁愿他下半辈子都躺在床上，我侍候他到我死的那天，那样我每天早上醒过来还有个念想。现在，什么都没了，没了！"

曾教授的后事办得隆重而体面。他执教半生，德高望重，桃李满天下。追悼会上，学院领导都到齐了，闻讯赶来的学生更是将殡仪厅挤得密不透风。他前妻生的一儿一女也从外地回来，艳丽姐全当没看到他们，旬旬只得尴尬地出面，代表母亲和他们商谈丧礼的事宜。

打从旬旬正式搬入曾家开始，她就再没见过这两个继兄和继姐，只从曾毓口中间接听得关于他们的消息，据说在各自行业内都是叫得上号的专家，现在他们在她面前，只是两个眼眶发红、神情复杂的中年人。

她怯怯地叫了一声，"大哥、大姐。"

他们点头，脸上俱是淡淡的，也不太与她交谈，有什么都把曾毓叫到一边单独商量。旬旬哪里好意思再凑上去，所以艳丽姐追问她，他们在打什么主意，她也只能实话实说，自己真的不知道。

又有一拨人走到曾教授遗孀面前表达哀思和慰问，艳丽姐又痛哭了起来，但旬旬已不再着急着上前劝慰。这是艳丽姐第N次伤心欲绝，她的哭是哀恸的、富有感染力的，但这恰恰证明她已经从最初的悲伤中回过神来，所以才有心思和余力去最大程度地表现她的痛苦。旬旬很清楚，当她闲下来之后，便会又一次急不可待地打听一共收到了多少份子钱，丈夫前妻的儿女又要怎么算计她。

倒也不是旬旬怀疑母亲对于继父去世的感受，艳丽姐失去曾教授是痛苦绝望的，但她最真实的眼泪在曾教授撒手而去的那一天已经流干，只有那一天的眼泪她是为自己而流，人真正难过到极点的时候反倒有些迟钝，更多的眼泪都是留给看客的。

那拨人里有学校的领导，艳丽姐哭得太投入，扶着灵桌身体就软下来，眼看要支撑不住，领导们都是和她大致同龄的异性，扶也不是，不扶也不是。旬旬正待上前，却发现艳丽姐已找到新的支柱。一个黑衣的年轻人搀扶着她，她也毫不客气地靠在对方身上失声痛哭。那一幕如此自然，没人存疑，不知道的都以为那是逝者的亲属。

旬旬在自己大腿上死命拧了一把，居然是疼的。艳丽姐和黑衣年轻人分开来她都认识，但凑到一个画面里她就完全不知道是什么意思了。她知道自己现在的样子一定很呆，但还是没办法合上半张的嘴。

　　曾毓初见哥哥姐姐，倒是非常激动，三兄妹在一端说着说着，一会儿微笑，一会儿又擦眼泪。可说着说着，不知道为什么竟翻脸吵了起来，长兄长姐一脸严厉，曾毓也毫不相让，结果不欢而散，曾毓板着一张脸站回旬旬身边。

　　她想说的时候你不听也得听，所以旬旬也懒得问。

　　果然，曾毓看着父亲遗像前来来往往的宾客，忽然冒出一句，"你说，人活着是为了什么？"

　　这个问题大且空洞，但旬旬盯着灵桌的方向看了一会儿，还是扭头回答了曾毓。她说："我觉得是为了去死。"

　　曾毓不理她，自顾往下说："我哥我姐他们都还不明白，人都没了，在意那些身外之物干什么！我常看不上你妈做事的那个样子，也一直怀疑我爸的眼光，但我亲眼看到他最后的样子是满足的。管它对对错错，活着的时候没有遗憾就够了。如果我能有个相伴终身的伴侣，我也很知足。"

　　其实旬旬很怀疑什么才是相伴终身的伴侣。她常觉得人是没有故乡的，所谓的故乡，不过是祖先漫长漂泊的最后一站；同样，没有谁是注定和另一个人偕老的，相伴终身的伴侣说白了就是死之前遇到的最后一个情人，若是活着，一切都还没完。

　　她对曾毓说："如果你现在死了，那连泉不就成了你相伴终身的伴侣？"

　　"呸！我就知道你是乌鸦嘴。我和他怎么可能到终身？他是个不爱束缚的人，喜欢和我在一起，还不是因为我没有要求他给终身的承诺？他昨天还问我，需不需要他请假来出席，我跟他说不必了，搞得像未来女婿一样，大家都不好意思……咦，看看那是谁？"曾毓说到一半忽然转移了注意力。

　　旬旬感动得想哭，总算不止她一个人发现哪里不对劲了。

　　"他们都来了，我过去打个招呼。"曾毓说罢从旬旬身边走开，走向的却是礼宾席的一角，那里都是曾教授以前的学生，不少还是曾毓过去的同学，里面就有她的旧情人，以及她旧情人的旧情人。旬旬再看向自己关注的位置，艳丽姐独自在灵桌旁坐着抽泣，另一个宛若死者家属的人已不知哪里去了。

　　有人从后面轻拍她的肩膀，旬旬猜到是谁，没好气地转身，没想到却是谢凭宁。旬旬的柳眉倒竖让他有些诧异，收回手自我解嘲道："我那么不受欢迎？"

　　旬旬窘道："哪里的话，谢谢你能来。"

　　"应该的。虽然我们不再是夫妻，但去世的人毕竟曾是我的岳父。他是个很好的人，我也很难过。你们节哀顺变。你妈妈那里我就不过去打招呼了，我怕她又激动起来。"

旬旬连连点着头。她和谢凭宁办手续之前，要不是她死命拦着，艳丽姐差点儿跑到女婿单位里去闹。离婚后的首次正面打交道，介于极度熟悉与极度陌生之间的两人，话都不知该从何说起。

谢凭宁到底老到些，沉默片刻，问道："你最近过得怎么样？家里出了这样的大事，我看你气色不太好。有什么可以帮忙的尽管说。"

"没有什么，谢谢了。"

"你……还和他在一起？"谢凭宁想问，又有几分难以启齿。

"没有！"旬旬下意识地回答，她心虚地环顾会场四周，希望刚刚来到的谢凭宁没有发现那人，"我和他是不可能的。"

谢凭宁有些困惑，"那么说，你离婚只是单纯地想要离开我？"

"不是的，凭宁。我觉得我们一开始就错了。我是个能过且过的人，你不一样，你心里有值得你在意的人。既然分开了，谁是谁非我也不想再提，希望你过上你想要的生活。"

"我准备到外地学习一段时间，去上海。"谢凭宁说出这句话之后显得轻松了许多。

旬旬当然懂了，低头笑笑，"这样也好。"

"旬旬，我也希望你过得好，你是个好……"

"她当然好。"谢凭宁说到一半的话被人打断，旬旬的视线中出现了材质精良的黑色西装下摆。她在心里哀叹一声，有些人，永远那么及时地出现在别人最不想看到他的时刻，而且每次都把时机掐得那么准。

池澄背负着手站在旬旬身边，冷冷地对谢凭宁道："多谢你挂念，不过既然婚都离了，好不好也跟你没关系了。"

谢凭宁显然对他的出现感到意外，也不与他争辩，只淡淡对旬旬说："我还有些事，就先走一步。"

谢凭宁刚要走，之前慰问过艳丽姐的某个领导正好走到他们身旁，谢凭宁只好顿住脚步。

对方看着旬旬，"你是旬旬吧，嫁出去之后很少见到你了。你叔叔在的时候倒常夸你懂事，他人走得很安详，你们也别太难过。"

旬旬只知道对方很面熟，兴许就住在娘家的同一栋大楼，于是欠了欠身示意感谢。那人从上衣口袋里掏出一个信封，递到离他最近的池澄手里。

"这是系里面老同事们的一点儿意思，麻烦交到你岳母手里，让她保重，不要哭坏了身体。"

旬旬心里只听见咣啷一声，她觉得自己就像一根避雷针，巍然矗立，天生就是用来吸引雷公电母的。她晕乎乎的，不知道该说什么好，然而对方拍了拍池澄的肩膀，朝旬旬点了点头，已然走开。

谢凭宁脸上换上"原来如此"的冷笑，"我还怕你过得不好，看来是多虑了。"

旬旬面红耳赤，反手推了池澄一把。

"你对别人胡说什么了？"

池澄退了一步，又好气又好笑，"我说什么了？王八蛋多说了一句！他自己那样以为，又关我什么事？你别好的坏的都怨我。"

"不怨你怨谁？谁让你来的？给我滚远点儿。"旬旬气急，也顾不上说得难听。

殊不知谢凭宁见惯了她温良娴雅的样子，如今看她在池澄面前撒气抱怨，活生生就像小两口打情骂俏。他觉得有些失落，想想自己也挺失败的，不愿再多说，对旬旬道："我先走了，你好自为之。"

池澄偏不咸不淡地添了句，"放心，一定会比跟你在一起的时候好。"

"我和她的事轮不到你来评说！"任谢凭宁涵养再好也不由得怒了，"你知道什么？有什么资格来指指点点？"

池澄依旧背着手朝旬旬笑，"你前夫平时就是这样的一个人？难怪你受不了他要离婚。"

"旬旬，我再劝你一次，把眼睛擦亮些，这个人就是个感情骗子，佳荃着了他的道还不够，现在还要来招惹你。世上可没有后悔药。"谢凭宁这番话也是朝旬旬说的。

旬旬搞不清他们言语不合为什么不正面交锋，偏一个两个都用她来敲山震虎。"我不知道你们都在说什么。"

池澄说："你爱装糊涂就继续装。不过话又说回来，不管我是不是骗子，至少我有感情，不像有些人……是，感情不能当饭吃，但嫁给一点儿感情都没有的人，有饭都吃不下去，早离了早好。旬旬，你说是不是这样？"

谢凭宁听完脸色一变，一言不发，掉头就走。

旬旬目送他走远，冷冷地对剩下的那个人说："这下你也可以走了，反正你是来搅局的，目的已经达到，还杵在这干什么？"

"你太看得起我，我没那么大能耐，今天来就是想看看你。"他在她身前转了半圈，扯了扯自己身上的衣服，自我感觉良好地说，"你看我这身怎么样？我得知追悼会的消息之后特意去买的，够庄严肃穆吧？"

旬旬瞄了一眼灵柩的方向，没好气道："是够隆重的，换你躺里面都说得过去。"

池澄不以为忤，笑着说："你不是真心的，我从你眼里看到了欣赏。"

旬旬想吐，"演得跟真的一样，不知道的还以为你才是死者家属，我是走过场的。"

"那你要自我检讨一下。你妈妈说你也在你继父身边待了十多年，按说他对你还不错，怎么我觉得你一点儿都不难过？"

的确，整个丧礼过程中，旬旬一滴眼泪都没流。但这并不代表她不伤心。她感激曾教授给了她们母女风雨无忧的那些年，他这么撒手辞世，她心里空落落的。也许是对于这个结局早有所预期，丧礼的琐事又繁杂，加上她这个人虽没出息，偏偏泪点高，所以这个时候反倒哭不出来。现在想起来，她亲爹去的时候她也是如此。论哭得声情并茂，艳丽姐珠玉在前，她也不便东施效颦。

旬旬瞪了池澄一眼，不再理会他。可她发觉，自己走到哪里，他就跟到哪里，四下到处是熟人，这无异于领着他巡场一周，她只得找了个不受人注意的角落又停了下来。

"你别缠着我了，我不想让人误会。"对于软硬不吃的人，旬旬除了无奈还是无奈。

池澄说："所有的人都误会，就你不那么认为，那很有可能大家看到的才是事实，其实是你误会了。你不讨厌我，你是害怕你自己。"

旬旬是不讨厌池澄，大多数女人都很难对一张好看的、总是朝你笑着的脸说讨厌，说了也不是真心的。即使他是将她婚姻逼上绝路的罪魁祸首，可她的婚姻就好像积木搭建的堡垒，只要底下有一小块稍稍倾斜，很容易就分崩离析。他是推了她一把的那双手，虽然目的难明，可她自己也不是坚如磐石。与其说恨，不如说她畏惧他，或者正如他说的，她是害怕他引出的那个陌生的自己。但这毕竟和爱相去甚远。

"幼稚！不讨厌不等于我喜欢跟你在一起。"

"我幼稚？哼哼！年轻和智商从来就不成正比。"池澄好像又想起了什么，嘴角一勾，"你前夫才是个幼稚的人。你们离婚前，他给我打过电话……你不知道？"

"他说了什么？"旬旬还真不知道有这回事，看他的样子又不像说谎，既然他非要卖关子，她就顺着他问下去。

"他生怕我把你骗到爪哇国卖钱。在他眼里，你就是个涉世不深、患得患失的家庭妇女，没有什么生存能力，很容易被人吃得皮都不剩。"

"难道我不是吗？"

池澄盯着旬旬的脸，"我当时就对谢凭宁说，可怜你们在一起几年，他压根就不了解你。"

"这么说你了解我？"旬旬来了兴致，她想看看他何德何能，她自己都不了解自己。

池澄摸着下巴，"我觉得你这个人吧，既悲观又现实。你相信什么都是假的，又偏能说服自己把那当真的来看待。来打个比方，跟你这样的人在一起，就好像沙漠里面两人迷了路，走着走着，快要弹尽粮绝，忽然前面看到了炊烟呀，城楼呀……同伴觉得有救了，高兴地想要扑过去，这时候你就会拿出铁证如山的理由，说走过去也是死路一条，因为那是海市蜃楼。你的同伴一听，绝望了，说不定就把剩下的最后半壶水一扔，一头撞死。你就会把那半壶水捡起来，继续朝海市蜃楼走，假的就假的，靠着这半壶水，好歹还能在那里撑过一阵。"

旬旬听完，睁着茫茫然的一双眼睛，也学他的样子摸自己的下巴。她觉得这个姿势不错，看起来特深沉，而且像是在思考，哪怕脑袋里全是糨糊。"我有一个问题，谁是我的那个同伴？"

池澄耸肩，"谁知道，反正是个倒霉的家伙！"

池澄磨叽了一阵，忽然接了个电话，说有事也得提前离开。旬旬好歹送走了瘟神，刚松了口气，曾毓一脸困惑地走了过来，指着他的背影问："那是谁？"

旬旬支支吾吾地逃避问题。

"我怎么觉得有点儿面熟？"曾毓若有所思。

旬旬心中一动，"你见过他？"她莫名地有些激动，这激动里又夹杂着几分真相揭晓前的畏惧，假如曾毓认识池澄，那就可以肯定她和他过去一定有过交集。

曾毓苦苦寻思，最后给出了一个让旬旬想死的答案。她说："记不清了，大概是像年初看的一部电视剧里的男主角。"

看旬旬无言以对，曾毓笑着说："反正还算养眼。你们躲在一边叽叽咕咕，别以为我看不见。快说，他到底是谁？"

旬旬脸一红，立刻被曾毓揪住了把柄，她用手指着旬旬，"那个……哦，我知道了，他就是那个谁！"兴奋之余，她捉弄地翻过旬旬的手掌，有模有样地学她在上面比画那个名字。

"我没猜错吧？"

旬旬做了个"嘘"的手势，尽管她也不知道要瞒着谁。

曾毓欷歔不已，"饿死胆小的，撑死胆大的。早知道我也不用拒绝连泉的好意。奸夫能来，炮友怎么就不能来？"

第十五章
钱是懂事的

　　葬礼结束，逝者已矣，活着的人还要继续经受柴米油盐的考验。曾毓的长兄长姐住进了大学里的招待所，始终没有再踏入家门一步。那里有过他们旧时的记忆，而今却只剩父亲和另一个女人生活的痕迹。他们的生母早已如沙滩上的印记，被后来的浪花所湮灭，所有人都只会把那个鸠占鹊巢的女人当作曾教授遗孀，没谁还会记得曾经存在过的那个曾太太，除了他们自己。

　　他们通过曾毓出面将旬旬母女约出来，打算面对面地谈谈曾教授遗产的分配。艳丽姐避而不见，拒绝出席。在她看来，自己再怎么说也是对方的继母，他们有事应该亲自登门造访，这是最起码的尊重。况且，在她心中，根本就不存在"分配"的问题。她丈夫留下来的东西，理所当然就应该是她的，谁也不能从她手里夺走。

　　艳丽姐不懂法，她可以执拗天真，旬旬却不敢那么乐观。曾教授生前和艳丽姐共同居住的这套房子是在婚前购买，属于他和前妻的共同财产。和艳丽姐结婚后，迫于儿女的压力，曾教授也一直没有在房产证上加上她的名字。也就是说，艳丽姐自以为的家其实与她没有多大关系，即使她通过法律途径主张自己的合理权益，但恐怕最后能够分到她手上的也所剩无几。曾教授前妻的几个子女联合起来，完全有办法将她扫地出门。

最后还是旬旬代表母亲出面与继兄继姐"谈判"。旬旬再次就往事向他们道歉，并试图告诉他们，艳丽姐当年即使有错，但嫁进曾家这十几年，她尽到了妻子的本分，好好照顾曾教授到他生命的最后一天，希望他们念着曾教授的情分，不看僧面看佛面，至少让艳丽姐在丧夫之后有个安稳的晚年。

曾毓的兄姐不为所动，他们坚持自己的立场，那就是艳丽姐有权得到她应得的。父亲死后的葬丧费、抚恤金等他们一概可以不要，只要求拿回属于他们父母的房子。如果艳丽姐非要住在里面也不是不可以，看在父亲和她也是夫妻一场，他们可以做出适当的让步，艳丽姐必须将曾教授留下的抚恤金全部拿出来，以交换那套她住习惯了却并不属于她的房子。

这些条件一开出来，旬旬已经知道行不通。以艳丽姐的脾气，是宁死也不会搬走的，但要她交出已到手的抚恤金，还不如干脆要了她的命。曾毓的兄姐却说，艳丽姐不满意他们开出的条件也没有关系，那大家就法庭上见，让法律来做出公正的裁决。

他们敢于这么说，想必已清楚对簿公堂的结果只会对他们一方有利。旬旬心灰意冷，对方根本就不是为钱而来，那笔抚恤金在他们眼里算不了什么，他们是在为含恨而逝的母亲讨个公道，在外漂泊了十几年等的就是这一天。她明白自己不可能再说服对方，为今之计，只盼他们宽限时日，等到年后她离婚分得的房子租约到期，再说服艳丽姐搬过去与她同住。

最后是一直没参与讨论的曾毓发了话，她对自己的哥哥姐姐说，自己愿意将父亲写到她名下的那套房子过户给他们，让他们适可而止，不要把人逼到绝路。

曾毓的兄姐万分失望。他们问小妹，难道这些年她已忘了自己是谁生的，往了是谁拆散他们的家？

曾毓说，她只知道就算收回多少套房子，就算艳丽姐一无所有，死去的人不会再活过来，过去的日子也只能成为过去。

双方僵持了许久，最后各自都作出了让步。曾毓把房子过户到兄姐名下，艳丽姐现在居住的那套房子则由她与曾毓共同所有，艳丽姐无权主张房子的买卖，但只要她在世一天，就可以安心住在里面。

回去的时候，曾毓单独送了旬旬一程，她始终没有说话，但旬旬明白她心中很不好受。对方才是她的血肉至亲，曾教授没了，他们是她最亲的人，这些年他们兄妹几个虽然见面的机会不多，但感情一直很好，哥哥姐姐一直最疼小妹，始终彼此牵念，现在却为外人伤了情面。

旬旬对她说感谢，却连自己也觉得这个"谢"字说出来太轻飘。

曾毓却说："我从来没有把那套房子当成是自己的，你我都清楚，只要我爸爸还能多撑一段时间，他一定会为你妈安排好后路，那房子他必然会留给她的，我现在这么做，也只是完成了他的心愿。"

旬旬道："不管怎么说，没理由因为我妈的事到头来让你吃了亏。过几个月，等行情好一点儿，我就把我那套小房子卖了，钱你拿着，虽然不够，但至少我心里好过些。"

曾毓嘲弄道："你呀，你这个人的毛病就是什么都想得太明白，分得太清楚。我吃亏我愿意，跟你有什么关系？再说，你拿什么和我比？我是新时代职场精英，你呢，你是倒霉的离婚无业妇女。我没了那套房，就好像剪掉头发，过几年又长了出来；你卖掉房子把钱给了我，和断手断脚没分别，那是残废懂不懂？"

旬旬不知道还能说什么，只有低头苦笑。曾毓的脾气她太清楚，很多事情尽在不言中。

"你也别太感激我，反而是我该谢谢你妈好好陪老头子走了最后那一段日子。不过我也干脆把话说透了，经过这一次，我该尽的义务已经尽到，将来她再有个三灾五难的，我这边可就指望不上了，最后累的还是你。我劝你也要多为自己打算。"

过了头七，旬旬便开始认真外出找工作。虽然一时半会儿不至于等米下锅，但是只有艳丽姐和她的家中，她待不住，也没法待。失去了伴侣和寄托的艳丽姐变得焦虑而狂躁，舞也不跳了，平日里连门都不出，除了唉声叹气，就是寻找每一个借口来宣泄，离她最近的旬旬自然成了最大的标的物。旬旬嫁给谢凭宁是瞎了眼，离开谢凭宁是猪油糊了心，和池澄有一腿是自甘堕落，离婚后没和池澄走在一块又是活该。

旬旬有一天买菜回家，看到艳丽姐坐在楼下的小花园逗弄邻居家的小孙子。邻居的主妇看到旬旬，连夸艳丽姐有福气，说还是女儿勤快懂事。艳丽姐却从鼻子里哼出一声，说生女儿是倒了大霉，赔钱赔了名声不说，离了婚还要回娘家让人堵心。

旬旬当时就想，自己回娘家二十天不到，而且伙食费半点儿没有落下，就这么成了天怒人憎的对象，若是再过一阵，坐吃山空，艳丽姐还不知道怎么数落她。

曾毓知道她的境况，提出让她搬到自己那里住一段时间再说。旬旬哪里还好意思麻烦曾毓，况且曾毓平时还与连泉常来常往的，自己不便打扰，也就没有答应，唯有更急切卖力地找工作，等到租客合约期满，好搬去属于自己的地方。

旬旬毕业后工作过三年，又做了三年的家庭主妇，重回职场，才知比初出校园的新手更加艰难。同样的学历背景，用人单位更愿意选择应届毕业生，就好比修饰一张白纸比一张涂画过的草稿要来得便利。她的专业技能就算没有丢尽，也已生疏了不少，况且二十八九的年纪，正值结婚生子的旺季，很多大公司都认为女人到了这个岁数对工作的热情度会有所降低，害怕雇用了这名员工后，很快又要为她的婚假、产假和无尽的琐事埋单。

旬旬长得不错，可又不至于美到让用人单位丧失判断，而且过了最好的年纪；学历还算过硬，但又算不上出类拔萃。看上她外表的企业完全无视她的专业，不过是想让她做办公室的一个古董花瓶，一心注重专业素养的单位又觉得可以找到更好的人。她觉得自己整个成了块鸡肋。

正踌躇间，曾经的同事给了她一个希望。当年和旬旬并肩作战的办公室同僚如今已贵为另一个大公司的财务总监，对方说公司近期有增加一名成本核算会计的计划，旬旬做账的水平和精细程度他是很清楚的，但位置只有一个，高层又看中了一个刚从名校毕业的研究生。通过前同事的斡旋，公司同意将旬旬和那名研究生同时招进公司试用两个月，再决定谁去谁留。

旬旬很是珍惜这个来之不易的机会。那间大公司业内口碑很好，福利待遇也非常理想，如果她能够顺利入职，就算不幸中的大幸。正式报道的前一天，曾毓还特意推了和连泉的"每周一约"，陪她重新添置职业装。在曾毓的"高标准严要求"之下，两套行头让旬旬肉痛不已，更深感如今物价飞涨之快，她那点儿可怜巴巴的积蓄，恐怕撑不了想象中那么久。

重新穿上一步裙，踩着高跟鞋奔赴写字楼上班的生活恍如隔世。旬旬毅然投入了她的试用期生涯。她的竞争对手是个二十五岁的女硕士，身上还带着校园里新鲜出炉的清高和小文艺范儿，人倒是还算好相处，张口闭口一个"旬旬姐"。旬旬兢兢业业地做好分内事，从不迟到早退，和善对待每一个同事，上司交代的工作哪怕加班也要提前完成，容不得自己出现半点儿差池，每天早出晚归，忙忙碌碌——用艳丽姐的话说，不知道的还以为她在为国家研究火箭。

工作了一个多月，试用期临近尾声，一直对旬旬关照有加的旧同事下班后将旬旬约了出去。他们坐在大厦顶层的旋转餐厅，在若有若无的钢琴声中，同事对旬旬这段时间的表现赞不绝口，旬旬一再表示感谢。说着说着，话题不知怎么就转到了人生、婚姻和家庭。已然事业有成的男同事诉说着自己与妻子的貌合神离，忽然发出一声感叹，"三年前，我都没想到你会一声不吭地辞职结婚，后来我常想，要是当初我胆子更大一些，我们会不会有机会。"

他是带着玩笑的口吻说这番话的，旬旬听完，嘴边还噙着笑，但手上却慢慢放下了餐具。

同事见她沉默，充满关切地轻触她的手，"旬旬，听说你离婚了……"

旬旬将手飞快一缩，对方也不是唐突之人，话题迅速地转换，一顿饭下来，也还算宾主尽欢。

但那晚之后，旬旬已重新开始留意新的工作机会。曾毓说她太敏感，男女同事间有些轻微的暧昧，也在能够控制的范围之内，不至于如此紧张。

一周后，试用期满，同事再度约她谈话，不过地点换成了总监办公室。旬旬坐在宽阔的办公桌另一头，听对方扼腕叹息，说以她的业务水准，当年如果没有辞职，今天一定已是资深人士，可现在无端耽误了几年，又错过了考证的时机，实在是有点儿可惜……

旬旬会意，回到临时的办公桌收拾自己的东西。临走前，女硕士竟有些难过，欲言又止，只喊了声"旬旬姐……"旬旬什么都没说，笑了笑，输了就是输了。

也算是巧合，回去的公车上，旬旬意外接到另一个应聘单位打来的电话。这是她从旋转餐厅归来后为自己谋求的退路之一。对方通知她说，看过她的简历后，认为她比较适合公司的财务岗位，让她明天到公司办公地点面试。

旬旬努力回忆关于那个公司的一切细节，她的确是在几天前于求职网站上投了简历，但那只是她大海捞针般撒网的其中一家。如果没有记错，这是个国内知名企业在本地新设的办事处正处于百废待兴的状态，这样看来，她的机会也更大一些。

旬旬原本抱着侥幸的心理，没想到竟然真的有了回音，不禁又悲又喜，感叹于生活的戏剧化。

回到家，刚用钥匙打开门，旬旬就听到了艳丽姐久违的笑声，扑鼻而来的还有热腾腾的饭菜香气。这是旬旬许久未曾得享的待遇。上班以后，她无暇顾及家务，艳丽姐更没做饭的心思，旬旬每天下班都是在外头吃了再回家，时常还要给母亲捎上一份外卖。

"看，回来了。我说是她没错吧。"艳丽姐扬声道。

旬旬在玄关处停下脚步，因为她看到了沙发上坐着的不速之客。这一个多月来，池澄给她打过好几次电话，她起初还应付几句，后来事情多了，索性将他的号码设置成拦截黑名单，耳根这才清净了些。现在，他坐在艳丽姐家的沙发上，手里捧着旬旬常用的杯子，惬意得如同这个家的主人。

艳丽姐笑逐颜开，面前的茶几上放着一只精致的首饰盒，一见到旬旬，就献宝一般将盒子里的东西展示在女儿面前。

"来，女儿，你帮妈瞧瞧，妈穿什么衣服配这副耳环最好看？"

旬旬忍不住多看了那耳环两眼，主要是那黄澄澄的颜色太耀眼。与其让她相信这是池澄的品味，她更愿意认为他是高明地投其所好。

艳丽姐将耳环放置在耳垂边比画着，旬旬真怕她的耳朵承受不住那沉甸甸的分量，会跟身体分离。

"好看么？"

"挺好的，可现在是年底，你就不怕这样醒目的东西戴出去会遭人抢劫？"

艳丽姐悻悻地将耳环放回盒子，对池澄说道："我怎么提醒你来着？我这女儿，心里就没想过好事，你说让人闹心不闹心？"

池澄笑而不语。

旬旬不客气地对池澄说："都说让你别缠着我了，你跑来我家干什么？"

池澄无奈地与艳丽姐对视一眼，仿佛在说："你看，她就这脾气。"

"是我把他请来的。"艳丽姐看着女儿说，"我一直想找个机会谢谢池澄，你叔叔生病和走的时候，他都费心了。你的教养到哪里去了？小时候我就是这么教你对待客人的？还不如比你小三岁的人成熟懂事。"

旬旬脸上一阵红一阵白，尤其是池澄那笑容，好像嘲弄她又表错了情。

"旬旬，别怪我多事，这就是你的不对了，你是不是忘了今天是阿姨五十一岁大寿？再忙也不该忽略家里人。"

旬旬自嘲地笑，别人不知道，她是很清楚的。旬旬的外公外婆家子女多，母亲出生的时候不受重视，以至于谁都不记得她具体是哪天降临到这个世界的，只知道大约在冬季。身份证上面的出生年月也是当初随口报的，所以，曾教授还在的时候，艳丽姐就按身份证上的日子过一次生日，又按她记忆中的日子再过一次。至于她记忆中的生日是哪一天，这个全凭她喜欢，她说是哪天就是哪天。

艳丽姐竟然来打圆场，"算了，儿女都是债，不记得也没什么。等你好一阵了，快过来吃饭吧。"

旬旬头痛欲裂，含糊道："对不起，我不知道今天是那么重要的日子，在外面吃过了才回来的，你们慢用！"

"吃过了也可以再多吃一点儿。旬旬，你客气什么？"池澄站起来走到她身边。

旬旬真想抽他，他堂而皇之地出现在她住的地方，竟然还招呼她不要客气！

"不了。"她往自己的房间走。

艳丽姐瞧见了她手里抱着的东西，好奇问道："哟，你不会被炒鱿鱼了吧？"

旬旬恢恢地回道："放心，我只是换个工作罢了。"

她关上房门，隐约还听到艳丽姐对池澄诉苦，"她叔叔不在了，家里现在也没个经济来源，工作哪里就那么好找，偏偏她还挑剔……"旬旬踢开鞋子，也顾不上没换衣服，扑倒在床上，一股脑地用被子罩住了头，鸵鸟般希望把自己和外界隔绝开来。

过了好一会儿，刚感到耳根清净了些，旬旬就感到床垫微微往下一陷，还来不及做出反应，头上的被子被人掀开一角。她一睁开眼，就看到池澄闲适地坐在她床边。

旬旬忍无可忍地抓住个枕头就往他身上打。这是她从少女时代一直睡的床，没有男人在上面坐过，曾教授没有，就连谢凭宁也没有，他算什么东西，竟然如此不客气地登堂入室，侵入她最隐私的角落？

池澄狼狈地躲着劲道不小的枕头，最后一把将它夺了过来，被枕头蹭过的头发有些许凌乱。当然，旬旬也知道自己现在的仪态绝不优雅。

"干什么？你不给别人打你耳光，还不让砸你的头？那你为什么不买个保险箱把自己装起来？"旬旬气不打一处来，"你滚出去唱生日歌！"

"你潜在的另一面真是暴力……"他躲着又一只枕头的扑打，笑着说道，"赵旬旬，你一定要和我在床上大战三百回合？"

无耻者无畏，人至贱则无敌！旬旬无计排遣，用力一蹬被子，捂着脸干号一声。她终于知道为什么那么多女人乐于撒泼，那全是被逼得没办法了，而且这远比做端庄淑女要痛快得多。

池澄没再把她往极限里逼，站起来把位置还给她，"好了，不闹了，我不过是担心你。你人都瘦了一圈，气色差得和黄脸婆差不多，何必把自己弄得那么辛苦？你不欢迎我，我留下来也没意思。只是有件事想拜托你。"

他扳开旬旬捂着脸的手，她眼前晃动着一把崭新的门钥匙。

"公司步入正轨，我就从酒店里搬出来了，刚找了个房子安顿下。在这边我没什么信得过的人，又爱掉东西，这钥匙放你这儿，要是哪天被关在门外，还有个备用的。"

"你想都别想。"旬旬斩钉截铁地拒绝。

"你就这么讨厌我，一点儿余地都不留？"池澄无奈道，"我但凡有个可以托付的人，也不用麻烦你。"

"我信你才见鬼了，你表舅呢？"

"说了他是王八蛋！"

"客厅不是有个和你一见如故的忘年交？"

池澄强摊开她的手，把钥匙塞在她手心，"你要以为我是随便交出钥匙的人，那就太看不起人了。我说只信得过你，就只有你。"

旬旬当即将钥匙扔到地板上。池澄脸色一变，她几乎以为他要发火了，谁知他站在床边静静看她几秒，又弯腰将钥匙拾了起来，重新放到她的床头。

"我是挺喜欢你的，但也没你想象中饥渴。如果角色对调，你把我当成这个城市里最能信任的人，我会很珍惜这份信任，与感情无关。但我想你心里未必有这样一个人。"他伸出手指去拨弄钥匙，"你那么抗拒它，不会是怕自己哪天把持不住，主动用这把钥匙去开我的门吧？"

眼看旬旬又要翻脸，池澄赶紧见好就收，留下钥匙转身离开，走到门口又笑了，"最后一句，真心话！如果你哪天改变心思，钥匙在你手里，你随时可以用它去开那扇门，只要我还在这个城市，任何时候都可以。"

池澄也没有吃饭就告辞了。

　　艳丽姐送走他，走进女儿房间，斜靠在门框上，一边吃着池澄带来的生日蛋糕，一边说道：“差不多就行了，做得过头小心把人吓跑了，到时有得你哭的。”

　　旬旬苦笑，“我有什么可哭的。两个多月前你还说他笑带桃花，又比我小，这样的男人靠不住。”

　　“一时有一时的说法。”

　　“不管哪个时候我都没想过跟他在一块！”

　　“你不想跟他一块，怎么又被姓谢的捉了个现行？这种事，想来想去就出了鬼！好比当初我年轻的时候，嫁谁不好，偏偏跟了你那个穷光蛋的死鬼老爹，吃了半辈子的苦。醒醒吧！妈是过来人，不想你走我的老路。他条件好，对你上心，他能瞧上你，我这个做妈的都想不通。趁他热乎劲没消，赶紧把正事定下来。你也不是十八二十岁的黄花闺女了，离过婚，好在没孩子，比我当年带着你强百倍。你叔叔一没，我们娘俩背后没有大树，我这后半辈子除了你还能指望谁？池澄那孩子还挺懂事……”

　　旬旬心里暗道：他懂不懂事难说，但他的钱是挺懂事的。

第十六章

人在屋檐下，不得不低头

在二选一的职场竞争中落败的旬旬重整旗鼓，按照事先约定的时间前去面试。

那公司所在的地点位于市内知名的一幢写字楼内，并不难找，她到了之后才发现前来面试的并不止她一人，难免心里多出了几分忐忑。这日是周末，公司里没有什么人，除了人事部的职员，就是应聘者，好不容易才轮到旬旬面试。她走进小会议室，对方的负责人是个白净面皮的中年男子，戴副金边眼镜，五官文秀，奈何前额微秃。

旬旬进去的时候对方正在埋头翻看面前的简历，看到旬旬，让她坐下后，他的视线便一直在她的面孔和简历上的照片之间流连。旬旬被他看得坐立不安，不知是自己的仪表出了问题，还是又遇上了心怀不轨的办公室猥琐男。然而过了一会儿，他例行公事地提了几个简单的问题后，便问起了她职业生涯里那空白的三年。旬旬只能从实说来，对方听了，淡淡地让她回去等候通知。

旬旬有些失望，从面试情况来看，这样的答复多半意味着委婉地拒绝。她想了许多种失败的原因，最有可能的莫过于自己本人与对方所期望的相去甚远。她很久都没有照过免冠照了，简历上贴的还是几年前的相片，大概她看上去憔悴了许多，给对方极大的落差感，加上做家庭主妇荒废了三年，再次落败也是情理中事。她正沮丧地准备投入新一轮找工作的战役，忽又接到这公司打来的电话，说她通过了面试，如果没有问题，明天即可正式上班。

虽然纳闷，但对于绝望当中的旬旬来说，这不失为一个好消息。她不能再错过这一次机会。为了郑重起见，次日，出门前旬旬特意将及肩的头发盘了个严谨的发髻，看上去显得更精干些，好与对方所期待的资深会计形象相契合。她提前了半个小时到达上班的地点，走进大堂中庭，满眼是步履匆匆的上班族，她的运气相当不错，恰恰赶上即将合拢的电梯。刚挤进去，她眼前忽然一黑，顿时伸手撑开电梯门，整个人又迅速地撤了出来，甩了甩头，求神拜佛只希望看到的是幻觉。

不对劲，太不对劲，这是个平凡而正常的工作日早晨，她前往新岗位报到的第一天，怎么能让她在电梯里看到那张熟悉的脸！

又有一个人紧随着她在电梯再度合拢之前挤了出来。

"你到底要怎样？"旬旬悲愤莫名，见过阴魂不散的，但她还是很难相信有人会紧逼得如附骨之疽。

池澄抬高了手里的公文包，干脆利落地答道："和你一样，上班！"

旬旬想起了自己新任职公司的经营范围，也怪她傻，上面不是明明白白写着：尧开科技，主营生物科技、制药。他也曾明确告诉她，他家里是做制药行业的，自己留在这里也是为了拓展当地的业务。世间做药的有千万家，但她不能忘了，凡是与他沾边的，都不能相信侥幸和巧合。

看池澄的样子，丝毫不为她出现在此地而惊讶，不用说，这又是他自导自演的一出好戏，就等着她傻乎乎地送上门来。

"你也算是费心了。"旬旬不知道自己是否应该感到受宠若惊，在这世上被一个人如此处心积虑地算计着，也算是种难得的"荣幸"。

"还好，没费什么心。"池澄站在她对面，说道，"大家打照面是迟早，我就知道你会说什么都是我安排好的。"

"难道不是？"

"既然那么熟了，我也不跟你废话，老实说，答案是一半一半。简历是你自己投的，人最后是我敲定的。办事处现在缺个财务，招人的事不归我管，没人眼巴巴守株待兔等着你。现在找工作不易，招聘启事一公布，单单这个职位收到的简历不下三十份，你只是其中一个。人事主管把比较合适的几个交我过目的时候，我才发现里面竟然有你，就当场拍了板。你要是说我从几个条件差不多的人里挑了个熟人来做会计是个错，那我无话可说。解释就到这里，接不接受由你，你现在完全有后悔的余地。"

他指指大门的方向，"不怕跟你明说，我私心是希望每天看到你，但这事没人能勉强，我早做好你见到我之后就甩手不干的准备。"

旬旬一下子没能从最初的意外中回过神来，也不知道该不该相信他。她求职心切，天女散花一般投出了无数份简历，但凡是与财务相关，又稍微靠谱的招聘企业，基本上无一落下，尧开只是其中之一。确实是她自己主动递交的求职信息，最后撞到他的枪口上，说巧合让她于心不甘，说阴谋却也没有证据。池澄那番话偏又说得霁月光风，让她满腹的质疑反倒成了小家子气。

罢了，没有风度就没有风度。旬旬只知道自己不能和他朝夕相处，更何况在他辖下，这简直难以想象。她二话不说顺着池澄手指的方向走了出去。

池澄跟了两步，冷冷道："你把人看扁了，我从来不强迫女人和我在一起。我喜欢你，这是我的自由，你没兴趣，拒绝就是，难道我还会霸王硬上弓？你出来工作无非找口饭吃，莫非在别人那里又会比看我的眼色容易？我今天就把话放在这里，如果不是你赵旬旬眼巴巴赶着送上门来，我手指头都不会碰你一下。该说的都说了，再走我绝不拦你。"

他果然没有再跟上来，旬旬憋着一口气走出大厦，冷风一吹，也不知是醒了还是更迷茫。她是一心奔着新工作而来的，尧开的待遇上佳，办公地点和上班时间均合心意，虽说推掉了这份工作，她未必找不到另外一份，但要等多久，到时又会是怎样的境遇？

旬旬不想动用"一无所有基金"，交给艳丽姐的钱又在曾教授去世前用了个一干二净，房子是万万不能卖的，股票保险套现又要吃大亏，艳丽姐手里虽有笔可观的抚恤金，但那是她的命根子，母女一场，即使她绝不会把旬旬扫地出门，但再不给生活费堵一堵她的嘴，还不知今后被她批成什么样子。

旬旬想直起腰杆硬气起来，可硬完了之后拿什么解燃眉之急？池澄不是好相与的，然而他心思难测却不至于下作。幻想一个追求者为了自己上天下海锲而不舍，那是少女时代才做的梦，旬旬虽然还没搞清楚自己对于他而言究竟意味着什么，但如他所说，只要她立场坚定，他也无从下手。说不定时间长了，那心思就淡了，她也可以赢得时机，骑驴找马地寻到更合适的饭碗。

她在大厦附近徘徊了一圈，最后还是选择回到了尧开。此时距离上班时间已过去了近十分钟，因为池澄的关系，旬旬也没想太多，或许这时的她已下意识地将他这个二世祖管辖的办事处当做了一个玩票性质的皮包公司，混得一日是一日。

谁知走进办公区域，里面竟然齐刷刷坐着将近二十号人，除了格子间里秩序井然的内勤，就是挤在一个狭小办公室前焦急等待的人。旬旬头皮发麻地顶着众人的眼光走近前去，赫然发现那间热闹的办公室门牌上写着三个字：财务部。

那天面试旬旬的中年人也从自己办公室里走了出来，迎上旬旬，说道："我还以为你不来了，是不是路上塞车？来，今天事比较多，晚些再熟悉环境，我先带你到你工作的地方。"

他看起来倒是和颜悦色，旬旬不知道作为人事主管的他是否清楚自己和池澄之间的瓜葛，又了解到何种程度。她乖乖跟着他挤进财务部，里面已坐有一男一女，男的五十来岁，瘦小精干，女的三十五六左右年纪，微胖，戴着副黑框眼镜。

"给你们介绍一下新同事，这是新来的会计赵旬旬，你们先认识认识。"中年人事主管指着旬旬对另外两人说道。

"现在哪有那个闲工夫！"戴黑框眼镜的女人没好气地应了一声，"你就是赵旬旬，第一天上班就迟到了，我还以为今天回来报账的人多，会多个忙手。"

旬旬红着脸，连连弯腰道歉，也不管帮不帮得上忙，赶紧站到这个看上去是财务部负责人的女人身后听她差遣，唯恐又落了不是。

池澄不知道从哪里晃出来，站在他们办公室门口，熟络地和那好几个手拿票据的人寒暄着，看都没看旬旬一眼。这时那负责人事的中年男子也凑近前，笑着对他道："池总，这就是我们新招来的会计。"

明明是他拍的板，还要来演这出。旬旬此时看着那中年男子神情，知他分明是故意，只得也朝"池总"欠身致意。

池总矜持地朝新员工点了点头。旬旬低头去看女上司刚递到她手里的报账单，避开他的视线，心神不宁之下，一张未贴牢的发票从她手中跌落，她忙着去捞，却又撞翻了女上司手边的计算器。

女上司发出了一声哀叹，旬旬手忙脚乱地去捡，已有人先一步弯腰替她将发票和计算器都拾了起来，那是离她们最近，正打算报账的同事。

他将东西递还到旬旬手里，嘴角含笑。旬旬连声道谢，脸红到了脖子根。她平时不是毛毛躁躁的人，果然心里有鬼，就容易露出马脚。

"你们人事部越来越不靠谱，明知道现在正是用人的时候，下次就算照着脸蛋来挑人，麻烦也找个有时间观念的。"旬旬的女上司丝毫不留情面地表达出自己的不满。

旬旬更是尴尬，只觉四处都是地雷，自己也不知道怎么就踩中了一个。

池澄笑着对人事主管低语几句就走开了去。那中年男子做了个息事宁人的手势，当着众人的面说道："赵旬旬你今天迟到了，虽然是第一天上班，但还是要按公司的规矩，罚款五十元……现金！"

旬旬只能伏法，在众目睽睽之中掏出了钱包。她怎么也想不到，新的工作会以这样一种难堪的方式拉开帷幕。

中午吃饭的时候，工作还没上手，被认为最闲的旬旬被同事指派去订外卖。她敲开池总的办公室，毕恭毕敬问他中午要点什么。

池澄在电脑前头也不抬，"猪排蛋饭，猪排要煎不要炸，蛋全熟。"

"好，我记下了。"

她转身欲退出去，他却在这时笑着叫住她，"喂，我公事公办的样子你还满意吧？被罚了五十块的巨款呢，要不要我把午饭的钱先借给你？"

周遭无人，旬旬用一种"你真无聊"的眼神斜视他。

"哦，我忘了，你一定有备份的救急钱。"他往后靠着椅背，滴溜溜转着手里的笔，点评道，"你今天的头发看起来真丑，像狼外婆。"

旬旬说："没什么事我就先出去了。"

"等等。"

"狼外婆"按捺地背对他站在门口。

"下次订饭这样的小事问我的助理就好，不要随随便便跑到我的办公室，你知道，池总很忙的。"

要不是想着未到手的工资，旬旬恨不得当场就用手里的圆珠笔去戳那个家伙的脸，他当然忙，忙着玩《植物大战僵尸》。可人在屋檐下，不得不低头，哪怕她所在的屋檐不止漏雨，还贱得流油。

第十七章
沉舟侧畔千帆过

后来旬旬才知道，她到尧开报到那天正赶上每季度一次的各省市经理回办事处报账的日子，也是财务部最忙的时候。严格说起来，尧开的南五省办事处并非池澄空降后设立的，只不过以往每个省份负责人分辖一处各行其是，后来总部试行新政，将国内市场划分为五大区域统一进行营销管理，池澄直接被指派为南五省大区负责人，并将辖下各部人马重新规整，成立了新的办事处。

在公司大多数人眼里，南五省大区是个肥缺，每年的销售量都占据公司总量的巨大份额，池澄却私下对旬旬说自己其实是被发配边疆。原来尧开作为国内知名的制药大厂，其生产的几种重点产品在这几个省份需求一直旺盛且稳定，唯一堪称对手的只有当地的制药企业久安堂，偏偏双方部分产品具有同质性。

久安堂起步晚于尧开，根基也未深，但它胜在地缘优势，近几年发展势头甚猛，大有后来居上、与外地知名企业分庭抗礼之势，不久前虽有内部人事动荡的传闻，但其后被证实已由傅家收购。傅家财雄势大，换了新血液的久安堂让尧开不敢小觑，两家不可避免地在市场份额的争夺中有场恶战。按池澄的话说，如果尧开与久安堂之争在他坐镇之下落了下风，那高层必然是认定他办事不力。要是尧开胜了一等，那还是借了以往市场开拓的荫庇，总之他是怎么也落不到好。

旬旬当时就问他，既然明知如此，何必还来？以他的身份和一贯的狡猾，未必没有选择的余地。

池澄吊儿郎当地回答说：“如果不来，又怎么见到你？”

他说的话向来半真半假，旬旬自然知道信不得。他母亲是本地人，这里就是他半个故乡，这个解释远比为她而来更靠谱，也没那么令她恐惧。可是不管他为什么而来，是故意还是巧合，旬旬都情不自禁地想，如果他不出现在这里，自己现在是否还是在家中为谢凭宁熨衣服的主妇？日复一日，最大的苦恼就是阴雨天晒不了床单，可这样的日子平淡到老，回想起来也未必没有遗憾。

旬旬到尧开上班近一个月以来，消除了最初的生疏和茫然，还算是很好地融进了新的圈子。本来，她这样的人就如同一滴水，无形无色，很容易就悄无声息地渗透、溶解、蒸发，让你忘了她是为什么而来，又是什么时候出现，只会以为她本来就该在这里。同事们渐渐也习惯了这个温和娴静、话不多但做事精细的新会计。当你需要她时，她是稳妥的，但大多数时候，她是隐形的。就连脾气耿直、言辞犀利的财务部女主管陈舟在得知她是离过婚出来独自谋生的女人后，也对她态度和缓了不少。说起来也好笑，到头来只有背地里死皮赖脸的池澄表面上对她最不假颜色，还美其名曰是想让她更自在。

财务部其实总共也不过是三个人，除了主任陈舟、会计旬旬，就是出纳员老王。陈舟看上去比实际年龄略长一些，实际上只比旬旬大三岁，今年三十一，至今仍是待嫁之身。虽谈不上好相处，但人并不坏。她和所有这个年纪事业小成、终身大事又没着落的女人一样，对如今社会上的男性择偶观充满了不屑和批判。

同是剩女，陈舟和曾毓又大有不同。曾毓虽单身，但她的生活是丰富多彩的，身边也没断过追求者，进可攻退可守，她的问题在于过高期待与现实落差之间的矛盾。陈舟则不同，她在工作的时候风风火火，但面对外界时，却保持着财务出身的人特有的拘谨，加上外在条件平平，择偶标准又始终没有放低，这才不尴不尬地将自己保存至今。她的名言是：让臭男人滚……顺便把我带上。

陈舟讨厌比她年轻又长得比她好看的女人，随着她年龄的增长，这个讨厌的范围也不得不逐渐扩大，最后成了她看不惯身边的大多数同性，同时因为她生活圈子窄，讨厌对象也具化为公司里的每个女同事。前台的妹妹太浅薄，后勤的姑娘是花痴，为数不多的女销售经理也常被她说成"药水妹"，为了业绩什么都做得出来。她心里想什么一般都直接体现在行动上，因此也常得罪人。不过她身份特殊，既是办事处的"财神爷"，又是总部直接委派来"辅佐"池澄的资深元老，按她的话说，就是池澄私底下也要叫她一声"舟姐"，所以大多数人对她无可奈何。

凭空冒出来的旬旬一度是陈舟眼里的头号敌人，偏偏又在她手下，初来乍到的时候没少吃哑巴亏。但就耐受能力而言，旬旬是个中高手，她在彪悍的艳丽姐身边都生活了那么多年，久经各种逆境考验，早已练就百毒不侵、一笑了之的本领。像她这样的人，只怕遇上心思比她更深、韧性比她尤甚的对手，其余都不在话下。态度再恭顺一些，说话再妥帖一些，处事再低调一些，干活再主动一些……恭维和善意最好润物无声，恰到好处，没有不受用的，尤其是陈舟这样色厉内荏的对象。

很快，陈舟就发现赵旬旬并没有想象中讨厌，虽然她长得不错，但她的好处是内敛的、规矩的，没有给人丝毫侵略感。她不是办公室里的花瓶，而是一幅和墙纸颜色相近的装饰画，上面还带有时钟，恰到好处地体现了功用，然后就和环境融为了一体。

到头来，旬旬反成了陈舟在公司里少数几个能说得上话的人。旬旬为此感到松了口气，只有在陈舟大骂男人，把她归于与自己同病相怜的难友，动辄以"我们这种容易受伤的女人"自称时，她会感到一种难以言喻的压力。

和公司里的女同事甚至女性客户群不同，陈舟对池澄这一款的男人兴趣缺缺。她在池澄父亲身边工作多年，心里以略长他一辈的身份自居，认为他是"毛都没长齐"的小屁孩。并且，她衷心为池澄的女人而感到悲哀，因为标致的男人就好像一只孔雀，光鲜亮丽的一面属于广大观众，而背后光秃秃的屁股则只有那个可怜的女人独享。

陈舟所有的ID签名都是同一句话——"沉舟侧畔千帆过"。她从不解释这句话的寓意，但旬旬在进入公司不久之后，很快就窥破了她这个"最大的秘密"。所谓的"沉舟"自然就是她自己，而那只"帆"则是原本的大区经理，池澄如今的副手孙一帆，也就是旬旬初到公司那天，为她捡起跌落地上东西的人。所以，旬旬也深深了解为何看到那一幕之后，陈舟会像吃了炸药一样挑她的不是，那是女人的一种本能。

更为微妙有趣的是，比陈舟年长两岁的孙一帆虽也未婚，但他的身份却是尧开的旧主，也就是池澄继母娘家一脉的旧属，算是公司老牌的嫡系。当初南方市场就是在他带头之下胼手胝足开拓出的大好山河。后来池澄继母觅得如意郎君，心甘情愿回归家庭，把相夫教子当成生活的重心，公司的权力重心也悄然暗换，他在自己的地盘上成了池澄的副手。虽说给谁打工本质上都没有什么区别，但在他们原有一班旧部心中，对池澄父亲一系的得势是颇为不齿的。

陈舟暗恋孙一帆，甚至有可能是为了他而心甘情愿远离熟悉的城市。但在孙一帆的心中，陈舟更像是公司新主委派来削夺财政大权的一枚棋子，他对她礼貌且客气，实则是敬而远之。

池澄名义上掌控全局，孙一帆更多地负责销售经理和业务员的具体营销工作，平时和财务不免时常打交道。陈舟爱在心里口难开，每当孙一帆要求她临时给销售人员报账或预支备用金时，她总是怨声载道，但没有一次不额外放行。至于旬旬这边，虽然孙一帆对她相当友好，甚至常在陈舟抢白、埋怨她时出言维护，但顾及陈舟的心思和感受，她总是小心翼翼地与他保持距离。

又逢周五的下午，旬旬在办公室忙着做月底的报表，临近下班时，有人敲她们办公室敞开着的门，她从一堆数据中抬头，看到孙一帆微笑着站在门口。

孙一帆对旬旬说，年底将至，平时麻烦她们财务太多，正好几个省市区的经理都在，大家打算联合起来请财务部的同事出去吃顿饭，聊表谢意。按说这也算公司部门之间的联谊，旬旬横竖没什么事，没有什么拒绝的理由。可是她们部门也就那么三个人，出纳老王每周这个时候就会提前去银行存钱转账，顺便就下班去接老婆儿子回家吃饭。陈舟今天也去了税务局报税，一时半会儿赶不回来。名义上他们是请财务部的"大伙"吃饭，实际能去的也只有旬旬而已。

旬旬还没回答，已经透过开着的门，看到外头等消息的几个销售经理脸上满含深意的笑容。女人面对这种问题都是触觉敏锐的，何况是旬旬这样心思顾虑比常人更多的人。孙一帆没有明确表过态，但旬旬能从他每次到她们办公室时的几句问候，或者递给她东西的手里察觉出一些异样的心思。他对她是存有好感的，这是明哲保身的旬旬感到苦恼，并竭力回避的一个事实。

"怎么，不肯赏脸？"孙一帆笑着问。

　　旬旬正想做出忙碌的样子，以抽不开身为由婉拒，他已先一步说道："报表的事还不着急。工作是工作，休闲归休闲，走吧，大家都等着呢。"

　　"呃……好吧，人多才热闹，我给舟姐打个电话，她那边应该也快结束了，让她直接赶到吃饭的地方就好。"旬旬说着拿起了电话听筒。

　　孙一帆轻轻把话筒按回原处，不疾不徐地说："陈舟那边我已经打了电话，她说让我们先吃，她能来的话就来。"

　　他这样说了，旬旬也不好当面打电话向陈舟求证，到时她就算没有出现，那也是"被事情绊住了"，至于他究竟有没有联系她，只有天知道。难道旬旬还能事后在陈舟面前哪壶不开提哪壶地说起此事？

　　正为难间，池澄办公室的门也打开了。他反手拎着外套走了出来，朝他们的方向瞥了一眼，对孙一帆招呼道："一帆，下班了？要不要跟我一起去打球？"

　　"今天有点儿事，下次吧，池总。"孙一帆回头答道。

　　旬旬以为池澄还有后招，不料他只是笑笑，朝其他人挥挥手，就头也不回地走出了办事处。

　　"我等你收拾东西。"孙一帆的视线回到了旬旬身上。

　　旬旬正待开口，包里的一阵震动挽救了她，她翻出手机一看，竟是艳丽姐。

　　艳丽姐约女儿下班后陪她一道吃饭购物，这是曾教授去世后的第一次。重拾过去的爱好，走出家门，这是否代表着艳丽姐的心情有所好转？旬旬不由得有些欣慰，购物总能在短时间内抚平艳丽姐心中的创伤，此外，这通电话也彻底将她从眼前的为难中解救了出来。

　　"对不起啊孙经理，我妈妈找我有些事。反正今天人也没到齐，谢谢你们几位的好意，下次等舟姐、王叔都在，我们再聚不迟。"

　　孙一帆眼里有失望，但也不好强留，好风度地问她和母亲约在哪里，他可以送她一程。旬旬婉言谢绝。

　　赶到艳丽姐指定的餐厅，她已经先一步在座位上等着旬旬，面前的圆桌上摆了好几份精致的茶点。旬旬一落座，打量四周，就开始寻思着自己今天身上带的现金够不够。这是一个走中高端路线的购物城负一楼的港式餐厅，以菜品精致和价格不菲见称。艳丽姐虽每次都说她请客，但埋单的时候常常只顾着剔牙，旬旬早已经习惯了这样。

"我随手给你点了几样点心，你自己再看看菜单，难得周末，要好好犒劳自己。"艳丽姐姿态优雅地将餐牌推到旬旬面前。

旬旬翻了一遍餐牌，又合上了它，"我不太饿，就吃你给我点的就好。"

"那怎么行？说了今天叫你出来吃大餐的。"艳丽姐娥眉微皱。她今天的妆画得很讲究，看来是费了一番心思。她抿了一口柠檬水，忽然换上了笑脸，朝门口的方向高高招手。

旬旬回头，那个下班后去打球的人正朝她们走来，看来他打的是"擦边球"。

她现在已经懒得为这些"意外"而惊讶了，只是压低声音，无可奈何地问坐在对面的艳丽姐："逛街就逛街，你又把他叫来干什么？"

艳丽姐用餐牌遮住脸的下半部分，窃语道："你傻呀？我叫个人来埋单有什么不好？这里的菜很贵的！"趁池澄还没走近，她又神秘而得意地告诉女儿，"不过你放心，我刚才点的都是最贵的。"

就在旬旬翻了个白眼的时候，池澄落座在她身边，兴致盎然地问："聊什么那么专心？"

艳丽姐慈爱地回答道："我在和旬旬说，你们年轻人上班辛苦，应该吃些进补的东西。"

旬旬也顺着她的话补充道："是啊，没事吃几只肥鹅最补了！"

池澄招呼服务生过来，笑着说："补不补的我不太懂，但这家店的蜂蜜厚多士和冰火澳洲虾我很喜欢，你们没试过的话我建议多点一份尝尝……阿姨今天的头发很漂亮，跟耳环也很配。"

艳丽姐受用地笑，"我们旬旬啊，我以为她忙忙碌碌地找到了什么好工作，转了一圈，原来到你的公司去了。果然'不是一家人，不进一家门'呐！"

"我跟她说过，如果她愿意，其实不必那么辛苦的。"池澄说完若有所指地看了身旁的旬旬一眼。

"又不是外人，说什么辛苦不辛苦的。"艳丽姐倒真的一点儿都不见外。

旬旬嗤笑，她现在已经想通，只要池澄和艳丽姐凑在一起，她就权当自己外太空一日游。曾毓那句话说得很对，正常人是不能够和神经病较真的，他会把你也弄得精神分裂，然后用经验打败你。

她按下池澄拿起水杯准备要喝的手，镇定地提醒道："你的还在服务员手里，这杯是我的。"

"哦！"池澄一副恍然大悟的样子，转而对艳丽姐说道，"不过有了旬旬在公司里，虽然她辛苦了一些，但却是帮了我的大忙。"

"池总你别太抬举我。"

"我说的是肺腑之言。你不会看不出来，陈舟是我爸派来的人，孙一帆是我爸老婆的人，只有你是我的人。"

那句"我的人"吐字尤其暧昧，旬旬知道他是故意的。这无赖，占点儿口头便宜都能让他笑得如此兴高采烈。旬旬这时深切感受到陈舟那句话的贴切。她虽不是他的女人，但这只破孔雀现在却已经习惯把光秃秃的屁股那一面对准了她。

"我才不懂你们那些派系斗争，我只知道账目。"旬旬表明立场。

池澄微微一笑，"你知道拒绝孙一帆，这就足够了。"

"唉！"艳丽姐没来由的一声长叹成功地将另外两人的注意力吸引了过去。

"我看到你们两人的样子，忽然就想起了我和旬旬她死鬼老爸过去的事。他虽然化灰了，但年轻的时候和你有点儿像，高高的鼻子，黑眉毛，他没你有本事，但也小我一两岁，总喜欢和我斗嘴……池澄啊，要是你早生几年就好了，女人老得快，找个比自己小的总提心吊胆。"

"妈，你没事扯这些干什么？"

池澄也警惕了起来，微微眯上了眼睛，等待艳丽姐下面的话。谁知艳丽姐好像结束了那番忽如其来的怀旧感叹，她摸着自己耳朵上硕大的耳环，"这副你送我的耳环好是好，就是挂在耳朵上扯着有些疼。"

旬旬想说，那么沉的一对"利器"，挂在哪儿都会扯着疼。

池澄马上会意了，说道："这样可不好，一定是他们做工上有问题。发票都在盒子里……要不这样，我让个人过来，待会儿就陪您回去把盒子取了，然后到柜台去换一副，实在不行就另外挑，都怪我粗心大意，没挑仔细。"

艳丽姐嘴上说："哎呀，那多麻烦你们。"但谁都看得出她的喜形于色。

"我就知道你这孩子做事妥当，旬旬她爸哪能跟你比。"

"哪里。"

池澄低头喝水，面色如常。旬旬都有些佩服他了，论看碟下菜，虚与委蛇的功夫，她都不是他的对手。陈舟和孙一帆都把他当年轻的二世主，是公司里的一个摆设，但螳螂捕蝉，谁是背后的黄雀还真不好说。

池澄打了个电话命一个人立刻赶过来，旬旬起初以为他叫的是公司的司机，正想着自己要不要回避，没想到过了一会儿，出现在他们桌子旁的竟然是公司的人事主管周瑞生。

周瑞生擦着额头上的汗，白净的面皮上泛着红，想来是用了最快的速度奔赴这里。他见到旬旬母女，竟也没有露出特别惊讶的神情，朝她们打了个招呼，就忙不迭问："池总找我有什么事？"

在公司里，旬旬和周瑞生打交道并不多，在她眼里的周瑞生是个精明而老练的人，脸上总是推着笑，对谁都很和气，有时会因为太善于人情世故而显得有几分油滑。因为他是整个办事处唯一有可能知道旬旬与池澄相识的人，所以平时旬旬对他也多存了几分戒备。可事实上周瑞生将这个秘密隐藏得很好，只在有意无意之间可以感觉到他对旬旬刻意表达的善意。

池澄让他先坐下，把护送艳丽姐去调换首饰的任务向他说明。旬旬有些不安，他这样明目张胆地动用公司的人去为自己办私事，让她感觉非常不妥，而且周瑞生的眼神让她不自在，想必在别人看来，自己就和被池澄包养的女人没有什么区别。

"妈，待会儿我陪你去换就好。顺便陪你去买衣服怎么样？不要麻烦别人了。"旬旬嘴里说着，还一个劲地给艳丽姐打眼色，希望她明白眼前的处境，不要把女儿置于太难堪的境地。

周瑞生连连道："不麻烦不麻烦，旬旬你太见外了，想不到你妈妈这么年轻又有气质，能帮上忙是我的荣幸。"

他随即向艳丽姐自我介绍，艳丽姐在他的恭维之下笑得花枝乱颤，直说他有个好名字。

"周瑞生，不就是周大福、谢瑞麟再加上周生生？一听就是有福气的人。"

周瑞生一怔，忙赞艳丽姐"太幽默"。

旬旬听得汗颜无比，偷偷看了一眼身边的池澄，他正用手指有一下没一下地转着眼前的水杯，嘴角有一丝若有若无的笑意，整个置身事外的模样。

服务员陆续把他们点的菜品端了上来，周瑞生悄然观察过在场三人的样子，主动说道："这里环境还可以，难得今天又高兴，要不上支红酒助助兴，我知道他们这儿有年份不错的好酒。"

没等旬旬拒绝，池澄已懒洋洋地说道："红酒有什么意思？我觉得红酒最没劲了。"

"……也是，是！红酒是没意思，我记得了，你喜欢烈一点儿的，我去给你点！附庸风雅的人才喝红酒。"周瑞生谄媚地说道。

"哈哈。"池澄笑了，"告诉你个秘密，我爸最喜欢红酒了。"

他这一句话，塞得见风使舵的周瑞生都不知道怎么接下去，尴尬地又去擦脑门上的汗。艳丽姐觉得有趣，咯咯地笑。

"董事长不一样，他是有真品位，附庸风雅的人怎么能和他相提并论。"周瑞生也跟着笑。

池澄不以为然，"什么真品位？你说得没错，他就是最喜欢附庸风雅的人！"

"那个那个……池总你真会开玩笑。"

"好了，你别紧张，我明白了，你的意思是说，我爸喝红酒不是附庸风雅，别人喝才是？"

"对，没错，没错。"周瑞生松了口气。

池澄看来是故意要拆他的台，放下杯往后背一靠，"那你还给我们点红酒，非要让我们附庸风雅一把是吧？"

"哎哟，小祖宗，你到底是要我怎么样？"周瑞生被绕晕了，拍着大腿叫苦不迭。

"这句话应该我问你才对！"

这下连旬旬都听不下去了，白了池澄一眼，说道："有完没完？很好玩是吧？无聊！"

话出口她又有点儿后悔，再怎么说在周瑞生面前，池澄都是她的上司，她不该这样没轻没重地教训他。

"怪我，都怪我没眼色。"周瑞生害怕再挑起争端，赶紧又往自己身上揽。

"她说我无聊，关你什么事？"池澄没好气地说。他显然本不打算就这样罢休，但碍于旬旬在场才没有再继续下去，讪讪地对她道，"开个玩笑都不行？"

周瑞生也是个善于察言观色的，当即对旬旬更另眼相待，转而向她示好，"旬旬，他那个脾气啊，让我这个做表舅的都拿他没办法……"

旬旬心里一惊，原来他就是那个"王八蛋"的表舅！

池澄没再搭理表舅周瑞生，埋头吃他的东西。旬旬也乐得填饱肚子，正吃着，忽然发现自己盘子里多出了半截剔了壳的大虾，原来是池澄闷声不吭地将自己面前的东西向她那里转移。

"干什么？"她冷眼瞥着池澄。

他又从自己面前给她叉了一小块蜂蜜多士。

旬旬受不了地推开盘子，"你这是哪个国家的餐桌礼仪嘛！"

池澄平静地答道："哪来那些讲究，这个味道真的很不错，你试试就知道了。"

周瑞生眼观鼻鼻观心地喝水，艳丽姐用餐巾擦着嘴，兴致盎然地瞧着她们，池澄手里的叉子还没放下。

他又一次轻而易举地触到了她原本深不可测的底线，而一急起来的她自己都不认识自己，"我不要，谁知道你口水里面有没有狂犬病！"

池澄一愣，想笑又忍住了，"就算我有狂犬病，现在只是让你吃东西，又没说要咬你。"

他优哉地将那一小块多士放进嘴里，过了一会儿又继续说道："再说了，有病没病，看你现在还活得好好的，不就是最好的证明？"

在此情景下，另外两人都迅速解决了午餐问题，周瑞生充满绅士风度地起身给艳丽姐套上外套，陪着她施施然告辞。

他们一走，旬旬再无食欲，"你慢慢吃，我也有事先走了。"

池澄说："急什么？狂犬病潜伏期长着呢，坐一会儿也不会立刻发作。"他笑嘻嘻的，"我也不让你喝酒，红的白的都不喝，咱们别附庸风雅，就坐着把饭好好吃完。"

旬旬看着周瑞生留下来的杯子，忽地问道："他就是你在这里唯一的亲人？"

"嗯，他就是我提过很多次的王八蛋。"

"为什么老说他是……王八蛋？我看他对你挺好的，小心得过了头。"

"就是因为他太王八蛋了，所以才要对我小心一点儿。"

"他过去做过对不起你的事？"旬旬有些明白了。

池澄的脸好像忽然罩上了一层寒霜，过了一会儿，他才对旬旬说道："这个以后我会慢慢告诉你的。"

　　旬旬已经习惯他时而坦荡到无所顾忌时而又诡秘的样子，只说："你讨厌他，还把他放在身边？"

　　他用餐纸小心地擦拭嘴角，"放在身边才有机会讨厌他。你不觉得他有些时候就像条狗？很多时候，狗也是有它的用处的，因为他想讨口吃的，摇尾巴的时候就特别卖力。"

　　难怪他会让周瑞生来给艳丽姐跑腿。旬旬想起艳丽姐方才赤裸裸的"讹诈"，叹了口气，"如果你希望我好，以后就别再给我妈买贵重东西了，那样只会让我难堪。"

　　"你不想欠我的，也可以送我东西呀，这样我们就扯平了。"

　　"我们为什么一定要有那么多的牵扯，难道不能像普通的人……像普通的老板和下属？"

　　"你知道那是不可能的，我要什么你很清楚。"他说着又勾起嘴角，"我指的是礼物。"

　　旬旬怕他又说到火车什么的，干脆直接叫来服务员埋单。

　　"你要请我吃饭？"池澄好奇。

　　"今天本来是我跟我妈一块吃饭，我都不知道你为什么要来。算了，就当是谢谢你送她的东西好了。"旬旬强调道。

　　池澄居然也没有反对，任由她拿出钱包。

　　旬旬接过账单看了一眼，不禁暗地里咬牙，艳丽姐够诚实的，下手也实在是狠。她点的东西真的很贵，很贵！

第十八章

留下来较真的才是爱你的人

上班一个多月后，旬旬第一次领到薪水，因为是试用期间，税后所得只能说差强人意。但她已经三年没有拥有这样一笔名正言顺属于自己的钱了，觉得每一分都是沉甸甸的。

她把工资都取了出来，回到家，将其中的一半给了艳丽姐。正在看肥皂剧的艳丽姐接过钱，脸色和缓了不少，慢腾腾地点了一遍，把钱放进衣兜里，幽幽地说："我说，你上了一个月的班，就挣了这点儿？早知如此，何必当初？你也知道现在的物价贵得很，钱不值钱，看上去不少，实际上也顶不了什么用，要是交个房租、吃吃饭什么的，还不知道够不够……"

旬旬听罢，过了一会儿，拿出自己生活必需的那部分，余下的又再次递到艳丽姐的面前，"够不够也就只有这么多了。"

艳丽姐说："其实我也没打算要你的钱，你一分钱没付，我不也照样把你拉扯大了？交给我，就当我替你保管吧。"

旬旬全当听了句笑话。

出租房子的租金半年前已交完，始终没经过她手里，除去非到万不得已不能用的钱，她手头并不活络。今天下班后，同事们为了庆贺发薪水，约好AA制去吃饭唱K，旬旬也没参加。为此池澄还特意逮住机会讽刺她，说偶尔一次两次出去寻开心，也耽误不了她存钱养老送终，她只当没有听见。

刚洗好澡，曾毓给旬旬打来电话，约她一起出去"坐坐"。她俩的爱好素不相同，没事坐不到一起，旬旬于是问她还有谁。曾毓起初说还有连泉，恐怕连她自己都认为这样没什么说服力，后来索性挑明了说另有连泉的一个同事，男的。

旬旬说："我以为这是我们已婚妇女才有的毛病，想不到你提前染上了。"

曾毓笑道："你现在也不是什么'已婚'。没人要包办你的婚姻，反正单身，多认识些人，别管成不成，横竖多条路走。"

与谢凭宁离婚已将近四个月，旬旬从下定决心那时起就没想过自己与谢凭宁还有破镜重圆的可能，看现在的情况，就算她有心，别人也未必奉陪。虽然没想过那么快就寻找下家，但是打心眼里她知道这辈子还长着，孤老终身不现实，也不是她想要的，再嫁是迟早。她听到房间外面有动静，回过头，艳丽姐华丽的裙裾晃过，她又穿上了跳舞的行头，似乎正准备出门。连上一辈的人都知道生活需要重新开始，她又何必那么早衰。

曾毓说自己事先已经在连泉的同事面前夸下了海口，让旬旬一定好好打扮打扮，别到头来名不副实让自己丢了面子。旬旬赶去和曾毓约定的地点，他们已经到了那里，连泉她是见过的，那余下一位便是曾毓今天隆重向她推出的男一号。

男同事看上去比连泉略长几岁，谈不上五官出众，但气质沉稳，自有一番成熟男人的魅力。他站起来为旬旬拉开椅子，坐落后，由连泉代为介绍，说那是他前老板、现任合伙人张于诚。

张于诚很是健谈，思维活跃，言之有物，大家海阔天空地随意聊了一阵，看得出来，他对旬旬的第一印象也相当不错。

见时机成熟，兴许连泉认为自己和曾毓应该功成身退，他拍了拍女伴的手，"我们先走一步，我正好有些事想跟你单独聊聊。"

曾毓还在纠结于与张于诚关于房产税征收的辩论，听到连泉这么说，才如梦初醒，连说"对对对"，笑盈盈地起身与他一块离开，临走时还刻意对旬旬眨了眨眼睛，仿佛生恐别人看不见。

目送他俩离去，张于诚对旬旬说："我落伍了，所以总是理解不了太时髦的理念。在我看来他们明明再适合不过，不知道为什么偏偏要故意在两人中间划一条界线。其实男女之间相互吸引不结婚很正常，但水到渠成地结婚不是更正常？我乐于看到他们两人敞开心好好谈一次，那接下来的事会容易很多。"

旬旬说："但往往敞开心是最不容易的事。"

"你说得也对。"

此时不过晚上八点，为时尚早。张于诚建议到他朋友开的茶庄去坐坐，品品茶，旬旬没有拒绝。

她刚上了张于诚的车就接了个电话，池澄还没放弃劝她参加同事的聚会，他说自己可以把她那份钱一块出了，让她赶紧过来。

旬旬回答说自己现在有事。

挂了电话，张于诚笑着问："我不会占用了你太多时间吧？"

"没有，只是同事。"

"嗯，其实工作之余偶尔放松是好事，我过去就是一根弦绷得太紧，总觉得等事业上了轨道再去享受生活也不迟，谁知道事业还算顺利，但我妻子却因为我在她身上花的心思太少而提出离婚……对了，不介意的话我冒昧问一句，你是为了什么离的婚？我觉得你应该是个很好的妻子。"

"我……"旬旬一时间不知道该如何回答这个问题，是说因为丈夫出轨而分手呢，还是说因为自己行为不端？好像两样都是事实，但又好像两样都不是。

正踌躇间，烦死人的电话又打了进来。

池澄说："赵旬旬，同事聚会也算公司集体活动你知道不知道？你这样……"

这次旬旬懒得和他多费口舌，直接挂断，哪怕她想象得出池澄恼恨的样子。

"其实也没有什么太多原因，在一起之后觉得感情不和，还不如散了好。"她对张于诚说道。

"那你有没有想过希望再找一个什么样的伴侣？"

"让我觉得安全的，不用为明天提心吊胆的就行了。"

她说完，自己又出了会儿神，其实曾经的谢凭宁不就是这样的一个人吗？

"我理解，听说你家里还有个母亲，继父刚去世对吧？"

"是的，我……对不起。"她被那阵铃声折磨得快要发疯，但迫于身旁有人，不便发作，只好忍耐着对电话那端的人说，"我现在真的没空！"

"陈舟醉得一塌糊涂，差点儿没吐我身上。你赶快过来，要不谁送她回家？"

"难道那里已经没有别人？"

池澄不耐地说道："女的没一个她看得顺眼的，男的怕被她占了便宜，你不知道她喝了酒有多可怕。我跟她说了你会过来，她才放心到厕所里去吐，不来的话明天到了办公室你自己看着办。"

"看来你今晚上真的很忙。"张于诚笑着说道。

旬旬气恼地看着已成忙音的手机，颓然对他说："实在抱歉，我同事喝多了，不如改天再品尝你朋友的好茶。"

张于诚见状也没说什么，执意不肯让她中途下车，问了地点，便掉头将她送去同事聚会的地点。

到了那家娱乐城正门，旬旬刚推开车门，来不及对张于诚表示感谢，就已看到满脸郁闷地等在门口的那个人。

池澄走近，弯下腰看着车里的人，"哟，难怪说有事，车不错。"他还不认生地朝驾驶座上的张于诚打了个招呼，看着旬旬走下车来，嘴里啧啧有声，"瞧你，费不费心思就是不一样，明明可以是小红帽，为什么非得用狼外婆那一面来面对我？"

旬旬对张于诚说："谢谢了，再见，开车小心点儿。"

她说完，张于诚也做了个再见的手势，车却没有发动，原来池澄的手还有意无意地搁在副驾驶座敞开的车窗上。

"别那么小气，连介绍一下都不肯？"他对静观其变的张于诚笑着说道："我们小赵在公司里可是很受欢迎的，待会儿孙经理要是知道了，一定会很失落。"

旬旬恨不得张于诚收起他的风度，直接将车开走，顺便给这不识好歹的人吃点苦头。

"你说是不是呀，小赵？"

哪怕在这个时候，旬旬仍然为"小赵"这个称呼感到如鲠在喉。她冷着脸提醒他，"我们正常人在别人的姓前加个'小'字，一般得是对方比你年纪小，你早生几年的话叫我小赵就合适了。"

池澄大言不惭道："在我这里，'大小'和年龄没多大关系，而是和职位挂钩，你是我的下属，那我叫你小赵就一点儿都不过分。"

"好吧，池总，你现在还有什么吩咐？"

"你别不服气，是你说要和我保持最普通的上下级同事关系的。"他再次弯腰对车里的人说，"你别介意，我和她真的已经没什么了，现在我的副手孙先生才是对她感兴趣的那个人。"

旬旬铁青着脸，她还真不知他单凭一张嘴能把事情搅得有多乱。

张于诚不置可否地挑高了眉。

"哎呀。"池澄回头面对旬旬，脸上堆起了歉疚之意，"我是不是说错话了，难道你还没告诉他你是为什么离的婚？"

旬旬重重将他的手从别人的车上扳了下来。

"实在是抱歉，认识你很高兴，再见……我想也没必要再见了。"她对张于诚说道。

张于诚莫名地笑笑，又摇了摇头，缓缓将车开走。他是见过世面的人，很多事不必说已心领神会。这个时候，什么都不说就离开，便是对这个初见印象还不错的女子最大的善意。

"你别这副表情，好像我刚拆散了一桩好姻缘，不就是相亲见个面，难道你就这么肯定人家会把你娶回家？"

"陈舟在哪儿？"旬旬铁青着脸，还算控制住了自己，直奔正事。

"我让孙一帆亲自送她回家了。"池澄轻松说道，"既然叫她一声舟姐，何不给她创造个机会成全一桩美事……怎么，我不小心又拆散了你一次？"

旬旬沉默，呼吸加快。她知道，自己要是现在暴跳如雷，那就正合了他的心意，她死也不会让他得逞。

她慢腾腾地对池澄说："你以为你这样做很了不起？我再对你说一次，你越是这样我越不可能跟你在一起。我现在讨厌你，你听清楚，不是恨，是讨厌！就好像一只臭虫，踩死你我还怕脏了我的鞋！"

池澄去拉她的手，被她狠狠甩开，她脸上的憎恶让他难以忍受。他指着旬旬离开的背影，大声说道："你走吧，走！你以为和你好聚好散的男人是有风度？那些都是假的！我告诉你，总有一天你会知道，愿意留下来浪费时间陪你较真，愿意浪费表情和你吵架的傻瓜才是真的爱你！"

句句回到家，仍觉得一口气缓不过来。艳丽姐走出房间，惊讶地打量女儿，"我还以为你约会去了，怎么倒像死了亲爹？"

艳丽姐身上的耳环换了副更闪耀的。

句句把包扔到沙发上，"我求求你尊重一下我的隐私，不就是一副耳环、几句恭维，用得着那么急切地卖了我吗？"

"我都不知道你说什么。"艳丽姐不承认，可她脸上的心虚已经彻底地出卖了她，"别说我没做过，就算是我干的，还不是为了你好，难道我想害了你？"

"你把我往池澄那里推，就和害我没分别。"

"他要害你？别人有那工夫干什么不好，眼巴巴来害你，你是家产万贯呐还是长得像天仙？"

辩驳的过程中，艳丽姐还不忘时时抬手去掠自己颈后的长发，句句看出来了，那依然白净细致的手腕上多了一只暗沉无光的老银镯子。

艳丽姐等了一会儿，见女儿不再说话了，坐到她身边，大大方方展示她的新玩意，"看到没有？我猜你一定不识货，这是清朝传下来的镯子，有几千年历史了，是古董！"

句句看了看镯子，又看了看母亲，"谁跟你这么说的？"

"周瑞生呀，就是池澄的那个表舅。他这个人很有意思，有钱又大方，这镯子可比什么周大福、谢瑞麟和周生生加起来都要贵！"

"你今天就是和他去跳舞？"

"哎呀，他的舞跳得可真不错……"艳丽姐总算听出了句句话语里的质疑，不悦道，"你什么意思？难道我老了，连交新朋友的资格都没有？寡妇就不能和普通朋友出去跳个舞？"

"我没那么说！"句句决定远离硝烟，找个更安静的地方。她走回了自己的房间，关上门，又再次打开。

"我就想说一件事，清朝从建国到现在也不过五百年。我没说你的新朋友骗你，这个几千年的镯子一定他是穿越时空为你准备的。对了，几千年前人类也不把这个叫镯子，那时只有镣铐。"

句句胡乱地重新洗漱，闭上眼睛让水流冲刷过脸庞时，不知怎么，眼前还是池澄那可恶又可气的嘴脸。他是用了心思，浪费时间浪费表情，就是要搅得她无处安生。

电话再响起时，旬旬恨不得将它扔到"几千年前"的清朝。幸而她多看了一眼，原来是曾毓打来的。按说这个时候正是她沉浸温柔乡时，打扰者死，怎么会想起给自己电话。

旬旬预计她多半是问自己和张于诚的"进展"，心里哀叹一声，接了电话，却听到更剧烈的一声哀叹。

"连他都要走了，难道我真是天煞孤星？"

"谁要走？连泉？"

原来，早些时候连泉提前领着曾毓离开，不仅是为初次见面的男女创造机会，他是当真有话要对曾毓说，那就是他即将调往事务所在另一个省份的新办公点，这就意味着他与曾毓触手可及的"友好合作关系"不得不告一段落。

"我前世一定和月老有仇。"曾毓沮丧道。

"你又没打算嫁给他，别随便冤枉月老。"旬旬说，"不要死撑着，不想他走就留住他，你不是新时代职业女性吗，这点儿胆量都没有？"

"问题是我用什么立场来留住他？我又不是他的女朋友，难道要我说：你别走，我不想打一枪换一个地方？"

"你这是自己搬石头砸自己的脚，当初谁让你一口咬定只谈性不谈别的。他怎么表态？"

"他倒是问了我愿不愿意跟他走……"

旬旬一怔。从私心角度出发，她不愿意曾毓离开，她若走了，自己连个话不投机的伴都没了。但她还是劝道："舍不得就跟他走，你爸也不在了，其实这里也没什么好留恋的。"

曾毓叹道："不怕你笑话，那一刻，我是动过跟他走算了的心思。可我不过是想了那么几秒钟，他已经告诉我，他是开玩笑的，还说我没有必要为他放弃原有的生活和工作。还好我及时对他说，我俩的关系还到不了那个地步，否则才真的把脸丢回老家。我现在是架在半空中，就算想豁出去，也要看别人肯不肯接。"

"你闭着眼睛往下一跳，要不他接，要不就死，还比现在痛快些。"

"赵旬旬，你说得轻松，换你你敢吗？"

"我是倒霉的离婚妇女，我当然不敢。"

"其实我也只是想想而已，他真要让我跟他走，我也不知道自己迈不迈得出那一步。反正现在谁也没说断了，不就是飞机票的事吗？想要感觉更美，势必要离得更远。差点儿忘了问，你后来和他同事相处得怎么样？"

"砸了！"旬旬言简意赅地说。

曾毓笑了起来，"我收回刚才的话。我不是天煞孤星，即使在孤独的宇宙里，我旁边还有你这颗同样倒霉的星球。而且，这颗星球的资源比我还要贫瘠。"

第十九章
谁都有秘密

　　第二天，旬旬起床之后郑重考虑过还要不要到尧开去上班的问题，结果得出的结论是，为什么不去？错的人又不是她，要想表现贞烈的话一开始就不该来，来了就要做好应对各种风险的准备。现在一个月的试用期已过，就算池澄恼她，非要炒她鱿鱼，也得按制度做出相应的补偿。

　　她在"去和不去"这个命题中浪费了一些时间，赶到写字楼正逢上班高峰期，怎么都挤不进电梯，等到她成功出现在公司门口，前台的时钟指针正好游荡至八点二十九分五十五秒。旬旬长舒口气，幸福地将手指按向指纹考勤机，就在这时，耳边忽然传来一句惊呼，"小心……"

　　以"生于忧患，死于安乐"为人生信条的旬旬下意识地去看脚下。她还安然站在地球上，脚底除了浅米白的抛光地板，什么都没有。然而就在这低头抬头之间，时间毫不留情地溜走，当她再度将注意力转回考勤机，已然是八点三十分又三秒。

　　"……迟到！"害她错过考勤时间的始作俑者把停顿了片刻的话继续说完，只不过后半截的语调变得充满了遗憾。

"我刚才就提醒了你，小心迟到。可惜你还是迟到了。"池澄端了杯咖啡站在前台附近，面无表情，"赵旬旬，这是你一个多月以来第二次迟到，我希望你加强时间观念。难道是公司的惩罚力度太小，不足以让你长点儿记性？"

旬旬定定站了一会儿，认命地掏出钱包，去找五十块的现金。

周瑞生也和其他同事一块走出来看是哪个倒霉的家伙撞到了枪口上，一见是旬旬，愣了愣，走上前来打了个圆场。

"我看这次就算了吧，她一只脚都踏进公司大门了。"

池澄脸上写满了讥诮，"原来你就是这样管理公司人事制度的？怪不得上上下下都没个样子，一盘散沙！一只脚踏进公司就行了？那另外一只脚就不是她的？笑话！以后再让我看到这样松散的纪律，首先罚的那个人就是你。"

周瑞生只能点头称是。

旬旬这时已找出了五十块，低头递给发飙的领导，"对不起，我下次不会了。"

池澄没有伸手去接，周瑞生一时间看不透他们什么意思，也不敢轻举妄动。她的手不尴不尬地举在那里，最后还是孙一帆代为收了下来，笑着说道："好了，反正这钱也是充公作为公司聚会的资金，旬旬你都掏了两次腰包，下次活动没理由不来了吧。"

回到财务部办公室，令人惊讶的是今天陈舟也没准时出现。见老王出去找池澄签字，孙一帆低声安慰旬旬，"不关你的事，有些人平时无所事事，也只能靠这样的机会来展示展示他的权威，你别往心里去。"

旬旬对他说的话有些吃惊，但面上依然如故，说道："没什么，都是我自己的问题，如果我能来早一些，就什么事都没有了。"

她说完，却发现孙一帆微笑看着她，一直看得她无所适从地低头回避。

"你真是个很明白事理的女人。"他说。

这时，门口又传来了争吵声。原来，被池澄训斥了一番的周瑞生决心尽忠职守地做好自己的分内事，一心守在前台附近看还有谁晚到，好抓来杀鸡儆猴，结果正好逮住了匆匆忙忙而来的陈舟。

陈舟自恃老资格，拒绝当场交纳罚款，与同是中层的周瑞生争执了起来。

孙一帆闻声走出了财务部，不知道为什么，气得脸红脖子粗的陈舟在这个时候忽然放弃了对周瑞生的无情奚落，果断掏出一百拍到前台的桌子上。

"你看清楚，我连下回的也一块付了！"

"还真是无法无天了，池总说得对，你们简直是无视纪律，人心涣散，是得好好整顿整顿了。"周瑞生白净的面皮也有了血色。

"有本事你叫池澄出来收这个钱，我的事还轮不到你来管！"陈舟的火暴脾气又被激了起来。

"不要以为你们是总部派过来的或是元老，现在就不敢拿你们怎么样。"

"你……"她还想反唇相讥，不知什么时候池澄站在了他的办公室门口。

"要吵滚出去吵，不想在这里干了的就通通走人！"他冷着脸喝道。

这一下办公室才彻底地鸦雀无声了。

整整一个上午，旬旬发现陈舟都是恍恍惚惚的，她把报销单递给陈舟，陈舟盖好了章返还给她，可上面的签章全部颠倒了也浑然不知。

四下无人时，旬旬不无担心地问："舟姐，你今天没事吧？"

她以为陈舟是为了池澄今早的训斥而感到伤了面子，正愁这事自己不好开解。哪知道陈舟对着电脑发了一会儿呆，忽然冒出一句，"没事。我刚才在交友网站注册了一个账号，从今天开始我就去相亲！"

这个……应该和早上的迟到事件没有多大关联吧。旬旬这才想起昨夜池澄提到孙一帆将陈舟送回家去一事，疑惑着莫非昨晚他俩真发生了什么，导致一往情深的宅女陈舟居然想到了上交友网站相亲，看来她受到的刺激还不止一点点。

"我能问为什么吗？"旬旬小心地开口道。

陈舟当即将自己的办公椅滑动至旬旬的桌旁，趴在桌面上，缓慢而沉痛地捶着桌子。

"旬旬，我跟你讲，我没法活了。我告诉你一个秘密，其实之前我一直对孙一帆……有，有好感！"

面对这个全公司大部分人都知道的"秘密"，旬旬也不好太虚伪地表达惊讶，只能应了一声，"哦。"

"可是我和他彻底完了！"

"……你们开始了？"

"嘘！"陈舟压低声音，挣扎许久才决定说出来，"我只告诉你一个人，你要替我保密到死的那天！"

旬旬满怀压力地再度"哦"了一声。

"昨天晚上我多喝了几杯，他居然提出要送我回家。你不知道，我整个人都乱了……但是那时候我晕得厉害，到家以后，我只记得他把我安顿在床上，我躺了一会儿，觉得尿急，就上了趟洗手间，可是等我准备按冲水阀的时候，居然发现他就站在我面前。"

"他也在洗手间里面？"旬旬的嘴又一次呈现半张的状态。

"不是，那还是好的。"陈舟恨不得去死，"我一看到他，马上吓醒了一半，才知道我站的位置根本不是家里的洗手间，而是客厅的沙发前，旁边的地毯湿了一大片……"

旬旬再一次怀疑是自己的问题，一定是她嘴太笨，因为每当听到身边人的惨痛经历时，她总是搜肠刮肚也找不到合适的安慰语言，于是，她只能再一次地沉默。

那次之后，陈舟真的开始和交友网站速配成功的男士出去约会。旬旬也不知道她有没有遇见合适的，因为春节临近，总有忙不完的事在等着。

办事处在池澄的要求下实行了一轮针对工作作风问题的严打。凡是一个月内两次违反公司规章制度的，按降一级工资处置，再犯则可直接卷铺盖走人。一时间公司上下风声鹤唳，迟到的、上班串岗聊天的、玩游戏的、煲电话粥的基本绝迹，在用车和财务报账方面也严苛了起来。旬旬是属于有过一次前科的，自然小心翼翼，不过她平时一向规矩，处处留心之下更无懈可击，就算黑着一张脸的池澄也抓不到她的小辫子。只苦了孙一帆麾下一班习惯了不参与正常考勤的销售人员，不但必须按时到公司报到，每一次从财务预支备用金和报账也不再如往常那么容易。

孙一帆似乎并没有因为年轻上司的新政而苦恼。相反，他把更多的精力和关注放到了旬旬身上，在一次次不知是巧合还是有心的安排之下，两人的接触也多了起来。下班的途中旬旬会频频偶遇"顺路"的他，办公室里打交道时，不经意间抬头，她能感觉到他在注视自己。由于新政策导致的销售与财务的摩擦，他也总能恰如其分地为她化解。对于这些，旬旬始终持消极态度，能避则避，避不了也装作糊涂。

旬旬很清楚自己在公司里处境微妙。虽然自从那天吵过一场后，池澄私底下一直对她爱理不理的，但他是个看起来情绪化，实质上却让旬旬看不透的人，她不想再挑出什么事端。相对于和孙一帆这样一段不能确定的感情来说，她更在意手里端着的实实在在的饭碗，更何况还有对陈舟的顾忌。

艳丽姐对于池澄忽然消失在女儿身边倒有些纳闷，问了旬旬几次，没得到她想要的答案，也只能作罢。这时的她无暇顾及女儿的终身，重回舞池让她再一次焕发了生机和活力，她好像渐渐从丧夫的阴霾中走了出来，每天又打扮得花枝招展地去赴"舞友"之约。

旬旬猜到艳丽姐的新舞伴多半是周瑞生，那段时间，她也曾多次在茶水间碰见周瑞生在自得其乐地用脚打拍子，哼着舞曲。艳丽姐也常不经意地在女儿面前夸奖他的舞技，说到底是开过健身房的，那节奏感简直没得说。

说实话，旬旬对于周瑞生与母亲越走越近这个事实感到相当的忧虑。倒不是她反对母亲寻找新的快乐，周瑞生这个人看起来脾气好得不行，对旬旬也关照有加，可旬旬不喜欢他的过于世故和油滑。他眼神里有一种很"浮"的东西让她感到不踏实，但她又疑心自己兴许是先入为主地被池澄的"王八蛋"定论误导了。

然而不管旬旬感觉如何，事情由不得她说了算，只要她略微表现出对艳丽姐和周瑞生交往过密的担忧，就会换来艳丽姐的大发雷霆，加之她和池澄关系恶化，想间接从他那里得到周瑞生一方的信息也成了妄想。她只能看着艳丽姐像个小女孩一样迫不及待地出门，再踏着月色，带着满足的笑容归来。

正式放春节假期的前一周，公司举办年会。说是年会，其实不过是公司请大伙吃顿晚饭，顺便搞搞活动抽抽奖什么的，但大家忙碌了一阵，精神也紧绷了许久，难得放松，所以这天上午虽还是正常上班，办公室里却多了不少笑脸。

旬旬刚到办公室不久，就接到了孙一帆的电话，说他有一些关于年后发货金额的问题想当面问问她，让她到自己办公室来一趟。

旬旬敲门进了孙一帆的办公室，他还在忙，抬头看她一眼，让她先进来，顺便关上门。旬旬不知他意欲何为，有些局促，他却从办公桌抽屉里拿出了一盒牛奶和一块戚风蛋糕。

"你今天又没吃早餐吧。"他示意旬旬把吃的拿走。

前几天和一群同事吃午饭时，别人都在聊天，只有旬旬低头吃东西，孙一帆问她怎么好像很饿的样子，旬旬顺口回答说没吃早餐。没想到他就记在了心上，次日上班就给她捎了鸡蛋、牛奶。旬旬碍于别人的眼光，加上上班时间吃东西是目前的大忌，被抓到又是一次违规，所以就婉言谢绝了。这一回他干脆想出了这个办法，把她叫到自己办公室来。

"你别管我，赶紧吃了东西就回去上班。放心，在我办公室里没事的，池澄也不会轻易过来。"

"可是，我今早吃过了。"

"那就当是帮我个忙，别让我感到被拒绝得那么彻底，随便吃两口也行。"孙一帆温和地说道。

他这副姿态让旬旬词穷了，她只好拿过东西，坐到他办公桌对面的沙发上，尽可能快地解决那些食品。孙一帆看着她将吸管插进牛奶盒子里，脸上露出了愉悦的笑容，低下头继续埋首准备年末总结会的资料。

这个时候，若旬旬说她一点儿都未动容那是骗人的。她心里抵抗着孙一帆的理由，一是池澄，二是陈舟。归根结底是为了保住工作，多一事不如少一事。但抛却这一切外在的顾虑，她对孙一帆究竟感觉如何，她没有往深里想过，只知道自己并不排斥他。但这世界上的芸芸众生，只要在安全距离内她都鲜少心生排斥，只除了极少数让她本能感觉到危险的人。

池澄的办公室和孙一帆只有一墙之隔，透明的玻璃隔断被垂下来的百叶窗遮掩着，旬旬就坐在这隔断旁，她忽然伸出手，轻轻挑起一片百叶的栅格，透过那方寸的玻璃窥视另一端坐着的人。

她常在心中揣测一件事，真实的池澄是怎样的一个人？轻佻的、旷达的、玩世不恭的、狡黠的、深于城府的、尖锐的、真挚的……到底哪一个是他？只可惜这时她只能看到他的手，不断翻过桌上的案卷。

"我说了你可以放心。这个帘子平时也是放下的，我想他也未必愿意时刻看到我。"

旬旬吓了一跳，她竟然没有留意孙一帆是什么时候从办公桌后走到她身边的。

"为什么这么说？"她问孙一帆。

"换作是你也不会喜欢失势的前朝臣子留在眼前，时时刻刻提醒你眼前的大好河山是坐享别人的成果。"

"你是这样想的？"

"没错，我最看不起他这样的公子哥。除了一个带来幸运的老爹，他还有什么？但我得承认，尧开已经不是当年的尧开。先不说池澄，总部特意从上头委派财务主管过来，无非是从根本上信不过我们。旬旬，你来得晚，这些都与你无关，但是如果有一天我离开这里，你愿不愿意跟我一块走？"

"你要离开？"

"这是迟早的事，我只想知道你会不会跟我一起？"

孙一帆的意思已挑明得再赤裸不过，只等她一个回应。他蹲在旬旬身边，面庞坚毅，眼神柔和。从某种角度上看，孙一帆和谢凭宁有些许相同的特质，他们都是妥帖的，容易让人心生安定的人。如果说池澄像水，或深不见底，或惊涛骇浪，他们这一类的男人就像山石，牢靠、稳固。

旬旬受够了儿时的动荡不安，谢凭宁和孙一帆这类的男人是她下意识愿意信赖托付的。虽然谢凭宁和她的婚姻失败了，可到现在她也不认为他是个坏人，相反，他是个不错的丈夫，太多偶然的因素导致旬旬和他没办法过下去了，这并不能否定这种人是适合她的。婚姻更多的时候取决于适不适合，而不是爱有多深，所以张爱玲才说：条件合适，人尽可夫。

如果她点头去牵孙一帆的手又会怎样？离开尧开，离开池澄，离开提心吊胆的生活……人的一生都取决于刹那间的选择。

旬旬低声说："我哪里都去不了，我得照顾我妈妈。"

"我可以和你一起照顾她。"

"谢谢你，但你不需为我做这些。"

"如果我愿意呢？"

她垂下头浅浅地笑，但再也没有说话。

孙一帆好像明白了，或许自己只是操之过急。他站起来，毫无芥蒂地说："你不必急着回答我，旬旬，我希望你也给你自己一点儿时间去想清楚。"

陈舟还在电脑前忙碌着，见旬旬回来，皱眉道："回来了？准备一下，马上要开会了。"她说着又把这个月的报表塞给旬旬，下达指示说："你去把这个交给池澄。"

"我去？"旬旬有些意外，通常每个月的报表都是陈舟亲自递交池澄，顺便当面就资金和发货情况与他沟通，怎么现在这件事落到了她的头上？

陈舟说："哎呀，让你去就去！"她说话的时候还是有些不自然，旬旬有些明白了，陈舟仍在为迟到那天池澄丝毫不留情面的斥责而耿耿于怀。事后她也不止一次在旬旬面前倾诉自己的不满。她是池澄父亲亲自委派过来的，资历又老，不看僧面看佛面，他怎么能当着好些新进员工的面让她下不来台？如果不是她在财务方面给他牢牢把关，还不知道现在的办事处会乱成什么样子。因为这个缘故，陈舟虽不至于明着表达不满，可这段时间也没给过池澄好脸。

旬旬硬着头皮去敲池澄办公室的门，进去后，他扫了她一眼，接过报表只顾看着，完全将她晾在一边。

因为怕他临时有指示需要转达陈舟，旬旬没敢立刻撤出去。可池澄看得极慢，脸色也越来越阴沉。旬旬深感此地不宜久留，磕磕巴巴地说道："要是没……没什么事我先回办公室，我们陈主任那儿有别的事等着让我去做。"

池澄这才将视线转往她身上，直勾勾看着她的脸。他们闹翻之后就没再单独谈过话，旬旬仍记得他那晚的过分，并不打算和解，只不过此时被他看得难受，那眼神仿佛要活生生揭掉她身上的画皮。

"你们陈主任没提醒你照镜子？"他没头没脑地说道。

旬旬条件反射般去抚自己的头发，并未见凌乱，低头检视衣衫，也毫无不整洁之处。

池澄见她云里雾里，站起来将她拽到办公桌右侧的一面落地银镜前，旬旬惶惑地面对镜子，看到了镜中自己和身后的他。

池澄从她身后绕过一只手，去碰触她的脸。旬旬慌张中侧开头回避，可这时他的手已离开她的面颊。

"这是什么？"他展示在她面前的手指乍一看空空如也，留心之下才发现上面沾着一点儿极为细碎的蛋糕屑。

旬旬羞惭至无地自容，"偷吃忘了擦嘴"这句话好像就是为她而设的。她处处留心，但好像总难逃找碴者的火眼金睛。

池澄坐回自己的位子，轻轻拍去手上的蛋糕屑，漠然道："办公场所比不得你家的厨房，我劝你注意言行，管好自己。有时一不留神闯了祸，就不是五十块或者降一级工资的事。这巴掌大的地方，容不下你想象中那么多的秘密。"

旬旬红着一张脸走出池澄的办公室，幸而开会在即，大家忙着收拾东西前往会议室，没人留心她的异状。

这是公司年末最后一次集体会议，以往多半是聆听他人发言的池澄破例亲自主持，除了例行公事地对办事处建立以来大家的辛苦付出表示感谢，就是关于年后销售方案、分配方式和管理制度的新方案。

在这个过程中，池澄并不像旬旬印象中那么咄咄逼人，相反，他更像是在表达自己的初步构想，哪怕他完全可以立即出台相应的政策。而且让旬旬更意外的是，他那么年轻气盛的一个人，提出的新政方案却是保守而精细的，不重扩张，意在平衡。

果不其然，他的话音刚落，会议室里就传来低沉而细密的议论声，不少老资格的销售骨干直接提出了质疑，认为池澄太过严苛的财务手续和谨慎的营销手段制约了他们固有的办事方式，不但影响效率，而且挫伤积极性。

池澄并未立即反驳，他的沉默纵容了一些人的抵抗情绪，言辞也变得更为激烈，尤其孙一帆的那帮旧属更是愤愤不平，大有揭竿而起之态。孙一帆从头到尾没有发表意见，但也并未阻止，他的神态是谦恭而平和的，但正如他亲口对旬旬所说的那样，他骨子里对于池澄仍充满了不屑。

最后反而是周瑞生站出来安抚了那班人的情绪，他说既然只是方案，那就意味着还有商榷的余地，一切都留待年后再议，今天是公司年前最后的日子，不必为这些事争得伤了和气。

散会后，大家陆续离开会议室，孙一帆走在后面，他把旬旬叫住了。

"旬旬，你过来替我在调货单上签个字。"孙一帆信手将几张单据交到旬旬手里。

按照尧开的财务制度，销售人员往各处经销商发货时，必须经由财务审核和销售主管签字，尤其是不提供现金交易、采取先发货后付款方式的经销商，更需要严格把关。

孙一帆本身是销售方面的主要负责人，池澄无暇顾及这些事，通常是由他来对发货进行管理和调配。这样的发货单旬旬也经手过不少，她细细看了一遍单据上的内容，犹疑地说道："孙经理，我记得这个经销商已经三个月没有和公司结款了，他未付的货款已经超过公司给的限额，这个按说是不能再直接给他发货的。"

孙一帆皱眉，"还叫我孙经理，旬旬，你真的要对我那么见外？"

"好吧，孙经理……呃，一帆。"旬旬直呼他的名字还是有些不好意思。

他听到这个称呼后，这才换上了愉悦的笑容，说道："没事的，这是我们一直以来的老客户，这么多年一直合作愉快，这点信任是起码的，你先签了，他们的货款过一阵就会到账上。"

"这个……恐怕不行。"旬旬为难不已，"这已经超过了我的权责范围，要不我去问问舟姐？"

"这点儿事不用麻烦她，我不想欠她这个情。"孙一帆意有所指。

他不想欠陈舟的情，却不害怕欠旬旬的。旬旬脸又开始红了，但仍然不敢轻举妄动，"这样的话，还是请示一下池总吧。"

"他？"孙一帆用只有两人听得到的声音说，"他除了制造些没用的条条框框还会什么？没事的，以前一直都是这样处理，出了事还有我。"

旬旬咬着嘴唇，心中天人交战，然而天性的谨小慎微仍提醒她慎重去做每一件事，哪怕只是小事。她最后还是把调货单还给了孙一帆，歉疚地说道："这个真的不是我能做主的，不好意思。"

孙一帆倒没有生气，只是笑着摇头，"看来你不仅是个明白事理的女人，还远比我想象中要谨慎。我很好奇，到底是什么经历让你对任何事都那么小心？"

旬旬没有回答，这时，周瑞生的声音忽然从一端传来。

"我说怎么会议室的灯还亮着，原来你们在这里说悄悄话。"他笑容满面地站在会议室门口往里张望。

孙一帆说道："周主任又开玩笑了。我倒没有什么，女孩子面皮薄，哪经得起你打趣。是我让她帮我审核几张票据，有事吗？"

周瑞生的眼神让旬旬感到极不舒服，"哦，没事没事，池总让我请孙经理到他办公室去一趟。"

孙一帆随即去找池澄。旬旬不知所为何事，但周瑞生就好比池澄面前的一条狗，池澄偏偏在这个时候将孙一帆叫走，总让她感到不安。

孙一帆在池澄办公室逗留的时间不短，临近下班前，很多人都听到了紧闭的门内传来的重物落地的声音，紧接着，孙一帆脸色极差地用力打开门走了出来，不小心迎面撞上好奇窥探里面动静的周瑞生，周瑞生哎哟一声，手里捧着的茶泼了一地，孙一帆眉头都未皱一下就从他身边走了过去。

下午，由于老王需要到银行存的现款金额较高，陈舟特意命旬旬也陪他去一趟。旬旬回来时已是下午四点，陈舟在周瑞生办公室商议年末福利的发放。旬旬把需要交给陈舟的凭证放到她办公桌的纸镇下压着，却不期然看到了熟悉的发货单，只不过眼前留在陈舟桌上的只是其中的第三联，而且财务审核那一栏已经赫然多出了陈舟的签名。

　　陈舟到公司的时间远比旬旬长，做事也老到，她虽然平时小事上乐于对孙一帆睁一只眼闭一只眼，但大事上绝对是有主意的人，她知道什么事该做，什么事不该做。看来真是自己过于小心了。旬旬想到孙一帆，不禁有些过意不去，素日里承蒙他诸多照料，但是一点儿小事自己竟思前想后也不帮忙。

第二十章
当磐石变为泥石流

晚上是年饭，办事处上下基本都到场，满满地坐了四桌。主桌上坐着领导和一干中层，第二、三桌是各省经理和销售人员，旬旬自发自觉地和后勤们挤到了一起。周瑞生在池澄身边招呼着，见主桌尚有余地，连连向旬旬招手，示意她过来。

旬旬哪里愿意凑那个热闹，只是笑着推辞，谁知周瑞生竟不罢休，亲自过来催她。后勤那一桌本就人多，旬旬担心自己再拒绝反显得扭捏，于是随周瑞生移步，坐到了主桌末席，恰恰与主位上的池澄和他身边的孙一帆相对。

席间，池澄主动向孙一帆敬酒，意在和解，孙一帆也欣然接受，两人又恢复了面子上的谈笑自若。出乎旬旬意料之外，这顿饭她吃得很省心，没有什么意外，也没有波折，正如这年饭本身的意义，一派祥和喜庆。

酒过三巡，周瑞生提醒池澄该主动去和在座的员工喝几杯，池澄便邀孙一帆一道端杯去另外三桌走一轮。他两人今晚看上去均是酒兴颇浓，非但逐一敬过，下属们回敬的酒也照单全收。

旬旬并非头一次见池澄喝酒，但他的醉意真真假假，她也不知深浅，只知道他这一轮喝下来步履已见不稳，谈笑也益发不羁。孙一帆也喝了不少，脸上红潮退却，倒显出了几分青白。

他们敬完另外三桌，又回到自己的位置和主桌的人碰杯，旬旬坐在末席，自然成了最后一个。池澄只与陈舟喝完，轮到她身边的旬旬时，旬旬恭敬站起来端起杯子，他却似没看见一般，和另一桌过来敬他的几个内勤女孩说笑起来。

"嘿嘿，别偷工减料，还有一个人呢。"陈舟有些替旬旬抱不平。

池澄只笑着摆手，"不喝了，喝多了没意思。"

一个内勤问道："池总春节是不是回上海？"

他说："我无所谓，能去的地方多了，到哪儿不行？"

旬旬正待坐下，倒是孙一帆一路敬到了她这里。

"小赵我敬你一杯。"

以孙一帆的年纪和资历，叫她一声"小赵"是毫不过分的，但旬旬忽然听到这么一句称呼，心里也觉得怪怪的。

她连忙又端起杯来，与孙一帆碰了一杯。周瑞生前来助兴，唯恐天下不乱地说："干巴巴地喝酒没什么意思，怎么着也要说两句吧。"

旬旬拘谨道："那我祝孙经理新年万事顺意。"

孙一帆笑了笑，"我祝你早日找到自己的幸福。"

他说完一干而尽，原本就青白的脸色更加灰败。旬旬一怔，不知他言下何意，就在几个小时之前，他还殷殷询问她是否愿意随他一起走，可现在他祝她找到自己的幸福？

她情不自禁地朝池澄所在的方向看了一眼，正迎上他似笑非笑的神情，仿佛欣赏一出闹剧。

就在这时，孙一帆刚咽下那杯酒，不知怎么就到了极限，捂着嘴做出一个欲呕的姿势。旬旬一慌，赶紧去扶他，然而就在她的手刚触到他的时候，他身体却不经意地一缩，悄然回避。

很快，孙一帆另一只手做了个抱歉的手势，匆匆朝洗手间的方向而去。陈舟一惊，想要跟上去却又不好意思，如坐针毡地留在位子上又喝了几口汤，这才以上洗手间为由离席而去。

"孙经理难道是酒不醉人人自醉？"周瑞生笑呵呵地说道。

池澄不以为意地说："孙经理的酒量我知道，今晚大概是喝高兴了。"

这时，宴席已近尾声，一些同事已散去，不少人成群结队地寻找后续节目，有人去邀池澄，他笑着说自己才是喝多了。

旬旬是最后走的，她身上带着钱，和后勤主管一道去结了账，核对过发票方才完成任务。离开的时候她去了趟洗手间，走出酒店时正好看到陈舟扶着摇摇欲坠的孙一帆一道上了出租车。

其实旬旬对孙一帆未必情根深种，她甚至很清楚自己不可能答应跟他一块走。但不过是半天时间，一个许给她承诺的男人忽然旗帜鲜明地和她划清界限，这不能不让她有些怅然，甚至是愤怒。这愤怒不是出于这个男人的善变，而是为着促使他改变的那个根源。她只是个再平凡不过的女人，原本拥有着再平凡不过的人生，可偏偏有人一而再再而三地打破她平静的步调，从谢凭宁到张于诚，再到而今的孙一帆。即使是她这样安时处顺的人，仍不能接受有人翻手为云覆手为雨地任意操纵她的人生。

前门停车场上有一辆没熄火却无人坐在里面的银灰色大众CC，旬旬慢慢走过去，看到车旁的花坛边那个专注于打电话的身影。这时的池澄和宴席中的谈笑自若的他判若两人，抓着电话一边说话一边愤愤然原地绕着圈子，情绪越来越激动，不知和什么人激烈争吵着，最后索性挂断，将手机整个扔进了车里，人却颓然地靠在车边。

他过了好一阵才缓过来，伸手去开车门，这时才看到站在车尾的旬旬，意外之余，竟然有几分窘迫。

"你在这儿干什么？"他的声音也不似往时底气十足。

旬旬淡淡说道："我想告诉你，这样不熄火不锁车门站在外面打电话是非常不明智的，万一有人谋财害命，你现在已经死了很多回。"

池澄觉得可笑，偏过头去嘀咕了几句谁也听不懂的咒骂，忽然竟觉得好受了一些。他走到旬旬身边，有些不确信地伸出手去拥抱她，弯腰将脸埋在她的肩颈，含糊地说道："我不想生你的气了。"

"为什么？"

"因为我也不想你再生我的气，那天就当我们什么都没说过行不行？"

旬旬低声道："那天我可以当你什么都没说过，可还有今天呢？明天呢？怎么办？"

"你说什么？"池澄好像是喝多了，有些糊涂。

旬旬的声音却无比清楚，"我问你，你对孙一帆说了什么？"

池澄的身体明显一僵，直起身看着她，"什么意思？"

"你心里最清楚。"

"我找他到办公室，告诉他明年的提成方案，这个也招你惹你了？你凭什么认定是我在他面前说了对你不利的话？"

"这不是你一贯的风格吗？你只想着自己，在你眼里别人都是个玩物，随你高兴，任你摆布！"旬旬忍无可忍，声音也激动了起来。

"哦，你被男人甩了就赖到我头上是吧？我就这么好欺负？"池澄不干了，推开她，一脚踹在轮胎上，发出沉闷的声音。

他倒成了被欺负的那个！旬旬觉得好笑又悲哀，"你有脸做，就没种承认？我跟谁在一起，被谁甩都是我的事，用不着你管。你这么卑鄙，只会让人看不起你。"

池澄当即大怒，不由分说拖着她就往前走。旬旬被他强行拽着往前，险些摔倒。他忽又回头，转而将她往车里塞。

"你干什么？"

旬旬用手死命撑着车门才没有被他推进车里。

"你不是说我拆散了你么？我现在就跟你去找孙一帆，我们当着他的面对质，把话说清楚了，如果真的是我做的，我立刻死无全尸。"

"你放手，就算是你，他也未必会当面承认。"

"在你眼里谁都是好人，我做什么都是错！我就这么贱格？你真以为你人见人爱呀赵旬旬？实话跟你说，如果不是我瞎了眼，你就是个离了婚—无是处的老女人！"

旬旬气得全身发抖，趁他手下松懈一举挣脱，往后退了两步，"我再老再残也是我的事，跟你有什么关系？"

池澄发泄完毕，似乎有些后悔失言，跟上去想要拉她的手，被旬旬指着鼻子狠狠说了声"滚！"

他收回手，点着头，"你们一个两个都盼着我滚得越远越好是吧，那我就让你们都称心如意。"

借着车灯的光，旬旬几乎以为他那一瞬间红了双眼。她不懂自己为什么也会丧失理智一般陪他争吵，以往二十八年的人生，她甚至鲜少与人红过脸。

正好有出租车在不远处下客，旬旬掉头飞快坐到车上，摇起车窗，上面映出的面孔，像是一张陌生人的脸。

到了住处楼下，旬旬在一楼通道门前掏出钥匙卡，正要刷卡，忽然听到身后逼近的脚步声。她向来最提防陌生人尾随其后通过门禁，于是顿了顿，回头看了一眼。

她没料到那人站得离自己是那样近，一颗心瞬间提到嗓子眼，尖叫声也呼之欲出。

"旬旬，你总算回来了，我等了你好久。"

听到熟悉的声音，继而目睹熟悉的面孔，旬旬抚着胸口，这才卸下惊慌。

"孙经理，你怎么会在这里？"

"我送过你回家，你忘了？那时你在学校门口下了车，但我不想马上离开，就一路跟在你后面，看着你上楼。"

孙一帆的脸色还是不甚好，但眼神清明，看来酒劲已过了大半。

旬旬走到一边，疑惑地问："你不是和舟姐一块走了吗？"

"陈舟说要送我回去，其实后来我已经没什么事了，所以到了我家附近，我就让她先回去了。"

"舟姐她担心你，你是应该回去好好休息的。"

"可是我忽然很想见见你。"

"太晚了，有什么事我们可以明天到公司再说。"

"我等不到明天，旬旬，我……觉得很抱歉。"

"为什么这么说？"旬旬装作不解，避开孙一帆的目光。

孙一帆没有直接回答，说："我家里出了点儿急事，所以心情很坏，好像所有的计划都被打破了。"

"是吗？"

"旬旬，你是不是生我的气了？我是喜欢你的，相信这一点不难看出来。我很想你能和我一块离开尧开，让我照顾你，给你好的生活。但是现在出了点儿问题，我父亲生了场大病，急需要钱，可池澄那个混账却对我说年终提成方案总部没有通过，所以一时间不可能发放下来，最快也要到两个月以后才能知道结果。而且春节后，所有的市场分配都会做出调整，他用锻炼新人这个破理由把优势资源都从我们手里分了出去。我为公司打拼了这么多年，难道就换来了这些？"

旬旬着实吃了一惊，"他把你叫到办公室是为了这个？"

"是啊，他处心积虑不就是为了把我逼到无路可走？"

"你跟他说明了家里的情况吗？"

"我不会求他的，他也不可能高抬贵手。所以旬旬，给我一点儿时间，我会把事情都处理好……"

旬旬一度听不懂他的话，他所说的这些和今晚他对自己的刻意疏远又有什么关联？直到她想起了陈舟，这才猛醒过来。

"你对陈舟也是那么说的？你又给了她多少时间？"

孙一帆陷入了沉默，许久才说道："陈舟她能给我带来一些帮助。"

"比我带给你的帮助多对吧？"旬旬微微一笑。

"不，旬旬，我没有怪你的意思，你是个明白人，所以我也不愿把你卷进来。"孙一帆急切地解释道。

"那陈舟呢？你就那么心安理得地享受她的'帮助'？她是真的喜欢你！"

"问题是我不喜欢她。真的，旬旬，我喜欢的人是你。谁会喜欢她呀，跳进水池里水位都会急剧上升的一个人。"

旬旬只觉得一阵心寒，"你在她面前又是怎么形容我的？"

"怎么可能，你别误会。我对你是真心的，否则也不会把我的苦衷都摆在你面前。"

没有什么能比"真心"这两个字出现在此刻更让人觉得讽刺了，旬旬都觉得自己快要笑出来了。

"你是说，你打算娶我吗？"

"……只要我们两情相悦，那是迟早的事。"孙一帆信誓旦旦。

"迟到什么时候？"

看来这个问题有一个很难估量的答案，他艰难地搓着双手，"旬旬，你是经历过一次失败婚姻的人，我觉得在这件事上你会看得比很多人更通透。婚姻只是一张纸，真正重要的是我们在一起感到快乐。"

这才是他真正想说的话，旬旬终于明白他为什么会在这个时刻出现在这里。他审时度势地享受了陈舟给他带来的助益，却在酒醒夜长之际发现舍不掉另一个女人可能带给他的"快乐"。

自私而贪婪的男人，他们甚至不能被称之为"禽兽"，因为禽兽尚且是热血的动物，而当他们放弃底线，就只配做一株植物，没有感情，只会本能地蔓延根须吸取养分，再目空一切地亮出自以为诱惑的花朵。

这个时候，旬旬竟然觉得就算池澄是一只狡诈的狐狸、一只丑陋的孔雀，也高高地盘踞在了进化的更高阶。

隆冬的寒风夹着冷雨，让她骤然一哆嗦，孙一帆立刻脱下了外套，想要披在她的身上。此刻的他看上去又是那么真诚而可靠，可坚如磐石一般的男人大概只存在她的想象中，很多时候，他们只是一阵又一阵的泥石流。

旬旬伸出手，轻轻将他扫到一边。

句句用钥匙打开家门——这个时候，哪怕艳丽姐挑剔的眼神也会让她感到无比的亲切。然而她按亮玄关的灯，迎接她的却是一声凄厉的猫叫和两道黑影，一道蹿到她脚边，另一道伴随着疾风狠狠扑面而来。句句侧身避过，险些闪了腰。

她定下神来才知道，差点和自己的脸亲密接触的"凶器"原来是一只绣花拖鞋，那眼熟的桃粉色显然属于这屋子的女主人。而脚边的那一团毛茸茸的东西则是从谢家带回来的老猫。

句句顺势蹲下来抱起老猫，它立刻蜷缩在熟悉的怀抱里瑟瑟发抖。不等她开口询问，艳丽姐已经适时出现在她卧室的门口，只趿着一只拖鞋，另一只脚赤着，叉腰尖声道："回来得正好，你自己趁早把这只短命猫扔出去，省得脏了我的鞋。"

"又怎么了？"句句叹了口气，打从她把这猫领回家的那天起，艳丽姐就横竖看老猫不顺眼，动辄扬言赶它出去，但这种厌恶的情绪以往仅限于言辞间，不至于令她如此激烈地发作。

"今天这猫要是还留在这屋子里，我非扒了它的皮来炖'龙虎豹'！"

"妈，不就是一只猫嘛，犯得着为它大动肝火？"旬旬听到艳丽姐"龙虎豹"的说法，虽明知她是气话，但心里仍免不得一阵不适。可这里毕竟是她妈妈的家，她以那种方式离婚，丢尽艳丽姐的面子，灰头土脸回来投奔娘家也就算了，还带上了一只猫，她原就自觉理亏，艳丽姐肯给她们一个容身之所已经不错了，哪里还能直起腰板说话，现在只求过一日是一日，只要熬到另一边租户的合约期满，搬过去就一切都好办了。

旬旬猜想一定是老猫闯了祸，不知怎么惹怒了"太后"。她抱着它站起来，对艳丽姐说道："它是不是弄坏了什么东西？妈，你先消消气，要真是那样我双倍赔你。"

艳丽姐从鼻子里发出一声冷笑，"你赔我？旬旬啊旬旬，你背靠着金山银山还是怎么着？我说你自身难保，还养着这东西干什么？脏兮兮的不说，你明知道我最不喜欢这些猫啊狗啊的！你是我女儿，住在我这儿也就算了，可这只猫我已经忍了很久，今天说什么也不能再留着它！"

旬旬万分为难，苦口婆心地试图说服母亲，"它都被人养惯了……"

她说到半截的一句话忽然就此打住，再也做声不得，因为这些都被一个男人的声音打断。

"……我用水冲洗了几遍，你再帮我看看，这伤口到底用不用打狂犬针？"

在旬旬无比震惊的神情的陪衬下，裸着上半身的周瑞生边扭头查看自己的背部边从浴室里走了出来。他只顾和艳丽姐说话，乍一看见旬旬，也吓了一跳，慌不迭用搭在肩膀上的毛巾来遮掩自己。然而那只是一条普通的面巾，如何能将只着一条内裤的他遮个周全？结果光捂住了前胸，倒挺出了个肥白的肚子，更显滑稽。

"哎呀，旬旬……是旬旬回来了……我，我先去换个衣裳……"那肥白的身躯很快穿过艳丽姐和门的间隙进入主卧，消失在旬旬的视线范围里。

"他……他在这里干什么？"虽然这句问话实属多余，答案显而易见，可此时的旬旬却再也找不出更合适的语言。

艳丽姐的脸上瞬间染上了不自然的绯红，旬旬这才留意到她身上也仅仅松垮垮地套了件真丝的睡袍，云鬓蓬松，眉梢眼角的失意早换成了风情。

旬旬不是小孩子，她很清楚在自己回来之前这屋子里发生什么，现在想来，艳丽姐方才的气急败坏除了老猫的招惹，很大一部分还来自于对这进展的无所适从。

　　旬旬当然没指望过艳丽姐为谁守节，无论是她死去的父亲，还是尸骨未寒的曾教授。她理解甚至支持母亲去寻觅生命中的第二春，但为什么要是周瑞生？池澄口中的"王八蛋"表舅，她公司里的同事，一个油滑世故无比的中年男人，这绝对不是艳丽姐的春天，只会为眼前尴尬的处境雪上加霜。

　　"他怎么了？反正你迟早也会知道的。"艳丽姐强作理直气壮，"我这把年纪了也没什么好避讳的，只许你和男人纠缠不清，我就要守半辈子活寡？"

　　"我不是这个意思。可是，你们，你们……唉！"旬旬实在是不知道怎么说出口，她虽已疑心母亲和姓周的有暧昧，但打死也想不到会那么快在这房子里看到光着身子的周瑞生。

　　"这事你别管。"艳丽姐仿佛又想起自己在这所房子里的绝对话语权，看了一眼仍在女儿怀里的猫，成功地转移了话题，"你回你的房间去吧，不过在这之前先把猫给我弄走！"

　　她这会儿还不肯放过，看来老猫闯下的祸也不轻。旬旬记起周瑞生转身时背上的几道血痕，得是什么情境之下老猫才会跳上他的裸背伸出爪子？这猫向来胆小，年纪大了也不再好动，平日里多半躲在旬旬床底下睡觉，遇到生人更不敢放肆，除非有奇异晃动的东西吸引了它天性里狩猎的本能。

　　装着猫食的碗正对着主卧室的门，难道是它睡醒了出来喝水，又恰好遇到没有把门关严实的两人……光是这个联想都足以让旬旬崩溃。

　　"你还抱着猫杵在那儿干什么？我说的你听见没有？"艳丽姐不依不饶。

　　旬旬强令自己心平气和地讲道理，"这么晚了，外面又是天寒地冻，把它放出去它还怎么活？就算是要送走，好歹等到明天我给它找个去处。"

　　"我管它活不活得了！别人离婚被孩子拖累也就算了，你倒好，没生孩子，却主动从姓谢的那里带了只猫出来！你是生怕没个拖油瓶就不够倒霉是不是！"

　　艳丽姐话说得益发难听，这时穿上了衣服的周瑞生站到了她的身后，亲昵地埋怨道："有话好好说，何必对孩子发脾气？"

　　他继而面朝旬旬，脸上堆着笑，略带拘谨，反复搓着手，"那个……旬旬呐，我今天喝多了几杯，实在是……嘿嘿，实在是不好意思了，不过我和你妈妈……"

　　"你要是可怜我的话就别再往下说了。"旬旬打断了他。

　　周瑞生保养得不错，年近五旬，脸上鲜见皱眉，平时系上领带，带上眼镜也算文质彬彬，可此刻旬旬看着他白净面皮上那双目光游离的眼睛，刚才那白花花的肉仿佛又在眼前晃动着。她不禁把老猫抱得更紧，她知道，它和自己一样，感到恶心。

周瑞生不尴不尬地干笑着，交握的双手里还拎着一条毛巾，正是他刚才从卫生间里搭在身上带出来的那条。旬旬试着把注意力转移，想想蓝天，想想白云和海洋……可是，她还是无法忽略，那竟然是她的毛巾！

她想发作，偏又出不得声，好像有个小人不停在耳畔提醒着，这是艳丽姐的房子，这是艳丽姐的房子，他们想干什么就干什么。这房子是老式结构，只有一个卫生间，她甚至能在脑海里构想出日后和周瑞生同在一个屋檐下进出的日子，他今天随手就借用了她的毛巾，下一次是什么，牙刷？

"你背上的伤口还得好好处理一下，明天我陪你去打针。我先处理掉这只猫。"艳丽姐再度把矛头指向旬旬，"这猫平时蔫蔫的，竟然还敢伤人？要不是看在你的分上我早收拾了它，你别跟我打马虎眼，现在就让它滚蛋！"

旬旬不是善辩的人，憋得满脸通红，只觉得自己浑身抖得和怀里那只猫一样厉害，好半天才挤出一句，"好，好！它滚蛋，我要识相的话也应该趁早滚！"

"你朝我说什么狠话？真那么有骨气有本事，当初还用得着回到这里？"艳丽姐嗤之以鼻。

旬旬当即二话不说，冲进自己的房间，把老猫往猫包里一塞，就四下收拾着自己的私人物品。她平日里收纳就极其有序，重要物件井井有条，不过一会儿的工夫已整理停当，拎着猫包和行李就朝大门外走。

周瑞生见事态严重，急着要去拦她，可旬旬这样鲜少动气的人一旦盛怒，他如何能够拦住？艳丽姐脸上除了意外，也不无悔意。她或许逞一时口舌之快，但毕竟是自己肚子里掉下来的一块肉，未曾真动过将女儿扫地出门的念头。可艳丽姐爱面子，挽留的话毕竟说不出口，只得嘴硬半讽半劝，"哟，说走就走，看来是找到下家，腰板硬了。我告诉你，走出这个门容易，当心被男人骗了，回头连个哭的地方都没有！"

旬旬打开大门，回头对母亲说："妈，最后那句话也是我想对你说的。"

借着一股气性，旬旬头也不回地出了艳丽姐家所在的楼栋单元。起初是三步并作两步，渐渐地脚步开始踌躇起来。她在快出校门的时候给曾毓打了个电话，问能否借她的住处暂时安顿几天。

曾毓那边闹哄哄的，原来她今天去了工地，施工方请吃饭，她打算明早再回市里。虽然旬旬并未向曾毓明说遇上了什么事，但曾毓很清楚以她万事不求人的脾气，非到万不得已绝不会麻烦别人，当即表示让她等等，自己可以连夜开车赶回来。

工地距离市区大约有一个半小时的车程，此时已近深夜，曾毓说不定还喝了酒，旬旬连忙让她打消了这个念头。若只是找个一夜栖身的地方倒也不难，与其劳师动众，不如随便找个旅店应付了。难的是天亮之后怎么办，她总不能在收回房子之前的这一个多月里都住在旅店里。

曾毓大致问了旬旬的情况，爽快地说反正现在连泉也去了外地，自己平时总一个人待着，旬旬愿意在她那儿住多久就多久，只是说到那只猫的时候，她流露出了为难之意。曾毓有鼻炎，对一切会掉毛的生物过敏。她犹豫了片刻，委婉地劝说旬旬，反正这猫原本是谢凭宁的，不如送回谢家，实在舍不得，还可以找个动物寄养处托人照料一阵，等到旬旬自己安顿好了，再把它接回来不迟。

老猫在猫包里不安分地拱来拱去，外界陌生的气味和声响让它极度不安。猫是一种恋旧的生物，极其依赖它熟悉的环境，有时候旬旬会觉得这猫就是长着一身毛皮的自己，明明旧地已无处容身，走出来却又无限彷徨。

旬旬谢过曾毓，让她不用为自己担心，有什么都等到她回来再说，到时说不定已有解决的办法。挂了电话，新的办法并没有灵光一现，但旬旬知道自己不会舍弃这只猫。

并非她把老猫看得无比重要，她是养了它三年，但初衷并不是多深厚的感情，而是举手之劳的习惯。事实上，她对身边的人、事和物大多如此，鲜少排斥，也很难亲密无间，往往都保持合理而安全的距离。换个情境，换个心情，只要在正常状态下，她都会认同曾毓的建议是最理性的，可她在这个光怪陆离的夜晚忽然心生质疑，理性有什么用？她理性了快三十年，在四周的癫狂里，自以为清醒的人反倒是最可笑的一个。

旬旬走出学校，马路上行人渐稀，车轮压过地面的声音格外地清晰。她挽着猫包的手冻得有种木木的痛感。几辆夜班的出租车看她肩背手提的模样，都试探着放缓车速。她现在不心疼打车的钱了，只是不知道该去哪里。一条路越走越安静，一辆贴着她的手臂呼啸而过的摩托车吓得她不由自主地揪紧了手上的行李。不能再漫无目的地行走在夜深人静的大街上了，她仓皇离开娘家，身上带着的几乎就是她全部的身家。

最紧要的那个小包包被斜背在最贴近身体的位置，旬旬下意识地腾出手去碰了碰它，感觉到它实实在在的存在，这让她又安心了不少。那里，她今后赖以生存的证照凭据还在，"一无所有基金"还在……还有一把从未使用过的钥匙以及和钥匙系在一起的门禁卡。

有个人曾说，只要她愿意，随时都可以用这把钥匙去打开他的一扇门。

旬旬都不记得是什么时候把钥匙放进了那个小包包里，从始至终她都不认为自己有可能用到它的时候，难道潜意识里的另一个她自己并不这么认为？

她停下脚步，茫茫然地掏出钥匙，门禁卡上很明确地标注着详细的地址乃至单元房号。让她无比震撼的不是自己真的就将它们保留至今，而是她发觉一个从未曾正视过的种子正在悄然萌芽，那疯狂的念头拱动着、叫嚣着，顷刻间竟顶松了头上坚实厚重的封土。

他说他是爱她的。

他说留下来较真的那个才是真正在意她的人。

他背后藏着浓雾一般的谜，他捉摸不定，他有时候把她气得牙根发痒，他没给过她哪怕一丁点的安全感……可他从来都在悬崖边给她留有一寸余地，让她心凉失望的往往是那些她自认为靠谱的人。

最近的一个便捷酒店就在前方不远处，那里有整洁的床单、安静的空间和二十四小时的热水，只要旬旬再往前走那么几十米，她便可以暂时放下所有的负重，换来一夜好觉，等到明天曾毓赶回来，寄养了老猫，她的生活就可以回到正常的轨道。

而那把钥匙所通往的地点却在相反的方向，那里有什么，她完全不能够想象。

旬旬握紧钥匙，在原地不知所措地转了一圈。路灯、车灯、广告灯箱和街角霓虹……无数的光影在她迅速转身的瞬间仿佛连成了一片，明明是耀眼的，却又如此混沌，就好像一座庞大无边的海市蜃楼。有那么一霎，她完全无法判断什么是虚幻，什么是真实。

池澄的感情是值得依仗的吗？他口口声声的爱是真是假，又能够维持多久？可这世上真的有人会愿意耗尽如此多的经历来陪你演戏、引你入局？如果有，在这煞费苦心的背后，想必也藏着他至为在乎的东西，而她平凡如斯，何德何能？

旬旬之前的抗拒更多的来自于畏惧，她太想保全自己，步步留神、谨小慎微地生活，总在为自己的明天未雨绸缪。可明天有什么，谁能预料得到？那么小心地看着脚下，她却也从来没有比别人走得更平稳，该倒霉就倒霉，该摔跤还是摔跤。其实所谓明天，不就是由无数个今天所构成，为了不可捉摸的将来错失触手可及的现在，是不是太过愚蠢？

真与幻的界定从来就与普通人无关。演戏有什么要紧？只要从始至终投入，欺骗也罢了，只要被骗的那个人永远相信。她曾经一心一意皈依的人间烟火不过是泡影，那么就算眼前真的是海市蜃楼，又有什么可畏惧的？

又一辆出租车缓缓停靠了下来，这一次，她上车示意司机前方掉头，没有迟疑。

车子将旬旬送到了她所要求的地点，因为手持门禁卡，一路穿行于小区之中还算顺利。一个夜巡的保安在遭遇旬旬问路之后，索性将她护送到池澄所在的楼栋之下。

在把钥匙插进锁孔之前，旬旬发热的脑袋里除了一个目的地，其余全是空白。随着锁芯转动的声响，她才有些从方才魔怔一般的冲动中醒了过来。

这扇门一旦打开，等待她的不仅是一个陌生的房间，甚至有可能是她亲手选择的另一种人生归宿，而她居然都没想过要打一个电话来确定自己将要投奔的那个人在不在。

池澄是说她随时都可以来，但前提是他还在这个城市。她凭什么肯定他不会离开？几个小时前他们还吵得如同前世冤敌，看他发脾气的样子是动了真格，公司的事目前又是一团乱麻，正如酒桌上他对其他人所说，他想要去哪里不行？要走的话随时可以甩开烂摊子去任意一个地方享受他的惬意人生。

容不得她临阵退缩，天生契合的钥匙顺利打开了门锁，旬旬觉得头皮一阵发麻，深吸一口气，走了进去。

如果他还没有回来，立刻掉头就走假装从未来过。

如果里面有另一个女人，她就把钥匙还给他，彻底消失在他眼前，剩下半个月的工资也不要了……年终奖倒是可以托陈舟代领，前提是还有她那一份的话。

越是这种时候，旬旬苏醒过来的思维就越要命地活跃，偏偏都是没出息的主意，顷刻之间已为自己准备了多种退路。

第二十二章
只有这一幕从未有过

客厅的灯亮着，一眼望过去并没有人。两居室的房子陈设考究，各类生活所需一应俱全，但个人色彩并不浓郁，除了搭在沙发靠背上的外套是他白天穿在身上的，此外并没有什么明显的私人物品。很显然这是那种精装修后专用来出租给中高端租户的房子，而现任租客并没有在这个用来睡觉的地方花费太多的心思。

旬旬拘谨地站在客厅，叫了几声池澄的名字，等待片刻，却无任何回应。她思虑再三，走进了卧室，但就连床上也不见人影。视线所及的每一扇门都是敞开着，每一处的灯都被打亮了。

旬旬第一个反应是"不会出了事或遭贼了吧"，不由心头一紧。她走回客厅的时候不小心碰到了沙发旁的一个纸箱，将它摆正归位的时候，才发现那里装着的竟然是满满当当的一箱方便面，各种旬旬叫得上来叫不上来的品牌，各类口味一应俱全。

好端端地，他储备那么多的方便面干什么？这一大箱子足够他吃到春节后。想到"春节"这两个字，旬旬好像又隐约猜到了些头绪。这个在旁人面前宣称自己去处多多，只要他愿意，春节长假期间可以飞到世界各地任何一个地方享受人生的家伙，该不会做好了过年的时候独自在这房子里用方便面度日的打算吧？

她顺着过道一路查看，尽头的浴室竟传来了两个男人的对话声。旬旬吓了一大跳，几欲遁走，却实在放心不下。她又轻唤了几遍他的名字，依然没有人回答她。

浴室的门虚掩着，她不知道里面说话的是谁，壮着胆子一下把门推至全开，里面整个空间一览无余，并没有她想象中的几个男性歹徒，只有浴缸里仰卧着一个人，不是池澄又是谁？而他正对着的墙壁上方悬挂一台二十二寸左右的电视，屏幕上正上演着当地的社会新闻。

旬旬不知道该不该长舒口气，因为池澄还是没有动静。年会上他喝了不少，她怀疑他醉至不省人事。唯恐出了什么事情，她顾不了那么多，连忙近前看个究竟。池澄果然双眼紧闭，幸而呼吸均匀。

"喂，你醒醒。"旬旬摇了摇他裸露在水外的肩膀，实在不行，又加重力道拍了拍他的脸。

这下浴缸里的人总算迟缓地睁开了眼睛，看了看前方的电视，看了看自己身在的位置，又看了看身边的人，一时间竟没有什么反应，似乎完全没有搞清眼前的状况。

"你到底回魂没有？水都凉透了。你没事吧？"他的样子令旬旬不无担忧。

"我有什么事？赵旬旬？"

虽然他出乎意料的平静和木然让旬旬无法适应，但至少认出她来了，虽然困惑如故。

"你在这儿干吗？"

这是一个很难回答的问题。旬旬紧张得口舌发干，横竖已经到了这里，索性直截了当地奔着主题而去。

"你说过你……你爱我是吧？那我现在就问你，之前的话还算不算数？你愿不愿意接受我……还有我的那只猫？"

池澄的视线在她脸上凝滞了好一阵，涣散的目光总算重新凝聚了起来，脸色阴晴难定。在这期间，旬旬心跳如雷，一辈子都没那么紧张过。正留心他的反应，没想到他手一抬，撩起一串水花，尽数泼到她的脸上。

旬旬闪避不及，又恼又懵地在脸上拭了一把，嘴里好像都尝到了洗澡水里浴液的味道。

"有病，你干什么呀？"

池澄不理她，低声自言自语道："……我知道了。"

"你知道什么？不会泡傻了吧！"眼看他的神色越来越如常，旬旬心里就越来越没底。她出现在这个地方就是个疯狂的意外，反正遇上了池澄，就没有什么是靠谱的。只拿今晚的事来说，她都那么豁出去了，他为什么不能像个正常人一样在客厅里惊愕于她的出现，伸出双手拥抱她或将她赶出去？

"你还没有回答我！"她快要恼羞成怒了。

"把你的问题再说一遍。"池澄表情古怪。

有些话其实只能说一遍，再复述就是怎么听怎么别扭。旬旬讷讷道："我问你愿不愿意收留我的猫。"

他徐徐摸着自己的下巴，"这个……看情况！"

连习惯性动作和讨价还价的姿态都回来了，看来她熟悉的那个池澄已然元神归位，旬旬的不自在感更强烈了。

"什么意思？"

池澄瞥了她一眼，指着浴室柜的方向说道："意思就是说你先去给我拿块浴巾。"

这个和老猫又什么关系？旬旬脑袋已当机，呆呆地问："为什么？"

他沉默了片刻，用极大的耐心一字一句地说道："因为，就算是我，这个时候也是会不好意思的！"

旬旬听完池澄这句话，眼神下意识地朝浴缸里瞅了瞅。

"喂！岂有此理，我都说了，你还故意探头来看！"池澄一副受不了的表情。就算原本是泡泡浴，他打了个盹，泡沫多半已破灭殆尽，水下风光尽收眼底。他纵是再无所顾忌的人，也难免流露出窘迫之意，不由自主地换了个姿势。

"哦！"旬旬好像这才彻底明白他的意思，惊恐地站起来，往后一连退了几步。她不能够相信刚才蹲在浴缸边向一个一丝不挂的泡澡男推销自己的家伙竟然是她本人，她一定是被某种类似于呆头雁的生物附体了。

她顶着一张红番茄的脸去给他找毛巾，不忘舌头打结一般地为自己解释，"这个……是这样的，你没关门，我怕你遭人打劫了……"

"我还怕被你劫了！"池澄拽过她背身递来的毛巾，"赵旬旬，平时看不出来你那么生猛呀。毛巾递过来一点儿你会死呀，看都看够了还装？"

"其实我没看见什么。"幡然悔悟面壁思过的旬旬赶紧说道。

池澄一听这拙劣的谎话顿时不乐意了，"你骗鬼呀。那样还没看见，除非你瞎了。别得了便宜卖乖！"

旬旬只得顺着他的话表现自己的诚实，"我，我只是看到了一点点……"

"谁一点点？你这话是什么意思！"

他的声音又抬高了几个分贝。旬旬被他搅得满脑糨糊，不知道他到底是希望自己说看了还是没看，左右不是人，都快哭出来了。

"我是看到了，但看得不是很清楚……我的意思是说我没想看你……算了，对不起行不行？"

就在她动了背着老猫落荒而逃的念头时，池澄总算放弃了那个令人难堪的话题。

"对了，你刚才说让我收留你的猫是怎么回事？"

"我家里有些不方便，你能不能帮我照顾这只猫一段时间？不会很久的，最多一个月。"经他这么一折腾，旬旬哪里还敢提到自己，刚兴起的一点点念头也早就缩回了蜗牛壳里。她之前简直是猪油蒙了心，竟然会觉得和他在一起也不错，殊不知以他的难伺候，自己在他身边一段时间不成残障才怪。

池澄不咸不淡地回答道："猫？我从来不养宠物。"

"哦，那没关系，我就随便问问。"旬旬飞快地接过话，她从小到大，最不陌生的就是拒绝。

池澄好像在她的背后笑了一声，"你还在我面前死撑呐？大半夜地跑到我家的浴缸旁就为了随便问问我能不能替你养猫？就算是要谈，你也得拿出点儿诚意出来。"

"你到底要怎样，给句痛快话。"旬旬无奈地回头看了他一眼。

刚才还三贞九烈纠结于有没有被看光的那个人，现在竟优哉地坐在浴缸边缘，有一下没一下地用浴巾擦着滴水的头发，旬旬赶紧扭回头。她怎么今天尽遇见这样的人？

"你给我任务，难道不该先挑明政策？"

"……"

"我再说明白一点儿。我不爱吃土豆，但是它要是和红烧肉一块出现……可以接受！"

绕了半天他还是露出了本性，说到底不就是要旬旬再次明确地给个态度！

句句给了自己最后的十秒钟考虑时间。

"我是红烧肉？"

她听到光脚踩在地砖上的脚步声，池澄的回答转瞬已在她的耳畔，带着笑意和暧昧的吐气。

"错，你是土豆。"

下一秒他的双臂已从后方环扣在句句的腰间，整个身躯朝她贴近，拥抱渐紧，她可以清晰地嗅到他周身的浴液味道，还有刚洗完澡的皮肤所散发的温热湿气。

句句不自在地轻轻扭转身体试图闪避，"干吗呀，你既然说要谈，就好好说话。"

"我不就是在挑最要紧的跟你谈？句句，你一点儿都不傻，使用那把钥匙之前你应该知道这意味着什么。你也吃准我不可能拒绝，不管你带来的是猫还是狗。那么我们何不'坦诚'一点儿？"

"……你先去穿衣服好不好，大冬天的太坦诚会着凉的。"句句不敢乱动了，满脸通红地劝道。

池澄哪里肯听，"这怎么行，不坦诚相待地谈完正事，怎么显出彼此的诚意？我忘了说，关于土豆和红烧肉，精华都在土豆里，我通常先把它挑出来吃了。"

句句被他挤到浴室柜和墙面的死角，抵在前方的双手感觉到釉面砖的沁凉，身后却是截然相反的热度。伟大的革命导师恩格斯是正确的，女人爱男人是社会属性，男人爱女人却是自然属性。任何时候都不要试图用社会属性去说服自然属性。

池澄这个人在她面前说话一向肆无忌惮，可是话糙理不糙。句句不是无知少女，她送上门来，自然很清楚后果。她没想过背着贞节牌坊，男女之间很多事不言自明，然而此时的抗拒不是出于矫情，而是她心里太清楚，很多的未来都取决于开端。

一旦她此刻顺水推舟地从了池澄，两人的关系很可能会就此定性为一场各取所需的男欢女爱。虽然婚姻是更深度的各取所需和持续稳定的男欢女爱，但她已经二十九岁了，有过一场失败的婚姻，陪不起他玩游戏。她要的不是刺激的露水情缘，而是一种更持久稳固的关系。现在紧紧抱着她的这个男人比她小三岁，年轻、英俊，身价不菲……在很多人看来，这是天上掉下来的一个馅饼，可从来只想踏实走好脚下每一步的句句既然下定决心不躲了，就更不能被这个馅饼一下子砸晕，除了满头满手的油星子外什么都得不到。她伸出手时已无退路，必须稳稳当当地将它接在手心！

池澄嘴里反复嘟囔着旬旬的名字，行动丝毫不含糊，要紧处，旬旬用尽全力捉住了他的手。

"别，先别这样！"她的语气轻柔却不容置疑。

池澄微微眯着被欲望晕染的眼睛，困惑而烦躁地问："为什么不行？"

"如果你真的是爱我，就应该知道这样太快了……"

"我们之间一点儿都不快，早在酒店被谢凭宁撞见的那时候起，你就应该跟我走。我说过我比他，不是，比任何一个人都更适合你。绕了一大圈，你还不是回到我这里，何必再浪费时间？"

旬旬趁他松懈，掉转身体正面对着他，"你说你比谢凭宁适合我，那就用时间证明给我看。"

"我现在就可以马上证明！"

"难道你比他强的就只有这个？池澄，你知道我最想要的是什么，对于我而言没有安心就不可能有快乐。"

池澄沉默了几秒，恨恨道："我最烦你这样，怕死又磨叽！"

旬旬低声问："你真的烦我？"

"烦得牙痒痒。"他毫不客气地在她脖子上咬了一口。

旬旬忍着疼，微微一笑。池澄虽然还是不痛快，但看得出已不再坚持，只把唇贴在自己刚制造出来的那个牙印上，含糊不清地说："赵旬旬，将心比心，你又拿什么来让我安心呢？"

旬旬伸出手，第一次回应他的拥抱，将脸贴在最靠近他心脏的位置，"我没有什么，可是我在这里。"

在池澄打了第三个喷嚏之后，旬旬好说歹说，终于让他从自己身边暂时离开，去套了身家居服。老猫已经从猫包里被释放了出来，不知躲去了哪个角落。两人坐在沙发上，准确地说，只有旬旬是坐着的，池澄依旧腻在她身上，寻找一切上下其手的机会。

"那只丑八怪叫什么名字？"

"你说那只猫？我一般都叫它老猫。"

"不对，你一定给它起了个奇怪的名字，所以从来不用。它叫什么？诺亚方舟？"

"……我想过叫它'犹大'。"

"也就是说亲爱的犹大在你妈妈的床上抓伤了周瑞生那个王八蛋？"

看到旬旬又显得有几分难过，池澄笑着道："你苦着脸干什么？这是好事，我应该感谢犹大还是周瑞生？要不是他们那么卖力，又怎么会把你送到我身边来？"

"你为什么那么骂你表舅？他到底以前做过什么事让你那么讨厌？"旬旬以前虽好奇却没想过追问，可现在周瑞生和艳丽姐有了那层关系，她如何能不在意？

池澄漫不经心道："也没什么。他这个人也做不出什么大奸大恶的坏事，最多小事上偶尔龌龊一些，不过那都是以前的事了。"

"是吗？"旬旬很是怀疑，可又不得不分心扫开池澄不规矩的手，"别闹。你老实说，你是不是早知道他俩有一腿？当初就不该让他们两个碰面。"

"这也怨到我头上？"池澄喊冤，"我知道你不喜欢他和你妈在一块，可这事是你我能够控制的吗？周瑞生早离婚了，你妈也单身一个，男未婚女未嫁，虽然都年纪大了一点儿，但也合情合法。你怎么知道你妈不碰见周瑞生，以后的男人就一定靠谱？放宽心，既然改变不了的事就任它去，他们又不是小孩子。不想看到他们就别回去，眼不见为净，有那个心思不如多想想我。"

"你有什么好想的？你不是说要滚得越远越好，全世界想去哪里就去哪里？这么多方便面，是要带去拉斯维加斯还是巴黎、伦敦、纽约改善伙食？"

池澄讪讪地，嘴依然很硬，"我就是喜欢方便面怎么样？"

旬旬笑笑，"是怕春节期间找不到吃饭的地方，自己又只会泡面吧？和你爸他们又闹翻了？"

"我才不会和他们吵。我爸也不容易，"池澄讥诮地说道，"一边是前妻留下的不争气的儿子，一边是新的娇妻美眷，还有送到他手上的事业前程，是我也知道该怎么选。况且他也没说不让我回去，只不过一不留神又多给了我一笔钱，让我趁年轻好好玩玩，借假期四处散散心，泡妞也好，去赌场试试手气也可以，就没有必要回去打扰别人一家团圆了。我其实也不想凑那个热闹，他那么关心了解我，为什么不顺了他的心？"

"那怎么不像你爸默许的那样去玩？"

"玩什么呀，一回两回还行，多了没劲透了，飞来飞去，什么地方都差不多，这张脸和那张脸有什么区别？你当真把我想成游手好闲的废材？再说，我走了，你岂不是扑了场空？那我多过意不去。"

"你就那么肯定我总有一天会用到你给的钥匙？"

"我想你会想通的，既然迟早要找个男人，何不找个懂你的。"

旬旬再次将他的手从自己身上打下来，"我有什么好？我不就是个离了婚一无所有的老女人？"

池澄笑道："女人就是记仇。就算我说得不假，可是我口味重，偏偏喜欢，别人又能拿我怎么样？"

旬旬不以为然，又想起一件事，便问道："我刚叫醒你的时候，你那个样子怪里怪气的，居然还用水泼我！"

"我自己在水里，难道还泼自己？我当时想，擦，打个盹也能发梦。"

"看来这个梦你还做得挺熟练的。泼我一脸的水就能证明不是梦了？"旬旬又好气又好笑。

池澄顿时来了劲，一脸坏笑，"当然。我看你的样子那么狼狈，想了想，不对，真要是梦，绝对要香艳得多。如果是浴室题材的，你早该在水里了。"

"我呸！不要脸。"旬旬别过脸去，耳根发烫。

"你别着急，还有更不要脸的，沙发上的是另外一出。你是这个姿势……我在这里……"他说着又开始蠢蠢欲动，作势比画着，色令智昏之下不及防备，被旬旬用力推着滚下了沙发。

他笑着从地板上撑起身子，"原来你也做过这个梦？要不怎么连动作都记得那么清楚？接下来你应该也跟着滚下来。"

旬旬咬牙，提起腿往他胸口不轻不重地一踹。

"这个动作你梦里还有吗？"

池澄一把抓住她的脚踝，重新瘫倒在地板上。旬旬许久不见他再有动作，微微吃惊地俯身去看，他闭着眼睛平躺着，除了胸口的起伏，一动不动。

旬旬想过不理他，但又过了一会儿，他的样子竟好似真的睡死了过去。

"天亮了，醒醒。"她带着笑意道。

池澄睁开眼睛，如同从梦中醒过来一般目不转睛地看着她。

"只有这一幕从没有出现过。"他又闭上了眼睛，"你还在这里。旬旬，我从没这么高兴过。"

第二十三章
当面纱变成抹布

　　晚上，旬旬住在池澄家的客房。起初他死活强调说客房从未住过人，早积了一层灰，硬是跷着二郎腿在客厅看着旬旬忙里忙外地做清洁，非但没有施以援手的意思，还从始至终都没有停止过对她自找麻烦的抱怨。继而他又口口声声说自己家的被子只此一床绝无分号，半夜里把她给冷死了概不负责，直到旬旬自己从衣柜里寻出了一床毯子，当着他的面关上了门。

　　他竟还没放弃，隔着门软磨硬泡，威逼利诱哄骗无所不用，死缠烂打的劲头让旬旬实在叹服不已。

　　"既然已经答应和我在一起，犯不着还那么见外吧？"

　　"你到我这边来，我就抱着你说说话行不行？"

　　"你这人怎么老那么死心眼？你守身如玉谁看得见？知道你离婚内情的人哪个不认为我们早有了一腿，担那虚名还不如把奸情坐实了。"

　　"赵旬旬，你要是想抻着我就打错算盘了，我这么大一块肥肉摆在你面前你不珍惜，小心过了这个村就没了这个店。"

旬旬开始觉得好笑，后来就变作了无奈。这就是年轻的好处，能够不管不顾地缠着你，一根筋地凭着冲动就是不肯撒手。就好像青葱年代女生宿舍楼下的执拗男孩，我就是要等到你，看你来不来，来不来，不来也得来……

凭良心说，这对于习惯了平淡无澜和按部就班的女人来说，不可谓没有杀伤力。旬旬靠在床头想，如果她再年轻几岁，如果她不是一个过分谨慎的人，说不定早已禁受不住就打开了门投入他的怀抱。可现实是她心中太过明白，男女之间有时候就如同一场博弈，沉不住气，就会满盘皆输。

最后估计他也累了，无计可施之下郁闷地来了句，"赵旬旬，你真的铁了心不开门是吧？"

旬旬苦笑抱着头，回道："你再这样我真没法待下去了。"

她话音刚落，不想却听到钥匙转动的声音。她吃了一惊，还没回过神来，池澄已经推开门站在门后。

"你干什么……"旬旬不自觉往后缩了缩。

他把手里抱着被子没头没脑地扔到客房的小床上，旬旬腿上原本盖着的毛毯被用力抽走。

"算你狠。被子给你，免得说我一开始就虐待你。"池澄恶狠狠地说。

旬旬有些意外，"忽然那么仁慈，我有些难以适应。"

池澄吊儿郎当地反讽，"别高兴得太早，千万不要半夜里想通了，到时就算哭爹喊娘地求着，我也不会给你开门！"

旬旬对他说晚安，他没有答理，沉着脸回了自己的房间。

刚躺下不久，旬旬听到爪子挠门的声音，还有低沉的猫叫。原来是畏缩的老猫发现客厅熄灯无人后终于重新现身，闹着要回到主人的身边。

旬旬悄悄下床，打开一道门缝把老猫放了进来。这时隔壁房间也有了动静，那扇门也打开了少许，池澄探出头，一看原来只是给老猫大开方便之门，愤然哼了一声，重新重重地关上门。

老猫到处嗅嗅，在房间里转了一周，终于蜷在了旬旬的脚边。它是旬旬在这个地方唯一感到熟悉的存在。她睁着眼睛，试图去回想这一天所发生的所有事情，本以为太多的烦恼和头绪会使自己困扰不已，谁知什么都还没想明白，竟然在猫鼾声中沉沉睡去。

旬旬更没想到的是，第二天自己是在池澄用力的砸门声中才醒过来的。她平日里并没有贪睡的习惯，被他一声急过一声的催促吓得弹下床，先前还感到几分无地自容，好像第一次近距离生活接触就让他抓到了懒惰的把柄，然而当她慌慌张张打开房门，却发现客厅落地窗外的天空才刚刚破晓，池澄穿戴整齐地坐在沙发上，时钟刚指向清晨六点。

"我还以为上班要迟到了。"旬旬怀疑地打量池澄，"你平时都起得这么早？"

他装作没听见，说道："于情于理，你今天不都应该主动早起为我准备丰盛的早餐，庆祝我们崭新的开端？"

旬旬梦游一般从他身边走过，草草洗漱。

池澄还靠在沙发上畅想。

"咖啡今天就不喝了，最好是熬粥，这个你应该会的。煎蛋也可以，全熟的，冰箱里好像还有培根。你喜欢下楼买早餐也成，路口就有一家……"

旬旬又梦游一般走回沙发边，从纸箱里随便抓起两包方便面。

"你就给我吃这个？"池澄不敢相信。

旬旬说："你昨晚不是说你就爱吃方便面？正好我也不讨厌。"

他走来走去地朝着煮面的人撒气抱怨，"晚上睡在我的隔壁，早上让我吃方便面。你说我找个女人来干什么用？"

旬旬不理他，少顷，端着两碗面坐到餐桌旁。

"你吃还是不吃？"

他面无表情坐在原处，不说话也不动。

"我还以为你昨晚光喝酒没吃什么东西一定很饿……那我不跟你客气了。"旬旬自己低头吃了起来，"小的时候，每次我妈和男人去约会，我都得在家吃泡面，想不到这么多年过去了，这味道还是一样。"

她吃了几口，视线的余光已看到有人在对面坐了下来。她笑了，半哄半安抚地说道："吃吧，这也不是普通的方便面。以前你是一个人吃，现在是两个人。为了庆祝，我还在里面加了个鸡蛋，全熟的！"

池澄总算动了筷子，吃了几口问道："你还要不要回公司？要是愿意在家里待着也没有问题。"

匀匀沉默地用筷子在面碗里拨拉了一会儿，说道："你觉得我继续在尧开让你难堪的话，我可以换份工作。"

"不是那个意思，我只不过想让你知道，谢凭宁给得起你的生活，我照样可以给。"池澄说，"你能留下来当然更好。你看得见的，现在公司里人心各异。有你在，至少我知道那里还有一个……可以信任的人。"

匀匀想起孙一帆、陈舟、周瑞生……还有那些暗地里分别归属于不同派系或还在观望的同事，不由得也觉得头痛。

"我都不知道自己能不能帮到你。"她甚至都还在犹豫该不该把孙一帆的异状和不满说给池澄听。不说似乎有负于他，说了也有失厚道。虽说孙一帆对待感情的方式让匀匀不齿，但这是私事，她无意在男人的钩心斗角中推波助澜。

"你做你的分内事，让我看见你，这就是帮了我。"池澄吃好了，把碗往她面前一推，"今天你洗碗！"

收拾停当，匀匀随池澄的车去了公司。她在大厦前一站公车的位置让他把自己放了下来，步行到办公室。

春节眼看就要来临，整个公司好像都集体陷入了节前症候群的症状中，无非是数着时间等待放假，大多数人已无心做事，即使周瑞生还在咋咋呼呼地说要继续抓工作作风，也没多少人答理他，再加上池澄好像也不闻不问，所以大家都在讨论着如何过节的问题。

周瑞生见了匀匀，满脸的笑容中多了几分谄媚和不自然的暧昧。他几次想借机和匀匀说几句话，不知道是否想解释他和艳丽姐的关系。匀匀对他那种既想讨好又要表现长辈亲昵的姿态感到反胃，又不便说什么，只不动声色地与他保持距离。

孙一帆没有出现在公司里，据说是回访客户去了。陈舟的心情却显得格外的好，好几次匀匀从电脑上抬起头，都会看到她不经意流露出来的微笑，那是恋爱中的女人特有的神采。匀匀心里替她不值。她虽没有尝过为一个人牵肠挂肚的滋味，但正因为自己没有，才觉得那是种奢侈的东西，即使不接受，也不应该将其玷污和挥霍。可她嘴上不好说什么，因为不知道孙一帆会不会在陈舟面前提到她，又是如何描述的。现在她处境尴尬，一不留神反倒得罪了陈舟，为自己树敌。

她去做自己的事，忙中偷闲发呆时，看到有同事进出于池澄的办公室，门被敲开的时候，能够短暂地窥见坐在办公桌后面的他。到达公司以后，他们没有正面接触过。怪不得人们会说办公室恋情别有一番微妙之处：私底下亲密无间的两人，在咫尺相距的格子间里正襟危坐，就好像身上长了个蚊子包，故意不去挠它。

不知道为什么，池澄的脸色不是太好，看上去总有些心不在焉，难道是昨晚没有睡踏实？旬旬还在胡思乱想着，忽被一阵歌声惊动。

"小酒窝，长睫毛，迷人得无可救药……"

她心里暗想，谁在用这么肉麻的手机铃声？难道坠入爱河的陈舟已到了这样完全丧失理智的地步？正想着，却发现陈舟也用同样受不了的表情回头看她。她心里一慌，摸了摸手袋，竟然真的是她的手机在震动。

旬旬抱着想死的心拿起电话，果然是池澄打来的，一定是趁她洗漱或是煮面的时机动了手脚。一接通，他果然笑嘻嘻地问她喜不喜欢他为自己设的专用铃声。

旬旬压低声音回答道："不要吧，我有些受不了这样的'赞美'。"

池澄没好气地说："你以为我是在夸你呢，我也有酒窝，每天睡不着的那个人才是你！"

在鸡皮疙瘩掉落一地之前，旬旬赶忙问他究竟有什么事。这样的通话方式很容易让她有一种做贼的感觉，虽说除了她自己心虚，周围大多数的人根本不可能把她和池澄联系起来。

池澄让她下班后先去街口的小咖啡厅等他一会儿，两人好一起吃饭，顺便给家里添置一套被子。

"我都快被冷死了，泡了一小时的凉水，还要裹着薄毯子熬一整晚。你不肯跟我睡一起就算了，被子是说什么也要买的。"他说完，还应景地打了几个喷嚏。

旬旬放下电话，陈舟的眼神变得饶富意味，但那更多的是好奇而非恶意。就连出纳老王都笑呵呵地问旬旬是不是有男朋友了。旬旬笑笑，说多错多，不如缄默。

吃晚饭的时候旬旬才发觉池澄好像不是开玩笑骗取同情，说不了几句话就被喷嚏打断，明显是着凉伤风了。她难免有些过意不去，毕竟他是因为在她面前"坦诚"了太久而中招。池澄也毫不客气，不时嚷着头晕，非要以搀扶为名，让旬旬扶着他的胳膊，那姿势让旬旬觉得自己就像太后身边的李莲英。

为了让池澄尽早休息，旬旬与他就近找了个超市。在床上用品区，她正以一个精明主妇的本能翻看着两床羽绒被的成分说明，却意外听到熟悉的声音在叫着她的名字。

旬旬循声看去，竟然真的是谢凭宁，推着一辆购物车从他们一侧的通道经过。

池澄本在旬旬身边百无聊赖地用手机上网，一看见来者，顿时打了强心针似的，精神好了不少，揽着旬旬的肩膀就朝谢凭宁热情地打招呼。

"真巧，这样都能遇见熟人。"

谢凭宁脸上看不出什么端倪，但旬旬能够感觉到他的目光不经意地在她、池澄和她手上的被子之间流连。

"是蛮巧的。旬旬，好一阵没见了。"

池澄反倒像是他们之中最活络轻松的一个，他笑着松开旬旬，问道："要不我先去买几节电池，你们聊聊？"

旬旬低声道："行了，不用。"

无需池澄整出什么幺蛾子，任何有正常思维的人看到相携挑选床上用品的两人都能够心领神会。她是有些不自在，但细想也没什么可避讳的。

谢凭宁从上海回来了，旬旬是知道的。事实上，离婚之后，她和谢凭宁之间还保持着偶尔的电话联络，当然，基本上是谢凭宁主动打给她。他向她说起过去上海之后的种种，包括如何去找邵佳荃，两人又怎么下定决心重拾过去，最后又为什么以破灭收场。

谢凭宁告诉旬旬，最让他难以接受的并不是他和邵佳荃始终都修不成正果，而是他们终于下定决心冲破一切藩篱走到一起，才发现自己身边的人和思念里的背影并不能完全重叠。他们习惯了障碍赛，却习惯不了平坦路。

谢凭宁内敛保守且大男子主义，邵佳荃性格奔放爱玩又极度自我，从前来自于家庭的阻碍给他们的恋情蒙上了朦胧的面纱，爱情可以只凭一个隔纱含情的目光，但朝夕相处却必须扯开所有的遮羞布。他们为生活中无数个微不足道的小事争吵，最寻常的选择都免不了分歧，偏偏都盼着对方因为爱而妥协。最后的决裂竟然只是因为邵佳荃下班后非要去吃日本料理，而谢凭宁说自己最讨厌吃寿司和拉面。一顿普通的晚餐，一个可笑的理由，就这样成了压垮骆驼的最后一根稻草，让他们彻底对对方失望，结果爱喝汤的喝汤，爱吃面的吃面。如果可以时光倒转，大概他们都希望两人从来没有过后来这一段，那么至少还可以埋怨缘分，到最后能保全那份无望的爱。谢凭宁培训结束，放弃了在那边挂职的计划，独自一人回到故里。

旬旬在听谢凭宁倾诉的时候并没有表现出多大的热衷，正相反，她害怕别人强加给她的秘密。说出来的那个人是轻松的，就好像吐出了一口痰，被迫倾听的人却不得不在脑海里腾出一个位置去容纳这个未必让人舒心的东西。

谢凭宁是个敏锐的人，他能够体会到旬旬的淡漠，只是这些事情在他能够信任的人里，既理解又不会反应过激的除了她再没有别人，他总不能对着自己的父母去说。

他曾问旬旬，两人分手的时候也算好聚好散，做不成夫妻，难道不可以做朋友？

旬旬很艰难地对他说了实话，她说自己并不是很需要这份友情。

再见亦是朋友，那是歌里唱的，实际上全世界有那么多的人，和谁做朋友不行，何必还要扯上一个曾经耳鬓厮磨又反目成仇的人？离婚了，若已彼此无意，那就各自散了吧。不再牵挂，也不必记恨，相忘于天涯才是最好的收场，若是偶遇，最多问一声"你好吗"，就好像现在一样。

旬旬礼貌性地问候了谢凭宁，然后等待他同样礼貌地回答说："很好。"

可谢凭宁很久都没有说话。她有些尴尬，便索性自说自话地接了一句："你应该很好吧，我也挺好的。"

池澄的表情犹如听了个冷笑话。旬旬拉了拉他的衣袖，说道："挑好了，我们该走了。"

她朝谢凭宁点点头，"再见。"

池澄替她提起新买的被子，另一只手牵住了她的手。两人从谢凭宁身畔经过，谢凭宁忽然开口道："旬旬，你真的过得好吗？"

旬旬回头看了他一眼。

谢凭宁面前的购物车里，满是各种各样的食材。这里离他单位不远，想必是下班后过来买够好几天的口粮。他们在一起的那些日子里，这些事都是旬旬一手包办的，谢凭宁鲜少为柴米油盐操心，他甚至从没有陪她逛过一次商场，没有单独给家里捎回过一棵菜。夫妻三年，一千多个日夜，不可能如春梦了无痕，然而分开后，旬旬会记起谢家总是西晒的阳台，记得洗不完的床单，记得他的衬衣、领带和皮鞋，却唯独很少记起男主人的脸。眼前推着购物车的谢凭宁让旬旬感到无比陌生。

事到如今，好与不好又与他有什么相干？

池澄翻来覆去地摆弄着手机，谢凭宁这句话看似问的是旬旬，但无异于是对他的一种试探和拷问。

他等了旬旬一会儿，甩了甩头。

"磨蹭什么？我的头痛死了，回家！"

旬旬只得又顺势扶起了"病入膏肓"的他，走了几步，实在受不了才提醒道：
"喂！你只是感冒，瘸着腿干什么？"

第二十四章
迷雾中的豪赌

　　夜里，池澄总嚷着冷，旬旬去他卧室照看。他捂着一床厚厚的被子，上面还有毛毯。她让他测了体温，去客厅给他拿药，刚倒好热水，就听到他夸张地哀叹发烧了。

　　旬旬拿过体温计看了看，差一点儿三十八度，于是道："只是低烧，吃了药睡一觉就好。"

　　池澄骂她不关心自己的死活，气若游丝地一会儿让旬旬去煮姜茶，一会儿又催她拿冰袋，动辄便说以前感冒的时候他妈妈就是这样照顾他的。旬旬不愿和他计较，一一照办，他却得了便宜还卖乖地让旬旬留下来陪他。

　　旬旬哪会中计，看他把药吃完便要回房。池澄失望，问道："谢凭宁病了你就是这么对待他的？"

　　"谢凭宁哪有你难伺候？"旬旬说。

　　"我让你伺候我什么了？你就在我床边坐一会儿就好。"他见旬旬没有动弹，自发自觉地将她的手抓进被子，放在他的身上。

"干什么？"

"想歪了吧。我只不过想你把手放在我肚子上。捂着肚子一整夜，什么伤风感冒都会好起来。"

"你把我当傻瓜来哄？"

池澄大言不惭道："这是我妈的秘方。"

旬旬懒得陪他胡搅蛮缠，抽出手站起来道："我怎么比得了你妈？"

池澄见她好脾气耗尽，赶紧收起不正经，眨着眼睛笑，"别不高兴啊，我逗你玩的行了吧。你比我妈好多了。我妈和我爸离婚后，整个人就变得神神叨叨的，魂都丢了，哪有工夫搭理我？"

"你还挺会编，秘方也是你杜撰的吧？"

池澄半真半假地说："说杜撰多难听，再怎么说那也是个美好的愿望。很久以前我也得过一场重感冒，半夜翻身被子掉下床，全身软绵绵的都没有力气去捡，想叫我妈，结果听见她在隔壁房间哭，又在咒骂我爸。我自己躺在床上，肚子凉飕飕的，那时就想如果有个人在身边给我捂捂肚子，什么病都不怕了。"

旬旬笑骂道："你怎么不去给《知音》投稿？故事也要编圆了才有人听，你没手么？就不会自己捂着？"

池澄厚着脸皮又拖住她的手，"我的手太冷，你的正好。再等我几秒，我就要睡着了，要是你叫我没反应，就不用再理我。"

旬旬无奈，静静坐了一会儿，他鼻息渐渐均匀。

"池澄？"

"差不多要睡着了。"

几分钟过去。

"喂？"

"嗯？"

……

"傻瓜？"

"没你傻。"

旬旬靠在床和床头柜之间，听着闹钟滴答滴答的声音，犹如催眠一般，自己的眼皮也变得沉重起来。实在熬不住了，距离上一次叫他又过去了好一阵，她极尽小心地抽出自己的手，才刚动了动，池澄的手立即加重了力度。

"你根本就没存着好好睡觉的心。"她算是看透了。

"我不想睡得太死。"池澄翻身抱着她，"再说也睡不着，还是觉得冷。"

"你还能动手动脚就证明死不了。"

"只要你肯，回光返照我也要打起精神。"

旬旬无话可说了。她发现无论在什么情况下，他总有办法绕回这个主题。

她叹服道："你心里除了那件事就没别的？"

"有是有，但分轻重缓急。我觉得你坐在我身边，会说话，会给我倒水，但还像是个假人，空心的，手伸过去就能从身体上穿过。"

旬旬低头警告，"你的手都穿过去了，那放在我胸口的是什么？"

"旬旬，我已经给了你很多时间，到底你想证明什么？"

"你开始出汗了，别胡思乱想，很快就会好起来。"旬旬边说边不着痕迹地挣脱开来。

池澄闷闷地拿个枕头蒙住自己，"你走吧。人还不如动物自在，动物都知道找个伴过冬。"

旬旬给他掖好被子，关了灯走出他的房间。

找个伴不难，但依偎着过冬的动物来年开春还认得彼此吗？

俗话说，病来如山倒，病去如抽丝。池澄的感冒并没有预期中好得那么快，烧是退了，但头晕鼻塞如故，整个人都没了精神，像一团棉花糖。在旬旬看来，这也不是没有好处，强悍的感冒病毒能够暂时战胜精虫上脑这一不治之症，她暂时得以免去纠缠之苦，过了两天安心日子。

尽管有心回避，但在公司里，旬旬还是不免和孙一帆打了照面。他们在上班的电梯里遇见，孙一帆面不改色地微笑与她打招呼，就好像那天夜里发生在艳丽姐家楼下的事完全出于旬旬的幻觉。旬旬也朝他笑笑，心里感叹，论老练世故，自己要走的路还长。

这天上午，旬旬对账的时候再度发现陈舟给孙一帆的发货单亮了绿灯。按说到了这个时候，公司通常已停止发货，而经销商通常也不会在这个时候下订单，可这一单由孙一帆负责，他本身又是销售主管，财务有陈舟把关，除了池澄，旁人也不好过问。

　　旬旬不知道孙一帆如此频繁出货的目的何在，但可以肯定的一点是，他为的肯定不仅仅是给公司的业绩锦上添花。这一次发货的金额不小，连旬旬都为此感到不安起来，这不安首先是为着被爱情冲昏了头脑的陈舟。

　　纵使旬旬始终奉行明哲保身、谨言慎行的原则，但思虑再三，还是决心多嘴一次。

　　她趁老王不在，委婉地对自己的顶头上司说："舟姐，我记得这个吉顺的李总已经很久没有结款了，年前再给他发这么一大笔货会不会不太合适？"

　　陈舟抬头看了旬旬一眼，说："这个我心里有数。"

　　旬旬纵有再多话也只能吞了回去。办事处还有一定的库存，经销商又在本地，如无意外，这批货最迟下午就会发出去。她想说服自己，这事她管不了，若自己贸然捅了出去，结果未知，但无论怎样都会将陈舟拉下水，这并非她乐意看到的。天生的小心悲观跳出来困扰着旬旬，导致她大半天做事都心神不宁。

　　正好下午快下班的时候池澄打电话到财务部，说找不到上次送过去的报表了，陈舟打发了旬旬给他再送一份过去。

　　旬旬走进池澄办公室，把报表递给他，低声道："别告诉我你不知道之前那份被你带回家放在书桌上了。"

　　池澄正低头收拾公文包，闻言抬头笑道："我叫你来，只不过想告诉你今晚我不跟你一块儿吃饭了，下班你自己回家。"

　　"哦。"旬旬应了一声。他今天系的领带是她挑的灰粉色小菱格，椅背上的外套也是她昨天刚从楼下的干洗店取回来的，她还已经想好了晚上要做的菜——不过只是几天的时间，她和他的生活竟然滋生了那么多千丝万缕的联系，认真一想，还真把自己吓了一跳。

　　池澄见她竟然发起呆来，觉得好笑，"少陪你吃一顿饭会让你悲痛到魂魄出窍的地步吗？"

　　他笑着又咳了起来。这几天感冒鼻塞的症状减轻了，咽喉却还在发炎，他时不时地咳嗽。旬旬见他鼻尖还有些发红，眼圈下积了一层淡淡的青色，心知这场感冒把他折腾得不轻。他这个样子，难免松懈些，无怪被孙一帆在眼皮底下做了手脚。

　　旬旬忽然焦灼起来，心里的话冲口而出，"你知不知道孙一帆一直在给超过欠款额度的经销商发货？"

她想，如果出了什么差错，上面怪罪下来，即使他是老板的儿子，也保不准会在父亲和继母前遭受责难。到时把他发配到别的地方，或将他赶回美国，她好不容易决心停驻的城池岂不是化为泡影？

池澄整理好东西，笑盈盈地说："真该给现在的你拍张照片，我喜欢看你担心我。"

"我没心情和你开玩笑，孙一帆对我说过，他打算离开公司，你不觉得这事有蹊跷？"

"看来他对你还挺掏心掏肺的，说不定真有几分真情意在里面。"池澄起身穿上外套，"我可不想老听你提起他。"

"哎，我说的你听进去没有？尽胡说八道。"

他朝门外走，经过她身边，飞快地捏了捏她的手心。

"你说的我怎么敢不听？过后再说好不好？我约了人马上得走，你不知道，吉顺的老李是个急脾气。"

他匆匆地出去了，只留下旬旬看着那份新打出来的报表若有所思。

旬旬回到办公室，陈舟说她的手机一直响个不停。旬旬看了看来电记录，是曾毓。本想打过去，电话又在手心震动了起来，不是曾毓，也不是"小酒窝长睫毛"，而是她本以为不会再有交集的谢凭宁。

旬旬问他有什么事，谢凭宁反问："我们真到了这种地步，如果没有事，你就再也不想听到我的声音？"

旬旬说："但我猜你还是有事。你不是那样无聊的人。"

"这算是夸我吗？"谢凭宁苦笑，静了一会儿，问道，"旬旬，你现在真的和池澄在一起了？"

"你想说什么？"旬旬走出办公室，到一个僻静的地方听电话。

"说句不当说的话，池澄这个人我总觉得透出古怪。你别误会，我不是故意在你面前中伤他。老实讲，看到你们在一块，我有些失落，可能我是个自私的人，但既然都走到了这一步，我也是真心实地希望你好。"

"凭宁，你没必要说这些的。"

"我和佳荃还在一起的时候，她对我说起过一些池澄的事。原来从他们认识到成为男女朋友一块儿回来也不过是一个多月的时间，更不是什么正经渠道认识的。佳荃爱玩，她说那天心情很糟，和朋友一块去泡夜店，喝了不少酒。当时池澄坐在邻桌，佳荃的女友看上他，邀他过来喝几杯，没想到池澄竟然对佳荃表示好感，当天留下联系方式，没过多久就主动打电话约她吃饭。他条件是不错，所以佳荃也很动心，开始还以为他只是玩玩，没想到后来开玩笑说结婚，池澄居然也不反对。那时她还以为自己真交了好运，就一心一意地跟他好，这次回来也是因为池澄打算到这边发展，佳荃才一道陪着。没想到后来他说变脸就变脸，搞出那些事，现在又把你牵扯进来。"

隔了好一会儿旬旬才说道："你的意思是说，池澄同时拆散了你的婚姻和爱情？你和邵佳荃就一点儿问题都没有？"

谢凭宁语塞，过了一会儿又说道："我不是那个意思。就像我以前说的，离婚大家都有错，可没有池澄，我们未必会走到这一步。说不定他这个人只是换着女人找乐子，不会有多少真心实意，我担心你会吃亏受骗。"

他的潜台词不过是，池澄连邵佳荃都可以说甩就甩，何况是对旬旬这样入不得池澄法眼的类型，新鲜期一过就腻了。旬旬不怕别人这么想，因为连她自己都有这个疑惑，然而她听了谢凭宁的一番话，却隐约觉得问题的关键不在这里。

"你刚才说邵佳荃遇到池澄的时候心情很糟，她告诉你是为什么事不开心吗？"

"嗯，她说过。那时姥姥八十大寿，她打了个电话来问候，凑巧被我接了电话，和她多说了几句。我妈在旁边听见了，没过多久就托人给她带了一包家乡特产，说是让她留个念想，里面有很多家里人的照片，还有我们俩的结婚照。她是个直性子，虽然早知道我结了婚，但我妈到现在还那么防着她，赤裸裸地把那些照片摆到她面前，她的确有些受不了……"

"你是说，她遇见池澄那天，有可能带着我和你的照片？"旬旬心里咯噔一声。

"是有这个可能，什么？难道……"

旬旬飞快打断，"你别乱猜疑。我什么都没说。"

"旬旬，我劝你还是留个心眼，趁早离开他。他不是那种可以终身依靠的人。"

"谢谢你的忠告。"旬旬心不在焉地说道。

她结束和谢凭宁的通话，正怔忡间，又听到一人在她身后笑道："我还说是谁站在那里，原来是旬旬呀。下班了，你还没走，打算加班呢？"

周瑞生的笑容仿佛已被万能胶永远地固定在脸上，任何时刻都不会消失。他见旬旬不答，留心到四下无人，那笑容里又增添了几分了然和体谅。

"看我这话说得，都是自家的地方，说加班多见外。池澄出去了，要不今晚回你妈家吃顿饭？她怪想你的。"

旬旬依旧没有说话的意思，就算是周瑞生这样最会察言观色又能说会道的都觉得有些没趣了，悻悻笑道："那我就不妨碍你了啊。"

"等等。"旬旬忽然叫住了他。

"我就知道你这孩子不是硬心肠的人，你妈……"

"周主任，我想问你几件关于池澄的事。"

"这个啊……"

旬旬知道，以他的老奸巨猾，此时心里一定在衡量着她是想探池澄的把柄，还是纯粹出于女人的天性想要了解恋人的一切。

"其实也不是什么大事，不过我想你是池澄在这里唯一的亲人，他的事你肯定最了解。"

"哪里哪里，不过我确实是看着他长大的。"

"池澄的母亲都不在了，他为什么还要回到这里？"

"上海那边是他后妈的地盘，他待不长。这不是正好这边要成立办事处嘛，我本来都打算享享清福了，看他孤掌难鸣的，才特意过来帮帮他。"

"那……他以前的女朋友你自然也是认识的？"

周瑞生打着哈哈，"女朋友？嗨，我说旬旬呀，哪个男人年轻的时候身边没几个女孩子来来去去的，可那哪儿叫女朋友呀。让我说，也就是你才能让他定下来。好不容易在一起了，这多好，多好！"

旬旬皱眉道："什么？邵佳荃都跟他谈婚论嫁了，还不叫女朋友？"

"什么'荃'？"周瑞生一脸的纳闷。

看他的样子，竟似完全没听说过邵佳荃这个人。周瑞生虽不老实，可这疑惑却不像是假的。如果他一心要为池澄掩饰，大可以信口开河，说池澄对邵佳荃只是玩玩而已，根本不必扮作浑然不知这种一看就会被拆穿的伎俩。

池澄在周瑞生面前也从未提起过邵佳荃，那是否意味着那个"前任未婚妻"从头到尾就是个谎言？

"池澄在你面前提起我吗？"

周瑞生兴许是把旬旬此刻的混乱误读作扭捏，笑呵呵回答道："你太小看自己了。池澄那小子脾气不怎么样，不过对你是假不了的。我这半个老头子都能看穿，你怎么还不明白？"

旬旬继续追问道："你能不能告诉我，他第一次在你面前提起我是什么时候？"

她很快后悔自己情急之下过于直接，果然，周瑞生迟疑了一会儿，明显警惕了起来，接下来的回答便谨慎得多。

"这个……看我这记性，越老就越不中用了。他对你怎么样，你应该有感觉，我想，就轮不到我这旁人胡说八道了。哎哟，我想起来我还有点儿事，就先走了，你真不打算回家看看？"

旬旬缄默，看周瑞生转身。

"你不要骗她！"她对着周瑞生的背影忽然说了这么一句，见周瑞生停下脚步，又艰难地低声补充道，"她这辈子不容易……对她好一点儿。"

周瑞生弯弯腰当作回应，"这个是自然。"

他走后，原处又只留下旬旬一个人。她愣愣地伸出手，贴在大厦的落地玻璃墙上，三十三层的高度，整个城市和半边染色的天空都仿佛被笼罩在手心。她搜肠刮肚地想，可是越想就越迷茫。

池澄到底是个什么样的人？又为什么而来？旬旬仿佛置身于一片浓雾之中。在她看来，雾比黑夜可怕，黑夜尚有光可以穿透，而迷雾只能等待它消弭。偏偏前路若隐若现，你不敢轻易迈出一步，因为不知前方是胜境还是断崖。

旬旬不是一个轻易付出信任的人，也不轻易做决定。若她肯赌一把，那也必是手上有了胜算。曾经这胜算就来自于池澄的真心，他什么都不靠谱，但至少他爱她，这是她徘徊良久得出的唯一定论。就在她决心压下手中筹码，赌这点儿真心能换半生安宁之际，却惊觉这迷雾中的城如此诡谲。

莫非什么都是假的？

指着她鼻子说"留下来和你吵架那个才是爱你的人"是假的？

吵架后红了的眼角是假的？

睁开眼看到她时诚惶诚恐的喜悦是假的？

那双睡梦中都不肯松开的手和孩子气的依恋也是假的？

那什么才是真的?

如果所有值得记取、所有触动心扉的都是来自于虚幻,唯有惨淡荒凉才是真,那一辈子活在真实中的人该有多么可怜。

等到旬旬回过神来,想起给曾毓打电话的时候,公司的人已走了大半。曾毓说倒也没什么事,只不过艳丽姐早上给她打了个电话,客套半天,让她有空回家吃饭。

"你知道我和她一向没什么话好说,她也不会无缘无故请我吃饭,想都不用想,一定是算准了我回去的话必定少不了你。吵归吵,她再怎么说都还记得自己只有你这一个女儿,就是死鸭子嘴硬。你说吧,要不要回去,你给句话,我也就不用去凑那个热闹。"曾毓在电话里直截了当地说道。

旬旬强笑道:"说不定她是真的想和你聚聚罢了!"

"饶了我吧。"曾毓失笑,"你别怪我对她不敬,实话说,我现在也没那个工夫,本小姐下班后忙着呢。"

"连泉回来了?"旬旬一听她的口吻便知是何意,很替她高兴。

曾毓说:"提他干吗?属于他的那一页已经翻过去了。我现在有新男伴,改天介绍你认识。"

"啊,你和连泉分手了?为什么?"旬旬感觉自己有些赶不上趟。连泉是曾毓这多年以来身边的男人里最搭调的一个,旬旬一度非常看好他们,觉得曾毓总算是遇到了真命天子,虽然她嘴上不肯承认。

曾毓的声音听起来满不在乎,"'分手'只适用于情侣之间,我和他算什么呀,露水姻缘,说散了就散了。"

"你骗我有意思么?"到底是一起长大的人,对方的底细自然也摸得一清二楚,旬旬当即拆穿曾毓的谎言,"是他先提出来的?"

曾毓起初还怪旬旬和所有家庭妇女一样八卦又多疑,实在撑不下去了,才失落地对旬旬说:"其实也没谁说到分开。他一去那么久,之前我还借着出差为名'顺道'去找过他一次,还是那样,在一起不外乎那回事,可谁能每回都为跟一个男人睡上一觉坐那么久的飞机?后来我也不去了。电话打过几次,他总在忙,我也不愿意再打,搞不好让别人觉得我有多饥渴,不就是男人吗,哪里没有?"

"他就连电话也没给你打过?"

"也不是一次没打,总说工作太忙。我又不是他女朋友,难道还能查勤查岗地计较到底是不是真的在忙？那我只能说，'你就好好忙吧'。"

"你这是自讨苦吃挖个坑把自己困住了！谁叫你当初非把界线划得那么分明，说什么只做'炮友'，动了心就是动了心，为什么不挑明了说？"

"我怎么挑明？旬旬，你不是不知道，我吃过太多认真的亏，所以和连泉打从一开始，我们就说定了，大家只是那方面的伴侣，谁也别当真，谁也不必负责任。现在别人信守诺言，我去说我动心了，反悔了，我要嫁给你，那岂不是凭空让别人笑话？"

"被笑话重要，还是幸福重要？"

曾毓扬起语调，不怀好意地说道："士别三日，当刮目相看。你还是那个比谁都怕死的赵旬旬吗？你豁出去找个小男人，也学会鼓励我豁出去了？"

旬旬被她说得一窘，"什么小男人？我只是想说，你缩在原地也未必是安全的，地裂、山崩、被花瓶砸到什么的，该你受的总逃不了。"

"够了，我不想再被你吓得去买保险。我也没你说的那么在意他。动心怎么了？成年人谁心里不会时不时荡漾一把？我现在也有新男朋友了，我对他照样挺有感觉的。不说了，我回去换套衣服，为我的浪漫之约准备准备。"

旬旬摇头。她不知道曾毓是否真有自己说的那么洒脱，只求但愿如此吧。相爱如饮酒，烈了怕过头，淡了又觉无味，保不准谁先弃了杯。

曾毓是醉怕了，旬旬却是喝惯了白开水的人忽然遇上了高度酒，还半推半就地一口气灌了大半杯，醉死也就算了，最怕云山雾里摇摇欲坠，不知道该不该舍了那剩下的半杯。

周瑞生和曾毓都不约而同地提到了艳丽姐。艳丽姐只有一个女儿，同样的，旬旬也只有这么一个妈。那晚愤然离家，事后她不是一点儿也没有想过艳丽姐的事。虽然说现在她都没有做好心理准备回到那个家去面对艳丽姐以及与其成双成对的周瑞生，但同时她也很明白，母女俩是不可能就此老死不相往来的。

她权衡再三，主动打了个电话回家。艳丽姐一听是她，免不了一顿埋怨，不是说她脾气大，就是说什么翅膀硬就忘了娘。旬旬按捺着脾气任她宣泄。末了，艳丽姐缓了口气，说道："别以为我不知道你住到池澄那儿去了。我告诉你，就算你和他真结了婚，横竖也绕不开我这个做岳母的。我见过的男人比你多，你别稀里糊涂被人骗了去，最要紧是趁早把人抓牢了，让他娶了你，什么都好说。我可不想看到你走我过去的老路。"

　　不管中不中听，这毕竟也算是艳丽姐表达关心的一种方式。旬旬转而问周瑞生对她好不好。艳丽姐的回答充满了女人的甜蜜，连夸周瑞生体贴、脑子活络，比曾教授更懂得哄人开心。

　　旬旬心想，到了她妈妈这个年纪，也许没有什么比"开心"更重要的。

　　电话两端都安静了片刻，艳丽姐忽然貌似不经意地说："你现在手里头不缺钱吧？"

　　开始旬旬还以为她是关心自己在外面不够钱花，还来不及感动，就听见艳丽姐接着道："我知道你手头上还捏着一笔钱，是不是离婚的时候姓谢的给你的？"

　　不用说，想必是旬旬上班的时候，艳丽姐又将她的私人物品搜了个遍。旬旬忍气吞声，问她到底想说什么。

　　艳丽姐不屑道："你当我贪你那点儿钱？我是谁，我是你亲妈！只不过提醒你一句，现在最蠢的人才把钱放银行，那就是死钱，越放越贬值你懂不懂？年轻人那么死脑筋，还不如我这个老太婆活泛。"

　　艳丽姐嘴里的"那笔钱"是旬旬的"一无所有基金"，不到绝境一个子儿她都不会动。

　　旬旬斩钉截铁地回答艳丽姐，"工资我都给你了，那些钱你别管。"

　　"我都还没急着攒钱养老，你倒先一步做准备了。你现在跟着池澄，俗话说：嫁汉嫁汉，穿衣吃饭。他有的是钱，你今后要什么没有，死捏着那点儿小钱干什么？"

　　"你别说这个，他的钱是他的，我们还没到那一步。妈，你也没什么理财头脑，过去交的学费还不够多？知足过日子吧。"

第二十五章

他描述的黄昏

回到池澄的住处，旬旬随便给自己泡了碗面。他在的时候总感觉闹得慌，恨不能躲着他耳根清净些，现在不见他人影，这屋子的陌生氛围才一下子凸显出来。老猫适应环境能力还不错，半天找不见，原来靠着池澄床上的枕头在舔毛。虽然池澄老奚落它，但也不妨碍它逐渐将这里当成了自己的地盘。在这点上猫比人强，它永远不会对任何人过分在意和依赖，只要有足够的粮食和清水，没了谁都能过得很自在。

闲着无事，静坐时心里发慌的旬旬决定动手收拾屋子。她拒绝承认自己有从这屋子里找到蛛丝马迹的念头，然而当她忙了一轮，没有发现任何可以为自己解惑的私人物品，禁不住失望。

她扫去了角落里的蛛丝，可心里的困惑却慢慢地结成了一张更大的网。

快到十点，池澄还没有回来。旬旬打算去睡了，却意外又接到曾毓的来电，说自己在某某KTV，让她赶紧带着钱来江湖救急。

旬旬本想问清楚究竟出了什么事，无奈电话那端明显可以听出曾毓喝高了，吐字含糊不清，只会催她快去。

曾毓今晚难道不是去赴她的"浪漫之约"了吗？旬旬搞不清状况，但事关紧急，怕她出事也不敢耽搁，忙忙出了门。幸而曾毓报给她的那个地点并不生僻，旬旬只是对出租车司机一说，对方已知要去什么地方。

找到曾毓的时候，她正靠在沙发上不省人事，旁边站着个一脸无奈的侍应生。旬旬一问之下才知道，曾毓和几个朋友来唱歌，埋单的时候大家都走了，只剩她一个人烂醉如泥地被扣了下来。

旬旬坐过去摇了摇曾毓，她刚勉力睁开眼睛就做出欲呕的表情，旬旬连忙搀着她去洗手间。大吐特吐过后，她用冷水洗了把脸，看起来似乎好了些，至少能认出扶着她的人是谁，但依然脚步不稳，神志恍惚。

坐回沙发，曾毓软倒在那里有气无力地回答旬旬的问题，大致上和侍应生说的差不多。她和新男朋友下班后一道共进晚餐，饭后，对方提出叫上两人的朋友一块去K歌，于是一行人到了这里，喝够唱够，友人们各自散去，只剩下他们两人。曾毓结账时被告诉系统故障刷不了卡，可她钱包里的现金又不够，幸而拼着最后一丝清醒，还知道在侍应生的提醒下给朋友家人打了个电话，旬旬这才被召唤了过来。

"你没带够钱，你男朋友身上也没有？"旬旬很是不解。

曾毓喝了口旬旬让侍应生倒上来的热茶，笑得差点儿被呛住。

"我看还差几百块，本来也打算让他先垫上，谁知道刚听说我钱不够，那家伙就说临时有急事要先走了，跑得比兔子还快，把我一个人晾在这里。你说好笑不好笑？"

"一点都不好笑。"旬旬诚实地说，"你那是什么男朋友？有他这样做事的吗？你挑男人的眼光不但不长进，反而倒退得不行，都不知道从哪里忽然冒出个莫名其妙的新男朋友。"

"不是莫名其妙冒出来的，是我的健身教练，教普拉提的，人长得真帅，声音又好听，还会哄我开心。姑奶奶我年末扫货的时候遇上商场收银台排长龙，他硬是给我排了一天一夜的队，所以我就想，行吧，就他了。平时出去我掏钱也没什么，吃吃喝喝，一个人该花的不也得花？哪知道这才几百块，他就现出原形了，就这点儿出息，我真是瞎了眼。"曾毓还在笑个不停。

旬旬说："我看你是疯了。"她掏出钱，替曾毓把账给结了。

曾毓的胳膊重重地搭上旬旬的肩，大着舌根说："男人都不是东西，还是你好。旬旬，我正式宣布你是我的好姐妹！"

旬旬苦笑，"你饶了我吧，好姐妹就是在你寻欢作乐之后埋单的那个。"

曾毓笑嘻嘻地说："赵旬旬，人不能忘本，这事我也替你做过。"

"尽胡说。"旬旬脸一阵红一阵白的，拿下曾毓的手，问道，"还能不能走？我送你回去。"

"不要说走了，让我飞都没问题。问题是急什么呀，考验你的时候到了。你不能再像嫁给谢凭宁时那样老在家等他，该学会适当地让男人尝尝等你的滋味。听我的，再陪我坐会儿。"曾毓说着，当着旬旬的面打了个电话，先是问对方的"急事"办好了没有，继而又软语温言地告诉他，系统早正常了，她埋了单又想换个地方喝几杯，想看看他还要不要过来。

想必是对方给了肯定的答复，曾毓笑道："你的急事真是来得快去得也快。"

她笑够了，换了口吻大声嘲弄道："不就是几百块的事嘛，你就算是没钱也拜托拿出点儿见识来。别以为我不知道你什么东西，那点儿钱就当老娘用来包了你！现在我对你没兴趣了，从今后有多远给我滚多远！"

她骂完，对旬旬说道："真解气，我的日历又撕下了一页，可惜没来得及给你办张打折的健身卡。"

旬旬说："你还惦记这个？我都多少年没去了，结婚后我发现做家务比什么都能锻炼身体。你找这个男人，不就是给自己添堵的？"

曾毓靠回去，自我解嘲之余又有些失落，"我原本以为再怎么样我们都可以过了这个冬天。"

忽然又听到这个说法，旬旬顿时又想起了池澄，心中一动，也翻出自己的电话。果然，那上面已有四通未接电话，除了一通来自于艳丽姐，其余都是池澄打来的，周围的音乐声太大，以至于她竟没有觉察。

旬旬给他打了回去，好像才响了那么一声，就听见池澄大声道："原来你还活着啊？"

旬旬哭笑不得地向他说清楚缘由，他这才口气缓和了些，一听她还和曾毓在KTV里，当即表示自己过来接她。

旬旬本想说不用了，但考虑到曾毓现在半醉半醒的状态，想了想，还是决定不能死要面子。她放下电话，只见曾毓在短暂的亢奋过后，又回到了人事不知的状态。刚才旬旬接电话的时候，她还一直在摆弄手机，现在歪倒在沙发上，手机从垂下的手中跌落到地板上也浑然未知。

旬旬给曾毓捡起手机，不小心看了眼屏幕，那里正显示写信息的状态，但上面一个字都没有。看来她刚才按了半天按键，又把打出来的内容通通删掉了，而收件人那栏的名字果然是连泉。

旬旬了解曾毓，她说不在乎，其实是太在乎。害怕失去，所以裹足不前，大声说自己不想要。只是不知连泉是作何想法。明明外人眼里一看即知彼此有情的两人，偏偏作茧自缚地猜着心。成年人明白的事越多，心里容纳勇气的空间就越小，不太容易做错事，但也往往错过了"对"的幸运。

池澄路上用的时间并不长，一见到旬旬就埋怨道："我回家不见你，打电话又没人接，还以为出了什么事。特意去了趟你妈家，又扑了个空。原来你在这儿快活。"

他还是旬旬印象中那个池澄，没有任何偏差，但谢凭宁和周瑞生的话犹在耳边，让旬旬一再怀疑自己的判断。

"你干吗用那种眼神看着我？"池澄狐疑地问，"难道是小别胜新婚？"

旬旬笑笑，没说什么，示意他过来帮着扶曾毓一把。

池澄将曾毓从沙发上拉起来，这一下力道不小，曾毓跌跌撞撞，险些扑倒在茶几上，幸而旬旬及时将她抱住。

"你小心点儿。"旬旬瞪了池澄一眼，"她喝醉了你又不是不知道。"

池澄不以为然地说："女孩子喝成这样像话吗？"

"你哪来那么多话？"

曾毓迷迷糊糊间似乎听到了一字半句，嘟囔道："谁不像话？谁不像话！"

她在池澄和旬旬一左一右的搀扶下出了包厢，到了池澄的车边，刚拉开后排的车门，冷风一吹，她再次显出了几分清醒，一只手撑在车窗上，茫然地环顾四周，问："我们这是去哪儿？"

旬旬安慰道："你上车，我们送你回去。"

曾毓的视线不经意扫到了池澄，眨了眨眼睛，夸张地换着角度打量他，忽然伸出手指着池澄的脸，叫了一声，"噢！我想起你是谁了！"

旬旬和池澄俱是一愣。

"什么？"旬旬撑着曾毓胳膊的手不经意收紧。

曾毓指着池澄，点着头说道："你是……×你大爷！"

旬旬几欲晕厥，池澄没好气地将曾毓塞进了后排座位。曾毓一坐进去，就顺着倒成了趴卧的姿态，嘴里还念叨了几次"×你大爷"，然后继续陷入昏睡。

"她喝多了，你别介意。"旬旬面红耳赤地向池澄解释。她也不知道自诩新时代精英的曾毓怎么会莫名其妙指着别人鼻子爆粗口。

池澄掉头也上了车，咬牙道："她要是敢吐我车上，我就把刚才那句话还给她！"

旬旬讪讪地也上了车。刚倒出车位，池澄的手机响了。他不耐烦地拿起来，看到来电提示上的名字，这才换了神色，一边推门下车，一边对旬旬道："你等我一会儿，我接个电话就来。"

他一直拿着手机走到几十步开外方才接起，如此小心，回避的想来不是酣然睡去的曾毓。其实早在他拿起手机下意识侧背对着她那时起，旬旬便猜到这是通不能让她听见的通话。

池澄果然有事情瞒着她。虽然旬旬早有预期，可当这疑惑一点点被证实，她心中说不出是什么滋味。如果事情的走向不能被左右，那么蒙在鼓里要比知晓真相更好受些。

池澄接了一会儿电话，人还没有回到车上，可停车场里又陆续有车开了进来。一辆七座车本想倒进他们旁边的车位，奈何被池澄的停车的位置阻挡，倒了几次都进不去。见他们的车里有人，灯又亮着，那车主索性走过来拍他们的车窗问怎么回事。

旬旬面皮薄，本想叫池澄一声，无奈他站得太远，下车叫他又恐落下偷听的口实，只得连声向对方说抱歉。好不容易等到池澄回到车上，迅速将车挪开。

送曾毓回家的路上，池澄见旬旬一路看着窗外发呆，便问是不是刚才那辆车上的人欺负她了，旬旬摇头说没有。

"那人倒车技术太烂。"他随口说。

旬旬道："也不能怪别人。下次如果有这样的电话，我下车回避就好。"

"什么意思呀？"池澄扭头开了她一眼，"你有点儿不对劲，从今晚我看到你开始，就搞不懂你在想什么。"

"从我遇到你那天开始我都没弄明白你在想什么，不也这么过来了？"旬旬笑了笑说道。

池澄满腹疑惑，"你是每个月那几天还是怎么了？"

"我是更年期。"

"懒得理你。"

他于是冷着一张脸专心开车，故意把音乐声调得很大。旬旬也不再多说一个字，闭着眼睛养神，直到池澄一个急刹车让她被安全带狠狠一勒。

"到了，你说的是不是这里？"池澄面无表情地问道。

旬旬点头，"没错，谢谢你。"

他有些恼火，本想出言激她两句，但又恐她不但不回击，反而逼得她越来越客气。

池澄这个人软硬不吃，你对他谄媚，他看不起你，你对他来狠的，他更与你势不两立，怕就怕遇到旬旬这样不软不硬的，他咄咄逼人，她后退，他退避三舍，她又不追，冷着他，晾着他，让他浑身招数没处施展，徒然恨得牙痒痒。

"我到底哪儿招惹你了？"池澄用力关掉音乐，陡然的静寂叫人心里一空。

"说什么呢？"

"我知道了，是那通电话让你不高兴。"他皱着眉，"你在怀疑什么？你对我这点儿信任都没有？"

旬旬一阵默然，想了很久才说道："你让我信任的根基在哪里？我的底细你一清二楚，可除了你口口声声说的爱，我对你一无所知。"

池澄说："那还不够？要不要我写个自传给你？不然我跟你调换位置，我让你把老底都翻出来，换你热脸贴冷屁股地来说声爱我？"

他说着把手机扔到她腿上，"不就是电话吗？你想看就看个够！"

旬旬心一横，调出通话记录。她心里有太多谜团亟待解开，一条路走得越深，她就越需要知道路尽头的答案。

出乎她意料的是，最后打来的是个极其熟悉的号码，通话时间正与池澄在停车场接到的那通电话吻合。

这下旬旬更纳闷了。

"我妈找你干什么？"

池澄冷着脸不答。

"她的电话你为什么要躲着我来接？"旬旬不安地追问，但池澄的回避和对自己亲妈的了解让她很快悟到了答案，"哦……她找你借钱了？你借给她了？"

此时他的沉默无异于默认。

旬旬用抓着手机的手推了他肩膀一把，又气又急。

"你给她钱为什么不跟我说一声？你们把我当什么人了？"

池澄这才郁闷地搭腔，"我算是知道什么叫里外不是人了。今晚我去你妈家找你，她说手头有点儿紧，问我方不方便。你说她第一次开口，要的金额又不大不小的，我好意思答个'不'字吗？"

"她要钱能有什么好事？你以为你是大善人，这是在害我！"

"你妈都挑明了说不是自家人，给她钱都不要。什么意思你还不懂？难道要我说我不是你的什么自家人，我是吃饱了撑的给自己添乱？"

旬旬绝望道："她问你要了多少？"

"五万，还千叮万嘱不要告诉你。"池澄老实说道，"刚才那个电话就是打来问钱到账了没有。"

"气死我了，她让你不说你就不说？"旬旬捂着脸哀叹。

"我不告诉你不是因为她不让，是怕你知道了反而不好受，就像现在一样。你活该，自找的烦恼！"

"我……"

"你要是想说还钱，现在就给我滚下车去。"

旬旬手一动，池澄立马探身按住她那边的门把手，其实她只是想把手机还给他。

池澄见状，有些尴尬地收回手。旬旬想着什么，竟一时也出了神。

"为什么对我那么好？池澄，你能不能告诉我，你说的爱到底从何而来，又是什么时候开始的？"

"我明明说过，从我第一次看到你开始，怎么，你不信？"

这个回答显然不能让旬旬满意，"你第一次看到我是什么时候？"

他不怀好意地笑道："一次性知道答案多没意思，要不这样，你每天可以问我一个问题，我一定会好好回答你。否则，你要摸清我的底细，就只能自己伸手来'摸'。"

"摸你个头。"

池澄见她虽没好脸色，但已不复之前的疏离，心中也放下了大石。见她低着头，他便借了阅读灯的光线，飞快地拔掉了她头顶的一根白发。

"嘶……"旬旬朝他怒目而视。

　　他看了一眼那头发，笑着说："是黑色的，我看错了。"

　　旬旬从十几岁开始，头顶偶尔会长出几根白发，每当思虑过甚的时期尤其如此。她知道池澄说拔错了只是哄她开心，从他手里抢过来，扔到车窗外，说道："拔什么？说不定过不了多少年我就满头花白了。"

　　池澄满不在乎地说："那我就慢慢拔，冒一根，拔一根，直到把你变成秃头老太太，日子长着呢。"

　　旬旬不说话了。竟然真有那么一霎，她仿佛看到了他描述的黄昏，禁不住嘴角露出了一丝微笑。

　　这时，两人座椅的间隙忽然冒出一张痛苦的脸。

　　被遗忘了许久的曾毓半梦半醒道："既然日子还有那么长，麻烦现在抽出一点点时间先把我弄回家。"

第二十六章

帆坠舟沉

第二天，旬旬照例是在路口下车，比池澄稍晚一些到达公司。刚推开玻璃门，她立刻就嗅到了几分不寻常的气息。大多数已到的同事都保持站立观望的姿态，他们视线的焦点是孙一帆的办公室，那里有两个穿着制服的公安干警，正在与恭敬陪侍一旁的周瑞生对话。

旬旬走进财务办公室，难掩震惊。里面只有她和老王两人。不等她开口询问，老王已压低声音神秘地说道："公司出事你听说了吧？都在传孙经理私下倒卖公司药品，他发到吉顺的几批货都到了他自己手里，经销商压根就不知情。这下好，被人捅了出来，都报案了。据说是笔不小的数目，保不准要坐牢的。"

"他人呢？"旬旬问。

"被另外两个穿制服的带走了，你知道另外两个留下来是要干什么吗？"

不需旬旬费神去猜，她很快收获了答案。就在说话间，一手拎着牛奶三明治的陈舟刚出现在公司门口，那两个警察便在周瑞生的指认下迎了上去，说是要把她请回去"协助调查"。

这一下，公司里更是炸开了锅，同事们都在相互低语议论着。

在被带走之前，陈舟被要求回到她所在办公室整理相关材料。旬旬和老王作为本部门人员，也在两名警察的监督下配合工作。

陈舟此时脸色灰败，但并无多少恐慌和意外。她把一叠纸质文件往档案袋里塞，简单的动作，却几次都没有成功，最后有几页纸从档案袋边缘飘落在地。

离她最近的旬旬忙替她蹲下去捡，陈舟也弯下了腰。

这一幕，多么像旬旬初来报到时的场景，只是当中的滋味早已不同。

陈舟没有接受旬旬的好意，自己捡起了那几页文档。

"你安心看笑话吧，我用不着任何人的同情。"时至今日，她的刚强性子依旧没变。

共事以来，旬旬和陈舟虽无私交，但相处一直不错，看到曾经在一个办公室里朝夕相处的人落到如此下场，旬旬也不由得心有戚戚。

"你明知道他只是利用你。"

陈舟从事财务工作多年，对其中要害的了解程度不比任何行家少，没有人可以骗得了她，只有她自己可以。

她朝身旁的旬旬自嘲道："俗话说：一个愿打，一个愿挨。我和他不过是把自己最多且最无用的东西拿来和对方交换，也谈不上利用。"

陈舟最多的是什么，做不完的工作，而孙一帆呢，他最不缺的就是感情。

旬旬低声问道："值得吗？"

陈舟的东西收拾停当，尽可能地朝旬旬挤出个笑容，"这一次他和我的名字终于写在了一起。"

旬旬想起那句"沉舟侧畔千帆过"，倒也是，如今孙一帆不再是陈舟身畔过路的一叶轻帆，她付出所有来跟随他的风向，如今帆坠舟沉，从今后，每个提到他过往的人都不会忘了她的名字。在某种形式上，她完成了自己渴望的拥有。

警察离开后，办公室里的人依然没能从震惊、亢奋或心有余悸中回过神来，谁也没有想到春节长假的最后一天会出现如此戏剧性的一幕。周瑞生不知道和谁大声说道："我早就觉得他不怀好意，像这种吃里爬外、对公司不忠诚的人迟早都没好下场！"

其余的人依旧窃窃私语，直到池澄从办公室走出来，他们才假装回到岗位上，低头各干各的事。

他一路穿过办公室中央，进到只剩下两个人且乱成一团的财务部，起初只是不说话，面无表情地左看看右看看，看得里外的人心里都惴惴不安。

老王毕竟是有些年纪阅历的人，起初他只顾埋头收拾，忽而好像领悟到了什么，嘴里叨叨着，找了个理由撤出了财务室。

旬旬也不知道池澄是什么意思，只见他靠坐在原本属于陈舟的办公桌上朝她开心地笑。

"我没有被人卖了还帮着数钱，这下你放心了？"他道。

然而旬旬的百味交集又岂是"放心"两个字可以概括的。

她见四下无人，保持着手头上的忙碌，嘴里低声道："原来你早知道会有今天，这才是你乐意看到的。"

"难道我不该表现出高兴？我为我爸和他老婆同时清理出一个蛀虫和一个内应，大家都应该热烈鼓掌。"

"为什么偏偏要等到这个时候？"

池澄做出失望的表情，"我以为你今天会问我第一次见到你是什么时候。不过既然你问了，我答应过一定不会瞒你。"他像个小孩子炫耀自己心爱的作品，"为什么不等到这个时候？姓孙的虽不是第一次那么干了，但凭那些零零散散的出货量，我费那工夫干什么？报到总部，让上面训他几句又保下来？最多辞退了事，这有什么用？要动手就等他干一票大的，好歹犯罪金额够他在里面待上几年，出来在这个行业里也混不下去了。这叫打蛇打七寸，对待落水狗，就要一次让他翻不了身！"

"你怎么确定孙一帆在年前会干票大的？"

"也没什么，只不过我听说他家里的老父亲生了病，'这么巧'办事处又调整了分配制度，他的奖金和提成都要在年后才能发放。以他对我的不屑，想也知道他绝对不会开诚布公来求我。"

"现在还额外赠送了一个陈舟，一举两得，简直再划算不过了吧？"

"你和我不是一对，简直就天理不容！"池澄笑得坦荡无比。

旬旬想起陈舟，一声叹息之余也有些脊背生凉。若当初她一时糊涂，在孙一帆的发货单上签下了自己的名字又当如何？

池澄见她犹疑，安慰道："你不用替她操心，她知道自己在做什么。人总要为自己的愚蠢付出代价。"

旬旬说："她不是愚蠢，只不过是太爱孙一帆。"

"不蠢吗？旬旬，换作是你，你会为一个男人奋不顾身做傻事吗？"他已替她做出回答，"你不会！看，这是我喜欢你的地方，也是我讨厌你的地方。"

他站直了身子，伸了个懒腰，"做完了节前大扫除，大家就可以过个安稳年了。"说完，他凑过去笑嘻嘻地抓起旬旬的手，那亲昵自然无比，"你说外面那些偷偷看我们的人在想什么？"

旬旬一慌，想撤手时便明白已没有那个必要了，因为好奇的人们心中已然得到了想要的答案。她没有想到自己和池澄的关系会在这样的情况下暴露在其他人面前。自进入尧开以来，虽然两人暗里始终没断过千丝万缕的关系，但除了周瑞生外，其余的同事从未看出任何端倪，其中甚至包括孙一帆。这里面除去两人都善于伪装的缘故，还有很大一部分得益于人们从未将他们联系在一起。

池澄这种人，只要他藏起孔雀的屁股，亮出漂亮的尾羽，很难不引人关注。但实际上无论是客户还是同事的群体中，真正对他有实质企图的异性少之又少。

长在树顶的苹果，即使它再红艳诱人，一般人很少对它动脑筋。每个人心里都有一把秤，爬上去的成本太高，成功的概率又低，他们更愿意选择那些伸长手或跳一跳就够得着的，味道其实也还不错。最红的苹果最好就让它高高挂在枝头，可如果它不小心从枝头掉落，砸中的是牛顿也就罢了，谁能相信它敲醒的只是那个树下打盹的蔫蔫少妇？

"你想干什么？"旬旬既不安，又有些难为情。

池澄说道："我想不出还有什么理由要偷偷摸摸地在一起。别以为我不知道，你是怕别人都觉得是你举报了陈舟和孙一帆。不用担心，因为迟早他们都会这么认为，还不如痛快一点。让大家都知道了我们的关系，你也没那么容易对我始乱终弃。"

旬旬咬牙道："你对我太好了。"

"我一定会继续努力。"池澄谦虚地回道，"好了，让我们再熬完这刺激的一天。"

"别走。我还没问呢，你第一次见到我到底是什么时候？"

池澄嘴角上扬，说："你刚才已经问了我很多，今天的额度早就用完了。"

看到旬旬面露气恼，他心情大好。

"别急，明天上了山我就告诉你。"

谷阳山森林公园坐落在市区一百八十公里外，是本地小有名气的风景胜地，历史上曾以道教文化扬名。虽然独揽胜景，一年四季"春花夏云秋叶冬雪"堪称四绝，可因其山势延绵，高且险峻，路如羊肠，让无数人望山兴叹，多年来游人罕至，除了山上村寨里的原住民，只有少部分摄影发烧友、背包客或虔诚的信徒敢于冒险登山。其旅游资源被开发只是近几年的事。自从主峰顶上修建了一座设施奢华齐备的养身度假山庄，山上的路也随之开通，观光客才逐渐多了起来，许多景点陆陆续续被发掘。不少人慕名而来，将山上的风光灵气视作涤荡城市喧嚣的良药。

旬旬虽然自小就知道这座山的存在，却从未来过。以她的性格，自然是寻常的平凡人世间更能给她充足的安全感。可池澄铁了心也要带她上山，说要找个特别的地方和她度过一个难忘的春节。

从犹豫到被说服对于他们两人来说都是个艰难的过程。春节是中国人一年到头的大日子，旬旬离了婚，但总还有个亲妈，就算闹了别扭，大过年的总不好置之不理。她原打算除夕回去和艳丽姐吃顿团圆饭，如果池澄愿意，也可以同往。回去之前，旬旬再次给艳丽姐打了个电话。这次艳丽姐没有再絮叨，热情地让她一定要把池澄带回来，然而当旬旬一提到她向池澄借钱的原因，没说几句，母女俩就再次在电话里闹翻。再加上艳丽姐满怀期待地说除夕夜周瑞生会露一手，做几道拿手好菜，旬旬更彻底打消了"团圆"的念头。别人都是"团圆"的，孤家寡人只有她自己罢了。

艳丽姐那边暂时是回不去了，旬旬心里难免有些失落，池澄却高兴不已。用他的话说，他也是有家不能回，同是天涯沦落人，旬旬一开始就应该放弃挣扎，老老实实随他上山去。

山上会有什么，旬旬浑然未知，不过她能够确定的是，她若是不答应，池澄的死缠烂打绝不会休止。而且，对于他始终未松口的那个谜，她也将继续蒙在鼓里。她和池澄到了这一步，如逆水行舟，不进则退。

据负责安排上山事宜的周瑞生说，这个季节的谷阳山是赏雾凇的最好时节，对于终年生活在湿热环境中的南方人来说极为难得，而山上的接待能力有限，好的酒店客房紧俏，若不是他神通广大，恐怕难以在短时间里把所有的事情安排妥当。

除夕的前一天，旬旬坐在了开往谷阳山的车上，身旁是一看即知心情颇佳的池澄。周瑞生自告奋勇地送他们。到了山脚下的景区大门，旬旬远眺如长蛇般的环山路，不顾周瑞生如何吹嘘他多年的车龄，坚持换了景区当地的司机来跑接下来的路程。如此一来，周瑞生也没了上山的必要，池澄让他将车留在停车坪便可乘坐当日的旅游车返回市区。

要说这日的天气并非出游的上佳选择，冷风中夹杂着延绵不绝的细雨。从山脚到目的地将近一个小时的路程里，旬旬感觉自己头顶的白发又悄然添了好几根。路边竖立的警示牌上刷着她见过最诚实的标语——"山高、路窄、坡陡、弯急"。常常一边是悬崖，另一边是峭壁，第一次来的人完全无法预想下一个弯会拐向哪里，好几次的颠簸都让后座的人被弹得撞到了头。一问之下才知道，这山路上每年出现的翻车事故都不在少数，这更令旬旬深感选择本地司机无比正确。

池澄满不在乎地笑话着旬旬的胆小。他起初还颇为享受她的紧张，因为每当出现急弯和险道时，旬旬就会情不自禁揪住他的衣服，直到被她的手指掐到了肉里，才又是笑又是喊痛。

"喂，你轻点儿。不要借机占我便宜！"他嘴上不吃亏，却借着一次次的急转弯将她搂得越来越紧。

旬旬明知他险恶用心却也无可奈何，只得暗地里腹诽，说不定这就是他死活要哄她山上的目的，早知道他不会安什么好心。

当他们经历九转十八弯终于到达目的地，旬旬推开车门，凌厉的山风打在面上，钻进衣服的每个缝隙里，她整个人好像成了一根速冻的胡萝卜。

池澄搓着手把行李交给了度假山庄迎出来的门童，笑嘻嘻地问她道："这下你觉得够冷了吗？我希望你做好心理准备，因为半夜睡觉的时候更冷。"这时旬旬才痛定思痛，永远不要低估一个男人低俗而坚韧的心。

　　他们下榻的明灯山庄正是谷阳山顶那座庞大养生会所的主建筑。办理手续时，旬旬毫不意外地在池澄一点儿都不诚恳的抱歉中，被告知山庄里仅剩一间客房。向工作人员一打听之下她才得知，客房紧张的确不假，但原因绝非之前周瑞生所说的旅游业兴旺，而是由于每年的这个季节山顶气候恶寒，是不折不扣的旅游淡季，山庄只对外开放了一栋临崖别墅，又接待了一个以摄影爱好者为主的小型旅游团，所以客房才所剩无几，但留给他们那间是整栋楼视线最开阔、景致最好的房间。

　　"你要是对我不放心，也可以考虑附近的度假木屋，虽然没热水没暖气也没安全保障，但我保证会有空房间……"池澄善解人意地说道。

　　旬旬问："你还能保证我换到木屋，半夜不会看到你的脸？"

　　他只顾着笑，没有回答。

　　山庄里的暖气让人得以缓口气，旬旬放下行李，打量着这个双人标间。她有些明白为什么周瑞生临时为他们订到了客房，结果还是挨了池澄一顿狠批了——如果是按照池澄的主观愿望，只怕恨不得这里只有一张仅容两个人挤在一起的小床。

池澄斜靠在其中的一张床上，兴致盎然地看旬旬走来走去四处查看房间里的安全设施。

"赵旬旬，那门锁够结实吗？能不能抵挡外星人入侵？"

"……你确定我们有被摄像头偷拍的可能？"

"浴缸里有没有电流？"

"你只带一条干净床单，要是我感染神秘病毒，还不是会传染你？"

旬旬充耳不闻他的废话，自顾做自己的。池澄没趣，又好心提醒道："还有阳台，半夜小偷爬进来就糟糕了……"

旬旬的下一个目标正是阳台。她走出去，朝工作人员嘴里"风景美轮美奂"的阳台向外看了一眼，顿时汗毛倒竖。这下她确信没有歹人会爬窗而入了，因为这临崖别墅当真依山势而建，若是不想活了，从阳台跳下去便是万丈深渊。虽说有玻璃的防护栏，她还是忍不住回撤，坐在远离险境的床边仍惴惴不安，生恐这房子地基不牢，稍不留神就整个摔得片瓦不留。

池澄笑够了，把她拉起来，说道："吃饭时间还早，陪我出去走走。"他见旬旬不感兴趣，又吓唬道："你一个人留在这里，当心摔下去连个垫背的都没有。"

旬旬恨恨地换了身衣服随他走了出去。下午时分，山庄外虽然暂时停了雨，但天空阴沉依旧，灰蒙蒙的云压在满目的苍翠之上，空气寒冽，人却总觉得喘不过气来。

"我们朝这边走。"池澄指着通往明灯山庄后面的石子路说，"我来过几次，这条路上的风景不错。"

旬旬收紧领口，跟在他身后。池澄边走边打量她此时一身的户外装扮，啧啧称奇，"赵旬旬，你居然有'始祖鸟'的冲锋衣。我真想知道你包里还有什么让我想不到的东西。"

也不怪他大跌眼镜，旬旬看起来就不像热爱户外运动的人，她这一身所需不菲，登珠峰都没人敢笑她不专业。以她精打细算的理财方式，绝不会轻易在任何不需要的地方做投入。

不过池澄转瞬又明白了她的意图。

"这是你为应付地球毁灭、冰川时代来临准备的物资之一吗？"

没有回答即意味着他猜中了，池澄忍俊不禁，"你把它都用上了，我感到很荣幸。"

面对他的揶揄，旬旬红着脸不咸不淡地回应道："不用客气。"

他一路都没止住笑意，不经意已经走出很远。这石子路看上去极长，像一条穿梭在绿色屏障中的白蛇。起初还能迎面遇上几个散步回来的游客，更往深里走，人影渐稀，风掠过松枝的声音成了主题。

"你快点儿，小心没跟上，被山里的野人掳走了。"池澄见旬旬越走越迟疑，便在前方几步开外吓唬道。

他们这时正走到一个碧幽幽的水潭前，旁边的石壁上刻着"药池"二字，潭上架着一座窄窄的双木桥，上面覆盖着绿色苔藓。这里像是两个景点之间的分界线，桥另一头的石子路通向更深的密林。

旬旬经他这么一吓唬，索性停下来要打道回府。

"我真搞不懂你把我带到这里来干什么？"她嘟囔道。

池澄笑道："当然是骗你到深山老林劫财劫色。"

旬旬没觉得好笑，定定看了他一会儿，扭头就沿着来路返回。池澄这才拽住她的手腕。

"你当真啊？"

"还不肯说你带我上山的原因？再拿胡说八道瞎忽悠，我立刻就下山。"

池澄也低头看她，仿佛在判断她的认真程度。

"你害怕，为什么还肯跟我来？"

这也是旬旬在反复问自己的问题。她知道池澄这个人看似玩世不恭，但做事一向有着明确的目的。她再三犹豫最后还是选择随他上山，不但是想为困惑了自己许久的谜题寻求一个答案，更因为她惊觉自己不知不觉间在这场赌博中押下了太多，全身而退已成奢望，除了用尽剩余筹码赌一场大赢之外别无选择。

池澄用冷得像冰一样的手触碰她的脸颊，尽管旬旬的脸被冻得木木的，还是禁不住一缩。

"你看你，脸色都变了。"他还是笑，牵着她继续往前走，"告诉你总行了吧。我带你上山，是因为我妈的骨灰就放在这山上的一个道观里。"

"玄真阁？"

"你不是说没有来过？"

旬旬是没有来过，但她父亲活着的时候终日装神弄鬼，以太乙真人的弟子自称，虽不是什么正经的道家传人，却曾经在谷阳山的玄真阁里摆过算命的摊子。

"我上网看过旅行攻略。"旬旬慢腾腾走了几步，迟疑道，"池澄，你妈妈是为什么事去世的？"

"病死的，肝癌，从发病到走用了不到半年。"池澄说，"你发什么愣？对于某些人来说，活着是种受难，走了才是解脱。旬旬，你没必要想太多，我只不过希望让她知道，他儿子爱的是个什么样的人。"

旬旬不知不觉已被他领着走到了双木桥上。寒玉一般深凝的潭水让她有些紧张。

"你别往下看。"池澄感觉到她扣紧的手，安慰道。

旬旬点头，走得更是小心，木桥上的苔藓湿滑，步子越是沉重就越容易打滑。她脚底一下不稳，晃了晃，池澄连忙稳住了她。

"你把我都弄得有些紧张了。"

旬旬不好意思地笑笑。她在惊魂不定中看到脚下，桥身的颤动引得潭水泛起涟漪，水面上两人的倒影贴得极近，却都显得面部模糊，其中一个是步步小心却随波荡漾的自己。

旬旬问踏上平地上才想到去问："我们现在就是去往玄真阁？"

池澄说："不着急，玄真阁在另外一座山头，我们明天再去，今天只是出来走走。我记得前面有个很不错的瀑布。"

他们过了桥，夹着绿荫的小路在前方拐了个弯，很快就看到一个岔路口，路旁竖着老旧的木头指路标，上面的字样已模糊不清，只能依稀分辨出指往左边方向的是"X云瀑布"，右边则完全不知道通往哪里。

"走吧。"池澄丝毫没有放开她的自觉，牵着她继续朝左边的瀑布走。

旬旬却没有动。她犹豫了片刻，指着另外一个方向对池澄说："冬天的瀑布有什么可看的？要不我们走右边？"

池澄很是吃惊，"我可告诉你，那边我从来都没走过，谁知道是大路还是断头崖？"

"所以才要去看看。"

"你什么时候变得那么富有冒险精神？"

"就在刚才。"旬旬笑了起来。

他迈的步子很大，总是习惯走在前方几步，恨不得把两人的手拉成一条直线，可又怕她跟不上，时不时又缓下来等等。旬旬任由自己跟着池澄朝一个未知的方向走，她目光追随着他的背影，仿佛再一次审视她的记忆。

他是谁？

他牵引她一步步走近的究竟是个现实中的童话，还是一场谎言？

相信他。不要信他。每走一步，旬旬都在心里默念，像扯着花瓣问"他爱不爱我"的小女孩。

如果下一个指示牌出现时，路的尽头还有路，那她就相信他所说的一切。

她急不可待地想知道前方等待着她的是什么，如渴望命运的神启。

这条小路远比她想象中更快地到了终点，他们的眼前豁然开朗。

路的尽头是个巨大的灌木迷宫。

每个人小的时候都走过迷宫，你知道一定有条路通往彼端，但站在入口的时候永远不会知道它在哪里。

池澄和旬旬都没有想到看似偏僻的角落竟然藏着这样一处所在。从外围看过去，迷宫是一个百米开外的方阵，以灌木为藩篱，正中央建有一座竹子搭建的亭台，供人登高观阵。这时已有几个早到游客在亭子上搭好了摄影三脚架，迷宫中还有三三两两的人在摸索。

池澄领旬旬走了进去，左右分别是看来一模一样的通道。

"不如我们各走一边，看谁先走到中间？"池澄玩心大起，见旬旬没有反对，便松开她的手，两人朝相反的方向走。

旬旬凭直觉顺着通道前行，一会儿再回头，便只能在十几米开外看到池澄从树丛中露出来的半边身子。她左绕右绕，一不小心就走入了一个死胡同，白白走了不少冤枉路，沮丧地调转回头。

池澄看上去比她更为顺畅，时不时笑着喊她一声，朝她挥挥手。当遇到第二个死胡同的时候，旬旬正考虑是否应该沿着走过的路做个标记，忽听到前方有人在叫她的名字，一抬头才发现，自己的对手竟然已经优哉游哉地站在中央亭台的上方，朝她绽放胜利者的笑容。胜负其实很大程度上取决于一开始走的路正确与否，她就是在不断走回头路的过程中距离当初的目的地越来越远。

"赵旬旬，你这个路痴！"池澄见她还在东奔西走，不禁笑着催促。旬旬无计可施，他此时脱离迷阵站在高台上却如同隔岸观火，下面的周转曲折一目了然。

旬旬在他的嘲笑中变得急躁。这迷宫说难不难，但若是陷在里面，想一下子找到出口也不是那么容易的事。她似乎选择了最错的路，怎么走都不对，想回头却发现并不比前行的路径更清晰。

先于他们走进迷宫的那几个游客也陆陆续续上了高台，有热心的人吆喝着给旬旬指路，无奈方法不得要领，旬旬还是无头苍蝇一样在里面转来转去。

天色一点儿也没有好转的迹象，云层看上去更为深浓，气温也似乎一直在往低处走。旬旬四处碰壁，无奈地朝池澄做了个投降的姿势宣告放弃。池澄笑够了，实在看不下去，于是又走回迷宫里，打算将她带出去。

就在这时，山那边忽然一道闪电划破阴霾，亭子里胆小的女生吓得惊叫一声，看来一场大雨将至。

刚才还安逸在高台上看风景的人们顿时作鸟兽散，几个摄影爱好者也纷纷动手拆了三脚架。山里的雨说来就来，光是风已吹得人摇摇欲坠，浇得一身湿透绝对不是好受的。

这一下迷宫里顿时又热闹了起来，只不过旬旬还面朝着正中央，其余人却奔向出口，可方阵里的人一多，又都带着慌乱的情绪，犹如许多只无头苍蝇四处乱撞，出口更显得可望而不可即。

天边的闪电一道接着一道，池澄努力朝旬旬靠近。

"你不要动，你越走我就越找不着你。"周围焦急的人声让他也显得心浮气躁。天越来越暗，满目延绵的绿色和天空的灰暗几欲融合，变作一种原始又肃杀的色调，焦灼行走的人肢体擦过细密的灌木枝条，发出沙沙的声响。

旬旬本打算原地等待，可当池澄想方设法朝她所在的方位前进，她也情不自禁地想要回到他的身边。也不知怎么了，别人都在想办法尽快从迷宫中脱身，他们的目的却变作了寻找彼此，出口在这个时候反倒显得没有那么重要。

当两人之间仅隔着一道灌木屏障，伸出手就能够到彼此时，池澄所在的位置离出口已不远，旬旬却还要绕几个大弯才能回到他身边。

"搞什么？"池澄气急无奈。

那灌木丛高度在一米五左右，底下是青砖砌成的底座，旬旬犯愁地扶着树枝站在底座上翘首以望，困惑道："我也不知道怎么……"

她话都没有说完全，剩下的半截话变成了含糊的发音。池澄隔着树丛将她拉向自己，灌木丛的枝叶被撞落无数凌乱的水滴。

旬旬经历了极其短暂的迷茫之后很快踮起脚尖探出手环住了他的脖子，满脑子的空白。他们都没有尝试过这样的急切，不知道曾经的蹉跎是为了什么，仿佛之前所有徘徊、找寻都只为了这一刻的到来。他说出来的话或许有真的，也有假的，但她愿意用所有的理智来交换身边这触手可及的温暖。

回去的过程在旬旬的记忆里被匆匆带过，白色石子路、摇晃的小桥、夹着绿树的小径和铺着暗红色地毯的酒店长廊都犹如电影里呼啦啦快进的镜头。她只记得他们奔跑着，赶在大雨倾盆之前回到了房间，记得她试图合拢又被池澄单手拉开的窗帘……她打横着仰倒在靠近阳台的白色床上，看到整片天空，覆盖在她身体上的除了他的身体，还有峭壁上翻滚聚合的云层。

那浓黑的乌云面目凶狠狰狞，一时如脱缰的马，一时如下山的虎，一时她又觉得什么都不是，只像陌生的自己。

或许是为这时的激情等待已久，池澄的动作并不轻柔，她身无寸缕的时候他只是衣衫半解，鲜明的对比让旬旬在慌乱中无所遁形。池澄享受着无法再用坚持的壳保护自己的旬旬，覆在她耳边问："我比谢凭宁好吗？"

旬旬起初只是闭着不答，被逼到紧要处，忘了思考，喃喃道："你只会跟他比？"

"哦，我不知道还有别人。"他显露出浓厚的好奇，继续问，"那我比'他'好吗？"

"他"的身体也曾以这样的姿态与她紧密相连，"他"也有一样年轻的躯体、汗湿的头发和有力量的腿，"他"给过她最陌生的情涌、最直白的欲望滋味，然而，"他"只是旬旬的一个梦。天际的闪电刺痛眼睛，也撕破着梦的外壁，记忆如打破的水银倾泻而出，有一霎，她觉得就连此时橘黄色的灯光和云端的胆战心惊都如此熟悉。

她不知道自己是醒了，还是坠入了一个更深的梦境。

第二十八章
回忆如梦醒

　　他们第一次醒过来是在午夜两点左右，雨冲刷群山的声响像一种远古的协奏。酒店二十四小时的送餐服务安抚了他们的碌碌饥肠，然后接下来的时间依旧混沌，一如窗外日夜难辨的天空。

　　旬旬第二次醒过来是借助了一通电话，彼时已是次日中午，手机被调成振动，在床头嗡嗡作响。她艰难地移开池澄压在她身上的一条腿，拿起电话，一看到"曾毓"两个字，彻底回过神来，赤着脚下床，捡起自己的衣服，踮着脚尖进了洗手间。

　　"你怎么半天才接电话？"曾毓的耐心一向有限，噼里啪啦地说道，"我一定是喝了假酒，头痛得快要死了。但死之前我必须留着最后一口气提醒你，你当真不记得你身边的小男人是谁了？你们应该见过的，三年前我刚回国的时候不是逼你办了张健身卡？他就是那个健身房里的助理教练，还带过我一次，就是我跟你说过的那个'×你大爷'！"

　　曾毓这么一强调，旬旬依稀有了点儿印象，但这印象与池澄本人无关，只不过对应上曾毓"×你大爷"的典故。

原来当年曾毓在美国待的时间长了，回国后颇有"营养过剩"的嫌疑，为了短时间达到塑身效果，她特意在健身房请了个专职私人教练。有一回，教练临时有事，就派来个小助理一旁指导。曾毓向来对长得好的男孩子"关爱有加"，见那小助理年轻稚嫩，不由带着开玩笑的心态调戏了几句。

她大概是问了句类似于"我请的是专业健身教练，你看上去那么瘦，行不行啊"的话，顺便以检验胸肌为名在对方胸口摸了一把。当时小助理正在给她拉筋，闻言皮笑肉不笑地回答说："行不行试试就知道了。"说完双手将她的肩膀往下一压……

曾毓一声惨叫之后，想也没想就飙出句从前任京籍男友那儿学来的——"我×你大爷！"

小助理并没有立刻放开她，反而笑了起来，说："我大爷早死了，你想去找他，我再给你松松筋骨。"接着又给她狠狠来了那么一下。

用曾毓的话讲，她事后一周都瘸着腿去面试，险些疑心一条玉腿就此报废。本想投诉到他死为止，哪知道找到健身房老板，那奸商说小助理只是兼职，已经不干了。加上曾毓事后想想也怪自己无聊在先，只得不了了之，憋了一肚子气，在旬旬面前大吐苦水。

旬旬去健身房纯属陪太子读书，顺便打发下班后的无聊时光。平时就走走跑步机，做做健身操什么的。说起来那间健身房规模不大，但教练里头着实是帅哥云集，旬旬隐约从曾毓那里听过其中的桃色传闻。据说有部分资深女会员和男教练之间"私交"匪浅，这也是那间设施、规模一般的小健身房能够吸引如此多的女性会员，其中又以有钱的中年女性居多的原因。

但这些内幕多半只是捕风捉影，对于旬旬这种再普通不过的小白领来说相当之遥远，而且她对那些或肌肉结实，或腰肢柔软的帅哥教练们不感兴趣，只除了一个姓文的男教练。他给旬旬指导过几次器械的操作方式，为人谦和，笑容诚恳，长得很像鼎盛时期的裴勇俊，给旬旬留下了比较深的印象。至于曾毓嘴里的"×你大爷"同志，旬旬完全不知道长什么样。她当时只是觉得有些好笑，如果曾毓说的"内幕"确实存在，"×你大爷"那么"贞烈"，要不就是出淤泥而不染，要不就是一眼看出曾毓付不起钱。

"我第一次见他就觉得面熟，不过换了身打扮，变得更人模狗样了，所以一下子没认出来。你说他认不认得你？还是真有那么巧？按说你们那时没什么交集吧，你看上的明明是文涛那一型的。"说到"文涛"的名字，曾毓的发散性思维飘到千里之外，暧昧地笑了起来，"你总不会连文涛都忘了吧。我对你多够意思啊，该做的都帮你做了，是你自己错过机会，可怨不得我……喂喂，电话是不是有问题？你在听我说话吗？"

"……"旬旬顺水推舟，匆匆说，"啊？你刚才说什么？我现在不在市区，信号不太好，回头再跟你聊。"

她挂了电话好一会儿，才用水简单地冲洗了一遍周身。走出卫生间，池澄仍没有起床的迹象，背朝她睡得很安稳。

旬旬愣愣地坐在床沿，她对于池澄的熟悉感就好像烟火落地后的余烬，星星点点，往往来不及捕捉就已经熄灭。原本不确信的记忆在曾毓的电话里得到了求证。三年前的健身房……她早该知道的，世界上哪来毫无因由的爱与恨。

旬旬终于走到了答案的巨门之前，真相如紧闭在门里的洪水猛兽，可它们如此安静，她心中全是恐惧。她用了很大的决心，才缓缓转过身去，面朝着与她一夜亲密无间的男人。

雨声渐小，午后没有开灯的房间昏暗依旧，他弓着身体，用被子裹着身体，只露出后脑勺黑黑的头发和半边英挺的轮廓。

三年前的早晨，同样昏暗的房间，同样的迷惘和错乱。那时的她以同样的姿势坐在床沿，只不过出于强烈的羞耻感，直到放下东西离去，她始终不敢多看一眼他的脸。

这时，旬旬忽然发现自己之前睡过的枕头上多了一个钱夹，那是池澄常用的，莫非是昨天下午的忙乱中不留神从衣裤中掉落的？可她起床的时候并没有发觉。她有些疑惑地将钱夹拿在手中。

钱夹分量不轻，旬旬将它展开，里面现金和卡一应俱全，然而带走了她全部注意力的是正中的一张照片。站在人群前，双眼茫茫然看着前方的那个女人不是她又能是谁？照片里的旬旬身上正穿着和池澄在机场"第一次"打照面时的那套衣服，那时她身边不远处应该还站着谢凭宁，两人各怀心思地等待着小姨和小姨夫的到来。

池澄究竟是以何种心态在暗处拍下这张照片？旬旬错觉自己就像一只懵懂的麋

鹿，一无所知地站在潜伏着的猛兽跟前。她心慌意乱地抽出这张照片想要看个仔细，却发觉照片背后另有玄机。

藏在机场偷拍照后头的还是一张照片，更出乎匀匀意料的是，照片里的人竟然还是她，只不过那时的面孔更为年轻，如果没有记错，这张免冠标准照应该来自于三年前。

一个男人，钱包里揣着同一个女人不同时期的两张照片，而那么长的一段日子里，她竟然一直都没有想起他是谁，说起来不知是谁比较可怜。

这时匀匀听到翻身的动静，慌忙将相片放回原处，可是哪里还来得及，她一扭头，只见池澄面朝她躺在床上，半撑着头，颇具兴味地看着她的行径。

"哦，是这样的，我看你钱包掉床上，想替你收拾起来。"匀匀不自在地解释。毕竟未经许可偷看别人的私人物品绝非光彩的事，尤其是钱包这样敏感的物件。

池澄却并没有半点儿意外，伸手将匀匀放回去的钱包又推到了她的面前。

"你对钱包感兴趣？那正好，反正里面的东西也是打算给你的。"

"什么？"匀匀一时没有领会他的意思。

"我有时候真猜不透，你装糊涂的本领到底有多高强。"池澄若有所思道。

匀匀看着那个钱包，惶惶然地说："我是不明白……我不明白这和我们现在有什么关系？"

他起身盘腿坐在凌乱无比的床上。

"你不是一直想知道我第一次见你是在什么时候？你一点儿印象都没有了吗？"

"在健身房？你表舅周瑞生开的健身房？"

"你终于想起我是谁了！但我还得说，答案错误！"纯白色的床单和乱乱的短发让他看起来更为年轻无辜，面对匀匀的无措，他失声笑道，"其实是健身房门口！我来帮你回忆。那天太阳很大，我在周瑞生的健身房门口给我爸打电话。当时我妈的病到了最后的时间。他们离婚后，我发过誓当他不存在，可那一次我又没出息地求了他，让他念在夫妻往日的情分上回来看我妈一眼。她再恨他，临走前看不到他不会安心。可是我爸却说他很为难，他的新妻子刚给我添了个小弟弟，同样需要他在身边。他说可以给我打一笔钱，但人肯定走不开。我站在路边用最狠毒的话咒骂他，他挂了电话我还在骂……这时有个女的从我身边走过，一直在回头看我。我以为她是花痴，谁知道她忽然朝我冲过来，一把推得我差点撞上了墙，还大叫

'危险'！我以为自己一定是快被路过的车撞死了，或者天上有坠落物砸下来什么的，结果屁都没有！搞了半天，那个人结结巴巴地对我说，站在井盖上打电话是很不安全的。"

"你说的那个人是我？"旬旬不是很确定。她的确有过从井盖上把人"挽救"下来的举措，但过程未必有他描述的那样激烈。

旬旬小时候有一次和艳丽姐出去买菜，艳丽姐一边走一边数落她，走着走着，旬旬忽然发现耳根出奇的清净，艳丽姐的唠叨停止了，人也从身旁凭空消失，后来听到地底下的叫唤，她才发现不远处有个翻转的井盖。艳丽姐光顾着说话无心看路，一脚踏空整个人掉进了污水井里面。还好当时井下水不深，旬旬才捡回了一个活着的母亲，但即便如此，被救上来的艳丽姐还是伤痕累累，上小学的旬旬在医院里陪护了她将近半个月。因为这个原因，直到现在旬旬都完全无法理解怎么会有人站在井盖上打电话，每当有车经过，井盖发出哐啷哐啷的振动声，难道他们就不怕自己下一秒就消失于地平面？

她就是在那种情况下第一次得罪了他？旬旬慌慌张张地说："我并不知道你当时在生气……"

"我那时是在生气，可后来忽然不生气了，还有点儿可笑！我还记得你斜背着一个蓝色的包，头发这么扎着……"他说着，伸出手轻轻掠起旬旬的发梢一本正经地比画。她想起昨夜自己身上的那双手，被触到的颈部皮肤不由得起了小疙瘩。

"你从我身边走过去，傻乎乎地又回头看一眼，好像怕我又想不开继续回到井盖上寻死，没想到你自己脚底下也差点踩中一个，你吓得像袋鼠一样从上面跳了过去。"

"为什么是袋鼠？"旬旬猜想他会说"因为袋鼠最呆"。她自己想着那个场面也觉得自己很呆。

池澄却说："因为你背着一个袋子……"他低下头笑了笑，又说道："其实，是因为我喜欢袋鼠。"

"嗯？"

他不理她，自顾往下说道："我求表舅让我在他的健身房打工——还有半年我就要毕业了，就算我妈不在了，我也不想要我爸一分钱。我知道你是表舅健身房的会员，那天，我打扫卫生的时候你从更衣室里走出来，我朝你笑，你也朝我笑了。我还以为你记得我，可是第二次打照面，你又像完全不认识一样从我身边走了过去。"

　　旬旬苦笑，不知道该说什么好。以她的处世方式，绝不会主动得罪任何人，只要别人朝她笑，不管认不认识，她势必要还以微笑。那时的池澄对于她而言是个不折不扣的陌生人，甚至到目前为止，他所说的在她记忆里没有留下任何痕迹。

　　"你不认识我一点关系都没有，我那时根本不敢有任何非分之想。只不过我忽然发觉，除了恨我爸爸和为我妈的病发愁，我还有愿意去想的人和事。你不知道我多好笑，主动答应周瑞生在健身房守夜，翻了半个晚上的会员资料，才找到你的那一份。我知道了你叫什么，还把上面的照片揭了下来，结果被周瑞生发现了，差点没被训得半死。"

　　"就是钱夹里那张？"

　　"你说呢？我记得每周三晚上和周六下午你都会来健身，有时候偷懒，周六就没影了。我没课的时候就在健身房帮忙，周瑞生让我给私人教练做助理，顺便打杂。我透过一道玻璃门常常能看到你，跳健身操的时候你总是站在最后一排，跟不上节奏就知道傻笑，练器械时负重一点儿都不科学，喜欢用22号储物柜，因为它在最角落，而且可以从外面加一把小锁。你从来不喝别人递给你的水，身份证随身携带，习惯在包里很多地方都放上一些钱……有半年的时间我们一周会见两次面，你一共对我说过两句话，第一次是说站在井盖上不安全，还有一次是我给你调器械，你说'谢谢'。"

　　"我不知道……对不起，我那时不知道这些。"旬旬在他叙述的过程中绞尽脑汁去回忆三年前健身房里发生过的事。那些细节都准确无误，她记得跟不上健身操的糗事，也记得角落里的储物柜，却不记得他。她对他仅有的记忆只限于那个一团糟的早晨。

　　池澄说："我不是要你道歉。那时我什么都没有，连自己能不能顺利毕业都不知道，只能靠在亲戚的店里打杂混口饭吃，凭什么让你注意到我？如果那时候，忽然有一天你再也不来了，或者我自己离开了周瑞生的健身房，你还是个只对我说过两句话的女人，那么到现在我都还会感激你。日子再难熬，一周里至少还有值得期待的两天。旬旬，你是我发的一场白日梦，我宁愿一辈子痴心妄想，也不愿意在你给了我一个晚上的希望，让我以为天底下果然有梦想成真这回事之后，第二天早上醒过来，发现身边除了一笔钱之外什么都没有！"

　　旬旬双手揪住被单一角，把自己的脸埋在了里面。

　　那是她这辈子做过最荒唐的一件事，即使天一亮便后悔不已，但生活的轨道还是悄然改变。过后她从来不敢想也不愿意去回想，更要命的是，即使不是刻意回避，她能够记起的片段也非常有限。她常常分辨不出那究竟是梦境还是真实发生过的情节，酒精将她的记忆烧得支离破碎。

第二十九章
谨慎者的疯狂

匀匀只记得那天是她二十六岁生日。二十六岁的赵匀匀工作了三年，和离异再嫁的母亲住在一块，朝九晚五，上班，回家，回家，上班……就像曾毓说的，她是一个生活机器人，设定的程序就是按部就班准确无误地过每一天。

生日到来的前几日，匀匀失去联络已久的生父给她打了个电话。那个职业神棍喜滋滋地对女儿说，自己发了笔横财，也想通了，骗了半辈子，骗不动了，从今往后要告别老本行，用那笔钱去做点儿小生意，老老实实过下半生。

匀匀是上午接到的电话，还没明白什么意思，下午就传来她父亲出了车祸意外横死街头的消息。

艳丽姐划清界限，拒绝和前夫再扯上任何关系，匀匀作为唯一的女儿责无旁贷地出面替父亲料理了后事。交警将她父亲的遗物一并移交给她，其中就包含了一个装有五万块现金的旧信封。匀匀不知道这笔钱从何而来，想必就是她父亲嘴里的那笔横财，如今顺理成章成了留给她的遗产。

她拿出了一万块给父亲办妥了身后事，揣着剩余的四万走进了她的二十六岁。刚从国外学成归来不久的曾毓给她庆祝生日，问她有什么生日愿望。旬旬忽然发现自己没有愿望，愿望是美好的，超于现实的，她有的只是可以预期的平淡人生。艳丽姐已经给她挑好了"如意郎君"，生日的第二天，她就要和母亲嘴里"最佳丈夫"人选相亲见面。她见过那个男人的相片，也听说过关于他的一些事。那是个非常靠谱的男人，学历、家境、年龄、职业、长相、性格无可挑剔，她都想不出自己为什么要拒绝。完全可以相信的是，第二天见面，只要那个男人看得上她，旬旬极有可能就此与他走进婚姻殿堂，开始平凡安全的人生的第二章节。

尽管艳丽姐再三强调这事必须瞒着曾毓和她姑姑，旬旬还是把这一"挖墙脚"的行径对曾毓彻底坦白了。谁知道曾毓根本不在乎，到头来是旬旬在对方的大度和成全里感到不由自主的失落。或许在潜意识深处，她期盼着曾毓的抵触和阻挠，即使她明知道那个男人是个不坏的选择。

曾毓好像看出了什么，唯恐天下不乱地追问旬旬，难道这辈子平静无澜地度过，就真的没有半点遗憾？

旬旬当时没有立刻回答。她莫名地想起了刚刚死去的父亲。从小到大，旬旬没和父亲生活过多少天，当他从这个世界上消失，她一滴眼泪都没有流，只觉得惆怅。他一辈子坑蒙拐骗没做过什么好事，唯一一次想要转变自己的人生轨迹，阎王爷就找上了他，人生是彻头彻尾的无厘头。

旬旬想，要是她也在此刻死去，墓志铭上会留下什么字眼？二十六年来，她没做过不该做的事，也没有做过特别想做的事，没有经历过大悲，也没有经历过特别的喜悦。一个女人最在意的就是情感，然而无论是初恋、苦恋、失恋、暗恋……什么都没有在她身上发生过，她要是死了，就如同蝼蚁蜉蝣一般湮灭于大千世界。也许只有一句话可以表达，那就是：没有什么可说的。这就是赵旬旬的人生。

曾毓无法理解一个二十六岁的女人从未对谁真正动过心。她说要是换作自己，再怎么说也得趁青春还在，找个人豁出去爱一场。

旬旬懵懂地问："怎么爱？又去哪儿找人爱？"

曾毓挠了挠头，不怀好意地提到了健身房的文涛教练，说："别以为我看不出你对他有好感。"

旬旬是对文涛有好感，但也仅限于好感。这类身材高大、长相端正、性格内向、不苟言笑的男人容易给人安全感。只是她从未朝那方面想过，自己和他连点头之交都算不上。平时在健身房里，文涛身边从不乏各种年龄层次的爱慕者。

"你要真看上他，包在我身上，我可以给你想办法。"曾毓见旬旬竟然没有撇清，当即觉得有戏。

"你跟他又不是很熟，怎么想办法？"旬旬只当曾毓是开玩笑。

曾毓眨了眨眼睛，"我是和他不熟，但有人和他很熟。"

"谁？"旬旬刚问出口，便悄然领会了曾毓话里的意思，不由一怔，皱着眉说道："他怎么可能是那种人！"

"如果他是呢？"曾毓凑近旬旬，戏谑地问她敢不敢。

那个时候她们都喝了一点点酒，旬旬脑袋里晕乎乎的，不知为什么，那条可悲的墓志铭像显示器屏保一样在她脑海里反复地打转。明天她还是会赶赴那个令人难堪的相亲现场，她是个听话的女儿，从不忍心让母亲失望。可是她已经循规蹈矩二十六年，未来的日子也将继续做个安分守时的人，唯独这一次，唯独这个晚上，不安分的念头像酒精一样烧灼着她。

她什么都没有说，只是喝干了剩余的红酒。

曾毓看着旬旬，有些吃惊。

要知道，最谨慎的人一旦豁出去会比一般人更疯狂。就如同不会写字的手，第一笔下去总是描出了格子外。因为他们没有尝试过，所以不知道界线在哪里。

晚餐过后，曾毓说另有活动，非把旬旬拉到了另一个聚会地点。在那里，旬旬惊讶地发现了不少的熟悉面孔，不但有健身房里经常打照面的女会员，也有几个面熟的年轻男教练，一群男女态度暧昧地厮混在一起喝酒猜拳，胡乱开着玩笑，有一两对已经腻在角落里卿卿我我。

曾毓看起来和其中的几个女人相当熟络。旬旬也没感到奇怪，曾毓喜欢热闹又善于交际，哪里都有她认识的人。她把旬旬拉到角落里坐了下来，旬旬第一次目睹如此混乱糜艳的场面，不由得面红耳赤，坐立不安。她这才相信部分健身教练"第二职业"的传闻确有其事。他们白天在健身房里专业地指导着那些满身松弛的女人挥洒汗水，夜幕来临之后，又以另一种方式陪伴她们消耗多余的卡路里，只要有熟人牵线，只要有钱。

旬旬不认识人，又觉得局促，坐不了多久就动了要逃的念头，可这个时候姗姗来迟的文涛出现。他和曾毓打了个招呼，就施施然坐到了她和旬旬中间。

一开始他只是礼貌性地和旬旬寒暄了几句。旬旬紧张得不行，回答最简单的问题都差点儿咬到自己的舌头，窘得恨不能挖个地洞钻进去。文涛却始终显得耐心而温柔。他主动提出教旬旬玩骰子，旬旬欣然同意，接下来就是一局又一局地输，一杯又一杯地喝。她从来就没有喝过那么多酒，根本就不知道自己的酒量有多少，只知道紧张的情绪渐渐消失于无形，身边的人声逐渐模糊，人影也变得和灯光重叠。

一直坐在她身边的曾毓不知道去了哪里，周围似乎一度十分安静。玩骰子的游戏是什么时候结束的也记不清了。旬旬好像靠在一个温暖的怀抱里踏踏实实睡了一觉，没有噩梦，没有惊恐，没有突然闯入的小偷和被无数意外交织而成的明天。然后她醒了过来，或者是徜徉在一个更美妙的梦境里，有人拉着她的手在光怪陆离的海市蜃楼里转着圈子。她说话，一直说话，自己却听不清自己在说什么。她只知道身边有个人，不会插嘴，不会打断，只是倾听。是谁说的，他有一座颠倒的城池，只有他自己住在里面，现在他把这座城双手奉上，只要她愿意相信。

他们在这座城里依偎交缠，肌肤相贴，旬旬感到了前所未有的快活和自在。

这一切在旬旬徐徐睁开眼睛看到白色的天花板时戛然而止。她的城随光影而逝，如浮土崩塌。一切的美好消失于无形，余下来的只有胃部的阵阵不适和剧烈的头痛。她身无寸缕地在一张陌生的床上醒过来，身边是一个同样赤裸的男人，或者是"男孩"。他背对着旬旬，像个孩子一样弓着身子酣睡，更让她无比惊恐的是，他不是她认识的任何一个人。

旬旬翻身下床，脚下一不小心踩到被扔在地板上的衣服，那是一件印着她所在健身房LOGO的T恤。她不敢相信自己头天晚上真的做出了寻欢买醉的疯狂行径，像一个可悲的女人一样用钱来交换年轻男人的身体，然而事实上她的确那么做了。

部分理性回归躯壳之后，旬旬坐在床沿上，她能够肯定的是，身边的这个人不是文涛。这个判定结果好的一面在于她免去了和一个半生不熟的人上床的尴尬，但更"杯具"的是，和一个完全不知道底细的人发生关系之后会出现什么状况，她想象不出来。

事情到了这个地步，旬旬后悔、自责、迷茫且恐慌。她不知道春宵一度的资费是多少，要怎样才能让这件事彻底终结？她用最小的动静给自己套上了衣服，始终都没有勇气再多看他一眼。离开之前，她想了又想，最后头脑一热，趁着脑袋未完全从酒精的侵蚀中复苏，掏出父亲死后留下来的那笔横财，将旧信封悄然放在他的枕边。如果不是被生活逼到走投无路，没有谁愿意出卖自己的身体，那些钱原本就不是她的，就让它到更需要的人身边。这就是旬旬能够回忆起来的一切。

事后，旬旬足足担惊受怕了几个月，一时担心那个人会找上门来，以她的隐私大肆要挟，一时又害怕自己留下了作案证据，成为公安机关扫黄打非的对象。她寝食难安，终日魂不守舍，像木偶一样被艳丽姐牵着去相亲，然后心不在焉地吃饭、约会、看电影……她觉得自己是个坏女人，对方从她发梢眼角都能看出异样。然而，什么都没有发生。她再也没去健身房，没有见过文涛，那个男孩也没有出现，没有正义之剑跳出来将她劈倒，谁都不知道那一夜发生过什么，包括曾毓。

曾毓那晚离开的时候以为文涛会照顾好旬旬，事后她禁不住八卦的煎熬向旬旬打听那晚奸情的细节，旬旬一口咬定文涛根本没有和自己在一起，她稀里糊涂一个人在酒店里过了一夜。曾毓当然打死不信，然而不久后却辗转从别处得知，文涛当夜确实去赴了另一个女人之约。为此曾毓颇感愧对旬旬，耿耿于怀了很长一段时间。

那场离经叛道的意外像一滴水坠入炽热的黄沙，还没有落地就已蒸发。春梦了无痕迹，其中的周折又非她能想象，时间给不了她真相，她也不想去探究真相。从醒来到离去的片段逐渐模糊，混乱的云端幻想却日渐在心中扎根蔓延，旬旬越来越迷惑，以至于渐渐地分不出那个夜晚和随之而来的清晨是真实还是梦境，或许只是一个平凡女人宿醉后的幻想。

就在那时，相亲见面后一直不冷不热与她相处的谢凭宁忽然提出结婚，旬旬收下了他的求婚戒指，更发誓要让那些离奇的绮念彻底淡出她的生活，从此做个称职的好妻子，无惊无险地走过今后的人生。她再也不害怕墓志铭上会标榜她此生的平淡，在她看来，无风无浪地走到白发苍苍，未尝不是一种幸运。只不过她高估了时间车轮碾压的速度，只不过三年，她抛却了的过往便以一种更为诡异的方式回到了她的身边。

池澄冷眼旁观旬旬脸色的变化，伸出手慢慢抚上旬旬的手臂。旬旬往后一缩，他便笑了起来。

"你说不记得了，但我却觉得你的身体在对我说：好久不见。旬旬，这三年里你从来没有怀念过我们那'精彩纷呈'的一夜？"

旬旬艰难地开口道："你是怎么……我明明记得当时是……"

"哦……你还想着姓文的是吧。"池澄一脸的不屑和嘲弄，"实话告诉你，你的好姐妹打电话找到了我的好表舅，指明要文涛给你'过生日'……你那是什么表情，难道你以为那些交易他老人家一概不知？笑话！他不但睁一只眼闭一只眼，简直就是从中牵线的最大淫媒，经过他介绍的每一次交易他都要从中抽成。要不是靠着这些收入，那个狗屁不如的小健身房早就关门大吉了。周瑞生那个人，只要有钱什么事不干？见有生意找上门来，他当然是一口答应，接着把文涛派了出来。文涛当时可是健身房里的当红炸子鸡，他早就有自己的路子。介绍的客户被周瑞生抽成之后，文涛赚不了多少钱，所以文涛已经没有多少'工作热情'。不过……也不排除他看不上你的原因。"

他说着，用充满暗示的目光在旬旬周身巡了个遍。旬旬难堪得无以复加。池澄继续用挖苦的语气往下说道："总之，文涛是不愿得罪周瑞生才出来陪你，我猜他本来的打算是闲着也是闲着，眼一闭也就把你这档生意接下来，但是中途他自己的熟人打来电话让他立刻过去，他不扔下你才怪。算他有良心，怕把你一个年轻女人扔在那种地方不妥当，又没有曾毓的电话，就给牵线的周瑞生打了个招呼，说自己有急事非走不可，让周瑞生来收拾烂摊子。"

他说到这里停顿了下来，面色开始变得有些难看，话题却忽然转开。

"那时候我妈病得只剩一口气吊着，到了那个地步，她还在痴心妄想我爸能回心转意，我说什么她都听不进去，嘴里念着、心里想着的都是他们在一起时的陈谷子烂芝麻。她已经完全丧失理智了，居然听信了一个江湖骗子的话，认为我爸是被别的女人用妖术迷住了，只要施法，就可以让他清醒过来，回到她身边。最后那个月，她瘦得皮包骨，痛起来满床打滚，可她舍不得用好的药，背着我把身上仅剩的五万块作为施法的报酬给了那个神棍。"

旬旬的失声惊呼让池澄更有一种疯狂的快意，他的语速越来越快。

"你当然也想得到，骗子得手之后怎么会管她的死活。医院追着我结款，否则吗啡都不肯再给她用，我当时也是急傻了，居然想到去求周瑞生借钱。他答应给我三千块救急，我像对待菩萨一样感激他，却没想到他的钱哪里会是那么好借的。文涛放你鸽子后他怕砸了声誉，找不到人就打起我的主意，明知道我对你有意思，还假惺惺地让我帮个忙去朋友的会所里把一个喝醉的女顾客送回家。那个不要脸的王八蛋！当初我爸妈一块做生意的时候，他就像我们家的一条狗，就连我妈离婚之后，还拿出私房钱借给他开了健身房。他是我外公外婆带大的，是我妈娘家的唯一亲人，就为了三千块把我里里外外卖得连渣子都不剩！我更他妈的蠢，以为老天都觉得我够倒霉的，特意给我砸了个馅饼，还是我喜欢的口味。"

"你……"

"我什么……你这不是废话？不是我谁把你从那个鬼地方叫醒？你吐得像摊烂泥，谁替你收拾，送你到酒店休息？一路上你像个疯婆子一样又哭又笑的，把你从小到大那点儿破事说了个遍。对了，我差点忘了说，你把我往床上拉的时候那饥渴的样子……啧啧。还有，那天晚上你答应过我什么，你说不记得就不记得？我多高兴啊，一辈子都没那么高兴过，高兴到居然都没去想，周瑞生那个老畜生怎么会那么为我着想，我喜欢的女人又怎么会那么主动地投怀送抱！他妈的原来你们都把我当成小白脸！"

池澄脸色涨得通红，额角的青筋都在跳动。他过去总是什么都无所谓的样子，旬旬从来不知道他心里藏着这么深的愤怒。

"别的我不想多说，我只要你自己来想象。如果你是我，一场美梦醒来，转身被子凉了，身边的人走了，就留下枕头边厚厚的一叠钱，最他妈疯狂的是装钱的还是我家里的旧信封！你说，换作你会怎么想？你行啊，你用我妈被骗走的救命钱来睡她儿子。是不是钱来得特别容易，所以你出手才那么大方？还是你习惯了睡一个男人就给四万块！"

"行了！我求求你住嘴吧！"旬旬捂着耳朵，脸色煞白，"这才是你隔了三年还要找上我的原因？"

"我都没想到我的记性会那么好，你拍的婚纱照丑得要命，我居然一眼就认出了你。可是我知道，你不记得我了。三年前我拿着你'赏给我'的钱去找了周瑞生，他亲口承认你们的交易。你猜他不要脸到什么地步，他看到我砸到他面前的钱，居然还敢说按规矩他要抽五成。要不是想着我妈还在医院里，我当时下手再重一点儿就能打死他。我去医院结清了欠的医药费，我妈没过多久就没了，我送她走之后，做的第一件事就是去找你问个清楚。到那时我都还把你说过的醉话当真！好不容易找到曾大教授的家，正赶上你满面春风地出门约会，你从我身边走过去，上了来接你的车，从头到尾都没有看我一眼。你们的车开走之后，你妈像个八婆一样对所有认识的人吹嘘你找了个金龟婿。和我在一起的时候你说我是最懂你的人，还说从来没有那么快乐过，醒来之后你连我的脸都认不出来！"

他说的句句是真，句句无从辩解，她只能哀声道："那笔钱的确是我爸从你妈妈那里骗来的，他千错万错，也得到了报应。我把钱交给你的时候什么都不知道，就算是有对不住你的地方，可是你要我怎么做？"

池澄摸着旬旬的头发，她在他手下难以抑制地轻抖。

"我不要你做什么。其实我们也算不上深仇大恨。我知道我妈妈的死跟你无关，你在结婚前放纵一个晚上也没什么大不了的，更别说你还把我妈的钱还给了我，没有那笔钱，我妈的尸体都出不了医院。换作是别人，三年过去，能忘就忘，该算的也就算了。但我一直没忘，你知道为什么吗？因为我那么喜欢你，所以我才加倍恨你。从你坐着谢凭宁的车从我身边开过去的时候起，我就对自己说，总有一天我也会在睡了你一晚后，亲手把钱放到你枕边！我要你主动送上门来，让你想入非非，然后再把你叫醒，让你也尝尝那是什么滋味！"

他的每一步棋都是为了今天这一局而设，她千思万想总想将自己护个周全，结果恰如他所愿地一步步将自己亲手奉送到他嘴边。

第三十章
回头无路

旬旬浑身发软，使出最后一点儿力气将池澄的手从自己身上拂开。

池澄说："你看你，别人知不知道你脾气那么暴躁？你这是什么眼神？恨我？我做了什么过分的事吗？我怎么觉得我比你好多了。最起码我没有骗过你，更没有逼你。我说我爱你，那是真心话，可我从来没有说过我要娶你！是你自己离的婚，你自己愿意到我公司上班，你用钥匙打开我住处的门，爬上我的床也是你心甘情愿的。到今天为止，每走一步都是你自己做的选择。要怪也只怪你打错了算盘！"

旬旬不住点头，低声道："你说得好。我不怪你，你那么爱我，为我花了那么多心思，我怎么还敢怪你？是我犯贱，明知道不对劲还是忍不住赌一把，输了都是自找的。"

她神经质地四下找发圈去扎自己的头发，找到了，没拿稳，发圈落到地上，又红着眼睛去捡，一蹲下，许久都没有站起来。池澄下床，静静走到她身边，弯腰想要替她拾起那个发圈，旬旬却先一步起身，往后退了两步，一句话不说，胡乱绑了个马尾，开始着手整理自己的行李。

"你干什么？"池澄问道。

旬旬手不停，过了一会儿才说道："下山。我惹不起你总还躲得起。"

池澄面无表情地往自己身上套衣服，"何必呢？也不急在这一时。我既然带你上来，就一定会送你回去。"

"我哪里还敢劳烦你。"旬旬把最后一个私人物件塞进背包，二话不说就朝外走。池澄一把将她拉了回来。

"你干什么？"旬旬极力让自己语气平稳地将一句话说完，"凭什么只许我犯贱，不许我回头？"

池澄力道松懈，却没有将手松开。

"一夜夫妻百夜恩，何况我们是久别重逢。"他漫不经心地系好衣服上最后一颗纽扣，笑道，"反正我们说破了，也扯平了，那什么都好说。昨晚上我们多合拍，你的柔韧性还是和我记忆中一样好。来都来了，不如抛开过去的事好好享受这几天。"

旬旬气急反笑，"真想不通，我怎么会动过和你这样的人过一辈子的念头？我竟然以为你表现出来的混账只不过是因为孤单惯了，不知道怎么去对别人好。结果我又错了一回，其实你是表里如一的无耻！"

她说完，因为手臂的疼痛而微微皱眉。

池澄冷笑道："你现在下山就是贞洁烈妇？你有什么地方去？别以为谢凭宁还会收留你。他对你藕断丝连是因为嫉妒你离婚后过得比他好，那是男人的占有欲不是爱。你从我床上爬起来去找他，他肯要你才怪。你妈跟周瑞生打得火热，曾毓有她的姘头，就连孙一帆这个替补都吃牢饭去了。谁不知道我俩的关系？谁不当作是我玩够了就甩了你？不如留在我身边，说不定日久生情，还能安生过个几年。"

"滚！"旬旬将肩上的背包朝他用力一甩，借力挣脱了他的手，走出房间外，又想起身上揣着的房卡，不由分说掏出来往回扔，正好打在池澄的脸上。

看他脸色一变，旬旬都无心等待电梯，一路跑下五层楼的步行梯。终于走在山庄大堂里，风从敞开的玻璃门里灌进来，吹得她脑门一凉。几个服务员正说说笑笑地坐在梯子上挂灯笼，她才想起今天是除夕，喜气洋洋的装扮衬托着四周的空荡荡，说不出的寥落冷清。

　　旬旬向总台打听下山的旅游车，服务员说以往山庄每天会有两部大巴往返于山上山下，可是今天日子特殊，不但大巴暂停，就连拉散客的当地村民都回去吃年夜饭了。山脚倒是可能会有返回市区的车，如果她执意要走，可以从村民修的栈道下到景区门口再做打算。她于是又问了栈道的具体方位和路况，得知步行下山正常脚程至少需三小时，不禁有短暂的犹豫。

　　这时池澄也从电梯里走了出来，靠在大堂休闲区的栏杆上，一边玩着房卡一边看她的好戏，见状，落井下石地说道："这种时候，鬼才会带你下山。"

　　旬旬不是个冲动的人，可她觉得这里是一秒也待不下去了。

　　走出明灯山庄，下山的栈道就在百米开外。据旬旬了解到的信息，在没有通车之前，这是上下山的唯一途径，即使是如今有了公路，附近的村民也仍然每日往返于这条栈道。虽说它一半沿山势而建，一半是在悬崖上凿空插入木梁搭建而成，但非常坚固，并没有什么了不得的风险，只要一路顺利，她完全可以赶在天黑前回到山脚的景区大门处。

　　她试着往下走了一段，果然脚下并没有想象中的摇摇欲坠，只不过经过昨夜的一场冷雨，气温已跌至零下，现在雨虽然暂时停了，但山风刺骨，道路湿滑，她每走一步都非常小心，并且万分庆幸自己一身户外装备，才使得行动更为便利些。

　　"真的要走下山？我看你是疯了！"阴魂不散的声音再度从身后传来。

　　旬旬没有回头，冷冷道："和你没关系。"

　　"别那么见外，再怎么说我也应该送你一程。"

　　"你到底想怎么样？是不是要我从这里跳下去你才满意？"旬旬停下来说道。

　　池澄笑笑，上前几步，将钱夹递到她跟前。

　　"别把我想得十恶不赦。你忘带东西了。我说过这个是给你的，怎么说你也陪了我一个晚上，我也不能让你太吃亏。"

　　旬旬继续朝前走，逼到这个份儿上，他还不忘羞辱她。

　　"怎么，你不要？"池澄懒洋洋地说，"你可别后悔。"

　　对于旬旬而言，她最后悔的事情已经发生了，还有什么可怕的？她逆着风往前，池澄的脚步声渐渐被抛在身后，可是许久后她在一个弯道处回头，却依然能看到那个身影。他一派闲庭漫步的模样，不紧不慢尾随其后，像是舍不得期待已久的一场好戏就此落幕。

大概走出去一个小时，旬旬开始感觉没那么冷了，呼出的白气更加热腾腾的。即使是往下走，背包步行也是件消耗体力的事。她正犹豫是否应该停下来歇一歇，放手机的衣袋震动起来，是艳丽姐打来的。

"旬旬，你死哪儿去了？我打了十几遍才打通你的电话，你到底在什么地方？"

旬旬看了看手机，上面只显示一格信号。这荒山野岭，能接到一通电话已属不易，只不过通话质量很差，她只能不断转换角度让对方的声音更清晰一些。她不知道自己的声音是否听起来很沮丧，"我在一个春暖花开的地方。"

"我不管你在哪儿，你赶紧回来！晚了就看不到你妈了！"

艳丽姐的声音急得都带了哭腔。旬旬觉得不对劲了。她妈妈虽不靠谱，但迷信得很，大过年的如果不是真出了事，绝对不会说出这样的丧气话。

"你怎么了？别着急，慢慢说！"

不问还不打紧，艳丽姐一听女儿这话，呆了几秒，电话那头竟传来她号啕大哭的声音。

原来，艳丽姐与周瑞生感情一日千里，正如胶似漆之际，一晚她发现周瑞生背着她在阳台上偷偷打电话，她疑心他在外面勾搭了别的女人，便躲在暗处偷听。

让她意外的是，周瑞生从头到尾都在一本正经地谈正事。艳丽姐耳朵灵敏得很，大致听出了他正打算和朋友合作做一笔利润可观的大买卖。

当晚留宿艳丽姐家的周瑞生遭到了意外的冷遇，几次示好都被无情地踹下了床。他摸不着头脑，再三问自己那里得罪了他的"心肝宝贝"。艳丽姐这才愤恨地说自己掏心挖肺地对他，他却拿她当外人，只顾闷声不响独自发大财。

周瑞生不肯承认，还打算蒙混过关，但经不起艳丽姐的再三拷问，最后只得从实招来。他交代说自己有个朋友这几年投资赚了大钱，正好这朋友近期又遇上一个好机遇，无奈一时周转不过来，拿不出投资的全款，于是想到了他，决定顺便拉他一把，问他是否愿意入伙。他当然求之不得。

周瑞生还告诉艳丽姐，朋友的投资叫做"民间融资"，说白了就是把自己的闲置资金投放出去做高利贷。据他了解，这种"投资"在有钱人里极度盛行，利润高，回报快，玩的就是钱生钱的游戏。但由于风险高，而且和现行政策有抵触，所以一般比较隐秘，只在内行人之间进行，外行人通常很难加入进来，要不是有朋友介绍，再多的现钱别人也是不敢收的。

艳丽姐闻言心痒痒的，一夜都睡不着觉，天没亮就爬出来叫醒周瑞生，问自己能否也入一股。周瑞生把头摇得像拨浪鼓一般，说额度早就满了。艳丽姐哪里肯听，死活让周瑞生给自己牵线，让她也好赚笔钱风光养老。周瑞生禁不住她软磨硬施，为难地说别人一般不接受散户，要想加入进来，至少一百万起步，她那点儿零花钱就不要打这个主意了，留着过自己的小日子就好。

艳丽姐骂他狗眼看人低，她说自己手上有曾教授留下来的抚恤金，还可以把房子抵押出去。周瑞生见她那么有决心，同意替她想办法，花了大力气才打通关系带她入行，但是条件是必须保密，就连自己的亲生女儿也不能透露分毫。

艳丽姐等来了发财的良机，喜不自胜，掏空自己还觉得不够，四处问亲戚朋友又借了十来万，终于凑够了一股，扬眉吐气地做了回大投资客，就等着坐在家里收红利。

这喜悦的劲头还没过，就在今天早上，周瑞生慌慌张张跑来说，他们被骗了，他那个被狗吃了良心的朋友拿到钱之后就没了踪影，他自己也被骗了一百多万。

艳丽姐一听，魂都散了，哭哭啼啼拽着周瑞生想要去报警。周瑞生却把脚一跺，说这种民间高利贷根本就不受法律保护，报警反而要吃官司。

这一下艳丽姐是五雷轰顶，她交出去的是自己的全副身家不说，从亲朋好友那儿借的钱说好年后领到红利就还，更别提银行几十万的贷款，到时若还不上，只怕临到晚年还要去街头喝西北风。她昏过去又醒过来后，终于想到了女儿，赶紧发疯似的给匀匀打电话，谁知匀匀下山途中信号不佳，试了无数回才打通。

匀匀沉默听完整件事的过程。艳丽姐还在痛哭，那哭声如此遥远，远得还不如山间呜呜的风真切。那一阵阵的风推着她，仿佛下一秒就要栽向无底深渊。她已经想不出责难艳丽姐的话，良久，只问了句周瑞生的去向。

艳丽姐哭着说，周瑞生也被骗得很惨，现在出去想办法了。匀匀苦笑，当即让母亲用家里的固定话机给周瑞生打电话，果不其然是无尽的忙音。

在周瑞生这种老奸巨猾的狐狸面前，艳丽姐无异于一块鱼腩，哭着喊着求人宰割。这哪里是什么投资，活生生一出仙人跳。世上有艳丽姐这样钱多人傻胆子大的蠢蛋，骗子们不赚个钵满盆满才是天理不容。

艳丽姐彻底没了主意，只会问女儿怎么办，她后半生保障难道就这样白白打了水漂？这也就算了，要是债主追上门来，她怎么还活得下去？

　　"旬旬，我现在只有你可以指望了。你不能丢下妈不管。"

　　旬旬怔怔道："你让我怎么管？"

　　"总得想想办法，你还可以问池澄啊，我是他未来的岳母，他肯定会有办法的。"艳丽姐说起池澄，就好像抓住了最后一块浮木。

　　"什么未来岳母。"旬旬发出一声苦涩至极的干笑，"你不要再提这个人，我跟他早就完了。"

　　艳丽姐闻言先是不信，当她意识到女儿说的是真的，气不打一处来地埋怨，"你连个男人都留不住，老天，我怎么这样倒霉！"

　　是啊，为什么会这么倒霉！旬旬也不禁扪心自问，她只求安安稳稳地过自己的小日子，可是好像一夕之间，所有埋在地底深处的火药桶都被人引爆。她想起母亲刚才提起的那个名字，忽然打了个寒战。当初也是他把周瑞生带到艳丽姐的面前，紧接着艳丽姐就被周瑞生骗得裤子都不剩，让他痛快的事接二连三出现，难道这仅仅只是巧合？

　　旬旬被雪水浇透了的一颗心忽然从绝望中蹿出冷焰，她顾不上艳丽姐无休无止的自怜和哭泣，再也不去想天黑前能不能顺利下山，发了疯一般往回跑。

第三十一章
小丑和稻草人

池澄果然就在半山腰的一处平台上，兴致盎然地欣赏一片表面被薄冰覆盖的树叶。

"我就知道你舍不得我。"他露出诧异的笑容，打量去而复返的旬旬。

旬旬急促喘息着，喉咙间发出的声音不知道像哭还是笑。

"周瑞生在哪里？"

"你回头找我就为了周瑞生？"池澄嘲弄地说道，"你对他也感兴趣？"

旬旬嘶声道："你们也太狠了，骗光我妈身上的钱还不够，居然让她连房子都押了出去，你还不如要了她的命！"

池澄挑眉，仿佛听不懂她说的话。

"别跟我装糊涂！把别人玩弄于股掌间让你很有成就感是吗？你现在有钱了，周瑞生还不是乖乖变回你的一条狗，你让他干什么他就干什么。如果不是你，世界上那么多傻女人，为什么他非要找上我妈妈！"

"怎么，他骗了你妈的钱？"薄冰从叶子上滑落，池澄把手收了回来，一脸意外和同情，"看吧，我早说过他是个王八蛋，你们都不相信。"

句句气得浑身发抖，"你是不是又要说，我妈被骗也是自找的，是她犯贱，我们全家都犯贱？这下你高兴了，得意了？"

池澄拍了拍手上的水珠，寒着一张脸道："看在你心情不好的分上，我不和你计较。不过赵句句，你对我有成见没问题，泼脏水之前好歹要讲道理，没道理也得讲证据。你凭什么认定是我指使周瑞生去骗你家里人？就算他是我表舅，我又怎么会知道他和你妈搞在一起？我撮合过他们吗？你非要扯上我，那你也脱不了关系。你不招惹我，你妈又怎么会认识周瑞生？是你把你家人拖下水，你才是罪魁祸首！"

"是我的错！"句句终于克制不住流下泪来，"我千错万错就不该相信你，不对，一开始我就不该遇到你！你恨我可以，但是你冲我来啊。把我逼得一无所有也好，身败名裂也好，我都认了，为什么连我家里人都不放过？"

"你哭了？我以为你身体里不生产眼泪。"池澄惊讶地看着她。

句句一步步朝他走近，泪水很快被风吹得干涸，紧紧地绷在脸上，"你简直是个变态！我早说过的，越是这样我越看不起你！因为你可怜，没人爱你，你妈妈对你一点不在乎，你爸当你是外人，没人愿意和你在一起，除了钱你什么都没有，所以才揪着那点儿旧事不放手。你但凡拥有一点点幸福，就不会把花那么多心思，处心积虑去报复一个根本不认识你的人。可惜再折腾你还是个不讨人喜欢的小丑！"

池澄脸色铁青，句句几乎可以听到牙齿摩擦发出的咯咯声。他扣住句句的手腕，将几乎要戳到他鼻尖的手轻轻按了下去。这副样子的他让人心生恐惧，可是句句现在什么都不怕，喷薄的怒火快要把她浑身的血液烧干，她恨不得这把火也将他变为灰烬。

"行啊，你既然都这么说了，我再否认也没什么意思。是我指使周瑞生又怎么样？你现在就报警，去啊，看看有什么后果？要不你狠狠心，干脆再上前一步，这样就一了百了，运气好的话我们同归于尽。"他用力将手一带，句句一个趔趄，身体碰到矮树丛的枝叶，昨晚的雨水夹着冰碴子散落下来，有几滴溅到她的脖子里，像剧毒的蚂蚁在皮肤上爬。句句惊觉自己愤恨之下竟全然把危险抛在脑后，她逼近池澄，指着他痛斥的同时也走到了栈道的外缘。他俩站在一个相对开阔的小平台上，脚下是丛生的荒草，前方的灌木丛挡住了视线，但灌木丛外，山势陡转直下，不知道走到哪一步会一脚踏空。

旬旬倒吸了一口凉气，连连往后退了两步。

"害怕了？胆小鬼！你就是太爱惜自己，心里除了你自己什么都没有。你爸是个老骗子，你妈贪心又势利，把嫁人当作卖身，你是神棍和放荡女人的混血儿！他们起码是奔着最起码的欲望去的，只不过比较直接，你呢，看似无欲无求，其实最自私！我是没人爱的小丑，哈哈，你是什么？你是只破稻草人，空心的，谁都不爱！谢凭宁、那晚相亲的男人、孙一帆，还有我，所有条件合适的男人都只不过是你寻求安定的工具。可惜你遇到了我，没人爱的小丑和空心稻草人是多有趣的一对。你越是想缩起来过你的安稳小日子，我偏不让你称心如意。你不是想找个男人过一辈子吗？不是留着你的'一无所有'基金吗？现在都泡汤了吧！我就是要让你一无所有，封死你每一条退路，扒开你每一层皮，再来看看你到底有没有半点儿真心！离婚你不哭，被我玩了又甩也不哭，眼看要掏出老本来替你妈擦屁股你才懂得掉眼泪！你是我见过最阴暗的女人！"

旬旬听不下去，扬起空出来的那只手想要抽他一巴掌，再度被他挡下。

"被我说中恼羞成怒了？你看我对你多了解。可是我就是搞不清你们女人为什么动不动就要打人耳光。这是我最后一次告诉你，即便我喜欢你，即便你昨晚让我那么满意，但这一巴掌你想都别想。"

他说着，又在她面前挥舞着那个钱夹，"这里面现金和银行卡加起来一共有四万块，你确定不需要？用不着客气，过几年你就未必值这个价了。"

旬旬喘着气一言不发，她心里想，神啊，如果真有神灵的存在，她愿意用折寿几年来换他立刻消失在眼前。

可是鸟不生蛋的地方连移动信号都没有，神的恩赐又怎么会覆盖到这里？

"有骨气，我更爱你了，但是你最好不要后悔。"池澄往后退了一步，作势要当着旬旬的面将钱夹扔下山去，然而谁也没想到因为连日下雨的缘故，山石上覆盖的泥土有了松动，他站的位置本就很险，投掷的动作使他重心倾斜，脚在湿漉漉的草叶上一打滑，整片浮土在他脚下崩塌。

身后的灌木丛挡了一下，可是哪里承受得了一个成年男子的重量。被他扣住手腕的旬旬根本没有反应的余地，只觉得自己不由自主往前栽倒，然后身子猛然往下一沉，两眼一黑，伴随着无数碎土和树枝坠落的声音，她本能地用另一只手去抓住一切可以抓住的东西。就在万念俱灰之际，下坠的势头忽然一顿，好像有什么东西将她钩住，紧接着被抓住的那只手一松，等她稳住身体，只听见一声闷响，周围只剩下自己倒悬在不上不下的半空中。

那一霎，旬旬只觉得什么都被抽空了。脑子是空的，仍然保持下垂姿势的那只手是空的，躯壳内某个角落也是如此。喊不出来，没有眼泪，来不及惊恐，也不是悲伤，甚至感觉不到痛楚，只有山风带着冰屑呼啸着洞穿而过。兴许他是对的，她真的是一只空心的稻草人，忽然之间最可恶的小丑都消失了，只余稻草人挂在荒野里，张开手，怀抱终日空虚。

她抱住了一根碗口大的树干，这才发觉是背后的登山包挂住了枝梢，勉强逃过一劫。她在不间断的碎石声中，屏住呼吸艰难地调整自己的姿势，总算在树干无法支撑之前，将原本的倒悬变为相对有利的正面攀缘姿势，惊出满身的汗。

原来他们方才所站的平台边缘确实是悬空的，但并非她想象中的万丈深渊，垂直向下的高度大概只有两三米，然后山势就缓了下来，呈现一个向下的坡度，同样被无数茂密的植被所覆盖，以至于旬旬看不清池澄究竟摔在什么地方。

她大声地叫他的名字，怎么也不信像他这么可恶的人会顷刻之间粉身碎骨。电影里的恶人永远留着一口气折磨别人到最后一分钟。然而没有人回答她，只有隐约的回声传入耳里。悄然无声才是最深度的绝望，她再恨他，前提也必须是他还活生生地存在，而不是以这样一种方式宣告终结，这比眼前的处境更让她恐慌，旬旬不由得悲从心来。

冬日的山上，天黑得早，原本就乌沉沉的天空益发地暗了下去。连日的雨将岩层上的泥土都泡松了，即使暂时无碍，此处也绝不宜久留。

旬旬不敢寄希望于被人发现，抬头看了看头顶，判断着往上爬的可能性。事实上她距离上方的平台并不太远，只要有借力的地方，虽然存在危险，但并非不可能完成的任务。她尝试着将脚挪到上方的一个支撑点，那是另一棵树和山体形成的夹角，一点点将身体的重量转移，又是一阵窸窣的声响，无数小石块、碎泥土和残枝雨点般纷纷往身下落，但她基本上是站稳了。

就在这时，旬旬好像突然听到了几声极低的呻吟，她一惊，脚下险些打滑。

"池澄，是你吗？"

风声呜呜，她以为自己出现了幻听，刚升起的希望又熄灭了，正打算四处寻找新的落脚点，微弱的声音再度从身体的下方传出。这一次她听得很真切。

"你嫌我摔不死啊？再弄得我一头一脸的泥巴试试。"

旬旬又哭又笑，他的声音听起来离得并不是太远。

她手脚并用地往下，脚下的动静免不得引来他时不时的咒骂，几度惊魂之后，终于狼狈地跌坐在相对平缓处，连滚带爬地摸索到池澄的身边。

池澄的样子实在糟糕，趴在草丛中，身体一半被疯长的杂草和从上面带落的枝叶覆盖，当然，还有许多被旬旬踩下来的石子和碎泥块。旬旬扫开障碍物，小心地将他翻过身来，他一脸的血混着泥浆和草屑，触目惊心。旬旬赶紧检查他的伤口，看起来血都来自于他脸上的几道血痕，想是下坠过程中被锐利的枝条划伤，幸而没有伤到眼睛，头部也并无明显外伤，虽然看起来可怖。她稍稍松了口气，又一路往下看他伤到了什么地方。

他这一下摔得不轻，好在是脚先着地才捡回一条命，比较重的伤势集中在手和脚部，尤其是左脚，旬旬都不能碰，也不知道伤到何种程度，是不是断了骨头。其余的位置多半是擦伤和划伤，但也够他受的，连恶毒的话说出来都有气无力的完全丧失了杀伤力。

"我从来没有见过比你还歹毒的女人，自己没事了就一心想着往上爬，要不是我看穿你的伎俩，你……"

只听见清脆的噼啪声响起，两记重重的耳光不折不扣地招呼到池澄的脸上。这是旬旬确认他没有生命危险后做的第一件事，也是她长期以来的愿望。

池澄懵了几秒后顿时炸了，"我×你大爷！"

"我大爷早死了，你要是找他的话，我先给你松松筋骨。"

假如曾毓知道三年之后旬旬在这样的情况下给她报了一箭之仇，不知会作何感想。

"你他妈……我×，你还打！"

池澄的脸再度偏向另一边，暴怒地想要还以颜色，刚一动就痛得他汗与泪俱下，气得差点儿没昏过去。

旬旬说："你再敢吐一个脏字，我就再给你一巴掌。你不是最恨别人打脸吗？我倒觉得你缺的就是这个！"

"我……"

这一次在旬旬的手落下之前，池澄明智地将下一个字硬生生地咽了回去，同时吞下去的还有满腔怒火和憋屈。他知道她是认真的，他说得出口，她就打得下手，自己落到了任人宰割的境地，再要狠只会吃更多的苦头。

他不说话了，斜着眼冷冷地看着旬旬。

又是噼啪两声连响。

池澄彻底崩溃，"不说话也打？你到底要怎么样？"

"这两下不是说脏字，是因为你太可恶了，相对你做出的事，一点儿也不亏。"

"那你打死我吧，这样大家都痛快了。"池澄扭头吐出一口带血的唾沫。

他的愿望很快得到了满足。

"……你真打？我×，算你狠……你再打试试看……好了，别打了，求你了行吗？我痛死了！"

池澄这下终于没了脾气，胸口急速起伏着，眼里没了凶狠，脸火辣辣的，说话都含糊不清，可怜兮兮地一个劲地用下巴示意她体察她自己的伤势。

旬旬这才去看自己的手，上面也全是血，但并非是从池澄脸上沾染的。她被他带着摔下来时就伤到了手背，爬下来又太急，被灌木枝条扎得手心全是刺，当时浑然未知，现在才感到钻心的疼。

她站了起来，一瘸一拐地走开。

"喂，你去哪儿？"池澄慌了神。

旬旬不理他，四周搜寻，终于找到了一根结实的长树枝，走到前方的崖壁上奋力将挂在枝头的背包挑了下来。

如果说刚才她还有爬上去的可能的话，这下就彻底得打消那个念头。下来容易上去难，早在她脚落地的那刻起，她就知道自己大概做了一个非常错误的决定。不管池澄是死是活，伤得怎么样，最明智的方式都是她先脱身，再到安全处求救。她是打算那么做的，但是某一个瞬间，她忽然觉得恐慌，当自己和救援的人们再度赶来时，他是否还能口出恶言？她怕他死在自己求救的路上，那么就连赏给他几巴掌的心愿也永远成了奢望。

他们所在的位置在断崖下一小块相对平缓的地方，从这里看过去，往上爬不太可能，但还有坡度可以尝试往下走，也许能回到另一端的栈道或是附近的村庄，但首要的前提是必须双脚便利。池澄一时间是绝对走不了路，旬旬自己脚上也有轻伤，带上他往前走更是绝无可能。这里偏离了栈道，完全是荒山野岭，不知道多少年没有人走过，地形又十分复杂，时而有可以攀缘之处，时而又光秃秃的无比陡峭，最要命的是天色快要彻底黑下来，有些地方草长得比人还高，根本看不清脚下，要是一不小心再踏空一次，那就彻底完了。

旬旬在池澄身上四处摸索，池澄嘴贱，哼哼唧唧道："这个时候你还不放过我？"

说话间旬旬找到了他身上的手机，果然和她的一样没了信号。她叹了口气，走到池澄头朝的方向，双手拖着他往外挪。池澄碰到伤处，不住龇牙咧嘴，又不敢再招惹她，只好问道："你要把我拖去埋了？"

旬旬喘着粗气，顾不上出声，一直将他挪到满意的位置。

"这里风水怎么样？"池澄靠着她塞到他背部的包，柔软舒适的触觉简直比五星级酒店的大床更为美好。

她用包里翻出的湿纸巾小心地擦拭他脸上的伤口，半晌才回答道："你要是死了，反正也断子绝孙，埋哪里不是一样？但躺活人的话这里背风，晚上没那么冷，又不会被上面掉下来的石头砸死……不过山洪暴发的话就难说了。"

"你会不会说点儿好话？"她清理到池澄脸颊上最深的一道伤口时，他疼得不时发出嘶嘶声，忽然品出了她话里不对劲的地方，"什么？你说我们可能在这里一个晚上？不是开玩笑吧，难道没有人发现我们失踪了，立刻组织大伙出来搜救？"

旬旬用同情的目光看着他。

"那总可以大声喊人吧，说不定有人听见……110都拨不出去……你为什么要跳下来呀！你爬上去找人的话说不定我们已经得救了。"他一听自己满身是伤却还不知道要在这鬼地方待多久，见到她后安放下来的一颗心又重新慌了起来。

旬旬也不愿意再浪费唇舌和他辩解。她带有一个简易的小医药包，里面有带碘酊的药棉、纱布、抗生素和创可贴。

"我靠……别打，'靠'字不算脏话！"池澄用肢体语言示意自己是往背包上"靠"。

"天黑了怎么办？留在这鬼地方不摔死都被吓死，保不准有什么猛兽出没。还有，我不喜欢蛇！"

"怕就怕，说什么不喜欢。"旬旬不留情面地拆穿他，"与其考虑野兽的问题，你先担心草里的虫什么的吧，有些毒虫是会从衣服的缝隙里钻进去的……"

"我就不信你不怕？"池澄缩了缩，又是一阵皱眉，"我的脚是不是折了？脸上的伤口有多大？整个人看起来会不会很恐怖？你就这样在我脸上打补丁，我怎么见人？"

要不是担心创可贴的数量不够，旬旬恨不得给他的嘴上也来一张。她实在受不了池澄对自己脸部的担忧，又扔给他一面小镜子。

池澄拿起镜子，左照右照，继而又看着小镜子叹为观止，"赵旬旬，你的包里到底还装了什么？"

旬旬继续翻出一次性雨衣、少量饮用水、手电筒、针线包、干粮、打火机、哨子、瑞士军刀，居然还有一个指南针。

池澄沉默了一会儿，问："你平时包里也有这些？老实说，是不是上山的时候你就做好了被我扔在荒山野岭的最坏打算？"

旬旬答道："这算什么最坏打算？还比不过被你哄去卖肾。"

"你行……"池澄承认比阴暗自己和她还差了一大截。他低头吃她扔过来的压缩干粮，冷不丁又问道："那你还来？"

旬旬淡淡道："我不是神棍和放荡女人的混血儿吗？既然有可能找到条件合适的寄主，为什么不来？"

池澄看了她一眼，没有再吭声。旬旬也乐得静下来，趁天还没有全黑，用缝衣针一下一下地挑掌心的刺。

不知道艳丽姐打不通她的电话，一个人在家里想着巨额债务会急成什么样？旬旬禁不住幽幽地想，自己若是摔死在这里，艳丽姐又当如何？会不会因为得到了女儿生前买下的巨额保险而大喜过望？也许还是会痛哭一场吧，毕竟是骨肉至亲。

过去旬旬总想不通，老天为什么会给自己摊上这么一个妈？但后来她似乎明白了，正因为有了艳丽姐，她才是今天这样的赵旬旬。旬旬很少认同艳丽姐，有时也会怨恨她拖了自己的后腿，可那毕竟是自己的亲妈。这个不靠谱的女人在她最不靠谱的那些年里，辗转于不同的男人之间，若是没有女儿的拖累，完全可以找到更好的归宿，但她虽然口口声声说旬旬是拖油瓶，也从没有想过将拖油瓶丢下。

艳丽姐找到曾教授的时候如获至宝，然而在嫁入曾家之前，她问完了谁来管钱这个关系身家性命的问题，第二句话就是问对方能否接受旬旬。她贪心以致受骗上当，可当她怀着发财的希望时，除了憧憬衣食无忧的晚年，还不忘给她倒霉的女儿计划留一份嫁妆。

旬旬心知，池澄揭开底牌后自己是满盘皆输，可她不能搭上她妈。她也想好了，如果不能从骗子那里追回账款，她会卖掉谢凭宁留给她的房子，当然这还不够，她还有"一无所有"基金呢。这存了二十多年的基金为的不就是这一天吗——一个错误的念头再加上一个错误的抉择，结果就等于一无所有。

"你想什么？"池澄低声问。他的气色更差了，神情萎靡。如果说之前旬旬的挑衅让他短暂地打起了精神的话，消停下来之后，伤势对他的耗损才逐渐显示了出来。

旬旬吃完手上的干粮，面无表情地回答道："不关你事。"

池澄似乎也猜到了她的心思，有些不自然地沉默，过了一会儿，才缓缓道："我是故意把周瑞生介绍给你妈的，但骗走你妈那么一大笔钱的事不是我的意思，你不能冤枉我……虽然在你妈借钱的时候我猜到了一点点……你别那样看着我，谁让你妈那么豪爽，周瑞生不是好人，我早就说过的。"

"我现在不想听这些。"

池澄仿佛没有听见旬旬的话，又说道："我不知道我在你心里算什么，可能失去一个不爱的男人远没有我想象中那么痛苦，所以，我觉得让你破点儿财也不坏。若换作你，你会提醒我吗？"

"换作我？那我们根本就不会认识，也不会落到今天这步田地。"

池澄犹豫了一会儿，才用几乎听不见的音量说了句"对不起"，但他很快又做出解释，"我是为了把你拉下来说对不起，不是为之前的事道歉。反正你也打我了，我更没有什么亏欠的。"

他恹恹地躺了回去，脸色苍白，嘴唇发乌，体温在急速下降。旬旬最不愿意看到的事也发生了，天上乌云滚滚，没多久就全黑了下来，气温变得更低，周遭出现霜冻的迹象。

池澄的干粮只吃了一点点就放到一边，旬旬用水泡软了，强行用野炊勺子塞进他的嘴里，"你再不吸收一点儿热量小心没命，今天晚上可能会有冻雨。"

所谓的冻雨，是南方的雪，米粒一样的冰碴子混合雨水降下，是最苦寒的天气。某种程度上说，南方冬季的雨夜不比北国的大雪天更容易度过，那寒气是会和着湿气渗入骨头、心肺里，根本不是衣物可以抵御的。

这话说着，顶上的树叶已经发出沙沙的声响，那声音比寻常的雨点要更凌厉。

池澄苦笑，"我都不知道该说你料事如神还是乌鸦嘴。"

旬旬已经给自己和他都套上一次性雨衣，身边树叶枯枝虽多，但潮湿得根本无法点燃，她把仅有的一条备用床单裹在池澄身上为他留住一点体温。

"算你厉害，你到底从哪里看出今晚会有冻雨？"

句句说："从天气预报里。"

池澄笑了起来，可他的意识仍在逐渐模糊，冷成了他唯一的感受，进入残存思维的最后一个画面是火把的光亮，然后人声逐渐密集。他离开了一个怀抱，被人抬了起来，可手依然抓住另一只手不肯松开。

第三十二章
别无选择的依存

池澄好像立身火海，周身每一寸都被灼烧得剧痛无比，挣扎中遥望远方，焦黑残垣的另一端却是一片宁静的海，旬旬站在浅滩，听到他的呼喊，回过头轻颦浅笑，梨涡若隐若现。他不顾一切地想要冲到她的身边，却发现一条腿已被烈焰团团裹住，她的身形和笑容都越来越远。

他在绝望的惊呼中惊醒，发觉自己身下已不再是湿漉漉的荒草，没有打在脸上生疼的雨夹雪，没有凛冽的山风……虽然痛楚的感觉清晰依旧，但是他很快明白自己已经脱离了险境。

他用尚能动弹的那只手略撑起身子，却发现自己所在的地方并不是医院，也不是酒店，而是一处简陋的民房。虽然窗外依稀能看出是白天，但逼仄的房间里黑洞洞的，乌黑斑驳的墙壁渗出一种老房子特有的霉味。他睡在一张铺着棉絮的木板床上，周遭唯一的摆设是张破竹椅。

池澄疑心又是场梦，单手摸索着自己。脸上的创可贴换成了纱布，左手也同样被厚厚一层纱布裹着，想坐起来，腿部剧痛难忍。他惊恐地掀开被子，幸而两条腿都还在，只不过其中一条被打上了简陋的夹板。

身上穿着的旧衣服不甚合身，不但有点儿紧，还有着恐怖的小碎花……池澄扯着衣服四下张望，旬旬并不在他身边。脑子里仅存的念头就是大声喊她的名字，刚张嘴，喉咙被火炭灼过一样地疼，他想象中的大吼只不过是有气无力的低唤。

池澄忽然有了个离奇的念头，自己该不会是穿越到某个陌生的时空了吧？好在这时视线扫到了覆盖在被子上的橘红色冲锋衣，他这才把悬到嗓子眼的那颗心略略放下。那是某人的终极装备，既然衣服还在，就算是穿越到原始社会，至少她也一块儿过来了。

正想着，房间里的木门咿呀一声被人从外面推开，旬旬怀抱着一堆衣物走进来，身后还跟着一个戴头巾的中年妇人。那妇人手上端着碗，一见他醒了，笑着说起了他不怎么听得懂的方言。

池澄从头到尾都不怎么搞得清状况，只能用眼神傻乎乎地追随着旬旬。妇人放下碗又比手画脚地说了几句之后，掩门走了出去，只有旬旬和他继续留在房间里。

旬旬把手上抱着的东西放在池澄的被子上，他一看，那是原本应穿在自己身上的衣服，即使叠好了，仍能看到外套上撕出的几道大口子，牛仔裤也有破损，不过都已经洗得干干净净。

他被旬旬按回床上，拉好了被子。

"你别再弄出个感冒什么的，我没那么多精力照顾你。"旬旬说。

原来他们在崖下待了将近四个小时之后，就被巡山员发现了。一片漆黑之中，将人吸引过来的是旬旬手电筒的光。巡山员是附近村寨的山民，当即回到村里找来同伴，合力将他俩救了回去。眼下他们便是在发现他们的巡山员家中，刚才端碗走进来的是他的妻子。

池澄得知自己睡了一天一夜，也就是说，现在已经是大年初二的中午，他难以置信地问旬旬为什么不把他送到山下的医院。

旬旬告诉他，光是为了给他找大夫，这屋的男主人连夜冒着雨雪翻过一座山头，千辛万苦才去到相邻的自然村把卫生院的人请来。现在伤口已经得到处理，他除了外伤，就是左腿胫骨骨裂，已经是不幸中的大幸。这几日天气糟糕得很，山上连下了两天的冻雨，公路基本上都结冰了，山路崎岖湿滑，根本不可能通车，总不可能用架子将他抬下山去。

"他们告诉我，每年到了这个时候都是这样的天气，除了那些打算在山上打持久战的摄影发烧友，基本上不会有人选择在这段时间上山，你敢说你事先一点儿都不知道？"旬旬侧身坐在床沿对池澄说道。

池澄脸色阴晴不定，过了一会儿才嘟囔道："我哪知道会这么倒霉。"

旬旬苦笑，他说的"倒霉"想必是指没有预料到会摔下山。在他的原定计划里，一定期盼着雨雪封山最好，那样她就算是吃了大亏，一时间也走不了，只能留在酒店里任他欺凌。只可惜人算不如天算，都是报应！

池澄把烘干的衣服拨到一边，指着自己身上的"小碎花"朝旬旬质问道："我身上穿的是什么鬼东西？"

屋里的光线不足，他看不清旬旬面上的表情，只知道她扭开了脸。

"那是我带来的衣服。你浑身没一处干的地方，不换下来怎么可能？男主人的衣服又怕你不肯穿，到时候来找我的茬！反正……我的睡裙也宽松得很。"

"你是说我从抬回来之后就一直穿着这个？"池澄想到自己身着小碎花睡裙被人包扎、上夹板，也不知道这房间里还有谁进进出出看见了，顿时有一种恨不得摔死算了的念头。

旬旬的声音听起来像在忍着笑，"也不是很难看嘛。刚才那个大姐就说你长得比村里的姑娘好看。"

池澄怒道："你当我白痴？你能听懂她说的方言？"

"十句里能懂一句。"旬旬说。

"你就能听懂奚落我的一句！反正我都这样了，你就笑话吧。"他赌气用单手去脱身上的衣服，想要换回自己原本的穿着，无奈独臂人不是那么好当的，他伤口未愈，动作幅度稍大，便疼得脸都扭曲了。

"你笑什么，看见了还不来帮帮我？"池澄恼怒地说。

旬旬把他的手从衣服上拿了下来，劝道："你忍一忍吧，脚伤成那样，谁敢往上面套裤子，要是留下后遗症什么的……"

"你怕我瘸了要照顾我一辈子？"池澄抢白。

"谁跟你有一辈子？"

池澄闻言一愣，想想冷笑道："是啊，你算得那么精，长期饭票哪里没有，用不着找张过期的，别说还缺了一角。"

句句忍着气，"我们是怎么回事你最清楚，你就算彻底瘫痪了也和我无关。之前那些事我不想再提了，我可怜你才照顾你！"

"我用得着你可怜？"池澄变了脸色，掀开枕头被子到处看，又对句句说道，"把我手机给我，我现在就找人把我带下山。"

句句从床尾找到他的手机，一言不发地扔到了他的手边。

果然，他第一个拨的是周瑞生的电话号码，把手机放在耳边听了半天，想必是也打不通对方的电话，才记起那家伙做的好事，现在多半已卷款潜逃。他又想起自己还有车停在山下，一个电话打到景区停车场值班处，等了好一会儿才得到答复，他的车根本就不那里，周瑞生送他们上山的当天就已经把车开走了。

池澄气得满眼冒火，"那王八蛋连我都要摆一道。"

他去翻手机通讯录，里面长长一串电话号码，有他父亲，有公司同事，有客户，有各式各样的狐朋狗友，可是从头翻到尾，谁是那个能顶着雨雪冒着危险来接他照顾他的人？一个都没有！他悲哀地发现在这种时候自己能够想起来的，除了那个为了利益什么都肯干的无耻小人周瑞生，就只剩下正站在一旁冷眼旁观的那个人。从另一种意义上也就是说，他现在指望不上任何人。

他当着句句的面将手机扔到了床尾，重重躺回了床上，由于低估了木板床的硬度，疼得大叫了一声。

句句背对他，在床尾整理烘干的衣服。她以为他睡过去了，或是昏过去了，安静了好一会儿，才听到他在被子里小声说道："我想上厕所。"

"什么？"句句不能确定地回头问道。

"我说……我想撒尿！"他抬高声音，却彻底没了盛气凌人的威风，见句句还没动静，不情不愿地半撑起身子，一字一句地说，"请你扶我去上厕所！"

句句沉默地从床下拿出一个貌似尿盆的容器。

"什么？"他用那种"你开玩笑吧"的语气表达自己强烈的抗议。

句句明确告诉他，"你迷迷糊糊的时候又不是没有用过，在你能下床之前，这都是解决那方面问题的唯一途径。"

池澄死死看着她，直到确信这是真的，垂头丧气地说："你先出去。"

"你确定你能准确无误地尿进去？"

"赵旬旬……"

旬旬面无表情地说："反正到这儿之后我什么没做过？就算是你，这种时候也没什么不好意思的。"

解决问题之后，旬旬扶池澄回去睡好，她走到床的对面，将一扇小小的木窗支了起来。池澄震惊地看着窗外白茫茫的群山，传说中的谷阳山雾凇终于出现了，可是他从未想到会是在这种情况下陪着她一块儿看。

救下池澄和旬旬的巡山员姓"滚"，这是山里的侗族人特有的姓氏。池澄跟着旬旬将他们夫妇俩称作"滚哥"、"滚嫂"，起初觉得别扭，多叫几声也就习惯了。

滚哥夫妇都是朴实热心肠的好人。滚哥为了池澄的伤四处奔波求医不说，还爽快地收容他俩住在自己家，直到池澄伤势减轻或天气好转为止。他还到老乡那里要回上好的野生田七来用野山猪的骨头熬汤，据说对骨伤有特殊的疗效。滚嫂则是典型的当地侗族妇女，不太会说普通话，与旬旬他们沟通一般是连说带比画，生活起居方面全赖她细心照料，恨不得连饭都端到床前。

旬旬心知滚哥夫妇的日子过得并不容易，他们儿子在外打工并未回来，虽说是大过年的，但每顿饭拿出来的都是家里最好的东西。她深感麻烦了别人许多，除了照顾池澄，闲下来便在滚嫂身边，自己能做的活计就帮一把手。

因为滚哥家里只有两处可以住人的房间，加上发现池澄和旬旬时两人依偎在一起，所以他俩理所当然地被认定是一对结伴旅游时不幸发生意外的小情侣。旬旬不知道怎么解释自己和池澄的关系，因为有时候她自己也搞不清楚，也就没有刻意澄清，免得给别人增添麻烦，于是夜里她和池澄一起睡在滚哥儿子的房间，这样一来也便于照料受伤的人。池澄对此也没有发表意见。

到了夜里，两人睡在一张床上。虽然不久前他们刚分享了对方身体最隐秘的快乐，但这时各怀心事，同盖一床被子，便显得分外尴尬。池澄刚清醒过来的那天晚上，旬旬做完了所有能做的事，见他像是睡着了，才轻手轻脚睡在靠里侧的那一面。池澄也不知道有没有被吵醒，他身上有伤，大咧咧地躺着，一个人几乎占据了大半张床，旬旬也不能计较，身体几乎贴上了墙。

池澄没有苏醒之前，她跟着卫生所的医生忙进忙出，自己手脚的小伤也顾不上处理，接着又不愿意麻烦滚嫂，自己洗了两人换下来的衣服又在火盆边手把手地烘干，池澄醒后更没有停过片刻，这时身体一接触到床，也不禁觉得浑身疲惫，纵使陌生的环境再难适应，片刻后也昏昏睡去。

农家的土棉被看上去虽厚重，但并不贴身，半夜里旬旬醒过来一次，觉得肩部冷飕飕的，风从两人之间的缝隙里灌了进来。

池澄睡着了，呼吸沉重。山里医疗环境差，他的伤势难熬旬旬是知道的，摔下来之后他又受了凉，她后来抱着他，有那么一段时间，几乎感觉不到他的体温。卫生所的大夫也说，如果不是池澄身体底子好，只怕现在半条命都没了。旬旬想到这里，把被子往他那边挪了挪，替他掖好肩膀，又将两人的外套都盖在了他的身上。

迷迷糊糊好像又睡了一觉，旬旬手脚冰凉，天却迟迟不亮。她蜷起身体，可被子实在不够大，这一变换姿势，部分身体又暴露在冷得快要凝固的空气里。池澄好像被吵醒了，不耐地动了动，盖在身体上面的冲锋衣落了旬旬的身上，旬旬重新替他盖好，他忍无可忍地将被子一掀。

"还让不让人睡觉了？你能不动吗？"

旬旬不吭声，他又得理不饶人地说："这床就那么大，你能缩到天边？谁稀罕呀，又不是没有睡过。"

旬旬闭着眼睛，就当自己睡着了。他又躺了回去，良久才嘀咕道："我挪不过去，你自己过来一点儿，不要压住我的腿。冷死了你谁照顾我？"

"我又没说冷。"旬旬嘴硬。

池澄气道："但是我冷！"

他静静等了一会儿，就快要失去耐心，旬旬终于朝他挪了挪。她调整姿势的时候似乎不小心踢到了池澄上了夹板的腿，明知道一定很疼，想要道歉，可是他居然一声都没吭。

人的体温有一种不能替代的暖意，靠近的身体使被子显得宽敞了许多。旬旬侧过脸，第一次尝试着用适应了黑暗的眼睛看他面部的轮廓。她好像从来没有从这么近的地方清醒地正视过他，也没有这么安静地躺在他的身边。褪去了疾风骤雨的情欲和得失之间的算计，他们仿佛都单薄孱弱了不少。身畔那个人看不清表情和五官，存在感却在变得强烈起来，相互的温暖和依存如此真切而重要。她闭上眼睛，脖子里有他呼出来的热气。

对于女人而言，什么是所谓的安定？除了物质方面的考虑，恐怕也不过是午夜时身边一道悠长的呼吸。不用他做什么，可他只要在那里，一伸手就能够触碰到，人就感觉没有那么孤单。

　　过不了多久，他们很快又沉沉睡去，旬旬仿佛做了一个梦，醒来后怎么也想不起梦到了什么，然而她莫名觉得不舍，一定有很好很好的东西遗失在梦里。

第三十三章
一碗水的蛊惑

　　他们暂住的地方是个只有不到五十户人的小村落，也是当地侗族原住民的聚居地，因为交通不便，与外界接触并不多。据滚哥说，村里有些老人一辈子也没有去过山外，就连滚嫂这样的妇人也至多每年去一两次镇里。刚开发起来的旅游业并没有给他们的生活带来实质性的改变，他们依旧按照数百年甚至上千年的经验自给自足地生活。每逢冬季，遇上雨雪封山，村子更是与世隔绝。比起城市里的整日忙碌，这里的时间仿佛走得特别慢。

　　池澄被腿伤困在床上，每天看到的只有方寸窗外亮起又黑下去的天空，日子无限悠长，憋得他总觉得自己的骨肉皮肤快要和木板床长到一起，这时旬旬成了他注意力的全部焦点。

　　她在身边的时候，两人也不一定合拍。池澄为自己迟迟下不了床而焦虑，脾气就会变得特别不好。旬旬也不会每次都迁就他，经常说着说着就吵了起来。可是每当她离开房间，池澄就开始不安，听觉就会变得分外灵敏。他能很清楚地分辨出她和滚嫂之间做事的不同频率，也能听到她在屋外发出的每一点声响，当然还有她比别人更轻的脚步声。

旬旬当然也能觉察出池澄对她的依赖，可病中的他比平时更为难缠。就好像初六那天的早晨，她好不容易烧了桶热水让他洗脸，不知道他哪根神经搭错了，居然非要她换成刚从井里打出来的水不可。

这时的井水冰冻刺骨，洗衣服时旬旬早已领教过，于是口口声声劝他不要胡闹，可他铁了心地一再撺掇她去打水。旬旬实在烦不过，当真拎了桶井水进房，池澄又得寸进尺地要求她用主人家里的大海碗舀一碗给他。她依言照办，舀了满满一晚水端到他面前，看他还有什么幺蛾子，他靠在床头只看了一眼，又让她重舀。

念在他伤病无聊的分上旬旬才没有过多计较，重新舀了一碗，他还是摇头，几次三番下来，再好的耐心都被消磨光了。最后一次，旬旬重重将碗舀向桶里，气愤之下用力过度，溅出了少许也没顾得上。她心想，要是池澄再想方设法找茬她就抽他。谁知道这次他看到端上来的水竟露出了心满意足的笑容，死乞白赖地求她将这碗水拿去煮茶。

那碗水是旬旬亲自从井里打上来的，她最清楚这就是再普通不过的水，里面除了一丁点水沫子之外什么都没有。她疑心池澄是摔坏了脑子，又或是环境突变造成了心理变态，变着方法来给她找事，一定是自己平时看在那条伤腿的分上太迁就他才造成了这样的结果。把茶煮好之后，她接下来的一两天都没怎么答理他。

初八那天终于停了雨，气温有所回升。虽然滚哥探路后回来告诉他们，下山的路还是有不少结冰的地方，依旧没什么车上得来，山上的车也不敢下去，包括山庄里的旅游巴士。但栈道却可以通行了，只要小心一点儿，基本上不用再担心打滑。

出于一片好心，滚哥问池澄和旬旬是否打算趁现在搬回酒店里，毕竟那里的条件设施都好一些，如果他们愿意，他可以找来帮手沿着栈道将他抬到山顶。旬旬有些迟疑。一方面滚哥说的确是实情，可另一方面栈道的冰刚化，山势陡峭，如果抬着伤员前行，还是会有危险，同时也太麻烦人家。而且据她了解，春节期间山庄里留守的工作人员并不多，医务室里照样没有值班医生，回去后除了住宿条件得到改善，他们照样得困在上面。

她还没做决定，池澄已直截了当地表达了自己的态度。他问滚哥夫妇是否他和旬旬在这里住得太久给他们带来了不便，说着还从钱夹里抽出了钱往滚哥手里塞，一再表明自己不会白白拖累他们。

　　滚哥滚嫂看着池澄塞过来的钱，都窘得手足无措，不知道说什么才好。直到旬旬狠狠瞪了池澄一眼，他才讪讪地将钱收了回去，但还是那个意思，他希望主人家继续让他们待上几天，直到公路通车为止。滚哥夫妇一再表明自己对家里来客是求之不得，实在没有赶他们走的意思，于是再不提搬回酒店的事。

　　想到池澄还有行李在山庄的客房里，旬旬决定趁路好走，替他把东西取回来。池澄却并不怎么领情，说那都是一些衣服什么的，不值几个钱，犯不着多此一举。旬旬很是纳闷，明明昨晚帮他擦身的时候他还抱怨身上的碎花睡裙，恨不得立刻找到合适的衣服替换呢。

　　她还是打算走一趟，至少得去把房间给退了。滚哥怕路上出意外，特意吩咐滚嫂陪着一块儿去。出门的时候，旬旬见池澄万般不情愿的模样，就好像她这一去铁了心遗弃他一般，不由又有些好笑。

　　路上，旬旬为池澄二话不说掏钱的行径向滚嫂道歉。她也不知道滚嫂到底听懂她说什么没有，只知道自己说完，滚嫂对她叽叽咕咕说了一大通，黑红的脸笑得像一朵花似的，但旬旬是一句都没听明白，只得尴尬地回以礼貌性的微笑。

　　滚嫂大概也知道她不明白什么意思，又是笑又是摇头，竟有几分干着急的意味。她放慢了语速，用尽可能接近普通话的语言，配合着手的比画一再向她强调。旬旬全神贯注地听，只知道她说了"井水"、"喝茶"之类的词汇，竟像是为池澄前两天的怪异举止做解释。旬旬想起来，那天她煮茶时，滚嫂也一直在灶旁笑嘻嘻地看着她。

　　这下子旬旬也有些好奇了起来。上到明灯山庄取了行李后，她在前台办理退房手续，忽然心思一动，随口问服务生是否懂得方言。其中的一个小姑娘说自己是本地人，旬旬便请她代为翻译滚嫂的意思。

　　滚嫂又讲了一通，那小姑娘听完就笑了。她告诉旬旬，滚嫂的意思是说，在她们当地的寨子里有个风俗，即每年的大年初六也被称作"舀水节"，按传统，待嫁的女子会在这一天的早上给情郎舀一碗井水煮茶，如果这碗茶打上来时带着白色水沫子，便是好的寓意，象征着这女子与情郎是真心相爱，男方喝了这碗茶，两人就可以白头到老。

　　小姑娘说完了，滚嫂还是一直点头朝旬旬笑，想来是滚哥无意中把这个风俗当作趣事告诉了池澄，没想到他当了真。整个舀水煮茶的过程滚嫂看在眼里，她盼着小两口好，让旬旬不要为这件事生池澄的气。

旬旬双手扶着服务总台冰凉的大理石台面，幽幽地出神。

她记得自己舀的第一碗水是没有水沫子的，也许这才真实地代表了上天的喻示。她没有心，池澄也不怀好意，白头到老只是镜花水月。他应该也知道的，却偏任着性子逼她一遍一遍地尝试，哪怕违反游戏规则，也要得到他想要的结局。

池澄端着那碗茶时欣然的笑意还在眼前，被大人哄着说"明天带你去游乐园"的孩子脸上一定也是相似的欢喜。可他明明是个什么都不相信的人。

滚嫂抓着旬旬的手，用粗糙的掌心摩挲她的手背。小姑娘又充当了一会传声筒，滚嫂说，旬旬是个有福气的人。旬旬朝滚嫂笑笑，却莫名地有些伤感。

下山途中，旬旬接到谢凭宁打来的一通电话。他说自己除夕那天联络过她，可电话一直无法接通。前几天，出于礼节，他带了一些礼物去看望自己的前任丈母娘，原本做好了被艳丽姐冷嘲热讽的心理准备，谁知道艳丽姐一见到他，像捡到救命稻草一般痛哭了一场。

那个时候旬旬已经打电话回去报了平安，艳丽姐知道女儿虽然被困山中，但并没有什么危险。她的哭只是为了自己的困境和无助，就连离婚后横竖看不顺眼的前女婿也能给她带来久违的一丝温暖和安心。

谢凭宁狼狈地安慰前岳母，得知旬旬还在山上，也很不放心。他说自己这几天通过各种途径打听上山的办法，但无论哪个司机听说是下冻雨之后的谷阳山，都表示不能冒那个险。好不容易听说过现在雨雪暂停，人可以步行走到半山腰，谢凭宁得知正好有个兄弟单位的专职司机从谷阳山附近经过，于是再三拜托，对方同意将车开到景区入口处等待，只要旬旬能走到那里，今天就能把她接回市区。

谢凭宁还说，如果不是自己已经上班，单位里又临时有急事，他一定会亲自开车去接旬旬。

旬旬恍惚道："让你费心了。"

她一时之间很难适应这个为她奔忙的前夫。他们还在一起的时候，有一回她去买菜，却被大雨困在超市里，谢凭宁的单位就在不远处，他明知道妻子这个时候有可能还没回家，却没有想过顺道接她。旬旬一直等了两个小时，天都黑了才打到车回家。倒不是说他的心肠有多硬，对妻子有多坏，他不是那样刻薄的人，只是没有想起。太多的分离都不是出于怨恨，而是因为疏忽。

谢凭宁说："你跟我客气什么。旬旬，你放心，你妈的事我会想办法。我有朋友在公安局，已经打过招呼，一定会尽快找到那个骗子。你先别想着卖房子的事，我手上还有点儿钱，让你妈把借亲戚们的都还了。"

旬旬的眼前仿佛出现了一个大救星，可是她知道，天底下没有白吃的午餐，即使端着这份午餐的人是她的前任丈夫。

"谢谢你。但是你没有必要去为我做这些。"她对谢凭宁说道。

谢凭宁有些失望，自我解嘲道："我们是离婚了，但是有必要把界线划得那么清吗？是，过去我对你不够好，我忽略了你……"

旬旬忽然打断了他，"我妈对你说了我和池澄分手的事？她是不是还对你承诺了什么？"

谢凭宁一愣，语气一滞，接着说道："其实你妈说什么都不重要，重要的是我们知道自己想要什么。人是挺贱的，春节前家里大扫除，钟点工从床底下清理出一个应急包。我记得以前每隔一段时间你就会更换里面的水和干粮什么的，那时我总觉得这样很可笑。我让钟点工打开应急包看看，里面的东西都过期了，她问我要不要扔掉，我竟然有些舍不得。就是看到这些东西的时候，我才想起你还在身边的日子。我们本可以做一对白头到老的夫妻，可惜现在已经过了保质期。应急包我原封不动地放回了原来的地方。旬旬，大概我们都走了一截岔路，但或许还来得及回头，我……我希望床底下的救急包能由你亲手换上新的东西。"

这段话对于从不擅长表达自己情感的谢凭宁来说并不容易，他急促地说完，便是长长的屏息等待。

旬旬百感交集，这就是所谓的前夫回头？很多时候，并非失去后才懂得珍贵，而是失去后明知没什么了不起，但心里某处就是空出了一块。

她应该拿出骨气大声地拒绝，人们都说，好马不吃回头草，因为回头草多半沾染了别人的口水。但如果前方只有荆棘，你要不要吃？再走几步就可能饿死在路上，你要不要吃？更何况大多数人都不是什么好马，继续寻寻觅觅遇见的也只是枯藤老树昏鸦，回头只需要一刹那的妥协和勇气。

旬旬尝试过与谢凭宁白头到老，虽然失败了，可这并不代表他们不具备那个能力。相反，他们都是甘于平淡的人，经历了各自的挫折，也许更容易珍惜来之不易的平凡人生。

　　摆在渴望安定的赵旬旬面前的，是一个诱人之极的抉择。然而她并没有思考太久，就对谢凭宁说了"不"。她可以步行下山，但池澄怎么办？

　　她不知道她是怎么了，也许中了那一碗水的蛊惑。一个谎话往往需要无数个谎话来圆，那是否同理可证，一夜的荒唐也注定要用无数次荒唐来弥补？

　　旬旬和滚嫂一块儿回到了小屋。木栈道上还是湿漉漉的，她们走得很小心，因为都知道有人在等着她们回家。这一来一回耗费了不少时间，当那间白灰脱落的旧泥砖房在望，天色已近黄昏，山那头竟然看到了久违的夕阳。

　　滚哥在屋前清理他的旱烟斗，不远处靠门坐着的竟然是连日未能下床一步的池澄。他脚下披着块厚毯子，身上披着旬旬的冲锋衣。滚嫂又笑着说了什么，旬旬还是听不懂。她踩着一地被雨水泡烂的红色鞭炮纸，朝屋前的人越走越近。滚哥站起来示意妻子去做饭，池澄似笑非笑地看着旬旬，什么都没说。旬旬忽然觉得，她是能够明白滚嫂话里的意思的。

　　旬旬放好了池澄的行李，回到屋门口问他为什么要在门口吹风。池澄拒绝被她搀扶回房间，他说自己快要霉烂在床上，忽然发现自己比前一阵好了许多，可以在有人帮忙的情况下走上几步，那感觉别提有多好。

　　既然如此，旬旬也没有勉强。她搬了张矮凳子坐在池澄身边搓洗两人昨晚换下来的衣服。池澄一下又一下地晃着他没有受伤的那条腿，端着面小镜子刮去满脸的胡茬，一不小心碰到刚结痂的划痕，哎哟一声呼痛，又继续哼不成调的歌。旬旬洗好衣服，吃力地拧着牛仔裤的裤腿，他嘲笑她的笨拙，让她走近些，单手抓住另一端替她拧床单。

　　屋里很快飘出了菜香，滚哥出来叫他俩吃饭。旬旬扶起池澄，他一跳一跳地往前，忽然摸了摸旬旬揽在他腰间的手。

　　"你的手真凉。"他说。

　　旬旬笑笑，以为他终于懂得体恤她冷水洗衣的辛苦，哪知道他下一句话又混账了起来。

　　"你洗衣服的样子像个老太太。"

　　旬旬没好气地回道："穿碎花睡裙的才是老太太。"

　　"我希望你说我是老头子。"他大言不惭地说。

　　旬旬故意没有提醒他脚下的门槛，他果然光顾着占口头便宜，独立支撑的那条腿磕到障碍物，差点没摔个四仰八叉。

第三十四章
两个人的梦话

　　这晚餐桌上并没有什么特殊的好菜，却因为池澄到来后首次坐在桌边吃饭而显得有些不寻常。滚哥为此给在座的人都满上了自家泡的药酒，尤其让池澄多喝几杯，说是对他的伤有好处。

　　池澄喝不惯药酒，总觉得有股怪味道，奈何山里汉子的劝酒热情让他着实难以招架，硬着头皮灌了几杯。不一会儿，热乎乎的酒劲蒸腾上来，浑身的寒气和伤处的痛楚不知不觉间被驱散了不少，他不由得也来了兴致。

　　旬旬吃好了饭，收拾碗筷去厨房给滚嫂帮忙时，他还在和滚哥你来我往地喝得不亦乐乎。不多时，喝得都有些醉意的两个男人便勾肩搭背称兄道弟，什么距离感什么世界观人生观的差异通通抛到九霄云外，话题从国外求学的趣闻到生意场上的钩心斗角再到山林防火须知和如何在春天捉狍子，什么都值得再来一杯。等到旬旬洗好了澡准备睡觉时，只见他们俩无比认真地凑在小餐桌，就着昏黄的灯泡，不知在合计什么。她好奇地在旁边听了一会儿，原来竟是池澄趁着酒劲，给准备承包山林的滚哥做了一份有模有样的投入产出分析表。

到最后，滚哥趴在餐桌上呼呼大睡，旬旬几乎是连哄带吓地把意犹未尽的池澄拉回了房间。睡前她用热水给他擦身时他便开始不安分起来，厚着脸皮胡搅蛮缠，弄得水花四溅。旬旬顶着一张大红脸，扔下毛巾不再管他。

池澄只剩下左脚的伤还未愈，卫生所的大夫今天刚来换了药，说恢复的情况十分理想。虽然夹板还没拆，但他已经能够小幅度地在床上翻身。旬旬被他从后面抱着，实在忍受不了他有意无意地上下其手，一边挣一边啐道："刚好了一点儿你就原形毕露，就不怕重新折了你的腿？"

池澄用脸颊在她后颈轻轻地蹭，不要脸地说："这不怪我。你都不知道滚哥的药酒是用什么泡的！不是鹿鞭就是虎鞭，全是大补的玩意，你就忍心看我七孔流血？"

旬旬哭笑不得，拿开他这只手，另外一只又不依不饶地缠了上来，不用转身她都能嗅到他身上散发出来的酒气。

"当初就应该摔得你七孔流血！你再动试试看，麻烦你有点儿酒品行不行。"

池澄笑着说："你跟我说酒品，你喝多的时候比我没品多了。"

"胡说！"

"我要是有一句假话下次摔成太监。你是不是真的全忘了我不知道，反正我是记得一清二楚。"

旬旬虽知道他素来诡计多端，为达目的无所不用其极，但想到三年前的那个晚上，还是不禁心中一动。她有些害怕却又期盼拨开笼罩在她记忆中的密云，于是转过身说道："你后来故意带我去那栋大厦砸杯子，是不是就因为那晚我们就住在楼下的酒店？"

池澄埋在她胸口不住点头，"看，你也不是一点儿都不记得的。"

"我记得的都是醒来离开后的事……那天晚上我应该是醉得不省人事，就像一摊烂泥吧。"她心存侥幸地说。

池澄一点儿余地都不留地打碎她的幻想。

"什么一摊烂泥？有你那么主动的烂泥吗？你想说自己不省人事，把过错都往我身上推，想都别想！"他故意说得绘声绘色，"你不知道当时你有多搞笑。我是很纯洁的，一心一意把你送到好表舅指定的房间休息一晚，你话痨我都忍了，向我灌输你莫名其妙的人生哲学我也忍了，结果刚把你扶到床上，我还来不及站起来，就被你泰山压顶地按在床上。"

旬旬心想，不会吧，难道是潜意识里付了钱的感觉让她那么放肆地为所欲为？

池澄继续挑她最不想听的说："最好笑的是，我还想表现一下不乘人之危的操守，好不容易挣开，鼓起勇气背对你说了几句心里话。我说得多情真意切啊，纯洁的心小鹿乱撞一样，谁知道一回头，你居然把衣服都脱好了……"

"怎么可能！"旬旬面红耳赤，除了否认别无他法。

"我当时也以为自己脑子出现幻觉了。你一个劲地傻笑，说什么'君子坦荡荡，小人藏JJ'，非把我剥成君子……我那时懂什么？全都是被你教坏的！"

旬旬后悔问他这些事了，她想用脑袋去撞墙。那句"君子坦荡荡"是曾毓某段时间里的"名言"，自己不知怎么竟被潜移默化地洗了脑。坏榜样的影响果然是立竿见影的。

"好了，你喝多了，别说话。"她赶紧打住。

他还在笑个不停，旬旬都能够感觉到他笑时胸腔的振动。

"怎么办，刚说到有趣的地方。我被你哄得稀里糊涂上了床，刚动了一下，你又推我，和我商量说你是第一次，这样会不会很吃亏……"

"我已经睡着了。"旬旬绝望地说。

池澄将她扳过来，笑着说："我很诚恳地回答你，我也是第一次，这样大家就扯平了。"

旬旬推了他一把，发现自己手心触到的是发烫的肌肤。

"你怎么……"能在负伤的情况下那么迅速地把衣服脱完，这样是不是也算得上"身残志坚"？

池澄含糊不清地说："就让我做一回'君子'吧。"

他的脚仍然不便动弹，旬旬的挣扎有几分投鼠忌器的意味，或许她本就没有铁下心拒绝。池澄的借口是滚哥珍藏已久的补酒，她心中却只有一碗泛着白色水沫子的井水，还有不知是真是假的回忆。她暂时忘记了前车之鉴，忘记了他做过多么可恶的事，在他身边，她总能被勾出灵魂深处陌生的自己。

稀里糊涂间，她也搞不明白怎么会让行动不便的他得了逞。碍于伤腿，池澄的动作很是笨拙，进退间全不复悬崖边的房间里那种咄咄逼人的锐气。旬旬有时甚至得就着他，顺着他，感觉他扣在自己身上的手，还有紊乱的呼吸和吃紧的汗滴。他不是午夜的一场绮梦，也不是滚滚乌云中征服她的一把利器，只是一个平凡而真实的躯体。这个躯体里有一颗心，渴望得到，也害怕失去。

久经风霜的木板床终于停止了咯吱声，池澄仍然保持着从后面拥着旬旬的姿势。激烈的情涌逐渐退潮，旬旬觉得自己像延绵无尽的沙滩，不知道是刚被抚平，还是又被抽空了。

耳边池澄的声音好像是他们共同的梦话。他说："今天你出去之后，我有些害怕，担心你把我一个人留在这里，再也不回来了。"

旬旬问："所以你看到我回来的时候才笑得那么高兴？"

"也不是。"他动了动，"我在那里坐了很长时间，滚哥说他有点儿饿了。很多去赶圩的女人都从那条路上回来，滚哥大老远就看到了你们，说有人做饭了。你走在滚嫂后面一点儿，脸红扑扑的，眼睛像在发光，远远地就朝我笑，我忽然觉得，我不是一个人，我有人要了。"

旬旬调换成平躺着的姿势，看着顶上略垂下来的蚊帐，轻轻说道："你怎么会没人要？你还年轻，又有个有钱的老爸，天底下的女孩子多得是，就怕你不要。"

"你太看得起我了。"池澄也和她一样，两人并肩躺着，"我没有你想象中那么风光。你看到的钱都不是属于我的。三年前我是赌一口气回到我爸身边，因为那时我才知道钱有多重要，没有钱，我什么都不是。我爸害怕我，又觉得对不起我，凡是钱能解决的问题，他都尽力给我补偿，只要我不破坏他的新家庭。可是尧开也不全是他的，我的位置其实很尴尬。那个女人嘴上不说，心里怎么会容得下我？就算我爸一直把持着公司，总有一天当他老了，他和那个女人生的弟弟妹妹也会长大，那才是他们共同的亲骨肉，到时候我算什么？公司里哪还有我的立足之地？"

"你有什么打算？"

"办事处什么的都是暂时的，我迟早要自立门户。你知道久安堂吧？说起来司徒久安的女儿司徒玦算是我师姐，我们打过几次交道，聊得还不错。司徒久安身体不行了，原本管事的姚起云出事后，久安堂就等于没了主心骨。要我说司徒玦这个人个性太刚强，不是经商的良材，她自己也很清楚这一点。虽说傅家暂时接手了这个烂摊子，但傅镜殊哪里顾及得了方方面面，再加上他们家族原本也涉足药业，如果司徒玦执意不肯合并，那势必大家都很为难。这可能是我的一个机会，我和司徒玦不一定要做对手，相信两相权衡，她会更愿意与我合作。我要等的，是一个时机，现在最重要是先站稳脚跟。"

"但是尧开毕竟也有你爸爸的心血。"

"当年我爸妈一块打拼，顺风顺水的时候是恩爱夫妻，因为他的决策失误导致经营失败，他却转头就找了个更有钱的女人，把烂摊子都丢给了我妈，还口口声声对外说是找到了真爱。我听了都替他脸红。好，就算他全盘否定和我妈的感情，不爱就不爱，没什么了不起。但我妈最后的心愿只不过是想见他一面而已，这个要求应该不算太过分吧。就算是穿旧了的一件衣服，丢弃之前尚且会多看一眼，何况是陪他二十多年风风雨雨走过来的发妻。"

"难道你想要报复他？"

"我回到他身边的时候心里是想过，迟早要让他下半辈子都为自己做过的事后悔。但这些年看着他头发一点点地白了，身体不怎么样，什么雄心和魄力都消磨得差不多了，整天就想着守着这点儿家业和老婆孩子好好过小日子，说实话我已经不那么恨他了。他也不容易。人首先想着保全自己也不是什么大错。要怪只怪我妈太傻，把爱看得太重，自己一点儿余地都不留。我爸对我也还说得过去，最起码他还知道于心有愧，每次我在他身边，他都不敢直视我的眼睛。正因为这样，他心里记得我是他儿子，却希望我离得越远越好。"

池澄好像说累了，停顿了下来，气息悠长。时间会让人淡忘爱一个人的原因，同样也会淡忘恨一个人的缘由，"念念不忘"是件奢侈品，需要太多的心血、勇气、恒心，甚至是不断的自我催眠。旬旬不禁去想，既然如此，何以池澄时隔三年还要出现在她的身边？是出于爱，还是恨？或者两者兼而有之？将心比己，要是将她换在他当年的处境，偷恋着的人一夜春宵后留下那笔钱扬长而去，她势必会感到羞辱且伤心，但时间一长，这件事也早就过去了。池澄的不忘，除去骨子里烈性要强的因素外，也许更多的是因为他得到和值得记取的感情太少了，他需要一个标靶来投注、来倾泻，哪怕是以过于强烈且扭曲的方式。

池澄吃力地朝旬旬挪了挪，紧紧地挨着她，接着往下说："我只想把原本属于我妈的那一份东西亲手拿回来，至于我爸，就让他好好地陪在娇妻幼子身边安度晚年吧。当然也可能我没有那个本事和他分庭抗礼，我输了，就什么都没有了。"他在黑暗里轻轻抚摸着旬旬的手，"三年前，是你醉醺醺地对我说，勇敢不是一种美德，无知的人才会一往无前，如果明知道后果还要豁出去，一定是有什么东西蒙住了他的眼睛。我一直戴着那块遮眼的布，可是我常常还是感觉到害怕。"

句句不知道应该怎么回应他，只是用手指与他交缠，她不知道，同样一块布是否也会遮住她的眼睛。

"人的一辈子就是在沙漠中摸索，句句，我问你，你是愿意死在跋涉的路上，相信前方会有尽头，还是住进海市蜃楼，在喝光最后一滴水之前都相信那是你归宿的城池？"

"为什么问我这个？"

"因为这是你三年前抛给我的问题。"

"那你怎么说？"

"我一直都没有想明白。"

"现在呢？"

"还是不知道，也许我只在乎同路的人是谁。"

他们有一阵都不再说话，静悄悄地听着彼此的呼吸和心跳，还有窗外野狗远远相互呼应的叫声。

池澄说："你睡了吗？告诉你，我想过很多次和你这么躺着，像两个傻瓜一样说些没有用的话，但是按我的构想，怎么说都应该在一个浪漫的情景中，比如说海边的星空下，就算是山上，周围也要有花香。真没想到果真有了这么一天，我说完了，四周只有一床黑麻麻的蚊帐。"

句句低声地笑了起来。

"睡吧。"

"嗯。"

"句句，我还有最后一件事要告诉你。"

"……"句句想，有的时候他还真像个孩子。

池澄说："你爸爸的死可能不仅仅是场意外。三年前，我去到医院，发现我妈被骗走了身上全部的钱，护士告诉我那个男人刚走不久，我追了出去。他一见我就没命地跑，我追他从街头到街尾，后来在十字路口忽然把人跟丢了。第二天我才知道附近出了交通事故。我猜如果不是害怕被我抓到，他绝对不会慌不择路被车撞死。"

句句许久没有出声，池澄与她交握的手下意识地用了更大的力度。

"你为什么要告诉我？你不说，大概我永远都不会知道。"她终于开口，声音艰涩。

"因为这是我瞒着你的最后一件事，现在说出来，我好像没有那么不安了。"

旬旬再度背对着他，"我问你，你说在这三年里一直恨我，你恨的究竟是我爸骗了你妈的钱，还是因为我最后嫁人离开？"

池澄想了想，老实地回答道："主要是因为你离开。"

旬旬偎在枕上的头微微点了点。

太平洋上的海啸未必比得上我丢了心爱的玩具，那些过往再轰轰烈烈再曲折离奇，也不过是寻常人生的点缀背景，平凡的人，我们最在意的其实只是身畔的点滴得失。他是如此，她何尝又不是？

她闭上了眼睛，睡意来势汹汹。

"谢谢你。"

"我没有为你做什么。"旬旬半睡半醒地说。

池澄把脸贴着她的背，她的手依然以一种奇怪的姿势留在他掌心。

这样就已经够了。

第三十五章

长醉方能醒

接下来几日的天气持续晴好，滚哥家的小黑狗整日在屋门口的太阳下打瞌睡，大山里的雾凇渐渐消融，一部分按捺不住的枝条已经冒出了绿色的新芽，通往山下的公路彻底恢复了正常，猫冬的村民们纷纷背起背篓走出了家门，这一切无不预示着春天的脚步近了。

但并不是所有人都能被早春的暖意所感染。从度日如年到安之若素，池澄和旬旬都已经适应了滚哥家的生活，虽然谁都不愿意往深处想，这改变意味着什么，但心中已有惆怅。

当旬旬第一次向池澄提起下山的车已经恢复正常运营时，池澄的脚伤就意外地出现了反复，原本在拐杖的借力下已经能够独立行走的他忽然就疼得下不了床，只要略一动，就露出痛苦无比的神情。滚哥夫妇起初百思不得其解，情急下又打算把卫生所的大夫请来，但旬旬阻止了他们。

昨晚上房间里的灯泡烧了，她什么都没做，第二天居然换上了新的。滚哥和滚嫂都表示毫不知情，那剩下的无疑只有那个仿佛一落地就会死的人。

然而当着池澄的面，旬旬什么都没有说。也许她在尝试说服自己，灯泡也有自我修复功能。池澄继续在床上蒙头大睡，什么都等着旬旬来待候，滚哥夫妇也笑呵呵地佯装不知，大家都极有默契地对通路一事绝口不提。

只可惜无论怎么自欺欺人，该来的迟早会来。那天中午，旬旬刚把饭端到池澄床前，滚嫂着急地在外面朝她招手。她走出堂屋，看到表情复杂的滚哥领着两个陌生人走了进来。不等她问，对方已做了自我介绍，其中年纪略长的是村干部，另外一个城里人打扮的则是特意来接池澄的司机。

池澄再也没了吃饭的胃口。他有些后悔在父亲打电话询问他行踪时，透露了自己在谷阳山出了小意外被困山里的消息。他父亲也清楚前妻的骨灰目前就安置在谷阳山的玄真阁内，想到儿子春节期间孤身一人上山祭拜生母弄伤了腿，久违的亲情和愧疚再度被唤醒，他联络上了当地的旧部，只等待环山公路一解封，即刻派出司机专程上山寻找池澄，要求无论如何都要将他平安送回山下。

池澄寒着一张比前一阵天气更为阴沉的脸，但事已至此再无拖延的借口。旬旬了然地着手收拾行李，其中一件衣服被他压在了腿下边，她示意他挪挪腿行个方便，哪知他竟无名火起，冒出一句："让什么让？没见我腿上有伤？"

旬旬只得提醒他伤的是另一条腿，见他还是满脸的不情愿，便说道："老躺在床上不累吗？难道你真打算一辈子不下山？"

池澄鼻音重重地说道："下山有什么好？你就那么急不可待地回去过小市民生活？"

旬旬也没生气，手下不停，"小市民怎么样？我只知道留在山上我们什么都干不了。如果不是有滚哥滚嫂，根本没法生存下去。他们人再好，我们也不能一直给别人添麻烦。"

她用力抽出他腿下压着的衣服，他"哼"了一声也没再抬杠，闷闷地坐了起来。

得知他们要走，滚哥夫妇也流露出万般不舍，嘴里不好说什么，家里自制的熏肉倒拿出了一大半往他们的行李里塞。告别的时候，池澄把钱夹里所有的现金都留在了枕头底下。他拒绝了司机的搀扶，拄着滚哥新给他削的拐杖一瘸一拐地离开了他生活了大半个月的地方。

下山之前，池澄让司机绕道去了趟玄真阁，他要去探望他的母亲，顺便在灵前上一炷香。他还是坚持自己能走，旬旬也不勉强，和司机留在了车上。

因为天气好转的缘故，玄真阁的香火又旺盛了起来，道观门口依然摆有测字算命的小摊子。她可以想象，曾经的某一天，那小摊子前站着的还是她百无聊赖的父亲，正守株待兔地等待着送上门来的机遇，然后，一个形容枯槁满脸绝望的妇人朝他走来。他为来了一单生意而心内窃喜，殊不知不久之后，这个妇人油尽灯枯之际，会为了个傻得不能再傻的理由将一大笔横财送到他面前，更想不到他会因此送了性命，他的女儿和她的儿子的命运也随之而变。

等待的间隙，曾毓打了个电话过来。她春节期间独自一人去了三亚过冬，刚回来就听说了艳丽姐和旬旬出的事。

她先是唯恐天下不乱地把旬旬和池澄被困山中的事当作一桩桃色事件大肆奚落了一遍，恨不得旬旬亲口承认事实是自己和池澄想不开双双跳崖殉情。接着，曾毓又问起旬旬是否真的拒绝了谢凭宁，她说旬旬的选择本身就是一个充满矛盾的命题。

"其实你最怕的不是池澄不爱你，而是他给不了你安全感，可是如果选择一个男人就是为了回归人间烟火平淡度日，还不如直接回到谢凭宁身边。我告诉你，人活着就是折腾，为什人年纪大了想找个伴？是因为自己把自己折腾够了，需要找个人相互折腾。"

旬旬不想判断曾毓说的对不对，只是此时此刻，她最不愿意思考的就是这个问题。玄真阁高墙内飘散出来的香火烟雾迷迷蒙蒙，仿佛与山下的柴米油盐现实人生隔着一层看不见的屏障。

她避重就轻地问："你怎么忽然有了那么深的觉悟？"

曾毓说："我发现我已经到了一个人旅行觉得乏味的年纪。有时候想想，身边有个男人愿意陪你折腾半辈子，也是件不错的事。"

旬旬心知曾毓现在父母双亡，兄姐又离得远，往年逢年过节还可以和曾教授、旬旬母女聚在一块吃顿团圆饭，如今连这也成了过去。想去旅行提着包就出发是许多人的梦想，但没有羁绊也意味着没有人牵挂，想想她也是个孤单的人。

"你和连泉怎么样？他应该也回来了，别死撑着和自己过不去，放不下就去找他。"旬旬说破曾毓的心事。

曾毓不无犹豫，"我怕他说还不想安定下来。你说得很对，太烈的感情容易醉，我不能总做最先醉倒的那个。"

"现在想起来,我过去说的那些也许是错的。你怕喝醉,自以为挑了杯低度酒,一口一口地慢慢喝,一下子倒不了,总吊在那里,不知不觉就上了头,还不如大醉一场痛快。"旬旬看着车外抽烟的司机朝池澄迎了上去,喃喃道,"只有深深醉过,才会彻底清醒。"

下山途中,池澄的心情一直不太好,话更是少得可怜。大概他心里太过清楚,回到了熟悉的那个世界,很多被不着痕迹隐藏起来的问题都将暴露无遗。他和旬旬在山里说了太多的以前,但唯独没有触碰关于将来的字眼。前尘旧事里有爱恨,有得失,有不肯相忘的理由,但当一切回归到不亏不欠,他们之间还剩下什么?

由于告别滚哥夫妇和池澄祭奠亡母都耽搁了不少时间,车子出景区时天色已经暗了下来。从山脚到市区只需要两个小时左右的车程,司机原计划连夜赶回去,但池澄却说自己饿了,非要到附近的镇上找个地方填饱肚子。

他说什么就是什么,另外的两人也不好反对。到了镇上,三人找了个当地特色的小饭庄用餐。坐定上菜后,池澄让司机喝两杯,司机称有工作在身,哪里敢答应。池澄却提出不必赶夜路回去,让他尽管喝,晚上就找个旅店将就住上一夜。

旬旬不知道他到底想干什么,似乎像是不舍,却较着劲什么都不肯说。她对未来一样的不确定,对自己的明知故犯一样不安,但又多么渴望有个强有力的承诺或挽留能够在彻底清醒之前冲昏她的头脑,然而什么都没有。

她出去给等在家中的艳丽姐打电话,说自己可能还要推迟一天回家。艳丽姐一个劲地问为什么,旬旬心烦意乱,她很想说"我也不知道",但最终还是找了个模棱两可的理由敷衍了过去。刚坐回桌边,还没好好吃上几口东西,又来了一通电话,这回是谢凭宁。

艳丽姐毕竟是情场上摸爬滚打几十年的人,她时常犯傻,但某种方面,她比女儿更有经验。她敏锐地判断出旬旬的语焉不详一定和池澄脱不了干系,而经历了几番变故之后,她从坚定的"挺池派"变为对池澄的用意充满了怀疑。用她最直截了当的人生智慧来表述,那就是——"不管一个男人再怎么对你死缠烂打百般说爱,如果他不肯娶你,什么都是白搭。"她怕欲走还留的旬旬一时糊涂,抓不住池澄又错过了"金不换"的谢凭宁,落得竹篮打水一场空,自己的下半辈子也没了着落,于是果断地给前女婿打了电话,恳求他将女儿带回家。

谢凭宁让旬旬在镇上等他两个小时,他立刻赶过来接她。

旬旬想说，那天不是已经把话说得很清楚了吗？

谢凭宁却赶她开口前说，即使她不愿意复婚，夫妻一场，为她做点儿什么也是应该的。他还说起了艳丽姐的处境，周瑞生携款跑路后，女儿又出了事，艳丽姐整个人好像瞬间呈现出一个老妇人的正常状态，妆都懒得化了，头顶多了不少白发，现在她最想看到的就是女儿回到身边。

旬旬犹豫了，她下意识地看向池澄。他把玩着面前的小酒杯，不无嘲弄地静观她的言行。打从决定下山起，他就是这副喜怒无常的模样，身上仿佛绑着地雷，就等着她不小心踩上去。旬旬心中忽然间涌起了愤怒，凭什么任他摆布？凭什么都由他决定？他反复无常，空口说爱，却吝于交付一个女人最渴望的东西。假如他留恋的只是这副躯壳，又有什么资格要求别人爱上他的灵魂？

旬旬答应在镇上等待谢凭宁。这是她给摇摆的自己最后一次机会。池澄问她在沙漠中会如何选择，仅剩有的一滴水是她留恋海市蜃楼的所有理由，喝干之前如果她的幻城灰飞烟灭，那她情愿继续跋涉。

她挂了电话继续低头吃饭，身旁安静得出奇。过了一会儿，司机实在坐不住了，主动提出回车上等他们。

很快旬旬吃干净了碗里的每一粒米饭，放下了筷子。

"你打算去哪儿？"池澄终于开了口，"我是说回去以后。"

旬旬说："回我妈身边，先想办法把她欠的钱解决了。"

池澄说："我也可能要回我爸身边一趟。"

"嗯。"

"大家都有去的地方了，这不是很好吗？"

他嘴上那么说，神情里却瞧不出半分"好"的意味，旬旬附和着点点头，他就发作了，"如果我离开办事处，估计你也待不下去了。回到谢凭宁身边做你的家庭主妇，顺便借破镜重圆的机会把你妈的事摆平了，挺好。这是你一贯的做事风格。过不了几年，又重新攒够'一无所有'基金，到时即使谢凭宁又想不开再把你甩了，也没什么大不了的，说不定还能再分到一套房子。总好过把筹码压在一个随时可能一无所有的人身上。"

就算她再小心地避过地雷，他非要闹得大家不安宁，总会找到导火索，不过比起山雨欲来的阴阳怪气，炸开来或许更痛快些。曾毓决定去找连泉之前就对她说过，所谓"痛快"，没有痛，哪来的快。旬旬僵着背部的肌肉，徐徐道："池澄，你想怎么样就直说，不能不讲道理。"

池澄把手里扶着的小酒杯往前一推，酒杯碰到菜碟，滴溜溜地滚落在地板上，居然摔不破，连干脆的碎裂声都欠奉。

"我不知道怎么和你讲道理。"他的声音也不甚平稳，"别以为我不知道你打的是什么算盘。你不就是想拿谢凭宁要挟我，逼我表态吗？我舍不得你，谁他妈都看出来了。买一个戒指是很容易，可是一路上我都觉得很怕，我想娶的是个爱我的女人，就像我爱她一样。问题是到现在我都弄不明白，三年前她吻我，因为我是当时离她最近的嘴唇，三年后她留在我身边，会不会只因为我是离她最近的肩膀？你想找个可以依靠的男人，条件合适，时机恰当，谁都可以。但我受不了！"

旬旬听完他的指控，苦涩一笑，"你扪心自问，你是个可以让人放心依靠的男人吗？我在你身边何尝不是提心吊胆？没错，我要的就是好好过日子，你那种把人折腾得死去活来的所谓爱情我一样受不了。"

她站了起来，冷冷说道："既然大家都受不了，道不同不相为谋，没必要再耗下去了。就当我瞎了眼，过去的事一笔勾销，我们扯平了，今后就各走各的吧。"

旬旬掉头就走。池澄也立刻站了起来，他忘了自己未曾痊愈的伤腿，站立不稳之下去扶住身前的桌子，结果险些将布满碗碟的桌面掀翻下来。旬旬见他如此狼狈，本想回头去扶，但又想到如果每次都这样，她永远无法抽身走开。这就是最让她苦恼的所在，一切成了非理性的，明知道不应该，但想断又不能断。

她一狠心，加快步子离开。

第三十六章

浮城中寻找

还没有走出饭馆大门，身后有人追来，腿脚便利，行动敏捷，不是池澄，而是疑心被人吃了霸王餐的老板。

"对不起，您还没有付钱。"老板挡在旬旬身前，为难地说道。

这时池澄才慢腾腾地走出小包厢，无赖地指着旬旬对老板说道："对，就是她，她跟我是一块儿的。"

旬旬气不打一处来，往细处想了想，他把身上的现钱全塞在滚哥家，小地方的饭馆未必可以刷卡，他身上倒真的是一分钱都没有。

她无奈地按照账单上的金额付了钱，然后不再管他，继续走自己的，池澄从后面抓住了她的手。

"别走！"

旬旬进退不得，情急间竟有了掉泪的冲动。她对池澄说："你是你，我是我，我们是没有办法变成为对方量身打造的那个人的，你到底要我怎么样？"

池澄说："再陪我走一段行不行？至少把我送回车上。"

小镇今晚有集会，司机把车停在街尾。旬旬看着拄着拐杖的池澄，总是这样，他混账起来让人恨不得抽死他，一换个面孔却又无辜得使你狠不下心拒绝。

旬旬挽着他的手，这是她最后一次答应他的要求，陪他走最后一段路。

走下小饭馆的台阶，夜色笼罩着山脚下的小镇。这偏僻的镇子同样以少数民族住民居多。这天恰逢正月十五元宵节，既赶上圩日，镇上又有庙会，舞龙舞狮的锣鼓鞭炮声从很远的地方传来。小饭庄位于镇里的闹市区，临时拉起的灯光和四处可见的花灯将整条长街映得犹如白昼，满街都是小贩和看热闹的人们，熙熙攘攘竟比天黑前要热闹得多。他们站在人群里，像一对游魂闯入欢乐的殿堂。

"走吧。"旬旬说。

他们沉默地往前走了几步，前方横亘着一个略显残破的井盖，想起两人首次结缘的场景，他们都有些怔怔的。

旬旬引着池澄绕过去，他却一瘸一拐地站定在井盖上。

"干什么呀？"旬旬重重叹了口气。

池澄试图把她拉过去，她挣开他的手，不自然地说道："你想找死别拉上我。"

"我就不信这个邪。"他艰难地在上面原地转了个圈，"看吧，这就是你说的危险。你怕的事不一定会发生，该来的再小心也躲不过。"

"我不陪你一起疯。"旬旬撇下他就要走。

"难道你就永远那么胆小又清醒？旬旬，我不想让你难过。我一直都爱你，所以才害怕你只把我当成寄身几十年的壳！"池澄站在原地，哑着声音追问她的背影，"我一直想知道，你爱过别人吗？"

他只敢说"别人"，甚至不愿意问"你有没有爱过我"，因为他不想一开始就听到否定的结果。

旬旬呆呆地想，她爱过人吗？高中时候隔壁班的男班长、健身房里邂逅的文涛、包括未婚时的谢凭宁和没有撕下面具的孙一帆，她都有过好感，但是那种好感是"相见甚欢，不来也可"。如果非要把爱归结为心中的怦然一动，那她只爱过电视剧版的超人，还有梦中那个愿意送给她颠倒城池的一个影子，但他们都不是真实存在于这个世界上的。即使池澄一度与那个影子重合，但现实中的他充满了不安定的因素。她不习惯永远不知道下一秒会发生什么的人生，就像她总是会避开每一个井盖。

她漫无目的地往前走，听到池澄在身后大声说："我真想死在山上！"

旬旬背对着他掉下泪来。她很难不去想山上的日子。那时他们多像一对再平凡不过的夫妻，用不着猜着心计算得失，也不必担心明天。如今回首，竟如武陵人误入桃花源，出了山才知南柯一梦。最难过的其实是"山中觉千年，世上方一日"，那场梦甜蜜悠长仿佛一生，醒后才发觉什么都没有改变。

她的手机振动起来，原以为是谢凭宁提前赶到，没想到是曾毓发来的一条短信，上面只有短短的两句话——"已醉，又醒。"

旬旬不知道这四个字究竟是什么意思，正想打个电话向曾毓问个清楚，忽然锣鼓声逼近，鞭炮和身旁人群的欢呼同时炸响在耳边。沿街而过的舞龙队朝他们走来，十几个身着黄衫的舞龙人挥舞着一条斑斓的巨龙，无数围观的人追随而上，一边喝彩，还纷纷朝龙身扔去点燃的爆竹，谓之"炸龙"。

旬旬和舞龙队朝着同一个方向，她回过神来，才发现身旁被围了个水泄不通，她的前后左右都是陌生的人，回头已经看不到池澄。炸龙的人们疯狂地围着巨龙前行，她不由自主地被推着往前走，本已打算分离的两人不期然就被狂欢的洪流冲散。

旬旬担心池澄的腿支撑不住被人撞倒，忙踮起脚尖翘首以望，然而四下寻找，除了人，就是火星四溅的鞭炮。

她闪避着炸开的鞭炮纸，竭力想要往回走，身旁的每个缝隙都被人填满，每一寸的前行都举步维艰。她也不知道是怎么了，心里一阵阵发慌，顾不上那么多，没命地拨开所有挡在身前的人。不少人朝她怒目以视，她嘴里不断地重复着"抱歉"、"借过"、"请让一让"之类的字眼，在人潮中穿行。到了后来她什么都不想说了，所有的慌张不安都化成一种简单而狂热的冲动，她要看到他站在自己面前，迫不及待！哪怕几分钟之前她已下定决心安然走过这段路之后就彻底抽身离开。她甚至已经不能去分辨自己见到他的渴望是否只来自于对他伤腿的担忧，也许正是在同一种冲动的驱使下，她才在悬崖半空中放弃了向上爬的机会跳了下来。

然而，不管如何努力，旬旬并没有成功地逆流而上，实际上随着舞龙队的前行，人潮从她身畔汹涌而过，将她弃于身后。她像枚蚌壳在巨浪退潮后被孤零零地留在沙滩上，然而幸运的是，忽然显得寂静而空荡的四周还有一个同类。

池澄依然站在那个井盖上，面朝她的方向张望。

原来他们离得那么近，她竟错觉像被银河隔阻开来。旬旬想，她一定是近距离被鞭炮的巨响震晕了，脑子里什么都想不起来，只知道傻乎乎地走向他，在池澄单手张开怀抱时，毫不犹豫地投入他的怀里。

他们有过无数种拥抱的理由，但是现在她紧紧依偎着身边的这个人，根本不需要理由。并不是没有想过，也许他并不是真的爱她，他爱的只是曾经得不到的；她也没有那么一往情深，她要的只是现在可以抓住的。然而答案难道比怀里的人更真实可靠？现在他们都觉得，再没有比"分开"更坏的打算！

"我以为你走了。"池澄勒得句句快要喘不过气来。他必须用一只手拄着拐杖才能保持身体的平衡，另一只手用来抱着他，以至于没有办法处理眼里涌动的泪光。他想，丢脸就丢脸吧，他在她面前本来也不是什么高大伟岸的形象。他不想提醒她，视井盖如洪水猛兽的赵句句现在正踮着脚站在一个颤巍巍的井盖上。如果这样的一幕都能够成为现实，那么为什么不能相信总有一天她会爱上住了几十年的壳？

句句把头靠在他的肩膀上，忽然想通了曾毓所说的那个"矛盾的命题"。虽然和谁在一起迟早都要回归平淡人生，但就好比人总逃不过一死，一生下来就死和活一辈子寿终正寝毕竟不一样。重要的不是千篇一律的始末两端，而是中间欲罢不能的那一段。他再坏脾气，再难以把握，总有一天会在她身边慢慢老去，当他鸡皮鹤发，完全成了个糟老头子，除了死亡，再不用担心有什么会令自己失去他，如果熬到了那一天，她就彻底地赢了。

曾毓发出那条只有四个字的短信，一路小跑地走出了连泉家的小区。她鼓足了勇气去敲他家的门，没料到门开后里面是热热闹闹的一大家子人，看来元宵节的夜晚不但是他从外地回来，他的家人也在。

开门的是个文静秀气的女孩，看上去比曾毓小上几岁，没等曾毓问连泉在不在，他便一脸震惊地从厨房里走了出来，身上竟然还系着一块滑稽的花格子围裙。

"你怎么来了？"他站在门边，不敢相信自己的眼睛，但身体却不落痕迹地挡在了那个女孩的面前。

曾毓顷刻间什么都明白了，原本忐忑地想要交出去的一颗心重新跌回自己的胸膛。

那女孩小声地在他身后问："连泉，这位是？"

"她……"

"我是他的客户！连律师，我的那个案子你确定没有问题？"曾毓抢在前面说道。

"哦，我们找个地方好好谈一谈。"

曾毓笑着说："不用了，既然你家里有人，上班后我再给你们事务所打电话，不打扰了，再见。"

她朝那个从连泉身后探头出来看的女孩点了点头，转身离开。

"曾毓，你站住！"

快要走到停靠在小区门口的车边时，连泉跑着追了上来。

"我没有想到你还会来找我。"他轻喘着站在她身边，说不出是什么滋味。

曾毓耸肩，"我只是忽然没什么事干，顺道来找你喝一杯。既然是这样……你放心，我不会再来了。"

她匆匆往前几步，打开车门想要转进去，连泉伸手把车门关上。

他开口之前想了又想，最后咬了咬牙。

"你都看见了……不怕你笑话，我是个玩不起的人，说好了不当真，可是我喜欢你。真不知道该怎么对你说，想让你跟我一块走，想把事情提前做完回来找你，但又觉得没有可能。你怎么会愿意被一个男人束缚住，到时反而落人笑柄。你很长时间没有联系我了，听说又有了新男朋友，其实你一直比我洒脱。曾毓，遇上你之后我才想，我不可能一直玩下去。家里人也开始为我着急，一个劲地给我物色……她是个挺单纯的女孩子……"

"是啊，我一看她就知道她很适合让你定下来。玩不起就别玩了，没什么大不了。我们不是一早说好了，尊重对方的生活，谁有了正儿八经的伴，另外一个就自动消失。我很识趣的。"她笑着拨开他坐回车里。

连泉俯下身看着车里的人，难以掩饰眼里的困惑，"你来找我是……"

"是什么？你想定下来并不代表我也一样，我换个地方喝一杯。"她发动车，对连泉说道，"回去吧，对她好一点儿。"

他还站在街边的广告牌下，曾毓从后视镜中看着他的背影越来越远，最后彻底地融入夜色光影里。她把音乐声调大，在奔放的乐曲中自嘲地连连笑了两次，第三次忽然尝到了嘴角带着咸味的泪水。

她是要找个地方喝上一杯，而且要最烈的酒，不醉不归！

夜店的狂欢总能让人快乐起来。曾毓烂醉如泥地趴在吧台上，今晚谁送她回家？她拿起手机拨了旬旬的电话，还没接通，残存的意识让她想到了什么，又迅速切断了它。

　　旬旬还在池澄的怀抱里，他们之间或许还有许多没有解决的问题，但谁都不愿意先把手松开。

　　池澄说：“回去吧，我想吃你煮的方便面，还和以前一样，加个鸡蛋，不要青菜。”

　　旬旬点头，“好，但是明天别忘了把防盗网装上。”

　　舞龙队游到了小镇的另一端，身边喧嚣的锣鼓鞭炮声逐渐远去了，街道像被抽空了似的，通明的灯火衬映着远山无边的黑暗，仿佛没有根基一般，身旁的人如流沙来了又去，好在他们还有彼此。

颠倒城池

池澄的《药代动力学》实验报告还没写够二百字，就接到表舅周瑞生打来的电话。电话那一头，周瑞生一反常态地主动问起池澄妈妈的病况。癌细胞有没有进一步扩散？主治医生有什么意见？用什么药？意识是否还清醒？最后竟关切地问起了医药费是否结清了这样的关键性问题。

若是这通电话是在半年前打的，池澄会认为理所当然，甚至有几分感激。自家养的一条狗尚且知道对主人摇尾巴，周瑞生十几年来从池澄父母处获益良多，如今他们落难之际他伸手拉一把，也还算有点良心。但现在池澄完全不抱这样的奢望，他早看穿了这个亲表舅是养不熟的白眼狼。

池澄父母离婚大战上演之际，周瑞生一边在池澄妈妈跟前痛骂小三无耻，一边帮着池澄爸爸游说她早离早解脱，分割财产之际还靠着三寸不烂之舌，浑水摸鱼地占了不少便宜。离婚后，池澄妈妈彻底从夫妻俩共同打拼出来的事业中抽身，赌气出来自立门户，周瑞生也没少给表姐推荐资源、介绍客户。池澄妈妈当时没能从失败的婚姻中回过神来，加之身体不适，以往的精明全然不见，相信了从小由自己父母带大的表弟是"信得过的娘家人"，不到三年的时间，离婚时分得的丰厚财产就在一次又一次的失败投资中打了水漂，最后竟落得癌症晚期住院半年、连医药费都无力支付的境地。

早在医生宣布池澄妈妈病情"不乐观"的时候，以往在她身边鞍前马后的周瑞生就不见了人影。刚上大四不久的池澄被生活所逼，无奈求助于表舅，希望在他开的健身房打工赚点生活费。周瑞生倒是爽快地答应了，谈到工资待遇时竟还严格按照试用期待遇执行，什么脏活累活都支使他干，哪里还有记忆中那个永远满脸堆笑的表舅舅的样子。换作池澄以往的脾气，他早想法子端了周瑞生那小破健身房，然而他如今已没了恣意妄为的底气，家庭出现变故后，他看过太多人真实又可笑的嘴脸，慢慢地也接受了"人在屋檐下，不得不低头"的道理。

"池澄啊，昨天你向我借那三千块，我没答应你。不是你表舅我为那一点钱刻意为难你，你这孩子人是聪明的，就是没吃过苦头，表舅这是要告诉你'谋生不易'的道理。你妈妈是我表姐，我能把她扔医院不管吗？钱的事我已经和财务打好招呼，你明天去预支就可以了，我打算这几天有空也去看一看你妈妈，好端端一个人成了这样，真是造孽！"

池澄没有吱声，等着周瑞生接下来的话。事不寻常必有妖，与其让池澄相信周瑞生良心发现，不如说"天下没有白吃的午餐"。

果然，周瑞生假惺惺地问过了池澄妈妈的病，话锋一转就切入了正题。他说："今天学校没什么事吧，过来帮表舅一个忙……"

池澄挂了电话回到自习室的座位，默默地坐了好一会儿，开始关闭手提电脑，收拾桌上的东西。和他一块来的同学秦明不禁好奇地问道："才听你说今晚一定要把实验报告搞定，这会儿又要去哪儿？"

秦明是池澄的高中同学，凑巧两人又考上了同一所大学，只不过池澄念药剂学，秦明学的是针灸与推拿专业。他俩在中学时代关系不怎么样，说过的话也不超过十句，上大学后才走得近一些。倒不是因为旧同学的这层关系，而是家庭的变故使得池澄的性格有了不少改变，换作以往，老实巴交的秦明和池澄是怎么都不会玩到一块的。在秦明看来，家里出事后的池澄褪去了不少纨绔习气，脾气也收敛了许多，反而变得好相处了。

"我急着出去一趟，今晚不一定能赶回来，电脑和这几本书你先帮我带回去。"池澄对秦明说。

秦明欣然接过，开玩笑道："佳人有约？"他想想，又挤眉弄眼地笑，"我上次可是看见了你钱包里那张女人的照片，不是我们学校的吧？看起来不像学生，是不是比你还大几岁？想不到你喜欢那种类型的……"

池澄作势要揍秦明，嘴上骂道："你小子什么时候翻我钱包了？不关你的事，别胡说八道！"

他口气强硬，但发红的耳根在某种程度上已经出卖了他。看来他得把赵旬旬的照片藏得更好一点，上次他也因为这张照片的事被周瑞生狠狠地教训了一顿，这下连秦明这小子都有了揶揄他的把柄。

"大几岁才好，长得不错，最好还是个富婆！"秦明笑嘻嘻地，越说越没谱。

"富婆"这两个字池澄不爱听了，他脸色冷了下来，"滚蛋，你把我当什么了？我表舅健身房那边有点事等我赶过去救急，不跟你废话，我得先走了。"

秦明见他变脸，也不再胡开玩笑。池澄在他表舅的健身房打工，这是身边不少同学都知道的，他现在身上穿着的还是印有那家健身房Logo的T恤。池澄长得讨女孩子喜欢，从中学那会儿起就是这样。以前他家境好，脾气也傲，总是女生目光聚焦的中心，虽然现在衣着打扮随意了许多，逮着什么穿什么，仍有不少女生扬言要冲着他到那家健身房办卡。只不过池澄表舅那家健身房距离他们学校实在太远了，规模不大，收费还挺贵，目前为止秦明还没听池澄提过有学校里的女同学真的跑去那儿缠着他。

池澄匆匆出了校门，在公交车上想起秦明说的话。秦明没去过周瑞生的健身房，他嘴里的"富婆"只是随口瞎说。池澄对那两个字如此敏感，恰恰是因为他对表舅健身房暗地里的那些勾当心知肚明，这也是他第一时间在周瑞生提出"帮忙"的要求时犹豫了的原因。

要是秦明那样老实又单纯的家伙亲眼看到那些所谓的"富婆"和健身教练之间的眉来眼去会作何感想，池澄心里恶作剧地想着。不过，周瑞生的健身房原本就不是为秦明——也包括现在的池澄这种穷小子开设的。周瑞生的健身房地段普通，设施也不算特别好，规模不大，会员以女性居多，如果有什么是值得在同行之间夸耀的话，那就是他们的健身教练素质不错，但这似乎也不足以成为它收费不菲的理由。

池澄妈妈刚借钱给周瑞生开健身房的时候，池澄就认定周瑞生这种爬上四楼都要喘得像狗一样的男人，干这一行必然难以长久，说不定撑不到半年就倒闭了。然而出乎意料的是，周瑞生看似毫无竞争力的健身房不但没有关门大吉，反而赚了不少钱，这让池澄一度纳闷不已。直到他成了表舅店里的杂工兼教练助理，才知道周瑞生明里是健身房老板，暗里却是个不折不扣的淫媒，而后者才是他收入的主要来源。他借着健身房的会员资源，给那些深闺寂寞的有钱女人和英俊健壮的健身教练牵线，从中收取可观的抽成。这些勾当，池澄只当看不见，连想想他都嫌脏。《红楼梦》里焦大说，荣宁二府恐怕只有门前那对石狮子是干净的。在池澄眼里，井盖下的污水管道都没他表舅的健身房污浊。

说到井盖，刚下公交车的池澄下意识地避开了一个，他这样做时，内心有小小的喜悦。池澄能够忍耐着在周瑞生的健身房打工，钱是最主要的因素，然而他也为自己找到了一个隐秘的快乐的出口。他已分不清，究竟是赵旬旬出现了，他才找到了情感寄托，还是因为他太需要一个情感寄托，所以赵旬旬才应运而生。

池澄的世界里，女孩子从来不是稀缺资源。他是那种自小条件优越并且自己深知这一点的人。大多数时候，池澄就像一只孔雀，他不介意在那些女孩面前亮出自己漂亮的尾羽，同时也骄傲地闭上眼睛，拒绝任何人的靠近与触碰。唯一给他留下过深刻印象的是高三那年，毕业典礼结束后，班上的同学相约聚餐，许多人都是人生中第一次喝那么多酒，池澄也是。回家的路上，他被一个同班的女生拦住了。他到现在还记得那个女生红得仿佛要滴出血来的面庞和她小鹿般的眼睛里的羞涩。

她问了池澄填报的志愿，也说起自己很有可能会北上求学。池澄默默听着她那些漫无边际的话，心里想的却是中午出门前父母又一场大战。终于，他有些不耐烦地问对方："你到底想和我说什么？"

那女生嘴唇颤抖着，仿佛心一横，说出了一句："我……我能抱一抱你吗？"

池澄当时也是惊愕的，然而他的回答缓慢而清晰，"不能。没其他事的话我要回去了。"

他走得很及时，并没有看到那个女生的眼泪，但是从此以后她再也没有和他联系过。

到现在，池澄也不知道自己为什么要如此决绝地拒绝。他对那个女生并非全无好感，她并不是班上最漂亮的女孩，但她清秀、文静，学习用功，当众回答问题时眼神怯生生的，说话的声音软糯，被老师表扬了也只会嘴角轻扬，满满的小快乐却仿佛会从她嘴角的小酒窝里溢出来。

也许除了少年的别扭心思作祟，池澄更多的是无法适应对方的主动。他的骄傲让他不屑于送上门来的猎物，他享受的是追逐，然后眼看着猎物臣服的过程。所以这一段他略有遗憾，却毫不后悔。

赵旬旬无疑也是池澄喜欢的类型，纵使她大他几岁，但他从未把年龄的差距放在眼里。只不过遇上赵旬旬时池澄已今非昔比。她出现那一天，他站在井盖上给他父亲打电话，母亲的病快要压得他喘不过气来，他不想要父亲的钱，只希望父亲能回来看母亲一眼，可父亲却用各种各样看似合理的理由推脱得干干净净。池澄用了最激烈的语气去咒骂赐予他生命的男人，对方一再退让。也正因为如此，池澄才忽然有了一个领悟，他妈妈念念不忘的人——他的父亲，现在首要的身份是另一个女人的伴侣、另一对儿女的慈父、另一个家庭的男主人，其他的都已成了无关紧要的存在。父亲之所以退让，是因为他内疚，却不打算回头。

"你不知道在井盖上打电话是很危险的吗？"

这是赵旬旬对池澄说的第一句话。

池澄前二十一年无所顾忌地走在看似一片坦途的人生路上，等他发现人生的井盖无所不在的时候，人已经毫无防备地栽到里面。落魄的凤凰不如鸡，污水里的孔雀呢？而赵旬旬就像是一只从井盖边经过的兔子，有着白绒绒的毛、小心翼翼的眼睛。她是谷底里的池澄所能看到的最近也最向往的存在。抓住她，抱住这只兔子，既是一种渴望的本能，更是池澄在无望境地里的一线生机。

池澄本打算拒绝周瑞生提出的要求，以他对周瑞生的了解，事情一定不止帮他送一个"女客"回家那么简单。周瑞生以前也不是没打过池澄的主意，时常向池澄暗示店里的某某顾客很喜欢他，有空可以一起出去"坐坐"，奈何池澄滑得跟泥鳅似的，总有方法不动声色地推托。有时候遇到没有眼色的女顾客，借指导健身方式或者调整器械为由接近他，占他的便宜，他除了让对方碰钉子，还会让她们吃点小苦头。但是今晚周瑞生仿佛早料到池澄的后招，他说完了该说的话，还神神秘秘地补了一句：“从小谁最了解你的心思？哪次你最喜欢的玩具不是表舅最先想到买给你？这次也是一样的。今天要是你不出来，以后不要埋怨表舅不给你机会。”

周瑞生发现过池澄从健身房会员资料里顺走的那张赵旬旬的照片，这也意味着他明白池澄的心思。事关赵旬旬，池澄做不到若无其事。他暗地里观察过许久，赵旬旬是周瑞生健身房里的"第二类会员"，他不会让白兔的毛在别处沾染上污渍。

周瑞生健身房的会员当然不都是冲着"那些事"来的。周瑞生的"副业"是只可意会不可言传的存在，懂的人自然会懂，不懂的人也就没有懂的必要。有些顾客只是因为这家健身房离住所或是工作地比较近而选择在此锻炼，她们不会参与，甚至不一定知道那些背后的勾当，这类顾客就会被健身房工作人员在心里界定为"第二类会员"，她们多半只是普通白领，并无太多油水可刮，大多数的健身教练对她们也不甚上心。

如果说池澄赶往周瑞生说的会所途中还是半信半疑，做好了情况不对随时撤退的打算，那么当他看到醉倒在某一间包房里的赵旬旬时，又是心跳，又是恼火。周瑞生要他送回家的"女客"竟然真的是她。

这家会所离周瑞生的健身房不远，多半也有周瑞生的股份，是他从事"副业"的主要阵地。赵旬旬一个小会计，每个月按时领着那点工资，看起来谨小慎微、童叟无欺的样子，竟然也有胆子来这里消费！

这间包房里并无旁人，池澄走过去，蹲在赵旬旬躺倒的沙发旁用手拍她的脸。

"喂，喂！你没死吧？"

他心里不高兴，手上的力度也不轻，醉得不轻的赵旬旬竟也被拍得睁开了眼睛，并不说话，只是憨憨地朝他笑，眼神是他从未见识过的迷离。

池澄有些受不住，略带慌张地收回了手。走出包房，池澄又给周瑞生打了个电话，问他究竟是怎么回事。周瑞生问赵旬旬醒了没有，说了什么，池澄没好气地说她现在就像一摊烂泥。周瑞生便解释说赵旬旬是被朋友带来过生日的，不知道为什么喝多了，她的朋友又不知道跑哪里去了，毕竟也是健身房的顾客，他看到她醉成这样不是个办法，又想起池澄对她似乎有那么点意思，索性给他这个做护花使者的机会。

池澄依旧狐疑，他不信周瑞生会这么好心。但周瑞生显然有些不耐烦了，他说池澄若不愿意接下这个"差事"，大可以立马走人，反正他也不痛不痒。

周瑞生挂了电话。可池澄既然已经到了这里，哪里可能任由自己暗暗喜欢的人醉倒在这种地方而坐视不理呢？于是，他又回到了赵旬旬身边，她依旧烂醉如泥。

“你醒醒，我送你回去！”池澄知道赵旬旬家住何处，这些在她填写的会员资料里都有。他甚至还知道她的单位地址、电话号码以及日常不少的小习惯，可这样面对面说话的机会却少之又少，虽然她醉成这样，他依然有些不能适应。要是让秦明那些家伙知道他也会有这么㞞的时候，不知会怎么笑话他。

赵旬旬没有回答，她睡得很沉。池澄好几次伸出手，在快要碰到她的时候又缩回来，他面临了一个很棘手的问题，他要怎么才能把一个完全失去意识的女人送回家，是用抱还是用背？扶她起来的时候手落在哪里比较合适？真让人苦恼！

奇迹发生了，就在池澄不知所措之际，赵旬旬又微微睁开了眼睛。

“你醒了？”池澄又惊又喜。

赵旬旬定定看了他数秒，正看得池澄心里发毛之际，她又闭上了眼睛。

“又睡！”池澄急了，用力摇晃她一侧肩膀，“喂，你回家再睡！”

赵旬旬忽然说了一句话，很含糊，但是池澄愣了一下，他听懂了。

“你能不能抱抱我？”她说。

池澄在自己回过神来之前已经俯身抱住了她。她的身上有酒味，也有他全然陌生的、女人的气息。赵旬旬穿着一身款式正统的职业装，但硬挺面料下的人一如池澄想象中柔软。他在想，他终于抓到这只兔子了吗？这只兔子颤巍巍的耳朵上仿佛装着规避风险的雷达，那么有她在的地方也该是让人安心无虞的吧。

池澄起初是半蹲在沙发旁，姿势相当别扭，后来他也坐到了沙发上，让赵旬旬枕在自己的腿上。他几乎要忘记了周瑞生让他负责送她回家的嘱咐，这样就已经很好了。赵旬旬睡得很香，池澄长久地保持一个姿势，腿麻了也没敢动一动，似乎做梦的人是他而不是赵旬旬。

这样大概过了一个小时，赵旬旬的睡姿开始不安分了，她似乎想翻身，贴着池澄大腿的那一侧脸庞不时地蹭一蹭。池澄满脸通红，每当她动一动，他也跟着挪一挪。

终于她揉了揉眼睛，迷迷糊糊地看了他一眼，酒窝里仿佛又盛满了喜悦。

“你还没走？”她咬着下唇问。

池澄半推半扶地让她坐起来，也结束了自己的煎熬。他说："你没醒我怎么走？起来，我送你回家。"

赵旬旬却摇头，"我没有家。"

这是什么话？池澄只得顺着往下接，"你没有家，总有张床吧！很晚了，回你自己的床上去睡。"

"这不是我的床？"赵旬旬摸了摸身旁的沙发。

看来她的酒还没醒。池澄不动声色地又往一旁挪了一下，避开她摸索的手。

"你到底知不知道这是哪里？我是谁？"他把心提到嗓子眼问道。

赵旬旬扶着头，上下打量他，那笑容还是憨憨的，又有点蔫儿坏，还有点……不好意思。

"她都告诉你了？"

在池澄听来，"她"和"他"是一样的，他以为她指的是周瑞生，于是点头道："嗯。"

这一下，赵旬旬脸上的红晕更深了，垂着头不知道想着什么，从池澄的角度只看到她后颈处雪白的肌肤和凌乱的马尾，他忽然很想伸手去摸一摸她发际线旁有些毛茸茸的碎头发。他手指刚动了动，赵旬旬却出其不意地抬起头，酡红的脸上莫名地有种壮士断腕的坚决，说出来的话还是有些含糊，而且还带着小结巴。

"对……我，我没有家，但我有，有张床……"

她翻出了曾毓一早给她准备的酒店房卡。

池澄没有说话，他清楚地听到了两人的呼吸声。

他们出了那家会所，赵旬旬走得跌跌撞撞的，半边身子的重量都倚靠在池澄的身上。去拦车的途中，他们经过了一个井盖，两人同时跨了过去，步调惊人的一致。赵旬旬貌似有些惊讶，眼睛也变得亮晶晶的。

"咦？你怎么也会……"

池澄笑着说："不是你告诉我的吗？"

"我？什么时候？"又是一个井盖，这次她是跳着过去的，然后咯咯地笑个不停，"我还说了什么？"

池澄及时拽住了险些摔倒的她，赵旬旬回头，整个人伏在他怀里。

"我说过我明天要和一个听说很靠谱的男人相亲吗？"

池澄揽住她的手一僵。

醉后的赵旬旬一改池澄印象中的安静谨慎，语不惊人死不休，"我告诉你，相亲就是人类的配种。好比你牵出一头公猪，我牵出一头母猪，只要品种匹配，重量差不多，互相不会打架，就可以关到一个栏里该干吗干吗。至于什么毛色啊，体型啊，耳朵大不大，鼻子长不长，爱吃猪食还是剩饭，都不重要。"

"你不喜欢，所以才喝了那么多酒？"池澄疑惑地问。

"不不不，"赵旬旬依偎在他怀里，由他领着往前走，嘴里却喃喃有词，"我喝酒是为了壮胆，也为了庆祝我前二十五年庸庸碌碌的人生。好像什么事都没有发生过，也没有任何一样东西是我的……轮到你了，你为什么不问我是否为此感到难过？"

池澄根本不想问，她这副样子，当然不是快乐的。

赵旬旬又一次在他鼻尖下摇晃手指，"我一点都不难过，因为我知道我后面二十五年也会是一样度过。"

"不喜欢为什么不去改变？不愿意做的事，就不要做！"池澄烦躁地驳斥道。

赵旬旬沉默了一会儿，幽幽问道："你现在陪着我，是你喜欢做的事情吗？"

"当然！"在这个关口，池澄选择了毫不犹豫地回答。

这个答案显然让赵旬旬相当吃惊，她用指头去戳他的脸。

"干什么？！"池澄无奈。

赵旬旬说："我知道你不是真的。"

"你凭什么说我的话不是真的？"池澄恼道。

"我是说，你的人不是真的，你只是我的幻想。"赵旬旬又说起了让池澄一头雾水的醉话。

然而池澄最在意的并不是这些，他再一次追问："你明天真的要去相亲？"

"为什么不去？"赵旬旬说，"爱情是很好的东西，你也很好，但这都是虚幻的，醒了什么都没了。"

池澄一时间不太明白她所说的"虚幻"到底是什么意思，"你明天要去见的男人又有多真？"

"他真不真不重要，只要他给我的婚戒是真的——如果他真像别人说的那么好，又能看得上我的话。"

池澄把怀里的人往外一推，"这样的婚姻那又有什么意义呢？"

赵旬旬退了一步，眼看要往后仰倒。池澄又有些不忍，并不温柔地把她架了起来，她又像没有骨头的人一般赖在了他的身上。

"别烦我！我只是想要一份安稳，那些担惊受怕、过了今天不知明天的生活，我受够了！"

这是池澄第一次从赵旬旬那里听到她描述过去的生活。她说起了她的父母、她的童年、她后来生活的转机和尴尬。在此之前，池澄从不知道赵旬旬这样的女人竟然可以说这么长的一段话，他拦车的时候她在说，坐上出租车的时候她还在说。在破出租屋里遭遇小偷、险些丢了小命那一段，出租车司机听得好像比池澄还认真。他们进电梯的时候她依然没有说完，等他关上了酒店的房门，她终于说到了她现任继父的家人对她们母女的戒备和防范。

一个话不多的人一旦有了倾诉欲是件极其可怕的事，一如蓄满水的堤坝被人炸了个口子。池澄想了解赵旬旬的过去，但是这不代表着他愿意知道她妈妈跟每一任男友交往、分手的过程和她现任继父每一个儿女的现状。最后他用了最简单的方式结束了赵旬旬无休无止的唠叨，也结束了自己的心烦意乱和口干舌燥，当然，后者似乎并没有成功。

当池澄的嘴唇从赵旬旬那里撤离时，他们都涨红了脸，看来两人都没有掌握在这种情境下适当的呼吸之道，如果不是他主动松开，恐怕最后要双双背过气去。

"这回像是真的了吗？"池澄问她，"你说你想要一座四面都是高墙的城，我也可以给你。"

赵旬旬用手背轻轻蹭过池澄的脸，一改刚才痛诉革命家史时的滔滔不绝，她那点小结巴又回来了。

"怎……怎么给？"

池澄使坏一样抱起她来连转了好多个圈，她大声地笑，最后两人摔倒在酒店的大床上。

"看到了吗？"池澄双手撑在赵旬旬耳边问。

赵旬旬脸上还带着刚才的笑意，她喘着说："我现在看什么都是颠……颠倒的。"

池澄说："那就对了。"

他的名字颠倒过来，不就是一座城池？他愿意把这座城双手奉上，只要她愿意常留。

和沉默寡言到极度的话唠之间的转化一样，当一个安分守己的人变得疯狂时同样让人无所适从。池澄还来不及考虑下一步该怎么做，就开始疲于应对赵旬旬的骚扰。他说："赵旬旬，别压着我。"

赵旬旬说："是吗？不是你压着我吗？我说了我看什么都是颠倒的。"

池澄的笑隐没在她的嘴唇中，过了一会儿，他又按住了她的手，"别乱摸！"

赵旬旬的样子看上去依然是羞怯而无害的，"这么客气干什么？难道你没听说过'君子坦荡荡，小人藏JJ'？"

池澄努力地消化了这句话，在他的笑让气氛破坏殆尽之前，他努力让两人都变为"君子"，然而这个过程也充满了寻宝一般的崎岖。

"赵旬旬，这是什么？"他摸到一处，困惑地问。

"什么？哦，这是我留来备用的银行卡。"

"那这里为什么会有钱？"

"万一备用的卡丢了怎么办？这是备用的钱。"

"我要看看你到底还藏了什么！"

"啊！那里没有。"

……

最情迷处，池澄听到赵旬旬的呢喃。

"我爱你。"

他停了下来，有些无法置信，"真的？"

"如果你是真的，我也是。"

在赵旬旬贫瘠的人生里，她真实地爱过一个存在于幻觉之中的男人，只在那一夜。

而那一夜，池澄为一个女人搭建了一座颠倒的城。然后，他在两个人的城里独自住了三年。

图书在版编目（CIP）数据

再青春 / 辛夷坞著 . — 南昌 : 百花洲文艺出版社，
2014.5
ISBN 978-7-5500-0894-6

Ⅰ . ①再… Ⅱ . ①辛… Ⅲ . ①长篇小说－中国－当代
Ⅳ . ① I247.5

中国版本图书馆 CIP 数据核字 (2014) 第 052866 号

出 版 者　百花洲文艺出版社
社　　　址　南昌市红谷滩世贸路 898 号博能中心九楼　　　邮编：330038
电　　　话　0791-86895108（发行热线）　　0791-86894790（编辑热线）
网　　　址　http:www.bhzwy.com
E-mail　　bhz@bhzwy.com

书　　　名　再青春
作　　　者　辛夷坞
出 版 人　姚雪雪
出 品 人　李国靖
特约监制　何亚娟
责任编辑　张 越　程 玥
特约策划　何亚娟
特约编辑　燕 兮
封面设计　郑力珲
经　　　销　全国新华书店
印　　　刷　三河市兴达印务有限公司
开　　　本　1/16　710mm×1000mm
印　　　张　19.25
字　　　数　320 千字
版　　　次　2014 年 6 月第 1 版
印　　　次　2014 年 6 月第 2 次印刷
定　　　价　32.00 元
ISBN 978-7-5500-0894-6

赣版权登字：05-2014-55